Vai Dar Bom

E.B. Asher

Vai Dar Bom

tradução
Guilherme Miranda

HARLEQUIN
Rio de Janeiro, 2025

Copyright © 2024 by Bridget Morrissey, Emily Wibberley e Austin Siegemund-
-Broka. Todos os direitos reservados.
Copyright da tradução © 2025 by Guilherme Miranda por Editora HR LTDA.
Todos os direitos reservados.

Título original: *This Will Be Fun*

Todos os direitos desta publicação são reservados à Casa dos Livros Editora LTDA.
Nenhuma parte desta obra pode ser apropriada e estocada em sistema de banco de
dados ou processo similar, em qualquer forma ou meio, seja eletrônico, de fotocó-
pia, gravação etc., sem a permissão dos detentores do copyright.

COPIDESQUE	Rebeca Benjamin
REVISÃO	Natália Mori e Daniela Georgeto
ILUSTRAÇÃO E DIAGRAMAÇÃO DE CAPA	Carmell Louize
DIAGRAMAÇÃO	Abreu's System

Dados Internacionais de Catalogação na Publicação (CIP)
(Câmara Brasileira do Livro, SP, Brasil)

Asher, E. B.
    Vai dar bom / E. B. Asher ; tradução Guilherme Miranda. – 1. ed.
– Rio de Janeiro : Harlequin, 2025.

    Título original: This Will be Fun
    ISBN 978-65-5970-496-5

    1. Ficção norte-americana I. Título.

25-253677   CDD-813

Índices para catálogo sistemático:

1. Ficção : Literatura norte-americana   813

Aline Graziele Benitez – Bibliotecária – CRB-1/3129

Harlequin é uma marca licenciada à Editora HR Ltda. Todos os direitos reservados
à Editora HR LTDA.

Rua da Quitanda, 86, sala 601A – Centro,
Rio de Janeiro/RJ – CEP 20091-005
Tel.: (21) 3175-1030
www.harpercollins.com.br

A todos os heróis nas mensagens em grupo,
que salvam o mundo uns pelos outros

Antes

Galwell, o Grande, estava quase triste por ter que salvar o reino no dia seguinte.

Obviamente, não porque relutasse em derrotar os poderes sombrios que queriam dominar Mythria. Ele estava sobre os penhascos com vista para Reina, a capital da monarquia, que sitiariam dali a apenas um dia. Despedaçava seu coração ver Mythria, a terra que ele tanto amava, corrompida pelo mal. As colinas verdes tinham sumido. Onde antes quase dava para sentir a magia florescer o poder vil havia impregnado a paisagem de tons de cinza. Sobre a montanhosa Reina, que em tempos de paz era tão onírica com seus parapeitos de pedra branca, projetavam-se sombras escuras.

Enquanto a noite caía, o céu ao redor do castelo da rainha esboçava um tímido pôr do sol. Nuvens de magia perigosa se agitavam, relâmpagos estalando ameaçadoramente dentro delas.

Não, amanhã ele se tornaria um herói. Honraria o nome que tinha sido dado a ele quando era apenas um menino do qual todos esperavam grandeza.

Galwell, o Grande.

O nome nunca lhe pareceu um fardo, talvez porque ele fosse mesmo muito forte. De um modo quase mágico. Era seu dom, a magia manual da força. Também nunca se ressentiu das expectativas dos outros. A origem nobre, o poder prodigioso e, acima de tudo, a bondade faziam dele uma pessoa na qual as outras se apoiavam e acreditavam.

Ele não se incomodava com isso. Galwell, o Grande, não temia a possibilidade de fracasso no dia seguinte. Sabia que ele e seus três companheiros — a irmã e os dois amigos mais próximos — venceriam. Mythria seria salva. O mal seria destruído. Os quatro seriam heróis.

... mas e depois?

Vencer, pensava Galwell, *era o verdadeiro problema*. Qual era o propósito de um herói depois que os vilões foram derrotados? Quem seria Galwell, o Grande, então?

Eram perguntas existenciais que ele nunca havia contemplado. O que esperava além da grandeza? *Casar-se com sua noiva, a princesa*, imaginava ele, embora a ideia lhe desse apenas o prazer de honrar as promessas que seus pais fizeram na juventude. Thessia era uma princesa agradável. Eles teriam uma vida boa. Ele seria fiel, porque era o correto, e fazer a coisa certa era tudo que ele teria para se apegar quando o heroísmo não fosse mais necessário.

Afinal, *fiel* era seu sobrenome. Não "o Grande". Talvez o título honorífico se tornasse obsoleto. Talvez ele permanecesse apenas como Galwell Fiel.

A ideia o assustava de formas que lutar, cavalgar e se infiltrar em fortalezas sombrias não conseguiam. Será que bastaria?

Teria que bastar. O heroísmo exigia sacrifícios.

Com o vento batendo em seu cabelo ruivo comprido, ele se ajoelhou na terra, fazendo uma oração silenciosa aos Espectros, os heróis fundadores de Mythria milhares de anos antes. A vida ia muito além dos seus 27 anos. Que os Espectros lhe concedessem a sabedoria...

— Galwell, por favor, entre.

A voz de sua irmã interrompeu sua reverência.

— Beatrice e Clare estão brigando por causa do último pão de farinha pedregosa — continuou ela. — É flerte velado demais para suportar. Você precisa fazer os dois pararem.

Ele se virou e encontrou Elowen Fiel de braços cruzados, o rosto com o semblante fechado de sempre. No fundo, ele considerava o contraste entre o cabelo ruivo flamejante e o comportamento fechado dela um pouco irônico. A irmã não se abria com facilidade e, sendo sete anos mais velho que ela, Galwell considerava que a proximidade entre eles era uma das maiores bênçãos de sua vida.

Ele sorriu.

— Tenha paciência com eles — aconselhou com delicadeza. — Você não é muito diferente quando aquela Vandra aparece.

Apesar dos resmungos de Elowen, ele sabia que a irmã não estava aborrecida de verdade. Colocando uma mão no ombro dela, ele a levou de volta à caverna onde o grupo estava acampado.

Dentro, Beatrice e Clare estavam mesmo sentados perto demais para pessoas que diziam se odiar.

Clare Grandhart ergueu os olhos, parecendo aliviado e desapontado na mesma medida.

— Galwell, finalmente! — cumprimentou ele. — Por favor, diga que não estava no alto de um penhasco com um ar majestoso contemplando o destino ou alguma outra coisa pomposa.

Clare, o bandido e mercenário que recrutaram para integrar a missão, ainda não partira, embora alegasse não ter nada de heroico em si. Quando perguntavam por que não havia apenas coletado o pagamento e ido embora no final do trabalho, ele dava desculpas esfarrapadas. "Simples tostões não teriam valor se o reino fosse destruído", respondia ele, sem tirar os olhos de Beatrice.

Apesar dos gracejos de Clare, Galwell, o Grande (por enquanto), não costumava ser desonesto.

— Sou sempre pomposo, Grandhart — afirmou ele.

Beatrice tirou o último pedaço de pão de farinha pedregosa das mãos de Clare. Ele não reclamou.

Galwell conhecia Beatrice desde a infância. Ela possuía uma magia poderosa, assim como Elowen, e as duas logo se tornaram melhores amigas. Naturalmente, isso tornava Beatrice amiga dele também. Filha de camponeses, ela tinha dons que tostão nenhum podia comprar: um humor mordaz, uma rebeldia inabalável e uma insaciável sede de viver.

— Mas hoje não — reclamou ela. — Esta pode ser nossa última noite. Deveríamos nos divertir. Alguém quer vinho?

Ela ergueu a garrafa a seu lado, o que sobrara de seus mantimentos. A missão tinha durado muito mais do que qualquer um esperava.

Galwell não impediria a diversão de seus companheiros, mas não podia deixar que as palavras dela passassem em branco.

— Não vai ser nossa última noite — retrucou ele.

Todos olharam para ele.

— Vamos vencer. Confio em todos vocês. — Ele fixou o olhar em cada um. — Beatrice, minha amiga mais antiga: mais inteligente, destemida e resiliente do que qualquer um que já conheci. Clare, meu mais novo amigo, embora eu não o conheça há tanto tempo e embora tente esconder, você possui as mais raras joias de lealdade e generosidade. E Elowen, minha outra metade, cujo coração é tão forte que seu amor é uma dádiva a todos a quem o entrega. Não existe força em Mythria capaz de quebrar os laços que nos unem. É por isso que a Ordem vai fracassar.

Todos ficaram em silêncio por um momento, como costumavam ficar depois dos discursos de Galwell.

Clare foi a primeira a falar.

— Espectros, como você é bom — comentou ele. — Já é um herói.

E o que mais?, perguntou a voz interior de Galwell.

— Somos todos — declarou ele em vez de indagar. — Canções serão escritas sobre nós quatro.

Enquanto a luz da fogueira bruxuleava nas paredes da caverna, o peso do futuro caiu sobre eles. Eles fariam história. Talvez, quando morressem um dia, eles se juntariam à lenda dos Espectros da Mythria. Era o maior desejo de Galwell.

No entanto, nos olhos dos amigos, ele viu como a magnitude do destino os assustava. Eles haviam alcançado a grandeza sem terem aquela palavra associada a seus nomes durante toda a vida. Na visão de Galwell, isso os tornava ainda maiores.

— Canções — divagou Clare. — Espero que as minhas sejam obscenas.

Como de costume, Clare quebrava momentos sérios com humor. Não era uma habilidade que Galwell possuía, e ele admirava Grandhart por isso.

— Espero que as minhas sejam mais folks. Algo cantado com um alaúde e só uma voz feminina rouca — disse Elowen. — Combinaria muito comigo.

— As minhas devem ser dançantes — declarou Beatrice.

Três pares de olhos se voltaram para Galwell.

Ele quase nunca ficava sem palavras diante de uma plateia. No entanto, as brincadeiras leves e descontraídas de seus companheiros às vezes o deixavam confuso. Ele sabia que não era por ser mais velho. Em seu coração, reconhecia que era apenas diferente. A responsabilidade o havia privado da frivolidade. O heroísmo exigia sacrifício. Exigia se manter à parte. A amizade exigia o oposto.

— Como quer que sejam suas canções, Galwell? — questionou sua irmã.

— Se não responder — comentou Clare —, vou ser forçado a encomendar a primeira canção sobre você, que será intitulada "Galwell, o Grave".

— Ah, ou "Galwell, o Gris" — contribuiu Beatrice.

Clare olhou para ela, impressionado.

— Boa.

— Obrigada — respondeu Beatrice.

Galwell sorriu, feliz de ver os dois se dando bem. Isso o estimulava.

— Muito bem — arriscou ele. — Minha música deve ser… simples. Algo que uma criança possa cantar. Algo feliz e esperançoso.

Elowen aprovou sua seleção com a cabeça.

— No entanto, não vejo mal em "Galwell, o Grave" e "Galwell, o Gris" entrarem no cânone de Mythria — continuou ele, encorajado. — Desde que nunca se cante sobre "Galwell, o Gasoso".

O comentário deixou todos atordoados. Seus amigos trocaram olhares, até Elowen falar:

— Você... acabou de fazer uma piada sobre peido?

Clare caiu na gargalhada.

— Sim! O maior herói de Mythria está se envolvendo com humor sobre flatulência na véspera de salvar o reino!

Beatrice chorou de rir.

Durante a noite, os quatro desfrutaram da companhia um do outro como se fosse outra noite comum de sua missão descomunal. O vinho foi passado de mão em mão. Várias estrofes de "Galwell, o Gasoso" chegaram a ser compostas. Eles se divertiram.

Quando o fogo enfim começou a se apagar, Galwell sentiu como se soubesse o que esperava além do dia seguinte. Sim, ele era um herói, mas era também um amigo. Ele sabia a que se apegar, na vitória e além: às pessoas diante dele.

Dez Anos Depois

1

Beatrice

Beatrice estava bêbada na banheira.

Eu mereço relaxar, disse a si mesma. O banho que havia preparado em sua nova e… *aconchegante* cabaninha era o único conforto que encontraria em sua semana deplorável. Divorciar-se do senhor do vilarejo não foi nada fácil. Mergulhar na água perfumada lhe oferecia uma distração muito necessária das muitas dores de cabeça que a vida estava causando.

Beatrice até que conseguira alcançar um certo relaxamento: tinha a sorte de uma de suas únicas amigas no mercado do vilarejo ser a pocionista de artigos para o lar e recebia descontos generosos nas melhores preparações. Pétalas de rosélia! Óleo de mel-jade! Contente, ela se imergiu na espuma de lavanda.

Até se dar contar de que seu roupão favorito, encantado para permanecer aquecido, *por alguma razão* não estava no baú com suas coisas que o valete do ex-marido havia entregado na noite anterior. É claro que não estava. O desgraçado pegava "emprestado" o roupão encantado sempre que podia, embora nunca admitisse.

Bom, ele pode ter ficado com o solar, mas não levaria o roupão.

A convicção fez Beatrice, embriagada pelo vinho, sair da banheira. Sua nova missão era mesquinha? Talvez. Sua fúria era frívola? Ela, que antes enfrentara grandes males, que combatera hordas de inimigos, correria atrás de sua roupa favorita para vestir depois do banho? Talvez!

Não importava. Atualmente, Beatrice se agarrava com teimosia a qualquer lampejo de sentimento que pudesse ter. Quando a vida deixava tão pouco com o que se importar, as pessoas tendiam a se importar demais com muito pouco.

Ela estava quase chegando à porta, vestida às pressas, quando lembrou que não tinha dinheiro. Seu ex-marido era o nobre, não ela. Sem as finanças dele, ela não tinha carruagem nem servos. Nada.

A surpresa machucava do mesmo jeito maçante com o qual ela estava se acostumando. Nada na vida que ela passou a viver lembrava aquela com que sonhara quando era pequena.

Quando tinha 20 anos, Beatrice e seus três melhores amigos salvaram o reino de Mythria da magia das trevas invocada pela Ordem Fraternal. Ela tinha seguido o famoso Galwell, o Grande, para a batalha.

"Eles eram heróis!", disseram todos.

Beatrice só conseguia pensar em como fracassaram. Como *ela* fracassara.

O destino a estava punindo, desconfiava. Ela sentia como se tudo o que estava errado em sua vida naquele momento — o divórcio, a atual situação financeira — fosse uma penitência imprevisível pelo que ela fizera de errado *antes*, do mesmo modo incerto como nunca se sabe onde a chuva se acumulará sob telhados com goteiras.

O pensamento a fazia querer servir mais vinho na taça apoiada na borda de pedra da banheira. Por que não? *Vinho é a resposta para tudo*, brincou consigo mesma. Ela poderia bordar a frase num dos novos travesseiros.

Não, caramba, se repreendeu. Se ela não podia dar um jeito em sua vida, *pelo menos poderia ter o roupão*.

Sem querer perder a coragem, ela abriu a porta do chalé. Com o sol começando a se pôr sobre as colinhas verdes, ela foi *a pé*, sem carruagem, até o outro lado do vilarejo, rumo ao lugar que antes chamava de casa.

Ignorando as fiandeiras que pausaram suas confecções à frente do mercado para cochichar umas com as outras, ela seguiu de cabeça erguida. Os infusores atrás do balcão da infuseteria hesitaram com as bebidas cremosas que produziam com magia manual para clientes em encontros ou a caminho do trabalho noturno. Uriel, o velho armeiro, apenas observou, seus olhos como cristais opacos a seguindo, enquanto a forja esfriava sob seus cuidados distraídos.

Não acontecia nada de muito relevante em Elgin, o vilarejo onde a família de seu ex-marido morava havia gerações. Era meio que a graça, para Beatrice. Mythria não era um reino pequeno. Os castelos impressionantes dos nobres se erguiam sobre vales e montanhas, com pequenos povoados ao redor, como o vilarejo onde Beatrice cresceu. Criaturas monstruosas e maravilhosas existiam nas sombras e nas cercanias. A magia florescia em cada canto. A missão com Galwell, Elowen e Clare a levara para longe de sua humilde cidade natal, das elegantes ruas de Reina até as horríveis minas Grimauld.

Mas nunca para Elgin. As ruas largas do vilarejo não continham nenhuma sombra onde lembranças podiam se esconder.

No começo, quando Robert ainda a cortejava, ela enxergara beleza na simplicidade do lugar. Depois, com o tempo, viu conforto. Então, apenas familiaridade.

Naquele momento, não era nada além das fofocas que sua busca vespertina pelo roupão causaria.

Sem tropeçar apesar da embriaguez — *parabéns, Beatrice* —, ela conseguiu chegar a seu destino no limite da cidade. O solar.

Seu solar, outrora.

Parte da casa foi construída no declive, com os pisos superiores subindo ao céu. No centro, crescia um carvalho grandioso, com as paredes da casa construídas e reforçadas com magia manual para acomodar os galhos enormes da planta.

Diante da porta, Beatrice hesitou, seu estado desgrenhado levando a uma ligeira pausa. Ela não estava orgulhosa de sua aparência. Sob a luz mais lisonjeira, seu cabelo na altura do ombro brilhava como bronze. Naquele exato momento, imaginava que mais parecesse ervas daninhas mortas. Ela tinha certeza de que um rubor embriagado devorara as sardas em suas bochechas pálidas e redondas.

Havia sabão em seu cabelo? Com toda certeza.

Além disso, pela irregularidade de seus passos, desconfiava de que estava usando duas botas diferentes.

Que todos que a chamaram de heroína a vissem naquele instante.

Mas o que Robert podia fazer se ela aparecesse acabada na sua frente? Pediria um segundo divórcio? Ela abriu a porta, decidida.

No mesmo instante, parou.

De dentro da casa, veio a música de menestréis, entrecortada por risos estridentes. Até a música ela reconheceu. Era a rima popular do momento, escrita sobre os feitos de Clare Grandhart. Atravessando a galeria vazia na ponta dos pés até uma das janelas internas, ela espiou o grande salão do outro lado do pátio, onde…

Robert estava dando a porra de um banquete.

Perto da mesa longa cheia de comida, as pessoas dançavam com trajes refinados. Havia máscaras. Seu ex-marido tinha organizado a festa da estação… para comemorar o divórcio.

Enquanto ela bebia vinho na banheira.

Bom para ele! Bom para Beatrice! Todos deveriam comemorar o divórcio.

Embora separar sua vida da de Robert fosse exaustivo, não a entristecia nem um pouco. Ela se casara com ele porque ele era dócil, o que ela confundiu com bondade... e, sim, se casara com ele em parte por causa do título. Ela sonhava em se casar com um nobre desde seu nascimento humilde, ainda mais porque sua melhor amiga de infância, Elowen Fiel, cresceu rica. Após a missão, casar-se com alguém rico parecia a única coisa que Beatrice podia ganhar por salvar o reino.

Robert representara bem seu papel durante a corte. Ele se apresentara como tudo que faltava no último homem que ela havia deixado entrar em seu coração. Gentil, paciente, nobre até.

Nada como Clare.

Dentro das paredes de sua casa, porém, ela logo descobrira que nobreza e gentileza se limitavam à corte real e à reputação. Sob a presença imparcial do velho carvalho, Robert era... mesquinho, ciumento e, pior, entediante.

Queria ela ter terminado o relacionamento. No fim, ele a privara até daquela satisfação.

Como a estava privando do roupão.

Para recuperar a indumentária, ela precisaria subir. Para seu azar, a escada principal ficava bem no meio das festividades. Ela *não* deixaria que os convidados de Robert a vissem, a salvadora de Mythria, com sabão no cabelo e botas descombinadas. Imagine se achassem que ela estava de coração partido. Por *ele*.

Não. Ela pegaria a escada de serviço.

Ela só precisaria chegar lá sem ser vista. Dirigindo-se ao corredor, notou valetes do outro lado da passagem.

Ela se recusou a deixar que sua confiança vacilasse. *Sim*, ela estava bêbada. E daí? Clare estava bêbado quando invadiram o castelo Corpus. Ela só precisava subir a escada sem ser notada pelo olhar atento dos valetes do solar dos De Noughton. Ela era Beatrice dos Quatro; tinha roubado o Orbe de Grimauld dos araneídeos.

O próximo capítulo de seu legado heroico seria aquele roupão!

Ela correu em direção à escada de serviço. Mesmo bêbada de vinho, com botas descombinadas, Beatrice, não mais De Noughton, era ágil. Subiu depressa a escada em espiral, virou à direita, seguiu os corredores que conhecia tão bem sob os galhos do carvalho, até, exatamente como planejara, chegar ao antigo quarto.

Ela se surpreendeu com a sensação desagradável dentro dela assim que entrou. Como não notou aquilo em todos os anos morando ali? Para sua sorte, o quarto lhe ofereceu a distração perfeita.

Seu roupão rosa, estendido sobre a cama de Robert.

Ela pegou a peça macia. Vestindo as mangas, ela se deliciou com o calor repentino. Era perfeito. Desfrutando do conforto encantado, saiu do quarto...

Para encontrar valetes saindo da escada de serviço. Bom, ela não havia passado despercebida, então.

Atrás dos valetes estavam coisa pior: guardas. Ela estava bêbada demais para guardas. Embora não estivesse em condições de lutar, fugir ela poderia. Mudando a rota, atravessou os corredores da casa. Encontrar a escada principal não foi difícil. Trajando o roupão confortável, Beatrice desceu a escada.

Em sua embriaguez, lembrou de repente por que evitara a escada principal na primeira vez. Estava lotada de convidados celebrando o fim do casamento de Beatrice, saboreando vinho nas taças mais elegantes do solar. De cabeça baixa, Beatrice desviou dos guardas enquanto tentava não chamar a atenção. Até que...

No meio da escada, ela esbarrou em alguém. Alguém grande. Alguém másculo. Alguém cuja taça balançou e lançou gotas de vinho no cabelo ensaboado dela. Bom, *pior* sua aparência não poderia ficar.

— Merda, desculpa... — começou ela.

— Beatrice.

O som de seu nome, *naquela* voz, a paralisou como nem mesmo a magia mais tenebrosa do reino poderia fazer.

Ela ergueu os olhos. Pela primeira vez em dez anos, seu olhar encontrou os olhos de suas fantasias mais secretas, as íris de um azul cristalino como as águas do estreito de Galibrand, embora a tempestade contida neles tivesse mais a ver com os ventos cruéis do monte mythriano. Os anos não pesaram sobre ele. Estava insuportavelmente bonito.

— Aí está você — disse Clare Grandhart.

"Aí está você?" Como se ele estivesse procurando por ela? Ali, no banquete de Robert? Ou ali, na frente dele, apesar dos anos e da distância que mantiveram com cuidado, entrincheirados na raiva que nenhum deles abandonaria? *Aí está você, por fim.* Beatrice não sabia.

Ah, ela estava em dificuldades. Apenas instintos resilientes, aliados ao poder da embriaguez, a mantiveram coerente diante do homem que ocupava seus sonhos e que um dia partiu seu coração.

— Esperava mesmo me encontrar na festa que está sendo dada em homenagem ao meu despejo? — indagou ela, fulminante.

Com suas próprias palavras, Beatrice titubeou, entendendo. Quando os olhos dela se arregalaram de indignação, Clare sorriu, gentilmente cruel ou talvez cruelmente gentil.

— Você viajou até aqui para *comemorar* meu divórcio? — gritou ela.

Na verdade, a noção de homens solteiros bonitos virem à festa para comemorar sua solteirice até que a agradava. O que não a agradava era *aquele* homem. Se havia uma pessoa em Mythria que não tinha o menor direito de se alegrar com o novo estado civil de Beatrice, era Clare Grandhart.

Ele a observou com atenção. Ao gritar, ela podia jurar ter visto algo vacilar na expressão dele.

Para seu azar, a exclamação teve o resultado que Beatrice menos queria. Os músicos interromperam o rangido lento de suas cordas. Todos a encararam. Lá estava Beatrice dos Quatro, em seu roupão encantado favorito, bêbada e de penetra, no meio do banquete de seu ex-marido.

Qualquer emoção que tenha perpassado a expressão de Clare desapareceu em breves momentos. Sob os olhares pasmos dos convidados, ele apenas deu de ombros.

— Fui convidado para a festa de um nobre — informou ele com uma indiferença pouco convincente. — Se cheguei a notar o nome e a região no convite… bom… — Mais uma vez, aquele sorriso frio. — A ideia que seu ex-marido tem de um búfalco assado não teria valido a viagem. Comemorar a *sua* infelicidade, por outro lado…

Ela ficou boquiaberta. Não bem de surpresa. Nada que Clare estava dizendo contradizia como ela entendia o fim daquele relacionamento malfadado. Ela só nunca havia esperado sentir a frieza implacável dele em pessoa. Por que romper uma década de silêncio rancoroso *naquele momento*? Ela mal conseguia acreditar que o fantasma de cabelo dourado e olhar penetrante de seu passado estava ali.

— Você e Robert deveriam fundar um clube — retrucou ela. — Os Maiores Erros de Beatrice. Vocês poderiam usar faixas.

As palavras tinham um sabor deliciosamente amargo em sua língua. Continuar era tentador em níveis absurdos, abrir velhas feridas na escadaria de sua mais recente mágoa. Para ver até onde chegava sua *dor*.

Clare se inclinou para a frente, como se ele também fosse atraído pela dor que pulsava entre eles. Para gritar, para xingar, para agarrar, para cravar os dedos com força, para…

Ele olhou para o lado. Conjuradores estavam invocando a imagem dos dois, preservando a aproximação deles para sempre. Logo estaria nos panfletos de fofoca de Mythria. Os escribas adorariam. O casal controverso dos Quatro, reunidos e… brigando.

Curiosa ou não, masoquista ou não, Beatrice *não* queria lidar com conjuradores. Ela deu um passo para trás, esquecendo que estava na escada.

Clare a segurou.

O toque a atingiu com fervor, chocando passado e presente numa colisão impossível. Como a mão dele, nela por apenas um instante estabilizador, transmitia *exatamente* a mesma sensação de que ela se lembrava quando tudo era tão diferente e devastador?

Ele a soltou. O momento passou, o indício de cavalheirismo, para não dizer pena, desapareceu. Por outro lado, Beatrice sentiu uma satisfação perversa em perceber que ele estava sem graça. Era como marcar pontos num jogo que ela não entendia.

Enquanto esperava, Clare endireitou os ombros. Ela notou que a postura dele estava mudando. Sem explicação, ele estava assumindo algo como formalidade, o que lhe caía como uma armadura mal forjada.

— Você… parece bem — disse ele, empertigando-se para os espectadores.

Beatrice sabia que sir Clare se importava mais com a própria fama do que com qualquer outra coisa ou pessoa. Títulos de cavaleiros foram oferecidos a três deles em reconhecimento à missão. Beatrice não quis nada com aquele espetáculo carregado de culpa. Elowen já havia quase desaparecido do reino. Apenas Clare apareceu, desfilando e sorrindo para tudo quanto era tabloide escribal.

Beatrice, porém, pouco ligava para as manchetes. Não ligava antes e não ligava naquele momento. Ela não se comportaria apenas para que ele parecesse um cavalheiro.

— *Pareço*, Clare? — Ela apontou para o roupão rosa, para a calamidade do próprio cabelo. — Pareço mesmo bem?

— Não disse que você estava bem-vestida… mas você… — Ele tossiu. — Está linda como sempre.

O elogio embrulhou seu estômago mais do que o excesso de vinho. Como ele se atrevia a ser *gentil* com ela na frente de uma plateia? Que canalha!

— O mesmo Clare Grandhart de sempre. Divirta-se — falou alto, pretendendo deixá-lo para trás pela segunda vez na vida.

Ela *conseguiu* descer a escada diante dos olhos de todos. Beatrice ouviu murmúrios de "Claretrice" que a fizeram querer se encolher. Ela tinha ouvido algumas vezes o "nome de casal" que os escribas famosos haviam cunhado para a malfadada relação entre ela e Clare durante a missão, como se fossem astros de uma novela de sombras ou coisa assim. Era irritante, outra forma como seu coração partido tinha virado nada além de entretenimento para os outros.

O arauto na entrada do grande salão também parecia ter dificuldade para lidar com a surpresa que era sua presença.

— Ilustres convidados — começou ele, inseguro, dirigindo-se à multidão. — Lady Beatrice dos Quatro, heroína do reino!

Com a confiança começando a diminuir, Beatrice se lembrou de que já enfrentara coisa pior. Ela parou e conseguiu fazer uma mesura.

— Só "heroína do reino" já está de bom tamanho — disse ela em voz alta. — Não sou mais uma lady.

Quando vistoriou o salão, encontrou os olhos de Robert, imóvel ao lado do assado. Ela reconheceu a expressão de fúria silenciosa vibrando no rosto dele.

No ex-marido, ela por fim notava a sede que sabia existir em homens dóceis. De serem admirados. De serem ouvidos pelas mulheres. Quando ele não conseguia se fazer parecer grandioso, contentava-se em fazer os outros parecerem insignificantes.

— Não mais uma heroína também, pelo visto — comentou Robert a plenos pulmões.

Risos constrangidos se espalharam pelo salão. Apesar da flecha que seu ex-marido tinha acertado em um dos seus pontos mais sensíveis, ela não se permitiu mostrar a dor.

— Bem, dormir por oito anos com você exigiu muito heroísmo, sim — respondeu ela.

Quando novos risos ressoaram, ela viu Robert ferver de raiva. Seus traços se contorceram, e ele acenou com um dedo para a frente, convocando os guardas.

Beatrice ergueu as mãos em sinal de rendição.

— Não precisa — avisou ela. — Já estou de saída.

— Beatrice... — ouviu Clare dizer.

— *Estou de saída* — repetiu ela, áspera.

Seguida pelos cochichos, um burburinho maldito de "Claretrice" que ela sabia que todos os convidados teriam o maior prazer em espalhar por meses, ela abriu caminho pela multidão, de cabeça baixa.

O saguão de entrada estava visível, a clemência refrescante da noite ao alcance, quando, *inferno*, ela sentiu uma mão em seu cotovelo. Só podia ser de Clare. Frustrada, ela se virou.

Para então ser pega de surpresa pela intensidade nos olhos dele. Pareciam... fervorosos. Sinceros. Ladinos não deveriam parecer sinceros. Homens que a odiavam não deveriam parecer sinceros.

— Podemos recomeçar? — pediu ele, com a voz grossa, como se fosse inexperiente no assunto.

Ela riu.

— Está dez anos atrasado para isso.

O maxilar dele ficou tenso.

— Quer dizer, esta noite. Vamos fazer as pazes. As pessoas mudam. *Eu* mudei.

— Você está no meio do banquete de divórcio do meu ex-marido — disse ela, furiosa — e vem me dizer que *mudou*? Por que você iria querer fazer as pazes comigo?

Um brilho combativo surgiu nos olhos de Clare, aquilo ela reconhecia.

— Porque teremos que nos ver no casamento da rainha em breve. Deveríamos ser cordiais — esclareceu ele.

A surpresa deixou Beatrice sem palavras no meio de sua embriaguez.

Clare continuou, parecendo nervoso e meio frustrado consigo mesmo.

— É... eu... não deveríamos macular as festividades com nossa discórdia — explicou ele. *Macular? Discórdia?* Ela não sabia por que ele estava falando como os personagens pomposos de novelas de sombras. — Precisamos remediar nossas... brigas e ir ao casamento de maneira decente. É o que... — A voz vacilou. — É a coisa certa a fazer — completou ele.

Beatrice estreitou os olhos. Ela não conseguia entender por que Clare Grandhart estava fazendo aquela demonstração de decência.

No entanto, bêbada ou não, ela enfim soube o que dizer.

— Recuso sua sugestão de paz — informou a ele — pelo fato de que não vou ao casamento da rainha.

Nas semanas desde que ela havia recebido o convite formal para o casamento da rainha Thessia de Mythria, ela não parara de se sentir horrível por ter jogado fora o papel pesado, decidindo no mesmo instante que não iria.

Ela não desejava nada além de felicidade à rainha Thessia em sua cerimônia de casamento. Embora fizesse anos que não se falassem — outro efeito da culpa de Beatrice, outra razão para ela se culpar —, ela considerava a jovem rainha uma de suas poucas amigas de verdade. Beatrice achava a governante de Mythria de 32 anos excepcionalmente bondosa apesar de tudo que perdera.

No entanto, Beatrice não suportaria ver os velhos amigos, a antiga paixão. Não suportaria reviver tudo pelo que passaram. Pior, o casamento coincidiria com o Festival dos Quatro, a celebração iminente de dez anos desde as façanhas de Beatrice, Galwell, Elowen e Clare. Beatrice não precisava de magia para prever escribas em cada canto atrás de entrevistas, fãs gritando seus nomes...

Apenas mais uma comemoração da pior coisa que já lhe acontecera. Não, ela não participaria das festividades. Não conseguiria.

Confusão contorceu os olhos de Clare.

— Você precisa ir — disse ele.

— Na verdade, não — retrucou ela, cortante. — Boa noite e tenha uma boa vida!

Ela saiu em direção à porta.

Clare pegou o braço dela mais uma vez, com uma firmeza delicada. Uma urgência. Ela afastou as lembranças emocionantes que o contato despertou.

— Tudo bem se você não quer que a gente se perdoe — constatou Clare, com a voz baixa. A dicção afetada sumiu, o ladino de que ela se lembrava transparecendo com a fala cortante. — Mas não prive Thessia dessa felicidade. Não depois de tudo pelo que ela passou.

A mágoa da alusão dele a atordoou. Ela levantou os olhos para os dele mais uma vez, sentindo-se traída. Não devia ter sido uma surpresa, em retrospecto. Traí-la era a especialidade de Clare Grandhart. No olhar que trocaram, de feridas secretas, o corredor cheio de convidados bisbilhoteiros desapareceu.

— A Beatrice que eu conhecia iria — provocou ele.

Ela desvencilhou o braço da mão dele.

— Você tinha um pouco de razão. Acho que *certas* pessoas mudam — disse ela.

E então saiu da casa que antes chamava de lar.

A porta do solar se fechou atrás de Beatrice antes que deixasse as lágrimas quentes arderem seus olhos. Ela odiava que Clare havia cutucado feridas que ele *sabia* que machucariam, e machucaram. Odiava que as palavras de seu ex-marido fossem verdadeiras. O que restava para ela? Apenas fama por algo que fez uma década antes, já se esvaindo.

Fama e culpa.

No fundo do coração, Beatrice sentiu a pontada de feridas da lembrança que ela não deixava fechar. Feridas que Clare havia cutucado com dedos ágeis e familiares.

Muitos em Mythria possuíam magia de algum tipo. A magia manual era útil para controlar o mundo material, fosse na forma de dons culinários, poderes para moldar metal, rocha ou outras substâncias, ou dons para manipular o corpo. A magia vital envolvia compreender ou controlar emoções e vontades. A magia mental se relacionava a dons de memória ou percepção.

Embora alguns dons mágicos fossem menores ou tão específicos que mal se diferenciavam de uma simples habilidade, como intuição na cozinha ou sintonia com a harpa, por exemplo, outros poderiam resultar em poderes raros e consideráveis.

Beatrice possuía uma magia mental incomum. Com seu dom, conseguia revisitar lembranças dela ou dos outros, como se as estivesse vivendo ou revivendo. Algo com o que ela havia ficado obcecada em realizar, mergulhando em apenas uma lembrança, de novo e de novo. Robert de Noughton perdera várias vezes a paciência com sua exaustão, irritabilidade e preocupação.

Ela não se importava.

Pois, embora todos soubessem que Beatrice ajudara Galwell, o Grande, a defender o reino, ninguém sabia que ele havia morrido por causa dela.

A culpa nunca abandonou Beatrice. Galwell era especial. Não era apenas seu amor de infância, o irmão de sua melhor amiga ou o melhor amigo de seu amante.

Ele era... a esperança encarnada. Aos olhos de muitos, era o homem cujo exemplo Mythria poderia seguir para se tornar mais bondosa, mais forte, mais nobre. Ele era *o* herói.

Ele estava morto. Por causa de Beatrice.

Toda noite, na cama do quarto que ela tinha acabado de invadir, ela voltava ao campo de batalha, onde revivia o momento em que Galwell morrera diante dela. Era em parte masoquismo, e em parte uma esperança vã de que talvez entendesse o que poderia ter feito de diferente. Ela havia encontrado cem coisinhas que poderiam ter impedido a morte dele e, mesmo assim, não conseguia parar de submergir na lembrança, em busca de um refúgio.

Naquela noite, claro, seria igual.

"Não prive Thessia dessa felicidade. Não depois de tudo pelo que ela passou."

Beatrice apertou os olhos para conter as lágrimas. Recordar que não era uma heroína a fazia se sentir honesta. Lembrar com quem falhara, porém, apenas machucava.

Não era apenas Elowen, que perdera o irmão e depois abandonara toda a estrutura da vida. Não eram apenas os mythrianos, cujo ídolo se foi. Thessia estivera noiva de Galwell, o Grande. Ah, como ela o amava! Beatrice se lembrava do olhar afetuoso da então jovem princesa, cheio de sentimentos que Beatrice reconhecia com carinho da própria juventude.

Ela se lembrava do grito da princesa quando voltaram da última batalha contra a Ordem, o som visceral de alguém que sabia que más notícias estavam por vir. Era praticamente a única lembrança que Beatrice tinha de seu dia de vitória.

Ela soltou um suspiro alto, na esperança de aliviar parte da pressão em seu peito. Não, ela não era a heroína que o povo de Mythria merecia. Mesmo assim, as palavras de Clare ecoaram em sua cabeça, consumindo-a por completo como só ele conseguia fazer. Não era porque ela não era a heroína que o reino merecia que precisava ser covarde.

Não quando sua covardia machucaria Thessia.

No fim, ela chegou à pior conclusão. Odiava quando isso acontecia. Exasperante ou não, ridículo ou não — aparecendo na festa de divórcio do ex dela —, pretensioso ou não, Clare Grandhart estava *certo*.

Aquele casamento era sua chance de levar luz em vez de trevas à vida de Thessia. Se fugisse da celebração, ela fecharia a porta para partilhar da alegria de Thessia, talvez pela última vez.

Beatrice não poderia fazer isso. Precisava ir àquele casamento. A culpa pesaria nela para sempre, mas ela poderia se esforçar por uma de suas únicas amigas no mundo.

Daquela vez, ela não sabia sinceramente se já havia enfrentado algo pior. Sabia apenas que enfrentaria isso.

Elowen

lowen Fiel vivia bem acima do chão, a habitação construída no alto do galho mais instável da árvore mais alta na floresta isolada que ela chamava de lar. Chegar até Elowen exigia, entre outras coisas, atravessar uma floresta amaldiçoada, subir três escadas descomunais e jurar lealdade a um peregrino da mata temperamental chamado Morritt. Era uma tarefa quase impossível chegar à porta de Elowen. O que significava que ela nunca tinha visitas humanas.

Exatamente como ela gostava.

O que tinha, porém, eram novelas de sombras. Histórias encenadas pelos melhores atores de Mythria, conjuradas para serem vistas cinco vezes por semana via magia mental. Elowen tinha começado a assistir quando era criança. Aos 30, eram a única coisa de sua juventude que conservava. Sua favorita se chamava *Desejos da noite*. Acompanhava uma família que passava o tempo todo brigando uns com os outros e flertando com seus vários interesses amorosos.

Desejos era a janela de Elowen para o mundo que ela havia deixado para trás. Ela poderia mergulhar na experiência como espectadora sem medo de absorver nenhuma das emoções sem querer. Elowen nascera com o dom de magia vital, e conseguia captar os sentimentos das pessoas por proximidade e absorver suas emoções através do toque. Em geral, odiava seus poderes. As emoções eram muito volúveis, para começo de conversa. As pessoas podiam se sentir de uma forma e agir de outra, e parecia mais um fardo do que uma vantagem saber com que frequência o coração traía a mente. Com as novelas de sombras, porém, Elowen nunca precisava lidar com o fardo físico das decepções ou falhas dos personagens. Ficava sozinha por completo enquanto assistia a toda a gama de emoções que a vida tinha a oferecer.

E ela poderia interagir com outros fãs usando uma tapeçaria mágica de mensagens sem nunca precisar revelar quem era de verdade. Para eles, ela era apenas uma fã anônima e apaixonada de *Desejos da noite*, não Elowen dos Quatro, a aclamada heroína do reino.

Quando o mais novo episódio de *Desejos da noite* chegou perto do fim, a conjuração foi se intensificando, a música dramática crescendo para uma grande revelação: a personagem favorita de Elowen, Domynia, que estava morta havia muito tempo, tinha sido ressuscitada!

Elowen se levantou da poltrona.

— Espectros do céu! — comemorou ela enquanto lágrimas escorriam por seu vestido diurno. — Ela voltou!

Anos antes, quando a novela de sombras exibiu a morte de Domynia, Elowen comprara todos os figurinos originais da personagem para lidar com a perda. Custara uma pequena fortuna, todos os tostões que ela havia economizado na vida, para ser exata.

A tapeçaria de mensagens de Elowen apitou sem parar, os outros fãs da novela de sombras reagindo à revelação. Assim que Elowen se preparou para responder, alguém bateu em sua porta. Sua porta *quase impossível de alcançar*.

— Elowen? — chamou uma voz ressoante.

Quando se mudou para a copa da árvore, Elowen confeccionou várias armas de proteção e as escondeu em sua estranha casa atulhada de coisas. Debaixo da poltrona, havia uma espada feita com um galho. Elowen envolveu a mão ao redor dela, refreando qualquer ansiedade que tivesse quanto a interagir com alguém cara a cara, ainda mais atacar aquela pessoa. Já fazia anos que Elowen não tinha uma aula de combate. Até que era uma boa lutadora antes.

Ela era tantas coisas antes.

Elowen percebeu que, quanto mais tempo tivesse para pensar, pior seus medos se tornavam. O intruso precisava ser confrontado depressa, por isso Elowen pegou a espada de madeira, deu três passos longos até a porta e a abriu.

Ela não sabia quem esperava encontrar do outro lado, mas com certeza não era um homem com músculos do tamanho de rochedos e olhos da cor de dumortierita preciosa. Ele era o tipo de pessoa que chamariam de robusto, e estava coberto de terra, com cortes e raspões ensanguentados no rosto. Os ferimentos demonstravam com clareza as muitas dificuldades que ele havia enfrentado para chegar à porta de Elowen. Ele usava o brasão real no tecido que marcava seu peitoral saliente. Um guarda da rainha Thessia. Olhando para o homem, Elowen conseguiu captar a sensação de triunfo dele. Não era pouca coisa chegar à porta dela, e ele com certeza supunha que o pior já tinha passado. Se conseguisse ler mentes em vez de corações, ela saberia o que o levou à casa dela. O Festival dos Quatro era o mais provável. Mas não, tudo que Elowen conseguia era sentir como ele estava satisfeito consigo mesmo, e isso não a ajudava em nada.

— Aff — disse Elowen, todo o seu medo se transformando numa frustração muito potente. — Por favor, vá embora.

— Infelizmente, não posso — respondeu com a voz retumbante. O som que ele emitia tinha notas graves tão intensas que chegava a vibrar as tábuas rangentes do assoalho. — Quase perdi a vida para chegar até você.

— Esse me parece um problema seu. — Elowen fez menção de fechar a porta.

O guarda apoiou a mão muitíssimo forte na porta, mantendo a passagem aberta. Ele fixou os olhos de pedra preciosa nela, estreitando-os num olhar ardente. Elowen conhecia bem a expressão. Os homens das novelas de sombras estavam sempre direcionando olhares ardentes como aquele para seus interesses amorosos. Ela sentiu que o homem queria seduzi-la.

— *Você* é um problema meu — corrigiu ele.

Ah, sim. Ele tinha até o temperamento dos artistas de novelas de sombras. Aquela energia tempestuosa e desafiadora. Aquele homem fora quase criado para fazer certas pessoas suspirarem. Mas não Elowen. Ela nunca havia reparado em homens.

Em mulheres, por outro lado...

— Não sou problema de ninguém além de mim — garantiu a ele.

O guarda riu como se isso tivesse graça, sendo que era apenas a verdade.

— Você deve saber como é difícil chegar à sua morada — disse ele. — Muitos tentaram e fracassaram. Sou o primeiro a completar essa valente missão.

Ele apertou a mão grande sobre o coração, achando que Elowen estaria tão impressionada quanto ele próprio estava. Ela não estava impressionada. Estava irritada.

— Trago um convite — continuou ele. — Você foi cordialmente convidada ao casamento de nossa majestade real, a ilustre rainha Thessia de Mythria.

Elowen reprimiu a surpresa enquanto lágrimas quentes ardiam nos cantos de seus olhos. Num passado distante, a rainha Thessia, à época uma princesa, havia planejado se casar com o irmão mais velho de Elowen,

Galwell. Os dois eram o auge da tragédia romântica. Toda novela de sombras tentava recriar sua história triste. Thessia era uma princesa sequestrada em perigo. Galwell era o nobre herói que a resgatou, depois morreu tentando salvar o reino. Em teoria, era perfeitamente devastador.

Na realidade, Galwell era virtuoso demais para admitir que não amava Thessia como ela o amava. Não que isso importasse mais. Ele estava morto havia dez anos, e não existia ninguém em toda Mythria que teria interesse em saber que a história de amor trágico mais famosa de todos os tempos fora uma mentira. Apenas Elowen carregava o fardo de saber daquele segredo específico.

Mesmo sem o drama pessoal envolvido, Elowen não conseguia acreditar que Thessia se atreveria a convidá-la para um *casamento*. Casamentos eram sobre amor, comunidade e promessa do futuro. Três coisas que Elowen removera da vida de maneira muito intencional.

— Recuso — anunciou Elowen ao guarda sem rodeios.

Franzindo a testa, o guarda baixou o olhar para o papel robusto e reluzente na mão dele que anunciava as núpcias iminentes da rainha Thessia.

— A rainha Thessia disse que garantir seu comparecimento era fundamental.

Elowen fechou os olhos, permitindo a si um momento para pensar. Ela queria ver o irmão, e o único lugar em que ele ainda vivia era dentro da mente dela. Galwell, o Grande, outrora conhecido por ter o cabelo acobreado mais esvoaçante e admirável que qualquer pessoa em Mythria já tinha visto. O cabelo de Elowen era comprido e farto do mesmo modo, mas era Galwell quem recebia os elogios por isso. Era assim com quase tudo quando se tratava dos dois.

Se fosse o contrário, Galwell vivo e Elowen morta, e o antigo par romântico de Elowen tivesse convidado Galwell para um casamento, ele teria ido. Talvez tivesse até organizado a recepção. Mas foi Elowen quem sobreviveu e Galwell quem morreu. Elowen não era de perdoar, mesmo quando devia. Afinal, se Thessia não tivesse sido sequestrada, Galwell não teria sentido a necessidade de embarcar numa missão heroica. Não teria achado que precisava salvar o reino.

Ainda estaria vivo.

— Meu *não* se transformou em *nunca* — disse Elowen enquanto batia a porta.

— Se não comparecer, a rainha vai cortar seu salário de heroína, a partir de agora! — gritou o guarda do outro lado.

— Tenha um bom dia! — berrou Elowen em resposta, resistindo à onda de pânico que crescia dentro dela. — Boa sorte com o peregrino da mata! Ele vai querer coletar suas unhas quando estiver saindo, se já não as tiver pegado!

Elowen apoiou as costas na porta enquanto seus pensamentos entravam em frenesi. Em reconhecimento ao que fizeram para salvar o reino, a rainha ofereceu a Elowen, Beatrice e Clare um pagamento mensal como um gesto de agradecimento por tudo que haviam feito para proteger Mythria. Beatrice rejeitou de cara. Clare topou de bom grado. Elowen aceitou com uma boa dose vergonha. Ela não gostava de ser sustentada pela rainha, mas o dinheiro lhe permitia levar a vida de solidão que desejava. Era bastante caro ter todos os seus itens essenciais entregues por pássaros mensageiros na copa de uma árvore.

Sem o estipêndio, ela não tinha nenhuma outra opção viável. Seus pais eram abastados, mas se recusavam a apoiar seu isolamento. Teria que morar com eles para ter acesso ao dinheiro, o que não seria um problema se eles não fossem tão *sociáveis*. Davam festas, organizavam jantares e inventavam mil motivos para convidar amigos para eventos aleatórios. Elowen mal tolerava aquilo quando era criança. Como adulta? Preferia se reduzir a pó.

Bem naquele momento, sua pequena tapeçaria mágica soltou um barulhinho diferente, o som de uma mensagem privada.

"Você é a maior fã de *Desejos* desta tapeçaria", dizia a mensagem. "Pode me indicar alguém que faça boas réplicas dos trajes originais de Domynia? Estou desesperada para pôr as mãos neles agora que ela voltou. Pagarei o que for preciso."

Elowen arregalou os olhos. Se vendesse os figurinos de Domynia, teria dinheiro sobrando para se sustentar por pelo menos um ano, se não mais. Melhor ainda, estaria livre dos vínculos com a rainha Thessia.

Que sorte incrível. Suas novelas de sombras nunca a decepcionavam.

As mãos tremiam enquanto Elowen usava tinta mágica para escrever uma resposta.

"Posso oferecer algo ainda melhor. Posso vender os figurinos verdadeiros."

"Combinado", escreveu a outra pessoa de imediato. "Por acaso você está na região de Featherbint? É onde estou."

Elowen perdeu o ar.

"Featherbint fica muito perto de mim. Posso entregar os figurinos hoje, se quiser. Podemos negociar o preço lá."

"Seria um grande prazer. Vamos nos encontrar na livraria daqui a uma hora! Vou me sentar nos fundos. Vou estar com uma hemália roxa no manto."

Sem se dar tempo para refletir sobre seus atos, Elowen juntou os figurinos e os colocou numa bolsa grande. Vestiu seu manto mais escuro, ergueu o capuz para esconder o cabelo ruivo e a pele clara, e protegeu os olhos com óculos mutaluz.

Em sua humilde opinião correta, todos exageravam a dificuldade para chegar à sua habitação na copa da árvore. Não era *tão* difícil assim entrar ou sair. Com sapatos adequados, uma bolsa cheia de unhas cortadas para Morritt, uma trilha sonora constante de músicas cantaroladas para afastar a ameaça dos pesadelos feitos de magia mental e a adrenalina de perder sua única fonte de renda no exato momento em que sua personagem favorita voltava à sua novela de sombras favorita, era moleza.

— As pessoas são tão dramáticas — murmurou Elowen enquanto passava pelo guarda robusto, que estava gritando, pendurado numa trepadeira cheia de espinhos no limite da floresta amaldiçoada.

Logo seria liberto. As trepadeiras nunca prendiam ninguém por muito tempo. Não eram más, apenas travessas, o que as tornava incompreendidas por muitos. Elowen mal encontrou problemas no caminho, apenas uns dois pesadelos se prenderam a ela. Sem problemas. Eles fariam companhia a seus outros pesadelos.

Featherbint era uma aldeia minúscula de lojas especializadas, como: um comércio de sapatos usados de cavalobol e uma butique de cristais raros. Ao meio-dia em ponto, o sol brilhava bem sobre a tinta desbotada que cobria todos os prédios, destacando os anos de abandono. A aldeia não tinha progredido desde a última visita de Elowen, anos antes.

Olhando pela janela suja da livraria, Elowen viu uma mulher sentada nos fundos. Seu cabelo, que cobria o rosto, tinha um tom de turmalina negra recém-polida que combinava com sua roupa elegante. As partes expostas de sua pele marrom e quente tinham sido cobertas por uma loção cintilante que a fazia parecer brilhar. Havia uma flor de hemália roxa bordada no capuz de seu manto.

O coração de Elowen começou a bater acelerado. Fazia muito tempo que ela não ficava perto de uma mulher bonita. Mulheres bonitas eram, infelizmente, sua maior fraqueza.

Elowen não tirou os óculos mutaluz ao estender a mão para a porta da livraria. Era falta de educação usá-los em ambientes fechados, mas ela não podia correr o risco de deixar que vissem a marca de nascença sob seu olho direito. Muitos diziam que tinha formato de coração; na verdade, era apenas uma manchinha. Mesmo assim, possibilitaria reconhecer Elowen. E seus olhos, azuis como os do irmão, revelariam sua identidade ainda mais rápido do que o cabelo. Ela voltaria a ser Elowen dos Quatro. Pessoas gritariam. *Adoravam* gritar para ela. Coisas como "Use sua magia e toque em mim!" ou "Consegue *sentir* o quanto te amo?".

Seria um desastre.

Um sininho tocou quando a porta se abriu. A outra fã ergueu os olhos com o som. Elowen desviou o olhar, desconcertada pela intensidade do olhar e pela sensação de que aquela mulher estava... empolgada? Era isso mesmo? Parecia um nível de entusiasmo que ia além do esperado mesmo dos maiores fãs de *Desejos*. Ainda bem que Elowen estava de óculos. Eles disfarçavam o calor que subiu por suas bochechas. E se aquela mulher atraente a achasse atraente também? A situação deixaria de ser um desastre para se tornar algo muito mais extremo: passaria a ser *encantadora*.

Elowen odiava ser encantada.

Ela seguiu em frente com os olhos encobertos fixos no teto, examinando as vigas de madeira podre que sustentavam a livraria.

— Como assim? Nenhum cumprimento para uma velha amiga? Queria tanto que você sorrisse para mim. Gosto bastante de seus sorrisos, por mais raros que sejam.

Ou o pesadelo que se prendera a Elowen havia começado a alterar sua realidade, ou a falta de sono estava criando o mesmo efeito. O vidro da fachada tinha obscurecido a capacidade de Elowen de ver o que naquele exato momento era muito claro: não era outra fã de *Desejos da noite* sentada sozinha na livraria. Era uma mulher completamente diferente. Uma mulher com o rosto mais deslumbrante do mundo com covinhas que marcavam a pele marrom de suas bochechas macias e perfeitas.

— *Vandra* — sussurrou Elowen, incrédula, tirando os óculos do rosto.

O nome saiu antes que ela se lembrasse que planejara nunca mais dizê--lo. Tinha sido sua forma de autopunição. Ela não tinha mais permissão de se deliciar com o sabor daquelas sílabas. *Vandra*. Um nome tão perfeito. Delicioso e intenso. Como uma bramboesa gelada num dia quente.

— Em carne e osso — respondeu Vandra com orgulho.

Ela levantou para se revelar por inteiro, colocando as mãos na cintura como se dissesse: "Aqui estou eu, aproveita".

Um instante de silêncio atordoado se passou entre as duas. Não havia mais ninguém na livraria, Elowen percebeu com uma preocupação distante. *Cadê o livreiro? Cadê os outros clientes? Será que Vandra tinha feito algo com eles?*

— Minha querida, é falta de educação ficar encarando de boca aberta — disse Vandra. — Se continuar assim, pode me magoar. Eu odiaria me magoar.

Apesar das instruções claras, Elowen continuou encarando, sem conseguir se recuperar do choque. Os lábios cheios. O cabelo e os olhos escuros. Os seios. Fartos, por sinal. Estava tudo ali. Vandra Ravenfall, a assassina perigosa e encantadora, estava em frente a Elowen pela primeira vez em anos.

O passado delas voltou à tona. Beijos roubados entre acampamentos. Noites tateando no escuro, tocando uma à outra com uma urgência febril, sabendo que a qualquer momento alguém procuraria por Elowen e elas teriam que se separar. Elas nunca precisaram falar sobre o que eram uma para a outra, porque nunca houve nada a comunicar. Eram adversárias que se divertiam em seu tempo livre. Ao fim da missão, Elowen não havia nem se despedido de Vandra. Por que se despedir de alguém que nunca nem foi oficialmente parte de sua vida?

Atordoada, Elowen deu meia-volta.

— Preciso ir — anunciou ela.

— Sinto dizer que você não vai a lugar nenhum sem mim — gritou Vandra atrás dela. — Não tão linda assim.

O elogio fez Elowen vacilar. Os flertes incansáveis de Vandra sempre a deixavam sem chão, uma sensação de que ela não gostava nem um pouco. Era ainda pior quando Vandra a tocava, como fez naquele instante, colocando a mão no ombro de Elowen.

Merda. Havia tanto tempo que Elowen não era tocada. Era arrepiante e estranho e avassalador. Deixou-a fixada no momento. Não era obra de pesadelos ou maldições. Era *real*.

Pior, era bom. Bom até demais. Elowen tinha passado uma década se convencendo de que gostava da solidão constante. Acreditava não precisar de nenhuma interação humana para ter uma vida plena e, dia após dia, entre as árvores, provou a si mesma que estava certa. Um único toque, cheio de história e paixão, expôs a fragilidade de suas convicções. Ela não estava vivendo. Estava sobrevivendo. E, como lembrou da diferença, não tinha ideia de como se recuperar rápido o suficiente para convencer Vandra a deixá-la em paz.

— Veja bem, a rainha Thessia sabia que você seria a mais difícil de convencer. Por isso, me encarregou da grande honra de levar você ao casamento, caso o outro plano falhasse. Naturalmente, falhou — explicou Vandra. — Disseram-me que eu poderia ter que abrir mão de unhas para pegar você, e estou muito feliz por continuar com elas. Gostei muito do tom de rosa que encantei nelas. Não estão lindas?

Naquele momento, Vandra encostou a boca na orelha de Elowen, e a pressão insistente do toque fez Elowen sentir todo o desejo intenso e urgente de Vandra.

— Faz tanto tempo, não faz? É maravilhoso ver você — ronronou Vandra.

Os joelhos de Elowen quase cederam. Ela precisou se desvencilhar do toque, senão faria algo imperdoável, como traçar a bochecha de Vandra com o dedo. Ou enfiar a língua dentro da boca de Vandra. Em vez disso, escapou da mão da mulher, livrando-se de seu desejo. Ela concentrou toda a atenção na floresta amaldiçoada ao longe. Precisava correr. Fazia anos que não corria, mas precisava tentar. Adrenalina e delírio eram sem dúvida uma receita para o sucesso. Ela poderia conseguir.

— Não me diga que está pensando em fugir — comentou Vandra. — Acabei de mandar encerar as botas. Eu odiaria ficar com um pesadelo preso nelas sem necessidade.

Elowen se virou.

— Não posso ir com você — argumentou ela, como se isso bastasse para impedir Vandra de correr atrás dela.

Explicar mais exporia sua solidão. Elowen podia admitir isso a si mesma, mas nunca em voz alta.

Vandra franziu a testa. Uma cena rara e feita mais para provocar do que como uma expressão do que ela sentia.

— Não está orgulhosa que eu trabalhe para a rainha?

— Estou ofendida — disse Elowen com sinceridade. — Não consigo acreditar que minha suposta rainha soberana contrate gente como você.

Elowen pretendia machucar, e conseguiu. Um vislumbre de emoção sincera surgiu na expressão controlada com cuidado de Vandra. A sombra mais rápida de dor, que desapareceu tão rápido quanto surgiu. No fundo, Elowen não tinha falado sério.

Dez anos antes, Vandra tinha sido contratada por um homem muito irritante chamado Bartholomew, um dos inimigos de infância de Galwell que queria frustrar a missão do grupo. Era um trabalho peculiar para Vandra. Ela não tinha sido encarregada de matar Galwell, apenas dificultar a vida dele para que Bart pudesse resgatar Thessia antes e ser declarado o herói de Mythria. Vandra encontrava os Quatro a todo momento, acrescentando uma camada extra de dificuldade às suas já complicadas tarefas. Às vezes, Vandra conseguia, desviando os Quatro do caminho por um dia ou dois. Outras, ela falhava. Vandra aceitava as perdas com serenidade, sabendo muito bem que planejava se encontrar com Elowen depois para que ela pudesse aceitar algumas coisinhas também. Bartholomew, por sua parte, nunca chegou perto de resgatar Thessia e, até onde Elowen soube, não havia nem pagado Vandra por seus serviços. Ela foi, sem dúvida, um incômodo para os Quatro, mas nunca uma má pessoa.

Perigosa, porém? Isso ela sempre foi.

— Talento é talento, minha querida — rebateu Vandra, retomando seu bom humor natural. — Ela me pediu para fazer o que fosse necessário para levar você ao casamento, desde que não envolvesse violência. O que é irrelevante, claro, porque não trabalho mais com violência. Muita coisa mudou desde que nós nos vimos pela última vez. — Ela se aproximou, colocando a mão em forma de concha ao redor da boca como se contasse um segredo. — Deveria estar intrigada, aliás. Não sou mais a mulher que você conhecia.

Sua respiração, tão próxima, arrepiou os pelos da nuca de Elowen.

Vandra estava mesmo diferente de como Elowen se lembrava. Dez anos poderiam fazer isso com qualquer um, entretanto era mais do que Elowen teria esperado se soubesse que voltaria a ver Vandra. Ela sempre fora uma pessoa alegre e autoconfiante com uma predileção pela espontaneidade. A autoconfiança ainda existia, mas o restante da energia havia se acalmado.

Ela parecia… estável. Suas emoções não oscilavam tão depressa quanto antes, e sua atenção permanecia fixa em Elowen sem vacilar. Intrigava, sim, Elowen. Mais do que ela gostaria.

— A rainha Thessia queria que eu usasse a cabeça para buscar você — continuou Vandra. — Por isso, elaborei um plano muito mais inteligente do que qualquer pessoa ousaria fantasiar. Bastou um conhecimento profundo do alvo. Alvo esse que é você. — Ela fez uma pausa carregada. — Ninguém em Reina a conhece tão bem como eu.

— Você não me conhece nem um pouco — sibilou Elowen no mesmo instante, tentando ignorar todos os sentimentos românticos que Vandra direcionava a ela.

Não era porque Vandra não trabalhava mais como assassina que desistira de usar seu charme característico para manipular os outros. Afinal, matar pessoas más era apenas uma pequena parte de sua ocupação anterior. A maior parte de seu trabalho envolvia atrair as pessoas más, conquistar a confiança delas e traí-las no final. Naquele momento, Vandra estava usando aquele dom para fazer Elowen comparecer ao casamento, e isso machucava.

— Thessia teria me mandado antes — explicou Vandra, ignorando o comentário de Elowen. — Mas homens demais se ofereceram para o serviço. Sabe aquele que chegou à sua morada? Ele se chama Carl. Quando enviou uma conjuração urgente dizendo que você tinha rejeitado o convite, soube que era minha hora de brilhar. Veja só, eu a acompanho nas tapeçarias de *Desejos da noite* há anos. Eu sabia que, se conseguisse tirar você da sua arvorezinha, poderia levá-la para o casamento…

— Como assim você vigia minhas publicações nas tapeçarias de mensagens há anos? É uma violação da minha privacidade — disparou Elowen, desesperada para parecer forte quando se sentia mais vulnerável do que nunca.

Ela tinha se esforçado muito para continuar escondida. Não usava o nome verdadeiro nas tapeçarias. Aliás, criara um alter ego com uma vida completamente diferente. Vandra a encontrar mesmo assim era, *sim*, uma façanha. Elowen teria ficado impressionada, se não estivesse tão exposta. E teria ficado lisonjeada, se não estivesse tão apavorada em deixar que Vandra se aproximasse. Por que tinha perdido tempo acompanhando Elowen? Elas haviam cortado qualquer contato.

— Claro que leio suas mensagens — disse Vandra. — Você está certa em pensar que não a conheço mais. Mas não pode negar que chegamos a nos conhecer de forma bastante *íntima*. E estou sendo sincera quando digo que adoraria conhecer você de novo.

Foi a vez de Elowen de ignorar o comentário. Vandra não tinha motivo para jogar tão pesado.

— Seu plano é me sequestrar contra minha vontade?

— Seria maravilhoso se você concordasse — respondeu Vandra. — Facilitaria muito para nós duas, afinal, é tudo por uma boa causa. Eu, particularmente, adoro casamentos. E nós duas sabemos que você não tem nenhuma outra opção, precisa do salário mensal.

Elowen olhou para o saco de figurinos de Domynia, imprestável naquelas circunstâncias.

— Ande logo, então — anuiu ela, derrotada. — Pode me levar.

Vandra soltou um suspiro de alegria.

— Vai mesmo me deixar sequestrar você?

— Vou — confirmou Elowen.

Ela não era a heroína que Mythria pensava que fosse e, para ser sincera, nunca havia sido. O verdadeiro herói era Galwell. Elowen era apenas a irmã que acompanhava o irmão onde quer que fosse, até mesmo numa missão para salvar o reino. Quando era mais jovem, tinha menos consciência das próprias limitações. Estava disposta a tentar coisas mesmo quando não sabia se teria êxito. Aquela não era mais uma realidade. Elowen não possuía a capacidade de ludibriar uma mulher tão astuta quanto Vandra. Não sem a preparação adequada. Ela havia caído numa armadilha, e, naquele momento, não tinha tempo nem energia para encontrar uma saída.

Sorrindo, Vandra jogou Elowen sobre o ombro, uma ação que deixou Elowen olhando direto para a bunda perfeitamente volumosa de Vandra. Que vista.

Que situação.

3

Clare

Pela terceira vez no mês, Clare Grandhart não reconheceu nem a cama em que acordou nem a mulher que dormia ao seu lado. Quando seus olhos pousaram nos cachos acobreados estendidos sobre os lençóis brancos, seu coração disparou.

Beatrice?

Não. Ele lembrou então, com uma sensação não muito diferente de cair do cavalo. A noite anterior não correra nem um pouco como ele planejara. Dois dias antes, quando soube que Beatrice *de Noughton* estava divorciada, Clare tinha usado a revelação para superar os rancores que guardavam um do outro — os dela inflexíveis e injustificados, os dele válidos, claro — e fazer o que sabia que o convite para o casamento da rainha exigia. Pulou na primeira carruagem para Elgin.

Quando Beatrice o encontrou com amargura na escada, ele deixou que seus piores impulsos tomassem conta. Eram emoções mais fáceis do que… quaisquer outros sentimentos que ela talvez despertasse nele. Sentimentos que ela com certeza nunca retribuiria, nunca nem consideraria. Muito que bem; ele poderia desconsiderar o que sentia da mesma forma. Se Beatrice desejasse, eles poderiam trocar farpas como se estivessem duelando.

Ele tinha achado que ela se jogaria em seus braços depois de tantos anos separados?

Espectros, não.

Ele tinha pensado que os anos de silêncio entre eles poderiam tê-la feito sentir um pouquinho de saudade?

Talvez.

Ele não deveria deixar que a rejeição dela machucasse. O desdém de Beatrice não era nenhuma novidade para Clare. Ele tinha tudo que poderia querer: fama, fortuna, companhia tanto sexual quanto platônica, uma águia adorável chamada Wiglaf. E daí se *uma* mulher em toda Mythria o desprezasse!

Por dez anos, ela foi sua dor de… não, ele não diria de coração. Por dez anos, ela foi sua dor *de cabeça*. Como *ela* se atrevia a *odiá-lo*, quando a insensibilidade ou a promiscuidade de Clare não eram nada comparadas à maneira como ela o machucara? Não era o fim do reino, sobretudo para alguém que literalmente enfrentara o fim do reino.

Mesmo assim… para Clare, parecia ser.

Ele não achava que sentiria aquele impulso cortante quando a viu. Como a desejava, mesmo não conseguindo perdoá-la. Como parte dele ansiava com desespero pelo perdão, orgulho e carinho *dela*. Queria que ela fosse a prova viva de que ele era digno de amor.

Ele precisava tirá-la da cabeça. Focar em tudo que ele tinha *de verdade*. Como a mulher linda que naquele instante estava em sua cama, ou quem sabe era Clare que estava na *dela*. Com dificuldade por causa da ressaca, ele associou os ombros nus semiexpostos pela colcha com a mulher que havia enchido seu copo depois que Beatrice saiu noite afora. Ele estava sofrendo naquela hora. Ela prometeu uma distração.

Eles tinham se divertido. Ou melhor, *ela* tinha se divertido. Clare Grandhart sempre garantia que suas parceiras se divertissem.

Ele, por outro lado…

Soltou o ar, odiando o descontentamento que invadia seu peito de forma discreta, estragando a manhã dourada.

Não era culpa da moça, claro. Era dele. Era de *Beatrice*. Era do fato de que ele tinha tudo *menos* o que queria. Quem queria. Era do fato de que, de maneiras que ainda não conseguia entender bem, ele começara a sentir que estava apenas representando o papel de Clare Grandhart, protetor de Mythria e um dos Quatro.

Estava esquecendo suas falas com cada vez mais frequência nos últimos tempos. O que não era um bom sinal, não quando se apegava a um único consolo em todos os dias de sua vida inesperada.

Clare Grandhart era um herói.

Ele se agarrava à ideia quando se deparava com tudo que *não* era. Se não era o homem que pretendia ser, um jogador de cavalobol, curandeiro, pai? E daí? Ele era um herói.

Se não tinha certeza de que era feliz?

Se Beatrice não o desejava? Tudo bem. Ele era um herói.

Se não era bom o bastante? Se não era amado?

Tanto fazia. Ele era um herói.

Ele *precisava* ser um herói, ainda mais com o iminente aniversário dos Quatro. Precisava compensar a ausência de Galwell. Era Galwell que Mythria merecia. Ele era o corajoso, o galante, o gentil. O que as pessoas seguiam.

O que as pessoas amavam.

Clare sabia que era uma cópia malfeita, mas se esforçava. Era por isso que, como quase confessara em frases inelegantes e desajeitadas, havia se dirigido à mansão De Noughton. Inventando razões nobres para perdoar Beatrice enquanto fingia que não queria de verdade, no fundo de seu coração magoado. *Galwell a teria perdoado*, Clare pensou. Teria colocado seus amigos em primeiro lugar, sua rainha em primeiro lugar.

E então Clare encontrou Beatrice em pessoa, e seu desejo se intensificou. A necessidade inesperada e insaciável de se provar para ela, mesmo sem conseguir esquecer todos os motivos que tinha para odiá-la. Ele não sabia por que a estima da mulher a quem dedicara a década a guardar rancor importava tanto, não mais do que sabia como os magos do reino se tornaram proficientes em enviar conjurações de costa a costa de Mythria.

Clare apenas sabia que, se conseguisse se provar para *Beatrice*, a mulher que antes o conhecia melhor do que ninguém, ele poderia enfim se sentir o herói que o restante do reino pensava que era.

Ele reprimiu o sentimento já familiar. Havia enfrentado coisa pior. Dragões, peregrinos da noite. O que era um pouco de insegurança existencial? O que precisava era algo em que Clare Grandhart era excelente: se distrair. Talvez pudesse passar o dia com...

Com...

Merda. Não eram apenas as falas que ele estava esquecendo. Ele baixou os olhos, focando nos lindos ombros sardentos da mulher, no cabelo encaracolado dela. Uma constatação horrível surgiu dentro dele. Ele não conseguia lembrar o nome dela. Estava morrendo de vergonha. *Morgana?* Não...

Embora no fundo soubesse que combinava melhor com o papel de ladino charmoso, Clare valorizava as mulheres com quem dormia. Nunca as considerava apenas pessoas para transar. Aprendia seus nomes, de onde vinham, o que gostavam de ler ou que esportes acompanhavam. Esquecer o nome daquela mulher era uma prova contundente de que não era mais o mesmo.

Isabella? Não. *Velaria?* Não.

Ele estava frustrado consigo mesmo. Quantas malditas vezes cometeria o mesmo erro? Jogar-se nos braços de outra mulher quando a que ele queria partia seu coração?

— Boa manhã — disse sua companheira com doçura.

— Hmm — retribuiu ele.

Com a vergonha crescendo, recordou a sabedoria que aprendera em noites de bebedeira devassa com amigos nos tempos de bandoleiro.

Se não conseguir lembrar o nome dela pela manhã, leve-a à infuseteria. Ela vai dar o nome para fazerem o pedido.

— Infusão matinal? — sugeriu Clare.

A mulher fez uma pausa longa o bastante para insinuar que poderia estar interessada em *outra* coisa matinal. Quando Clare fingiu sonolência e não pegou a deixa, com a culpa corroendo suas estranhas, ela sorriu.

— Adoraria — concordou ela com charme.

Apenas um pouco aliviado, Clare se vestiu, amarrando a túnica enquanto a mulher se cobria com o vestido elegante pendurado no gancho de madeira em uma parede do quarto.

— Pensei que você sairia às escondidas ao amanhecer — comentou ela.

Seguindo-a até a porta, riu.

— A maioria dos boatos sobre mim são exageros infundados. Houve ocasiões em que até preparei o brunch — disse ele.

Em momentos como aquele, chegava a ser assustador como era fácil jogar seu charme. Um sorriso leve, uma manga arregaçada, uma passada de mão no cabelo. Misturar verdade com o que parecia ser mentira. Ele havia aperfeiçoado os truques ao longo dos anos, usando-os para se esconder dos erros que cometera uma década antes.

Claro, sua aparência ajudava. Ou não, dependendo do ponto de vista. Clare Grandhart tinha bem mais de um e oitenta de altura, esculpido com massa magra coberta de cicatrizes pelas quais as mulheres gostavam de passar os dedos. O cabelo dourado enganava com graça os inimigos, e encantava as conquistas românticas. O sorriso maroto era lendário.

Funcionou naquele exato momento. Com as bochechas coradas de encanto, sua companheira riu enquanto ele a guiava pela porta da frente da casa dela.

A vegetação ao redor das casinhas de Elgin agrediu os olhos de Clare sob a luz matinal. Não era um vilarejo grande, e ele havia percorrido as ruas principais a caminho da festa dos De Noughton. Ele não deixava de imaginar Beatrice lá, com seu sorriso sarcástico de sempre, nas lojas de Elgin ou nas mesmas ruas.

Ele nunca teria paz, teria?

O vilarejo não combinava com ela, na opinião dele. A Beatrice que ele conhecia era sociável, vibrante, desregrada até — alguém que preferia o vinho de tabernas decadentes, não de mansões antiquadas.

Ela deveria morar em algum lugar como, por exemplo, a casa de Clare na próspera cidade de Farmount. Clare se mudara para lá depois de salvar o reino, sabendo que poderia viver muito bem emprestando seu nome a vendedores que quisessem seu apoio. Armarias, bares, charutos sofisticados. Talvez isso fizesse dele superficial, o que, bem, não era novidade. Beatrice lhe dissera anos antes que ele nunca seria nobre, não como Galwell, o primeiro homem que ela havia amado.

Ela tinha razão.

Elgin, porém, tinha o que ele procurava naquela manhã. Reconhecendo a rua em que estavam, Clare a direcionou à infuseteria. Os olhares de transeuntes se voltaram em sua direção. Sussurros começaram. Olhares de desejo ou inveja de homens e mulheres.

Sem surpresa, Clare acenou com respeito em resposta. Para além da ansiedade profunda, e sem falar da ressaca, ele não conseguia mais demonstrar entusiasmo pela fama.

— Com licença, senhor — disse uma voz baixa perto dele.

Clare parou. Ele estava acostumado com o reconhecimento, ainda mais das crianças como a que estava sob a sombra de seus ombros largos, segurando…

— Eu, hmm — começou o menino. — Meu pai disse que o senhor poderia, hum, autografar minha carta colecionável de Clare Grandhart.

Clare sorriu. *Daquela* parte da fama ele gostava de verdade. Fazer as pessoas felizes. Inspirar os jovens.

Além do mais, o pedido em si o encantava. Na juventude, Clare colecionara Cartas de Heróis com os retratos pintados de grandes mythrianos. Havia pontos nelas, níveis de habilidade e assim por diante. Dava para jogar, envolvendo as cartas em combates fictícios com outros colecionadores. Foi uma das maiores honras da vida de Clare quando foi avisado de que os artesãos de cartas estavam colocando as de Clare Grandhart em circulação.

— Sua carta — repetiu ele. — Sim, seria uma honra.

Com um floreio, tirou da túnica a pena de ponta grossa que sempre levava consigo. Com uma letra bonita sobre sua imagem, assinou com entusiasmo o nome que todos em Mythria conheciam.

Sir Clare Grandhart

— Agora — continuou Clare, com um sorriso conspiratório —, se me der licença, bom senhor, estou acompanhado hoje.

A multidão, claro, seguiu sua deixa e olhou para a mulher de olhos violeta. Como esperava, ela se envaideceu, desfrutando da fama indireta. *Ótimo*, disse a si mesmo. Era o mínimo que devia a ela em recompensa pela questão pavorosa do esquecimento do nome. Segurando a mão dela, ele retribuiu o sorriso. Estava determinado a provar para ela que era decente.

O prazer nobre daquela resolução ofereceu a ele um alívio de poucos momentos, até sua companheira perguntar com uma inocência mal simulada:

— O que vai fazer na semana que vem?

Ele se enrijeceu. Entendeu logo a intenção da pergunta, a mesma que ouvira dos lábios de muitas outras mulheres bonitas. Clare Grandhart não saía para segundos encontros. Não prestava para segundos encontros, nem com Beatrice, nem com a mulher com quem tinha acordado naquela manhã. Ele não conseguia representar o papel de herói nobre por muito tempo até as pessoas próximas verem o que era de verdade. *Não bom o bastante.* Uma noite divertida e bêbada era tudo que ele valia.

— Viajarei a Reina para o festival, claro — respondeu ele, grato pela justificativa honesta.

Os olhos de sua acompanhante se iluminaram.

— Sempre quis ver o festival na capital.

— Pois deveria ir — replicou ele, rápido. — Infelizmente não terei muito tempo para mim, mas adoraria ver você na multidão.

De novo, não chegava a ser uma mentira. Apenas uma artimanha. Manter a porta entreaberta para que as pessoas vissem apenas o bastante para nunca mais quererem entrar.

Assim esperava ele.

Por sorte, eles chegaram ao destino. Fingindo seu sorriso mais encantador, Clare segurou a porta para ela. Entrou em seguida, o cheiro condimentado melhorando seu humor no mesmo instante.

Harpia & Corça era a infuseteria favorita de Clare. A infuseteria favorita de todos, na verdade. Nos anos desde que as fundadoras estabeleceram a primeira loja em Reina, elas vinham expandindo o empreendimento, abrindo unidades quase idênticas de suas lojas em diferentes lugares por toda Mythria.

Embora cada infuseteria pudesse preparar as variedades usuais de infusões amargas, leitosas com espuma ou açucaradas, a Harpia & Corça era conhecida pela extravagância criativa de suas preparações. Infusões de abóbora, infusões de especiarias com nozes, sabores festivos. Naquele exato momento, porém, não era a promessa da deliciosa potência dessas bebidas que o motivava. Em instantes, ele saberia o nome da mulher misteriosa.

Ainda segurando a mão dela, ele caminhou decidido na direção do balcão aberto, para então virar de supetão, puxando com força o braço da acompanhante na direção de outro mestre infusor.

— Perdão — disse ele. — Esta fila é, hmm, melhor.

Ela o encarou, mas, se viu a razão pela qual Clare mudou de ideia, ficou em silêncio.

Clare posicionou a acompanhante de forma que pudesse ficar diante da parede para conversar com ela, e de costas para o restante do salão… e para a morena que ele conhecia tão bem esperando pela própria bebida.

Beatrice. Ali.

Claro que ela estaria aqui, ele se repreendeu. Sim, Clare talvez pudesse ter previsto que ela viria à *única* Harpia & Corça de Elgin, *a infuseteria mais conhecida do reino*, naquela manhã de verão, como todos os outros aldeões ali.

Talvez ela não tenha me visto, torceu de maneira ridícula.

Recorrendo à furtividade que o ajudou a sobreviver nas minas Grimauld, ele virou apenas o suficiente para ver Beatrice pelo canto do olho.

Para descobrir que ela estava olhando bem para ele. Seus olhares se cruzaram. Os cantos dos lábios dela se curvaram em vitória. As sobrancelhas dela se ergueram, imperiosas.

Era quase cômico, Clare conseguia admitir. Na noite passada, ele se deparara com ela vestindo botas descombinadas e roupão rosa, o qual, diga-se de passagem, era surpreendentemente sensual, considerando como era felpudo. A situação estava equilibrada de novo. Ela o flagrou logo após um sexo casual.

Não que Clare *não* tivesse direito a sexo casual. Ele não devia nada a Beatrice. Mesmo assim, odiava que a impressão que ela estava tendo naquele momento apenas se encaixava na opinião que já tinha dele: libertino, canalha, sem-vergonha.

Ele chegou ao balcão, determinado a ignorar a ex.

— Uma infusão grande com espuma de caramelo e leite de amêndoas, por favor — pediu ele e abriu seu sorriso de sempre. — Para Clare Grandhart.

Clare sabia que outros homens desdenhavam das infusões doces e elaboradas que consideravam *femininas*. Não era seu caso.

— Claro, senhor — disse o mago manualista.

Clare acenou, esperando.

Ninguém falou por um momento.

Dando-se conta, Clare vacilou, olhando de relance para a companheira. O principal motivo daquela missão maldita.

— Ah, para mim nada — declarou ela.

Quê?

Não. Sir Clare Grandhart não desistia assim tão fácil. Ele havia salvado o reino outrora, com inventividade e persistência. Bastava apenas apelar a essas qualidades.

— Por favor — insistiu ele, apoiando-se com todo o seu charme no balcão e adoçando a voz. — É por minha conta. Seria um prazer. Você precisa… — Ele olhou de relance para o cardápio, improvisando. — Precisa experimentar o creme de abóbora com gengibre. É a única coisa quase tão doce quanto seus beijos.

Era uma cantada arriscada. Ele torceu para a acompanhante não revirar os olhos. Clare ouviu um bufo de desprezo do outro lado da infuseteria.

No entanto… *ufa.*

— Está bem, um creme de abóbora com gengibre, por favor — disse ela.

Ele hesitou, esperando que ela dissesse seu nome.

Ela não disse.

O mestre infusor abriu um sorriso agradável.

— Preciso dar uma saída rápida — comentou Clare, pensando rápido, antes de colocar os tostões em cima do balcão. — Preciso ver como minha águia está. Pode pegar nossas bebidas?

A moça piscou, sem dúvida surpresa pela vontade repentina dele de ver uma ave. Mas muitas celebridades eram excêntricas. Ela virou para o mestre infusor.

— Claro. Coloque no nome de sir Clare e pegarei as duas.

Clare hesitou.

— Vá. Veja sua águia. Já saio — garantiu ela, com alegria.

Aquele era seu momento de provação. Estava tudo perdido. Sua missão falharia.

— Ele quer que você dê seu nome para as bebidas, Viola.

Viola! Ele estava salvo! Pela voz mais linda, que pertencia a uma aparição espectral, sem dúvida, de…

Beatrice?

Ela chegou ao lado deles, com a própria bebida nas mãos.

— Ele esqueceu seu nome e a trouxe aqui na esperança de descobrir sem você perceber — explicou Beatrice, a voz cheia de satisfação.

Sem esperar uma resposta, ela partiu. Uma heroína conquistadora após devastar todos os inimigos.

Clare se virou para Viola.

— Desculpa. Pode me dar licença por um momento, Viola? — Contraindo-se, seguiu Beatrice.

Na rua, Clare abandonou qualquer sutileza.

— Beatrice — chamou ele.

Claro, ela o ignorou. Seguiu caminhando pelo meio da rua.

Resmungando, Clare correu para o lado dela.

— Pare — pediu ele quando a alcançou.

Ao sair da infuseteria, descobriu que, mais uma vez, estava furioso. *Foda-se o heroísmo.* Ele tinha muito, muito mais a dizer a ela do que meras cortesias.

— Não há nada que você não estrague? — exclamou Clare, se surpreendendo.

Eis que Beatrice *parou.* Ele reconheceu o momento em que a mesma faísca se acendeu nela. *Foda-se a civilidade. Foda-se o silêncio.*

Ela se enrijeceu. Seu cabelo estava solto e cheio, como sempre ficava depois do banho. *Ela era linda.* Os ângulos de seu rosto se destacavam de maneira impressionante à luz da manhã. Será que seus lábios sempre tiveram aquele tom quase roxo? Ele havia esquecido nos dez anos desde que os saboreou pela última vez.

— Minhas mais profundas desculpas, *sir* Clare. Sua zanga me causa uma dor considerável — respondeu ela, a voz mortalmente baixa.

Ela estava… zombando de como ele tinha falado na noite anterior? Em retrospecto, ele percebeu que sua escolha de palavras tinha sido exagerada no quesito bajulação.

— Eu jamais teria intervindo se soubesse que sua relação com minha ex-vizinha Viola era séria — continuou sua ex. — Desejo a vocês uma vida cheia de felicidade. Ela é encantadora.

Dor de cabeça não era o termo, também. Ela era sua *dor de tudo.*

— Não é... bem assim — retrucou Clare.

— Assim como?

Ela apoiou o braço que não segurava a bebida na cintura, esperando que ele respondesse.

Ele olhou para os céus, desejando que sua águia estivesse mesmo por perto. Wiglaf seguia Clare à distância, preferindo caçar por conta própria, depois subindo no ombro de Clare na esperança de conseguir alguma carne salgada do mercado. Era muito fofo e, para ser franco, deixava Clare à vontade em situações estressantes.

— Foi apenas uma noite — confessou ele, soltando o ar com derrota.

Beatrice sorriu.

— Como nos velhos tempos, certo?

— Não — retrucou ele, com a voz tensa.

Havia muita bagagem nas palavras deles. Muito que não estavam dizendo, muito que ele desejava desesperadamente dizer. Anos de ressentimento cobrindo a dor da qual nenhum dos dois se curara, como feridas enfaixadas com pedras pesadas em vez de seda.

— Clare, está tudo bem — disse Beatrice, enfim deixando de lado um pouco de seu rancor. — Sério. Vá. Leve Viola para o casamento. Ela seria uma ótima acompanhante. Até tomo uma com ela e dou alguns conselhos sobre como estar com Clare Grandhart.

— Nós nunca estivemos juntos... Espere. — Ele se conteve, percebendo o que ela havia acabado de dizer. — Você vai ao casamento?

Beatrice olhou para o lado, sem dúvida frustrada pelo deslize.

— Não faça caso. Vou sim ao casamento. Mal nos veremos.

O sol pareceu brilhar mais forte. Aquele era Wiglaf nas nuvens? Saindo da fúria, Clare vislumbrou o filamento cintilante de... esperança. *Beatrice vai à cerimônia.*

Não. Beatrice e esperança *não* poderiam se sobrepor em sua mente.

Não quando ele sabia que o coração dela não nutria nada além de veneno por ele. O evento apenas o lembraria do ódio que restava em sua relação. Ele e Beatrice, lado a lado, testemunhando declarações de amor eterno, tendo que beber vinho e dançar juntos, enquanto ela o execrava e ele teimava em retribuir o ressentimento...

O casamento seria uma tortura.

— Não vou por você — avisou Beatrice —, e nunca haverá paz entre nós.

Mas Clare sabia suportar tortura. Ele conseguiria fazer isso. Por Galwell. Sim, era apenas por Galwell que ele se forçaria a segurar o braço de Beatrice enquanto as harpas tocavam. Apenas por Galwell ele elogiaria seu vestido. Por Galwell, ele a abraçaria, roçaria o nariz ao longo do pescoço dela, se perderia em seus olhos escuros.

— Vejo você no casamento, Beatrice — prometeu ele. — Guarde uma dança para mim.

Ele se voltou para a Harpia & Corça, sentindo-se estranhamente leve.

— Não mesmo! -- gritou ela atrás dele.

Ele ergueu a mão para se despedir. Veria Beatrice de novo. Veria Beatrice de novo.

Quando entrou na infuseteria, Viola estava esperando por ele, a expressão atormentada. Ela entregou a bebida para ele.

— Clare… — começou ela, com a voz funesta.

— Viola, perdão por… tudo isso. De verdade, você não merecia — falou de coração, sem mais querer encantar, apenas ser sincero.

Ela respondeu com um sorriso fraco.

— Eu me diverti muito ontem à noite. Mas acho que não vou ao festival.

Ele acenou.

— Entendo. Perdão. De novo. Eu estava bêbado, mas não deveria ter esquecido seu nome. Não é desculpa.

Ela piscou, a apreensão em seu olhar substituída por confusão.

— Você não esqueceu meu nome — disse ela, tranquila. — Não falei em momento algum. Para ser sincera, chega a ser fofo como você se esforçou para descobrir. Em outras circunstâncias, eu adoraria vê-lo de novo.

Clare ficou deselegantemente boquiaberto. Sua missão foi… em vão? Ele precisou conter o riso. Que Galwell o visse naquele momento. Sir Clare, o herói de que ninguém precisava mesmo.

Enquanto Viola começava a partir, um pensamento o invadiu. Ele não queria criar uma relação com Viola. Estava grato que estivesse seguindo em frente sem ele.

Mas, se não era pelo esquecimento do nome dela, por que Viola *não* queria vê-lo de novo? Foi algo que ele fez? Será que ele tinha mau hálito pela manhã? Ou suas habilidades na cama estavam se deteriorando? *Espectros, por favor, que não seja isso*. Precisava descobrir. Saber que Beatrice estaria no casamento tornava, por alguma razão inexplicável, imperioso descobrir. Ele correu atrás dela, alcançando-a na porta.

— Posso perguntar por quê? Por que não quer ir ao festival? — indagou ele. — Respeito sua escolha por completo. Só… quero saber.

Ela sorriu e colocou uma mão amiga em seu ombro.

— Pensei que tudo que aconteceu entre você e Beatrice fosse coisa do passado, mas ver vocês dois juntos... longe de mim ser a mulher que fica no meio de Claretrice.

Ela deu um tapinha carinhoso em Clare, como se ele fosse uma águia com a asa machucada, e então voltou a andar.

Claretrice?

Clare a viu ir embora, confuso. Ele considerava o nome de casal dos panfletos de fofoca não muito diferente das lendas da Velha Mythria que os escribas históricos recontavam. Cativante? Talvez. Coisa do passado? Com certeza.

Ele deu um gole em sua infusão com espuma de caramelo e leite de amêndoas. Que Claretrice? Não havia Claretrice, nunca...

Sua bebida maravilhosa o distraiu. Estava uma *delícia*.

O prazer simples acalmou seus nervos e aliviou a ressaca. Do que a Corça não era capaz? Com o alívio, notou seu foco se aguçando como aço sob a pedra de amolar do armeiro. Lembrou o que era importante.

Ele acordara naquela manhã querendo a chance de provar seu caráter a Beatrice. Se *desfrutaria* uma celebração de amor com ela, não importava. O casamento oferecia *exatamente* a oportunidade que precisava. Na verdade, os Espectros não teriam como lhe apresentar uma mais ideal.

Terminando a bebida, Clare saiu da loja. Assim que colocou o pé para fora, Wiglaf desceu dos céus, soltando o grasnido encantador que Clare, quando estava completamente sozinho, costumava repetir para sua querida mascote.

Enquanto alimentava Wiglaf com a carne seca do saco que sempre mantinha consigo, Clare cantarolou, percebendo como o vilarejo de Elgin era belo. Haveria uma chance de três dos Quatro se reunirem, mesmo que apenas por uma noite? Thessia lhe havia garantido que Elowen iria. Naquele momento, com a confirmação de Beatrice, Clare tinha motivo para ter esperança. E se ele, Clare Grandhart, com nobreza e graça, conseguisse reunir todos em paz?

A ideia o fazia sentir... capaz de enfrentar qualquer mal do reino. Desde que os Quatro se separaram, ele não conseguia compensar a ausência, preencher o vazio que perder os amigos mais próximos do que a própria família deixou nele.

Se conseguisse reunir o grupo, talvez naquela semana o papel de herói não fosse um fardo tão pesado, afinal.

4

Beatrice

A carruagem cheirava a pernil de grifo assado. Enquanto o banco de madeira sacolejava embaixo dela pela estrada acidentada, Beatrice conseguia imaginar com facilidade um passageiro anterior se empanturrando com a carne fibrosa, deixando o cheiro de gordura impregnado na carruagem.

Beatrice nunca viajara de Carroças-para-Você. Só tinha ouvido falar da nova comodidade em diálogos de novelas de sombras ou nos sons enrolados que saíam de pessoas mais jovens à porta da taberna de Elgin. Era o método preferido de transporte casual para pessoas em cidades distantes ou nas noitadas em que a bebida deixava as ruas do vilarejo irreconhecíveis. Todos em posse de uma carroça poderiam se inscrever para contribuir com a rede crescente de cocheiros de aluguel do serviço.

As publicidades prometiam viagens com mordomia luxuosa. Na verdade, nenhum desses aspectos descrevia a experiência atual de Beatrice.

Mordomia? Ela recitara o feitiço simples de invocação no cartaz de Carroças-para-Você espalhados pela cidade, segurando os cinco tostões de pagamento, conforme descrito nas instruções. Depois, esperou *quase trinta minutos* até que os tostões emitissem uma luz verde parecida com asalumes, indicando que sua carroça estava próxima.

Luxuosa?

Só para quem gostasse muito do cheiro de pernil de grifo.

Mesmo assim, recordou Beatrice, *é melhor do que nada*, que era o que sua família tinha quando ela era jovem. Quando não podiam pagar pelos serviços de carruagem convencionais e não havia outras opções. As tarifas exorbitantes às vezes faziam a diferença entre ver entes queridos pela última vez ou não.

A situação mudou quando ela conheceu Elowen. Embora fosse filha de plebeus, com sua magia mental peculiar, Beatrice chamou a atenção da família nobre, inclusive dos filhos, Elowen e Galwell. Eles acolheram Beatrice, sobretudo Elowen. Depois disso, se Beatrice desejava ou precisava sair das pequenas muralhas de pedra do vilarejo, Elowen mandava o melhor garanhão à porta de Beatrice na manhã seguinte.

Nos anos desde que os Quatro salvaram o reino, Beatrice podia ter comprado seu próprio cavalo se não tivesse recusado o pagamento aos heróis de Mythria oferecido pela rainha Thessia. Sempre que Thessia insistia, Beatrice fingia ter se cansado de aceitar dinheiro de amigos ao longo da vida. O verdadeiro motivo, porém, era que ela não queria pagamento quando havia causado tanta dor.

Ela também rejeitara ofertas de comerciantes que queriam sua fama em troca de tostões. Não desejava que essas oportunidades a colocassem em contato com Clare, que as aproveitara como ela sabia que aproveitaria.

Em vez disso, casou-se com um nobre. Deu jantares. Usou a carruagem de Robert para visitar estilistas ou decoradores, não muito mais. Para esquecer o que havia enfrentado, ela se lembrou do que sonhava quando era apenas a pobre menina do vilarejo cujos dons seus pais não entendiam.

Até simplesmente... não conseguir mais.

Se ela se arrependia de ter seguido o caminho de pantufas e luz de velas rumo ao divórcio hostil? Em certos sentidos, sim.

No fim, porém, valeu a pena para evitar Clare.

Seja como for, Beatrice não podia mais chamar a carruagem dos De Noughton. Ela voltara da Harpia & Corça no dia anterior com um mau humor raro, passara o dia inquieta, depois se colocara para dormir como de costume. Ela sabia que os detalhes práticos da viagem, isto é, como chegar ao castelo, não seriam fáceis. Destituída após o divórcio, sua única opção era o meio mais barato possível.

O que a levou até ali, em sua primeira Carroças-para-Você, na companhia de uma velha roncando ao seu lado. E um jovem casal no banco à sua frente, ainda vestidos com roupas de casamento, talvez a caminho da lua de mel, se afagando sem vergonha.

No banco ao lado deles, Beatrice viu com desagrado a última edição de *Revista Mythria*. A capa era uma conjuração impressa de Clare e Beatrice na escada da mansão de Robert. "CLARETRICE: MAIS APAIXONADOS QUE NUNCA!", proclamava a manchete.

Beatrice resolveu que discutiria a integridade jornalística decadente de Mythria com a rainha.

Embora a noiva parecesse ocupada com as mãos-bobas do marido, Beatrice queria garantir que não seria reconhecida. Deixando o cabelo cobrir a frente de seu rosto, ela tentava se camuflar à parede da carroça. Desviou o olhar da capa reluzente da revista, não querendo ver o olhar intenso de Clare nem o rubor embaraçoso em suas bochechas.

Por sorte, a magia mental de Beatrice não funcionava apenas para impressionar a nobreza local. Em circunstâncias como aquela, sua magia podia oferecer o escape perfeito.

Ela fechou os olhos. Tentando ignorar o percurso acidentado da carroça, Beatrice acalmou o coração, concentrando-se em tempos mais agradáveis. Lembranças melhores.

A magia começou a funcionar. Ela soube quando não sentiu mais o cheiro de grifo assado gorduroso, o odor enjoativo se transformando na fragrância doce e estival das flores maduras de rosélia. O terreno irregular sob ela também desapareceu, transformando-se num gramado macio. A magia mental de profecia era incomum, mas não sem precedentes em Mythria. O dom de Beatrice de ver o *passado* através das névoas mentais era muito mais raro.

As partes internas das pálpebras se dissolveram como orvalho matinal diante da visão do lugar mais lindo em que ela já estivera. Os campos brancos ondulantes de rosélia perto do vilarejo, onde seus pais colhiam as flores de pétalas mais puras para sua barraca.

Beatrice não esperava que aquele refúgio lhe desse vontade de chorar.

Pensando bem, não era uma surpresa. Ela devia ter imaginado que a primeira vez em anos que usasse seu dom para sentir paz a lembraria do propósito para o qual o vinha usando nos últimos anos.

Ela soltou o ar com dificuldade, recompondo-se. Para aquela viagem de carroça, precisava de paz.

Tum. Sob ela, a carroça chegou a um terreno acidentado, ameaçando romper a magia.

Ela se forçou a relaxar. A magia mental funcionava melhor quando ela estava calma, centrada. Era por isso que, de forma irônica, seu quarto fornecia as condições perfeitas para repetições vívidas do pior dia de sua vida.

Ela invocou, dentre as lembranças, o momento em que esteve mais relaxada; com a magia, Beatrice conseguia buscar não apenas cenas específicas, mas certos *sentimentos*, para os quais seus poderes trariam uma lembrança correspondente. Sem saber que momento tinha em mente, desejou uma calma pacífica e contente.

O relaxamento veio na forma de luz de fogo, a sensação de lençóis limpos sob ela. Era como ser transportada fisicamente no tempo, mas num sonho, onde ela só podia assistir ao que estava fazendo de fora para dentro de si. Mesmo assim, cada detalhe era retratado com perfeição. Cada cheiro, cada centelha de luz.

Na lembrança, ela estava encostada num corpo quente. O cheiro dele a enfraqueceu no mesmo instante, por instinto. Forte, envolvente. Como uma floresta escura sob o céu da noite.

Ele beijava a pele de seu ombro, onde suor se acumulava, o dele misturado ao dela. Relaxamento não era mais a palavra certa para o que sentia. Um calor maleável suavizava seus braços e pernas. Entre as coxas, ela sentia o toque de dedos, convidando-a a se abrir. Lábios vieram na sequência, nos mesmos lugares. Intensos, apesar de suaves.

A ressonância da lembrança retornou naquele momento. Embora tivesse sido tocada naqueles lugares desde então, ela tinha certeza de que nunca havia sido tocada daquela *forma*.

Com um convite nos lábios, levantou a cabeça para olhá-lo, ficando cara a cara com...

Clare Grandhart.

Ela se forçou a sair de supetão da lembrança mágica, a cabeça batendo na tábua de madeira atrás dela.

O baque forte chamou a atenção do casal em lua de mel, que interrompeu as carícias, pelo que Beatrice se sentiu vagamente grata. Encolhendo-se em antecipação, conseguiu sentir o momento exato em que o reconhecimento surgiu nos olhos da noiva.

— Espectros do céu — exclamou a mulher. — Sabia que era você.

Beatrice se ajeitou no banco. *Aff.* Até no sonho erótico mágico que ela estava tendo no meio da Carroças-para-Você, Clare conseguia ferrar com ela. O destino estava sendo cruel.

— Não, não — respondeu ela às pressas. — Nunca nos conhecemos. Estou apenas de passagem.

Talvez, se ela negasse o suficiente...

— Não — insistiu a noiva. Ela levantou a revista. — Você é lady Beatrice dos Quatro — continuou a mulher, apontando para a imagem conjurada de Beatrice em sua mão. — Estamos viajando com uma *heroína*!

Claro, sua voz ficou esganiçada na última frase. O efeito previsível surgiu. Os olhos do noivo se arregalaram. A velha ao lado de Beatrice despertou de seu sono. Naquele exato momento, ela preferia estar detida na prisão de pedra sob o mar Austral em vez de ali.

Frustrada, Beatrice estendeu o braço, arrancando a revista das mãos da noiva. Ela enrolou o pergaminho lustroso no bolso da saia. Confiscadas, as páginas não poderiam lhe fazer mal!

A mulher deslumbrada não ofereceu resistência.

— Pode me dar um autógrafo? — perguntou ela com entusiasmo.

— Não, não dou autógrafos — respondeu Beatrice.

Quando a decepção pela recusa transpareceu nos olhos da mulher, o coração de Beatrice se encheu de remorso. Não tinha a intenção de ser desrespeitosa; por sua origem, ela entendia muito bem como era a sensação de ser desprezada por aqueles que admirava. Clare, ela sabia, *adorava* dar autógrafos. Beatrice, por outro lado, achava desagradável.

Por que ela autografaria algo em comemoração ao fato de ter custado a vida de Galwell?

— *Espere.* — Uma alegria renovada iluminou os traços da recém-casada. — Pode usar sua magia em nós? Tenho uma pergunta sobre algo do passado.

Naquele momento, Beatrice desejou ficar invisível. Ou mesmo sofrer combustão espontânea.

Infelizmente, porém, sua magia de profecia reversa era conhecida por todo o reino e, pelo visto, por toda aquela carroça.

Exasperada, Beatrice previu horas de conversa naquela longa viagem a Reina. Ela *precisava* trocar de transporte, de um jeito ou de outro. Se ao menos tivesse…

Espere.

— Eu teria o maior prazer em emprestar minha magia mental para seus propósitos — respondeu Beatrice. — Por um preço.

A mulher vacilou.

— Você não é… rica? — perguntou ela.

— Estou dividindo uma carroça com você — observou Beatrice. — *Você* é rica?

Beatrice não precisava dos dons de Elowen para ver o entusiasmo se iluminar na noiva nem o desconforto do noivo quando ela colocou a mão na bolsa.

— Cobrar de plebeus não parece muito heroico — comentou ele.

— Tem razão, não é — disse Beatrice. — Vão ser vinte e cinco tostões.

Não daria para pagar um transporte à altura da carruagem dos De Noughton, pensou ela, mas daria para pagar algum fazendeiro da região com tempo livre para levá-la pelo restante do caminho.

Enquanto a mulher juntava os tostões, o marido continuava com um aspecto ansioso.

— Guardamos isso para nossa lua de mel, amor — lembrou a ela.

O comentário apenas o fez receber uma encarada da noiva, com os olhos semicerrados.

— Escondendo algo, Kolton?

— Yrice. — O homem, Kolton, começou, pegando as mãos da esposa com delicadeza. — O passado já passou. Estamos embarcando para o futuro. O restante de nossas vidas. Mal posso esperar para passar todos os dias com você. É como se eu enfim tivesse acordado e tudo que veio antes de você mal passasse de um… devaneio.

Ele se inclinou para a frente, olhando no fundo dos olhos dela. Quando Yrice fez o mesmo, Beatrice viu suas chances de remuneração se dissolverem como a doçura nos olhos do casal…

Até a expressão de Yrice se endurecer.

— Não foi um devaneio — disse ela. — E quero ver.

Beatrice escondeu o sorriso.

— Vou precisar de suas mãos — avisou ela. — Em que passado vamos entrar?

— O dele — respondeu Yrice. Seu olhar se voltou para Kolton, afiado como uma espada, e ordenou: — Dê sua mão a ela.

Kolton obedeceu.

Segurando uma mão de cada um deles, Beatrice repetiu a preparação psicológica que fez com as próprias lembranças, fechando os olhos, acalmando o coração. Entraria em sua memória através do vínculo que tinha com ele, levando Yrice junto.

— Há um dia ou sentimento que devo buscar?

— O banquete de Helena — entoou Yrice.

Entreabrindo um olho, Beatrice viu Kolton engolir em seco com nervosismo. Ela apertou a mão dele, já esperando sua resistência. Ela não só precisava dos tostões de Yrice, como também não era muito fã de amantes inconstantes.

Com sua magia, mergulhou na memória dele, que levou ao destino desejado. Ao contrário das próprias lembranças, que conseguia replicar de maneira mais completa, quando Beatrice entrava na mente de outra pessoa, os limites eram mais distintos. Com Yrice ao seu lado, de mãos dadas, elas entraram na cena movimentada à luz de velas, separadas dos acontecimentos por véus etéreos distorcidos. Música tocava, lanternas estavam penduradas na pequena área onde casais dançavam. Os contornos da percepção eram turvos, fora do que cercava o próprio Kolton do passado.

Ele dançava com Yrice, cuja cabeça estava pousada em seu ombro. Parecia bem romântico, até Kolton sussurrar algo no ouvido da mulher, tirando dela risadinhas tímidas. Então pareceu *muito* romântico.

Enquanto Beatrice observava, porém, o Kolton da lembrança se soltou de Yrice para sair da pista de dança e caminhar até os barris de bebida. Beatrice guiou Yrice pela mão, seguindo-o.

Beatrice sabia o que eles encontrariam. Sabia também o que teria encontrado se tivesse entrado no quarto de Robert quando ele "pintava" as mulheres do vilarejo que contratava para "modelar". Ela nunca havia ligado. Sofrera traições piores.

Dito e feito, atrás dos barris, elas encontraram Kolton. O que ele estava fazendo com a mulher de cabelo loiro-claro que não era Yrice — Helena, provavelmente — com certeza *não* era dança.

Beatrice ficou aliviada. Ela seria paga!

De repente, a carroça sacudiu com violência. O movimento tirou Beatrice de súbito da lembrança conjurada. Embora Yrice parecesse furiosa na carroça, as emoções do detentor da lembrança ou do conjurador nunca interrompiam a magia daquela forma. A carroça estava mesmo sacudindo.

— Sabia! — gritou Yrice, arrancando a aliança. — Com Helena! Minha melhor amiga!

— Posso explicar… — balbuciou Kolton.

Ele não teve a chance.

Com sons que lembravam golpes de martelo, flechas se cravaram na madeira da carroça, suas pontas perfurando as tábuas. Por instinto, Beatrice pegou Kolton pelo colarinho, lançando-o para o lado bem a tempo de escapar da saraivada seguinte.

— Estamos sob ataque — disse ela, receosa de que não estivesse claro.

Quando gritos de espanto ecoaram entre os outros passageiros, ela se levantou, olhando por cima das paredes da carroça. O cocheiro estava caído, seu corpo crivado de flechas. Beatrice viu, ao redor dos cavalos em alta velocidade, o que seu coração na boca já imaginava.

Os fora da lei.

As flechas passaram por ela. Embora soubesse que estava vulnerável, precisava parar os cavalos. Saltando para a frente, pegou as rédeas. Quando puxou com força, as criaturas desaceleraram, mas não pararam nem viraram, por mais que Beatrice puxasse. Quando um fora da lei se aproximou, com a espada em riste, os cavalos dispararam em um rompante incontrolável, e as rédeas foram arrancadas das mãos de Beatrice.

Com os homens de máscaras de ferro os cercando, ela se revirou embaixo do banco, tentando pegar... *ufa*. A balestra que ela torcia para que o cocheiro guardasse para circunstâncias como aquela. Erguendo a arma, disparou, sua flecha cravando na máscara do fora da lei mais próximo.

Ela se surpreendeu com a facilidade com que a memória muscular voltou à vida dentro de si. Sendo ou não uma divorciada que gostava de tomar umas, ela possuía mais experiência em combate do que a maioria dos soldados de infantaria do reino. Anos de jantares, pelo visto, não conseguiram aniquilar a Beatrice que combatera a Ordem.

Mesmo assim, olhando mais adiante na estrada, viu outros bandidos reunidos. Eles pretendiam emboscar os viajantes.

Os cavalos não diminuíram a velocidade. Avançaram com tudo em direção aos malfeitores à espera. Beatrice precisava tirar todos os passageiros de dentro da carroça.

Segurando a balestra, saltou de volta para o banco de trás.

— Abaixem a cabeça, todos! — instruiu com urgência. Alcançando a velha primeiro, Beatrice procurou o lugar mais macio no chão onde pudesse jogá-la quando...

Quando um cavalo, diferente dos que puxavam a carroça, avançou para dentro do combate. Beatrice não conseguiu evitar pausar para ver o cavaleiro abater os fora da lei, sua espada girando, músculos bem definidos se esticando nos antebraços. Ele dava golpes baixos, mas fazia as manobras parecerem poesia, como rimas sensuais enviadas por mensagens furtivas — levantando poeira com as patas do cavalo, então usando a distração para agarrar o homem mais próximo e lançar o ladrão com força na direção da espada do distraído ao lado.

Enquanto Beatrice observava, o cavaleiro saiu da nuvem de poeira, o sol iluminando seus traços impressionantes. Beatrice vacilou, reconhecendo... não podia ser.

— Clare Grandhart! — gritou Yrice com exuberância.

Ah, Espectros, não.

— Acho que vou desmaiar — continuou a jovem.

— Não foi *tão* impressionante assim — resmungou Kolton.

Beatrice estava furiosa. Três encontros em três dias? Nenhum tão terrível quanto aquele. Porque Clare estava tão... assim. Como se fosse feito exatamente para aquele momento, o cabelo reluzente esvoaçando em ondas perfeitas, a musculatura esbelta pronta para o combate.

Beatrice devia estar amaldiçoada.

Ela se preparou para pular da carroça para o chão, pensando que poderia passar despercebida se saísse de fininho, apesar do coração acelerado no peito.

Ela estava furiosa.

— Mythrianos, não temam. Eu os resgatei — exclamou Clare, sua voz ecoando pelo campo como se sempre treinasse o resgate de pessoas. Ele guiou o cavalo até a frente da carroça. E, claro, *naquele exato momento* os corcéis decidiram parar. Será que Beatrice não passava de picadinho de fígado de grifo? — Alguém se feriu?

Com aquelas palavras, Yrice desmaiou, bem em cima de Beatrice, que a impediu de cair no chão. Como era de se esperar, o movimento atraiu o olhar de Clare. Enquanto Beatrice permanecia parada, sem poder fazer nada embaixo do corpo caído de Yrice, o herói famoso estreitou os olhos sob o sol, focando nela.

— Ora, você de novo — pronunciou Clare, diretamente para ela. Ah, como se lembrava do orgulho escancarado dele. Como o combate o fazia ganhar vida. — Precisamos parar de nos encontrar assim.

Não, não, não.

Com delicadeza, ela apoiou Yrice no banco, onde Kolton aproveitou a oportunidade para cuidar dela. Dando meia-volta, Beatrice saltou da carroça e partiu pela estrada.

Enquanto Clare fazia promessas efusivas aos outros passageiros de que voltaria logo, Beatrice saiu em disparada, na direção de onde havia visto os fora da lei se reunindo com a intenção de sitiar a carroça.

— Ainda resta alguém vivo? — gritou ela. — Adoraria ser sequestrada!

5

Elowen

Ela planejava fugir. Planejava mesmo, de verdade. Na primeira chance que lhe aparecesse, ergueria o manto e sairia correndo pelo interior de Mythria, escapando da situação de uma vez por todas. O problema era que, enquanto galopavam no mesmo cavalo, Elowen precisava se segurar em Vandra. E, quando se segurava em Vandra, ela *sentia* Vandra. E Vandra Ravenfall irradiava felicidade.

Fazia horas que Elowen tinha concordado em ser levada. Por estar tão próxima de Vandra, Elowen vinha absorvendo cada gota de seu bom humor. Para Elowen, os sentimentos de outra mulher já eram mais potentes do que os das outras pessoas. Talvez porque já tivesse tocado em cada pedacinho de Vandra não apenas com a mão, mas também com a boca. Antes, ela se deliciava com todas as formas como conseguia levar Vandra ao clímax. Era a melhor parte do que, em grande parte, foi uma empreitada exaustiva, aventurar-se por Mythria para resgatar Thessia e salvar todo o reino.

Tocar em Vandra de novo era como ser puxada para a superfície depois de uma vida embaixo d'água. Elowen se pegou fazendo coisas ridículas, como contemplar a beleza do pôr do sol, um rosa deslumbrante que lembrava rodolita, e adorar a carícia do vento em seu rosto.

Elas estavam montadas no mesmo cavalo que Vandra tinha dez anos antes, um animal impressionante chamado Matador, preto como obsidiana, da pelagem à crina aos olhos. No passado, avistá-lo iluminava o coração de Elowen. Sua presença indicava que Vandra estava nas proximidades, o que significava que, afora os verdadeiros desafios adiante, alguns problemas divertidos esperavam Elowen. Era isso que Vandra era: um problema divertido. Perto do fim da missão, as aventuras noturnas de Elowen e Vandra se tornaram um segredo público entre os Quatro. Era uma fonte de leves zombarias de Beatrice e Clare. Eles se divertiam criando empecilhos para que Elowen não saísse à noite, desesperados para que ela admitisse aonde estava indo. Galwell era mais sério em sua abordagem.

— Quem ela é de verdade para você? — perguntara certa vez.

— Nada com que se preocupar — respondera Elowen.

— Não disse que estava preocupado. — Galwell se aproximou. — Quero apenas que seja feliz.

Elowen odiava essas lembranças. Passara anos afiando suas pontas até serem cortantes demais para revisitar, porque pensar demais nelas seria lembrar de tudo que havia abandonado quando fugiu para as árvores. Mas lá estava ela, abraçada à cintura de Vandra, cheirando o óleo de jasrosa em seu pescoço, pensando com carinho em seu passado em comum. Carinho! Que piada cruel! Elowen Fiel não gostava de nada além do desespero.

— Que lindo pôr do sol — disse Elowen, se surpreendendo, bem quando pretendia sussurrar algum insulto sobre… algo.

Ela não conseguia lembrar o quê.

Vandra, já calorosa de alegria, ficou ainda mais calorosa. Puxou um pouco as rédeas até o cavalo parar.

— É por isso que peguei o caminho panorâmico. A melhor vista de toda a terra.

Era a primeira vez que elas paravam desde a partida. O campo trazia seu próprio silêncio particular, muito diferente da copa barulhenta onde Elowen residia. Ela havia se acostumado com o sopro do vento através das folhas ou o alvoroço de animais pulando de galho em galho. Ali no vale, entre as colinas verdejantes, sob o céu rosa reluzente que escurecia a cada instante, era tão silencioso que Elowen não podia fazer nada além de se admirar com o próprio contentamento.

— Você não faz ideia de como é agradável estar ao seu lado — disse Vandra.

Sim, sei, pensou Elowen, sentindo toda a satisfação de Vandra.

— Sim, você sabe — lembrou Vandra, bem naquele momento. Sua risada cortou o silêncio. — Como eu poderia esquecer as formas pelas quais consegue me sentir?

Elowen se afastou de repente. Sem o toque de Vandra, uma onda de ressentimento a invadiu no mesmo instante, restaurando a frieza de seu coração após horas expostas à vivacidade insuportável da outra mulher.

Elowen saltou do cavalo e pegou sua bolsa assim que chegou ao chão. O silêncio não lhe parecia mais sinônimo de paz. Era cruel em sua paciência, dando espaço demais para os pensamentos altos e furiosos dela vagarem de um lado a outro. *Como deixou isso acontecer? Por que não se soltou antes? O que de bom pode resultar do retorno àquele reino?*

Então partiu em busca de uma caverna. Sim. Era para lá que seguiria. Algum lugar escuro e frio onde pudesse se esconder por dias, sobrevivendo à base de nada além de grama como alimento e uma boa dose de tristeza como companhia.

— Sabe que não vou deixar você escapar — gritou Vandra.

Elowen teria que fazer algo para se livrar de Vandra. Matá-la? Parecia uma ideia horrível. Elowen não desejava a morte de ninguém. E sangue fazia tanta sujeira. Ela só queria ser deixada em paz. Quando estava sozinha, ficava centrada. Poderia lembrar como o reino a havia machucado, e por que ela não deveria retornar.

Ela não se dignou a responder. Vandra encontraria uma forma de ser encantadora em resposta, e isso desgastaria a armadura já avariada de Elowen.

Quando era mais jovem, ela mantinha as pessoas a certa distância como uma espécie de teste. Elas eram mesmo leais ou só queriam algo dela por causa dos pais abastados e do irmão impressionante?

Naquele momento, Elowen mantinha as pessoas à distância porque se aproximar delas causava dor demais. Quanto mais se conhecia alguém, mais difícil era perder a pessoa. E já perdera sua outra metade em Galwell. A melhor metade, aliás. Perdera sua única amiga verdadeira em Beatrice, que nunca nem considerara Elowen uma amiga de verdade. Perdera seu lugar no mundo. E, pelo jeito, perdera até sua única fonte de renda. Era impressionante como ajudara a salvar todo o reino e, ainda assim, saíra disso como nada mais do que uma perdedora.

Elowen não suportaria perder mais nada.

Andou até o pôr do sol dar lugar à penumbra, com Vandra e o cavalo poucos passos atrás. Da bolsa de figurinos de Domynia, uma série de notificações surgiu: outra entrega particular na tapeçaria de mensagens. Elowen revirou a bolsa até encontrar.

"Por favor, fale comigo", dizia a mensagem. "Embora eu goste muito da vista daqui de trás."

"Você disse que queria comprar os figurinos", respondeu Elowen, esforçando-se para evitar que seu corpo se tensionasse. Ela não queria dar a Vandra a satisfação de ver o efeito que causava. "Você mentiu. Não temos mais nada que tratar."

— Eu compro — gritou Vandra. — Pelo preço que quiser que eu pague.

"Não quero seu dinheiro", escreveu Elowen. Falar em voz alta com Vandra sempre a metia em confusão. Talvez escrever fosse mais seguro. "E eu nunca venderia essas peças preciosas para uma fã de mentira. Você não as merece."

— Eu adoro mesmo *Desejos da noite* — disse Vandra.

Elowen se virou, sem conseguir esconder mais a fúria. Como Vandra se atrevia a zombar de seus interesses, fingindo gostar da novela de sombras que Elowen adorava desde pequena? Ela pensou que encontraria Vandra com um sorrisinho maldoso no rosto. Em vez disso, Vandra parecia sincera, embora Elowen nunca soubesse com certeza, o que só aumentava sua frustração.

— Viu? — apontou Vandra. — Estou falando sério. Assim como falei sério quando disse que não quero magoar você.

Era uma verdadeira agonia saber as emoções, mas nunca as *intenções* das pessoas. O que Vandra queria de verdade? Já conseguira arrastar Elowen na direção de Reina para ela comparecer ao casamento de Thessia. Sim, no momento Elowen estava fugindo, mas as duas sabiam que era em vão e Vandra a traria de volta à estrada. Então por que Vandra ainda estava flertando com Elowen? No passado, todo o relacionamento delas havia consistido em momentos furtivos em lados opostos da mesma missão. Diante das novas circunstâncias, Elowen não conseguia nem imaginar como poderiam imitar aquela situação. Nem por que Vandra desejaria fazer isso.

Elowen deu as costas para a outra mulher, furiosa de novo.

— Tarde demais!

Ela ouviu Vandra acelerar o ritmo.

— Como a magoei? Por favor, me diga. Estou muito interessada em saber mais. Assim como estou interessada em *Desejos da noite*.

Elowen odiava isso. Não queria se expor. Não havia nada que pudesse dizer além de que não queria ser vista ou reconhecida. Ela queria ficar segura. E Vandra não era segura. Nem um pouco.

— Não quero falar disso — disse Elowen.

Vandra ficou para trás, deixando que a distância entre elas voltasse a crescer.

— Ah, sim. Aí está a Elowen que eu conhecia — falou ela. — É engraçado como eu tinha quase esquecido. Minha memória pode ser tão complacente quando meu coração se empolga.

Elowen sentiu um aperto no coração ao ouvir aquelas palavras. Sabia que estava sendo difícil. Tinha a confirmação de Vandra. Mas não podia se desculpar, pois isso criaria uma ponte entre elas, e Elowen não suportava a ideia de se aproximar de Vandra, ainda mais depois de ter provado tão depressa que só causaria dor.

— É precisamente por isso que estou solteira de novo — lamentou-se Vandra.

Com uma só frase, Vandra havia conseguido despertar a curiosidade de Elowen da maneira exata que ela não podia ignorar. Tinha toda uma série de perguntas: *Com quem você esteve desde que me conheceu? O que aconteceu? Como me comparo?* Eram os pensamentos errados, e Elowen se repreendeu por tê-los. Elas nunca tiveram nada sério. Vandra não lhe devia nada. Mesmo assim, sentiu que precisava comentar, dizendo:

— Tenho certeza de que a separação foi mais culpa da outra pessoa do que sua. — Pois parecia ser a afirmação mais gentil, verdadeira e segura que poderia fazer sobre o tema.

— Você me vê sob uma luz muito generosa para alguém tão empenhada em me ignorar — respondeu Vandra.

Espectros. Elowen conseguira o oposto do que pretendia. Mais uma prova de que não deveria estar vagando com Vandra pelo reino.

— Foi ela quem terminou comigo, se quiser saber — continuou Vandra.

— Por quê? — quis saber Elowen.

Ela tentou fazer a pergunta soar dura, crítica até, para que Vandra não pensasse que Elowen estivesse sendo elogiosa de novo.

Vandra chegou perto de seu ouvido mais uma vez.

— Acho fofo você pensar que vou contar todos os meus segredos — sussurrou ela.

Com isso, um silêncio voltou a cair entre as duas. Ótimo. Quanto menos conversassem, melhor. Com sorte, alimentaria a pequena dose de rancor que Vandra havia deixado que infiltrasse sua fachada de bom humor. Talvez, a cada passo, ela se se ressentisse mais e mais de Elowen, até por fim abandoná-la.

As notificações recomeçaram a soar. Elowen quase jogou a tapeçaria nas colinas.

— Pare de me mandar mensagens!

— Não sou eu! — reclamou Vandra.

Confusa, Elowen olhou para a tapeçaria. Era um lembrete: sua consulta de cura vitalista estava para começar.

— *Assim você me fode* — murmurou Elowen.

— Opa! — exclamou Vandra. — Assim como?

Elowen disparou um olhar furioso contra ela. Naquele momento, nada era pior do que Elowen ser acometida pelo tesão.

— Por favor, me dê um pouco de privacidade — suplicou ela. — Estou implorando.

Vandra sorriu.

— Adoro quando você implora.

Seu sorriso se alargou, ainda mais deslumbrante do que Elowen lembrava. Ela era boa em trazer o tom de volta à brincadeira. Nunca deixava um momento desagradável durar. Era grande parte do que a tornava tão perigosa. Você nunca sabia seu verdadeiro objetivo até ser tarde demais.

— Viu? — acrescentou Vandra, insinuante. — Você me conhece tão bem quanto eu a conheço.

A ex-assassina podia não saber tudo, mas as fraquezas de Elowen ela conhecia. *De um jeito bem íntimo.* E, lamentavelmente, estava explorando cada uma delas. Elowen não queria ter baixado a guarda perto de Vandra, mas, de alguma forma, baixara. Não poderia fazer isso nunca mais.

Alguns passos à frente, bem onde a curva na estrada começava a virar uma reta, havia uma pousada de aparência aconchegante. Era o primeiro sinal de civilização que viam em muito tempo.

— Que perfeito — comentou Vandra. — Precisamos de hospedagem para a noite. Não estamos nem perto de Reina ainda. Podemos ficar aqui. Eu e você em nossa própria cama. Não parece uma maravilha?

— Vamos pegar *dois* quartos — rosnou Elowen.

— Melhor ainda — disse Vandra. — Adoro ter espaço para me mexer à vontade. Embora já tenhamos feito um bom uso de lugares apertados quando necessário. — Ela deu uma piscadinha.

Um alerta de conjuração apareceu na frente de Elowen. Uma forma de magia mental poderosa que tornava possível se comunicar com qualquer pessoa no reino. Nos últimos dez anos, os magos mais sábios de Mythria encontraram uma maneira de os habitantes acessarem aquela fonte de magia onde quisessem em vez de precisarem de um aparelho de conjuração específico. Bastava estalar os dedos e aceitar a conjuração para começar uma conexão com alguém ou algo, e eles podiam beliscar e cutucar o ar para mudar a escala do que conjuravam.

Elowen estalou os dedos para aceitar a conjuração pessoal recebida.

Sem demora, uma mulher de voz suave surgiu, sentada numa cadeira que não existia na estrada ampla.

— Elowen — chamou a mulher, assustada. — Onde você está?

Era Lettice, a curandeira vitalista de Elowen. A cada sete dias, Lettice e Elowen se encontravam via consulta por conjuração para tratar dos sentimentos de Elowen.

— Oi! — respondeu Vandra com bom humor. — Eu e Elowen estamos viajando pelo campo! Eu a sequestrei! Com o consentimento dela, claro!

Lettice não conseguiu esconder os olhos arregalados nem se recompor a tempo de impedir que seu queixo caísse. Elowen segurou o riso. Nenhum pensamento tenebroso ou lembrança desesperadora parecia chocar Lettice. Claro que foi Vandra relatando seu sequestro bem-sucedido que enfim a deixou assim. Até que era, *sim*, engraçado.

Desde a primeira consulta, Lettice vinha sugerindo que Elowen tentasse retornar à sociedade e, com delicadeza, mas de modo firme, Elowen se esquivava da sugestão. Alegava ter tudo de que precisava nas árvores. Cultivava as próprias frutas e verduras na varanda e, de tantos em tantos dias, uma ave mensageira entregava quaisquer outros itens essenciais de que Elowen precisasse. Ela tinha novelas de sombras que a entretinham e o salário da rainha que a sustentava. Por ora, perdera tudo, e ali estava Elowen, caminhando pelas colinas com a mulher cujo nome ela se recusava a falar nas consultas, mas cuja presença mencionava com frequência, chamando-a de uma pedra no sapato ou dor de cabeça.

— Desculpe a intromissão — continuou Vandra. — Imagino que seja um assunto particular. Preciso fazer nosso check-in de qualquer forma. — Vandra foi até a conjuração. Então baixou a voz a um sussurro teatral: — Me faça um favor e cuide para que ela não tente fugir. — E apontou para Elowen. — Ela adora fazer isso. E dizia que *eu* era a dramática. Ela tem um casamento para comparecer, então sumir agora não vai ser nada bom, e ela sabe disso. — Vandra mandou um beijo. — Com todo o meu amor!

Ela se afastou em direção ao poste de amarração ao lado da estalagem, seu cavalo preto a seguindo de perto.

— Elowen, está tudo bem? Precisa que eu chame a guarda real para te ajudar? — perguntou Lettice assim que Vandra desapareceu na hospedagem.

Daquela vez, Elowen não segurou o riso.

— Tenho quase certeza de que a guarda não vai ajudar, visto que Vandra é um deles. Ela está me levando ao casamento da rainha.

Lettice reprimiu outro grito de surpresa.

— Não sabia se você já tinha ouvido a notícia. Estava torcendo para podermos conversar sobre o assunto.

Elowen descartou o tema com um aceno de mão.

— Não há nada para falar.

Era a resposta favorita de Elowen às muitas perguntas de Lettice. Mesmo assim, foi Elowen quem marcara as consultas de cura vitalista para si. Ela não sabia bem por que tinha feito isso, só que havia se cansado de ser a única pessoa sujeita a seus próprios pensamentos e sensações. Infelizmente, isso não a convencia a compartilhar a maior parte desses pensamentos e sensações com Lettice. Conversava sobre alguns, até onde conseguia, mas resistia a dizer tudo. Porque, quando Elowen falava sobre certas coisas em voz alta, sempre parecia mais bobo do que em sua cabeça. Pequeno demais para receber tanta importância. E Elowen odiava se sentir tão pequena.

— Beatrice vai? — perguntou Lettice.

Elowen não conseguia sentir emoções através de conjurações. Não com magia, pelo menos. Mesmo assim, conseguia sentir que Lettice tentava esconder a curiosidade sincera. Como sua curandeira vitalista, Lettice queria que Elowen retomasse a amizade com Beatrice porque era a coisa mais saudável a fazer. Como uma mythriana, era óbvio que Lettice estava *louca* para saber por que as famosas Beatrice e Elowen não se falavam mais.

— Que sorte! — gritou Vandra de dentro da estalagem, alto o bastante para distrair Elowen e Lettice.

Ótimo. Elowen não estava planejando responder Lettice de toda forma.

Vandra colocou a cabeça para fora.

— Conseguimos os dois últimos quartos.

Lettice tocou o dedo na bochecha.

— Aquela é a mulher sobre a qual você me contou? Aquela cujo nome você se recusa a falar?

— Não — disse Elowen.

— Talvez dê certo — argumentou Lettice com a voz suave, ignorando a resposta de Elowen. — Talvez você possa se divertir para variar.

— Odeio me divertir — respondeu Elowen. — E não vou nem tentar.

Ela estalou os dedos duas vezes, encerrando a conjuração.

Vandra voltou a sair com duas chaves na mão.

— Foi boa a sessão? Também tenho um curandeiro vitalista. Eles são muito transformadores. Aliás, qual quarto você prefere? Um fica no canto, com janelas dos dois lados, e sei que você adora uma vista panorâmica.

— Pare de fingir que se importa comigo! — gritou Elowen, sem conseguir suportar mais um instante da atenção prestativa de Vandra. — Estou aqui. Vou ao casamento. Você fez seu serviço. Pode só me deixar em paz pelo restante do caminho?

— Por que acha que isso é tudo o que eu quero? — perguntou Vandra. Ela não se deu ao trabalho de esconder a mágoa. — Sei que faz um tempo que você está longe da sociedade, mas não deve ter esquecido que pessoas que se gostam fazem perguntas umas para as outras.

Elowen sabia que Vandra a desejava. Estava claro desde o primeiro momento em que se conheceram, dez longos anos antes, quando Elowen flagrou Vandra deixando carne podre ao redor da barraca deles, em uma tentativa de fazer com que fossem cercados por falcões carniceiros a caminho das minas Grimauld. Elowen havia iniciado aquela interação esperando um confronto, mas acabou com a língua dentro da boca de Vandra e as mãos dela em sua cintura, pedindo mais. Mas Vandra *gostar* dela? Não poderia ser verdade. Em dez anos, nenhuma delas havia nem tentado entrar em contato. Como Vandra poderia gostar dela?

Enquanto Elowen ficava atordoada, sem conseguir responder, Vandra aproveitou a oportunidade para ir ainda mais fundo.

— Temos uma chance de fazer o que não podíamos dez anos antes. Não somos mais adversárias. Não estou aqui para te atrapalhar. Não deseja mesmo me conhecer melhor?

— Não quero conhecer você nem um pouco — mentiu Elowen, e, pela primeira vez, considerou-se sortuda por ser a única com a capacidade de saber como sua cabeça e seu coração discordavam.

6
Clare

Em quinze anos de feitos heroicos, era raro Clare *não* saber o que fazer. Ele saíra da pobreza nas Planícies Vastas aprimorando suas habilidades de roubo. Enfrentara monstros que faziam outros se borrarem, distinguindo os pontos fracos das criaturas com requinte. Onde os fracassos dos outros eram muitos, os dele eram raros.

Mais raro ainda era ele ficar sem palavras.

Por isso, ver Beatrice se jogar nas garras dos fora da lei em vez de encará-lo era um daqueles momentos únicos.

Entrando no combate, ela estava deslumbrante. *Puta que pariu*, ele adorava quando Beatrice entrava no combate. Era como se todas as suas qualidades, as quais ele não deixou de notar em seus encontros recentes, estivessem expostas de forma gloriosa. Os anos apenas a tornaram mais bela, concedendo mais sardas a seu rosto e arredondando seu quadril, que rebolava a cada passo no declive gramado rumo ao perigo certo.

Claro, ela estava um pouco suja, um pouco desgrenhada pelos últimos acontecimentos. Na opinião sincera de Clare, isso apenas a tornava mais atraente.

Ele sabia que fizera uma lambança em suas últimas conversas. As emoções o dominaram como mestres espadachins. Era para ele sentir apenas uma raivinha magoada, mas Beatrice despertava nele o impulso insuportável de se provar. Quando tinha a chance, a ansiedade lutava com a esperança dentro de si até a exaustão.

Sendo sincero, ele se consolou, *como eu poderia agir de outra forma?* Era *Beatrice*. A mulher por quem sua paixão desgovernada vinha fermentando havia dez anos com o desprezo intransigente dela, dois sentimentos que, como as poções das trevas que diziam ser fabricadas pelas bruxas de Megophar, haviam se fundido de maneira misteriosa em outros que Clare Grandhart tinha vergonha de nomear.

Mas ele sabia que estavam lá percorrendo suas veias como cobras sorridentes, prontas para fazer seu coração parar.

Clare havia passado a última década ensaiando o que diria se o destino um dia os reunisse, brigando brigas imaginárias com Beatrices imaginárias durante os exercícios matinais ou sob o olhar sábio de Wiglaf.

Considerando que você só fala comigo quando o mundo está acabando, o que é desta vez? A Peste do Picador-Noturno?

Como você pode me odiar por jogar fora alguns meses quando estava pronta para destruir muito mais?

Você não pode confiar em mim? Beatrice, como eu poderia confiar em você?

Senti sua falta. Penso tanto em você que é como se sua magia mental se tornasse minha.

Claro que eu te amava, porra.

Então o convite de casamento destruiu suas fantasias. E o reencontro foi transformado em dever diligente, o esforço fútil e inseguro de Clare Grandhart de preservar o próprio mito. Ele se agarrara à esperança de se provar aos olhos de Beatrice. Em vez disso, tinha estragado tudo.

Bom, aquele resgate ele não estragaria!

Ela não estava mais tão longe das moitas onde os ladrões esperavam para emboscar os passageiros da carroça. Era exatamente o que sua astúcia precisava para se recuperar. Perigo. Eminente.

Ele saltou do cavalo, correndo até o lado de Beatrice.

Clare reconhecia que não foram poucas as vezes em que correu até ela nos últimos dias. Relutante, ele duvidava que um dia pudesse se libertar daquele instinto. Mesmo contra sua vontade, sabia que ela continuava sendo seu destino favorito ao qual correr.

Quando ele a alcançou, o passo de Beatrice não diminuiu.

— Não vai rolar — informou ela, categórica.

— Sair andando não vai impedir isso — respondeu ele.

Ela olhou para ele com uma fúria inabalável. Clare sentia como se estivesse olhando para o nascer do sol: glorioso.

— Eu *não* acabei de ser resgatada por *você* — insistiu ela.

Ele não conseguiu evitar sorrir. *Sim*, aconselhou a si mesmo. *Sim, isso é bom*. Festas de nobres não eram sua especialidade. Resgates audaciosos, sim.

— Até que era uma situação bastante perigosa — observou ele.

Beatrice parou de repente. Ele a observou preparar um comentário cortante, o único tipo de resposta que reservava para ele, mas pareceu se controlar para não discutir. Ele teria aceitado a resposta cortante. Preferia a discussão ao silêncio, se pudesse escolher.

— O que está fazendo aqui? — questionou ela.

— O que eu estava fazendo na estrada da rainha? O mesmo que você, imagino — respondeu ele. — Indo para Reina.

Sua lógica simples apenas a enfureceu mais. Ela voltou a andar, na direção da folhagem à frente. Clare intuiu o que estava por vir, mas estava longe demais para alcançá-la. Como esperado, dos arbustos farfalhantes saltaram os fora da lei que aguardavam.

Clare ficou imóvel. Beatrice também, sem dúvida decidindo que não queria *tanto assim* ser sequestrada.

— Certo — sussurrou ela pelo canto dos lábios, aqueles *lábios incrivelmente irresistíveis*. — Você é tão ruim em tentativas de resgate quanto em honestidade.

As palavras de Beatrice o surpreenderam tanto que ele parou de sexualizar a frustração dela.

— Honestidade? — repetiu ele, indignado.

Apesar do coração acelerado, ele notou de passagem o líder dos bandidos parar, tirando a máscara de ferro para revelar feições grisalhas. Clare não sabia se os homens hesitaram por reconhecerem seus prisioneiros famosos ou por cortesia, esperando que as vítimas parassem de brigar. Ou talvez os fora da lei apenas pressentissem uma boa fofoca.

Qualquer que fosse o motivo, nada mudaria a necessidade persistente de se justificar.

— Nunca menti para você, nenhuma vez — insistiu ele.

— As primeiras palavras que me disse eram mentiras!

— Beatrice, as primeiras palavras que eu disse a você foram uma *cantada*!

Ele resistiu ao momento de ira. *Heróis em busca de demonstrar seu valor não deveriam estourar*, pensou ele, *nem mesmo com mulheres irritantes e incrivelmente encantadoras*. Ele percebeu que o líder dos bandidos havia embainhado a espada, seus homens seguindo o exemplo. Não era a intenção de Clare usar um drama amoroso para desencorajar os bandoleiros. O resultado, porém, foi melhor do que ele esperava.

— Isso mesmo! — respondeu Beatrice com veemência. — Cantada, mentira. Que diferença faz?

O líder dos fora da lei levantou a espada como se estivesse erguendo a mão na aula.

— Que cantada funcionou com uma mulher como ela? — questionou ele.

Clare não disse nada, embora quisesse muito, muito dizer. Ele imaginava que se gabar não ajudaria em nada.

— Ele falou — respondeu Beatrice com frieza — "Você é uma peregrina do tempo? Porque a vejo no meu futuro".

Os bandidos acenaram, devidamente impressionados.

Clare abaixou a cabeça com uma modesta gratidão.

— Não chega a ser bem uma mentira, pois aqui estamos nós — disse ele. Mas, quando olhou para Beatrice, viu que ela não achava graça. Retomando a seriedade, pigarreou. — Não é culpa minha que você tenha saído de nossa... interação supondo algo que eu nunca disse.

— *Interação?* — explodiu Beatrice. — Ah, como se eu fosse um espírito da floresta...

— Você fala como um às vezes...

— NÓS DORMIMOS JUNTOS! — gritou Beatrice mais alto do que ele.

Clare engoliu em seco e viu a sobrancelha com cicatriz do fora da lei se erguer.

— Talvez não seja o momento...

— Ah, não. — Beatrice partiu para cima dele, cravando um dedo em seu peito. — Você *não* tem o direito de ignorar esta conversa só porque esses fora da lei audaciosos decidiram nos capturar. Que conveniente para você! — Ela se aproximou. — Tenho certeza de que prefere fugir. É o que você faz.

Enfim, o orgulho dele se esvaiu.

— Está bem! — retrucou ele. — Quer falar sobre isso? Vamos falar sobre isso, Beatrice!

Ele não podia evitar dizer o nome dela. Era como chupar uma bala azeda.

Clare adorou a chance de "falar sobre isso". Ao longo da missão dos Quatro, eles só tinham rodeado o assunto de seu primeiro contato. Nenhum deles queria tratar disso, não quando sabiam que a missão poderia ceifar suas vidas, não quando a relação na estrada começou a se tornar mais afetuosa apesar do começo infeliz. O que eles haviam começado a construir era frágil demais.

Naquele momento, porém, eles eram sobreviventes. Sobreviventes que machucaram um ao outro.

Clare se sentia terrivelmente pronto para a briga. Ansioso para expor velhas feridas à luz do dia.

— Dormimos juntos e não lhe prometi nada — continuou ele. — Sim, eu saí de fininho pela manhã, mas tinha trabalho a fazer, algo que você sabe muito bem.

— Parece que os dois lados têm culpa — arriscou o fora da lei.

Clare apontou a mão na direção do homem.

— Sim! Exato!

— Então me responda com sinceridade o *seguinte*. — A voz de Beatrice ficou mais perigosa do que nunca. — Se tal *trabalho* não fosse o serviço para o qual Galwell o contratou, o que nenhum de nós sabia que nos manteria próximos por meses, você *teria* tentado entrar em contato comigo depois da nossa noite juntos?

Todos os fora da lei paralisaram. Clare notou alguns, por atrás das máscaras de ferro, se entreolharem com interesse genuíno.

No silêncio que caiu sobre eles, Clare suspirou. Ele odiava quando isso acontecia. Sendo frustrante ou não que Beatrice o odiasse com o que ele defendia ser uma profunda injustiça, ela estava *certa*.

Clare havia conhecido Beatrice numa taberna. Ele estava na cidade por apenas uma noite antes de começar um serviço perigoso, mas interessante, para Galwell, o Grande, que precisava de alguém que pudesse guiá-lo com suas duas companheiras às minas Grimauld para recuperar o Orbe.

Clare era um dos poucos mythrianos a terem escapado de Grimauld com vida desde a primeira escavação malfadada, quando descobriu os horripilantes araneídeos que antes viviam em silêncio na escuridão sob a montanha. Invasores do norte o haviam capturado enquanto ele realizava um serviço e o jogaram nas minas para ser devorado. Clare havia escapado, por pouco.

Seus companheiros de bando, seus amigos, os únicos que ele tinha até então, não.

Galwell, o Grande, filho de um nobre, sobre quem corriam boatos de uma magia lendária, ouviu rumores sobre um dos poucos sobreviventes de Grimauld. Ele contratou Clare, que pouco se importava com qual objeto mágico Galwell buscava nas minas. Impulsivo e atormentado pela dor, Clare passou a noite antes de se juntar à expedição de Galwell com a mulher deslumbrante que conhecera na taberna da cidade, Beatrice.

Ele havia saído ao amanhecer, como era seu costume com as mulheres na juventude. Foi apenas quando se apresentou a Galwell que descobriu que uma das companheiras do jovem nobre, que estava prestes a seguir rumo a Grimauld, era ninguém menos do que sua aventura que não deveria ter durado mais de uma noite.

Cercado pelos fora da lei curiosos, Clare queria e, ao mesmo tempo, temia se explicar. Ele não havia recebido nada de Beatrice, exceto um silêncio rancoroso na última década. Não sabia se seu coração suportaria sua rejeição ao verdadeiro motivo pelo qual fugiu após a primeira noite maravilhosa que tiveram.

A covardia decidiu por ele. Ele não faria a confissão.

— Não temos como *saber* o que poderíamos ter feito no passado... — murmurou ele.

O líder dos fora da lei se encolheu.

Seus homens levantaram as espadas como se dissessem: "Você já era de um jeito ou de outro, amigo", até Beatrice erguer a mão.

— *Não* — disse ela. E encarou Clare. — Responda. A. Pergunta.

Clare Grandhart ficou, mais uma vez, sem palavras.

Os máscaras de ferro os cercaram, as espadas paradas por ora. Era provável que morresse sendo odiado pela mulher que cativava seus sonhos e que nunca saberia toda a verdade.

Ele *não* morreria, entretanto, com mentiras nos lábios.

— Não — revelou ele por fim, com o mesmo sentimento de quando os invasores o cercaram nas minas, preparado para nunca mais retornar. — Não, eu não tinha nenhum plano de entrar em contato com você.

Beatrice não escarneceu. Não se enfureceu.

Em vez disso, a calma mais estranha pareceu cair sobre a mulher.

— Obrigada — disse ela.

— Mas não nos conhecíamos na época, Beatrice — acrescentou Clare, desesperado para que ela visse a verdade.

Ele não gostava de seu olhar. Não queria imaginar que mentiras Beatrice estava sussurrando para si mesma usando a honestidade dele.

— Ah, eu o conhecia muito bem depois daquela manhã — afirmou ela, com a voz estranhamente suave. — Você provou que eu estava certa vezes sem fim. No funeral. Na manhã passada.

Ele se encolheu, odiando a comparação.

— O que fiz... depois do funeral — disse ele entre dentes, fazendo uma careta só de se referir à própria infração — não foi o mesmo. Minhas ações foram erradas. Mas não foram nada perto do que você fez.

Ele sentiu, então, a calmaria perigosa de se aproximar da briga verdadeira, da briga imperdoável. O relacionamento deles havia progredido apesar do mal-entendido infeliz de seu primeiro encontro. Na estrada com Galwell e Elowen, evoluiu para paixão e, talvez, até algo mais.

Nunca, porém, se recuperou do que aconteceu no funeral de Galwell. Se a última década era algum indício, era provável que nunca se recuperaria.

— Diga que meus sentimentos eram infundados — continuou ele.

Suas palavras eram um desafio que Clare estava desesperado para que ela aceitasse. Que brigasse com ele e descobrisse como haviam se ferido para começarem a se curar.

No entanto, ele não teve a chance. Porque estavam cercados pelos fora da lei. Enquanto o conflito com Beatrice se intensificava, Clare não notara que eles não estavam mais prendendo o interesse de seus captores. Bom, que os Espectros os perdoassem por darem um contexto mais profundo em vez de se aterem à fofoca dos tabloides escribais! É sério que criminosos não tinham mais nenhum respeito pela honestidade emocional?

Não obstante, Clare não conseguia se ressentir dos homens que o cercavam, pois ele já havia estado no lugar deles. Crescendo sem nada nas Planícies Vastas, ele sobreviveu com pequenos roubos, sempre enfrentando e atacando os outros, como aqueles homens.

Quando os mascarados avançaram, pensando que os dois estavam distraídos, ele teve apenas um pensamento tão inútil que chegava a ser constrangedor. *Eu também me roubaria se fosse eles.* Clare não era mais um deles, no entanto. Era…

— PAREM.

A voz que Clare se assustou ao ouvir ecoar foi a de Beatrice. Ele olhou para o lado e descobriu que, impávida, ela estava ameaçando seus inimigos com a mão estendida, empunhando…

A pena dele?

Ao baixar os olhos, ele percebeu que o instrumento devia ter se soltado de seus bolsos quando Clare a alcançou. Beatrice golpeou com a pena de maneira ameaçadora, tão abrupta que o fora da lei mais próximo escorregou nos próprios pés, perdendo o equilíbrio e caindo na terra.

Ela lançou um olhar furioso.

— Vocês pretendem nos matar e vender nossas posses por dinheiro — conjecturou ela ao líder do grupo.

Ele estreitou os olhos.

— *Matar* não é uma palavra de que gostamos, dona — respondeu o fora da lei.

— Também não gosto — retrucou Beatrice. — Sabe quem vocês acabaram de ameaçar? Aquele é Clare Grandhart dos Quatro. Herói do reino.

O rosto das Poções Esportivas de Faísca. Cinco vezes vencedor do prêmio de Homem Mais Sexy da revista *Mythria*.

— Seis, na verdade — corrigiu Clare.

Além de sentir o prazer secreto de Beatrice conhecer suas distinções, ele notou uma hesitação misturada à curiosidade nos olhos que encontrou espiando por trás das máscaras de ferro. Clare percebeu então que os fora da lei não o haviam reconhecido. Homens como aqueles não passavam muito tempo em cidades grandes, por isso entendia por que não conseguiram identificar os heróis à primeira vista. Mas até aqueles que viviam nas pradarias ouviram as canções dos Quatro.

— Apenas três almas vivas sabem que magia mortal Clare possui — continuou Beatrice. — Querem aumentar para seis? Por, ah… quanto tempo você diria?

Ela olhou para Clare.

Ele mal conseguia compreender o que estava acontecendo. Claro, ele sabia o que Beatrice estava fazendo. Eles haviam usado aquele truque antigo contra inimigos no passado, com grande sucesso. Ouvi-la evocando isso naquele momento… bem, era a segunda vez nos últimos tempos que seu coração misturava esperança e Beatrice no mesmo caldeirão.

O ardil exigia que ele escondesse a emoção. Ele deu de ombros.

— Três segundos — respondeu, lacônico.

— Morte agonizante em três segundos? — repetiu Beatrice. — Impressionante, Grandhart.

Ele sabia que as palavras não passavam de encenação. Mesmo assim, elas… o faziam sentir coisas.

Para a sorte deles, fizeram os fora da lei sentir *outras* coisas.

Os olhos por trás das máscaras de ferro ficaram tensos, as posturas se enrijecendo de medo maldisfarçado. Clare encarou feio. Sabia como aquilo funcionava, sabia como teria reagido em seus dias de ladroagem.

— Ou — sugeriu Beatrice, a voz então mais doce, como creme de abóbora com gengibre, e menos cáustica — Clare poderia usar esta pena para autografar suas espadas. Assim vocês poderiam vender o autógrafo dele por muito mais moedas do que as quinquilharias naquela carroça.

A surpresa o fez parar sua encenação de ferocidade digna de uma novela das sombras e ele olhou para o lado. Beatrice sorria de maneira sedutora, cativando seus quase captores.

As sardas nas maçãs do rosto. Os olhos castanhos. O sorriso.

O coração dele quase explodiu.

Os fora da lei se entreolharam.

— Como saber se você é mesmo Grandhart? — questionou o líder dos fora da lei.

Seus homens murmuraram em reconhecimento à pergunta perspicaz de seu comandante.

Clare não tinha resposta para aquela dúvida. Em seu cotidiano, ela nunca surgia.

Beatrice, porém, vacilou. Seu sorriso se transformou numa careta relutante. Restou a Clare apenas observar, curioso, enquanto ela tirava da saia… uma revista enrolada? Com um constrangimento evidente, ela desenrolou o pergaminho lustroso. Bons Espectros, ele reconheceu a capa que ela exibiu para os fora da lei. Havia visto nas bancas de jornal no dia anterior.

Claretrice: Mais Apaixonados Que Nunca!

Os homens olharam do Clare da revista para o Clare da vida real. Sem hesitar mais, um deu um passo à frente, pegando a pena com entusiasmo.

Clare apanhou a revista, que Beatrice entregou de bom grado, como se não quisesse ter nada a ver com aquela porcaria. *Onde ela arranjou isso?*, ele se questionou com grande interesse.

O primeiro bandido entusiasmado se aproximou de Clare, com a pena em mãos. Enquanto Beatrice passava por ele com satisfação a caminho da carroça, Clare ativou a memória muscular que, para ser honesto, estava mais apta do que a usada para esgrima. Quando cada máscara de ferro apresentou sua bainha ou bolsa, ele fez o de sempre, escrevendo o nome *Sir Clare Grandhart* em cada peça com uma caligrafia vigorosa, mas reconhecível.

Foi só naquela atividade distraída que ele sentiu o surgimento de sentimentos complicados.

A magia de Clare, na verdade, não era mortal. Mal chegava a ser útil. Era, inclusive, constrangedora, a tal ponto que ele nunca contou a Galwell ou Elowen ou Beatrice o que era, apesar de suas indagações regulares. De alguma forma, a brincadeira de citar dons extravagantes que Clare poderia ter se transformou em rumores, burburinhos que começaram a se espalhar sobre os poderes indescritíveis dele. Logo, os Quatro perceberam que era do seu interesse alimentar os boatos.

Quando Beatrice reavivou o velho ardil, ele se lembrou do afinco com que havia escondido seus poderes ridículos. Por outro lado… isso o fez lembrar das partes de sua missão em que os dois se divertiram juntos. Eles…

se tornaram amigos. Encontraram uma paixão inegável um pelo outro. Até se beijaram com urgência e intensidade desesperada na noite anterior à batalha. O melhor beijo de sua vida.

Ele havia chegado a ter esperança. Até tudo desandar. Mesmo assim, os dois tinham história. Uma que ele não parou de pensar nos últimos dez anos.

Que ela sem dúvida lembrava, tanto quanto ele.

Clare não deixava de ponderar a naturalidade com que ela havia revivido seu estratagema. O pensamento o ocupou durante os autógrafos, permanecendo com ele enquanto retornava à carroça. Uma das rodas estava quebrada, e Beatrice estava montando uma senhora de idade em um dos cavalos da carroça.

Foi só depois que ela mandou o animal atrás do outro cavalo, no qual estava montado um casal jovem no meio de uma discussão acalorada, que ele se deu conta de algo.

— Não sobrou nenhum cavalo para você — comentou ele.

Ele sentiu Beatrice controlar uma resposta sarcástica. *Com tais poderes de observação, sir Grandhart, você deveria entrar para a Guarda Secreta.*

Ele ficou desapontado. Todos sabiam que sarcasmo era o priminho do flerte.

— Eles vão gritar um com o outro até Devostos — disse ela, indiferente, acenando com a cabeça para o casal que se afastava. — Prefiro andar.

— Venha comigo — propôs ele.

O cavalheirismo heroico não permitiria que ela fosse desacompanhada, parte dele afirmou. *Na verdade, você a quer ao seu lado,* lembrou outra.

— De jeito nenhum — declarou ela.

Clare hesitou. *O que,* ele se forçou a se perguntar, *Galwell faria?*

Ele pegou as rédeas de seu cavalo. Em vez de montar, acompanhou a mulher cuja lembrança o enfeitiçava.

— O que está fazendo? — questionou ela.

— Andando com você — respondeu ele, debochado. — Precisamos conversar e estamos indo para o mesmo lugar. A pé, deve demorar... uns cinco dias?

Nenhuma réstia de sol passou pelas nuvens de tempestade na expressão dela.

— Monte logo em seu cavalo, Clare.

— Um cavalheiro nunca cavalgaria enquanto uma dama está a pé. Não são eles que você prefere? — indagou ele. — Cavalheiros?

Beatrice soltou a mesma risada, desprovida de alegria, ao garantir:

— Você não é nenhum cavalheiro.

Ele escondeu o sorriso. Ela não conseguiu fazer a resposta soar tão ofensiva assim.

— Muito pode mudar numa década — respondeu ele.

— Nem tanto assim.

— Vejamos — continuou ele, cordial. Ele estava… se divertindo? Flertando? Será que esgrima e autógrafos não eram as únicas memórias musculares que ele tinha? — Adotei uma águia de estimação — começou. — Ele se chama Wiglaf. Gosta de coelho e búfalco salgado. Também comprei um barco. Minha cor favorita é verde. Era azul, como você sabe. Meu número de sapato aumentou. Não é estranho? Enfim, sabe o que dizem sobre o tamanho dos pés. Ah, e fico com um zumbido nos ouvidos quando chove…

Beatrice bufou alto de frustração. No entanto, não parou de andar. Inspirado, Clare desenrolou a revista que havia colocado no bolso.

Ele assobiou uma das muitas canções famosas compostas em sua homenagem enquanto folheava até as páginas que queria. CLARETRICE: MAIS APAIXONADOS QUE NUNCA!

— "Testemunhas oculares do evento confirmaram o que todos os mythrianos suspeitam há muito tempo sobre nosso casal de aventureiros favorito" — leu Clare em voz alta. — "Com olhares intensos e um calor ardente em cada momento em que estavam na presença um do outro, todos os observadores, *en passant* ou empenhado, confirmaram, sem sombra de dúvida, que o amor profundo entre Claretrice perdurou…"

— *Espectros me mordam!*

O rompante de Beatrice ecoou pela estrada. Ela pegou a revista das mãos dele e atirou, sem hesitar, o pergaminho na floresta.

Clare não deixou de sorrir.

— Vamos montar no maldito cavalo — declarou ela.

Satisfeito consigo mesmo, ele montou com uma desenvoltura rápida, sentando-se perto da parte de trás da sela. Quando Beatrice se aproximou, com os olhos como raios escuros, ele estendeu a mão para ajudá-la a subir.

Ela o ignorou, montando no cavalo sozinha com a confiança despretensiosa que ele esperava dela.

Assim que Beatrice subiu, Clare sentiu a bunda dela encaixada entre suas pernas.

Talvez essa seja uma ideia muito insensata, ele observou consigo mesmo, atordoado. Ah, o que uma década havia feito por ela. Cada curva era como mágica. Eram tão zombeteiras quanto convidativas, lembrando-o como Beatrice era inalcançável, embora estivesse literalmente encostada nele.

E como estava. Em quinze anos de feitos heroicos, Clare Grandhart havia escapado de grifos selvagens com cortes de um lado ao outro do ombro. Havia cavalgado por dias pelas encostas enquanto a fome atormentava suas entranhas.

Mas aquela era a viagem mais penosa que ele havia feito no dorso de um cavalo.

Seus corpos esbarravam um no outro a cada trecho desnivelado da estrada. O cabelo de Beatrice dançava no rosto dele, seu calor incrivelmente próximo. Provocava-o com lembranças de adormecer com o cheiro dela a poucos metros; Clare não dormiu bem nenhuma vez nos meses em que viajaram juntos, torturado por fantasias. Todas voltaram naquele exato momento.

Ele pensou que talvez naquele instante entendesse como seus velhos amigos se sentiram, despedaçados na escuridão sob as montanhas.

Apesar do desejo visceral que crescia dentro de si a cada movimento do quadril dela, Clare se lembrou de ser um cavalheiro. A história deles tinha dois lados. Beatrice o havia rejeitado porque ele era um ladrão mau caráter.

Ele era um herói.

A voz instintiva em sua cabeça o lembrou por que estava ali. Por ela. Talvez conseguisse provar que não era o ladino imprudente de que ela se lembrava.

Clare queria tentar. O que o incentivou a… não dizer nada, e ignorar a firmeza feroz na frente da calça. *Chega de flertar também, desgraçado*, repreendeu-se. Ele não havia perdoado Beatrice. *Nem perdoaria*, pensou. Ele não tinha nada a fazer além de sofrer.

Heroicamente, claro.

Seus olhos vasculharam a paisagem em busca de alívio até que… *enfim*. Considerando que Clare estava disposto a parar na floresta de Vrast em busca de algum escape dos rigores incomuns da jornada, a estalagem à beira da estrada aparecendo depois de uma curva era nada menos do que idílica.

— Deveríamos pernoitar aqui — disse ele.

A tensão em sua voz não passou despercebida.

— Desconfortável aí atrás? — perguntou sua acompanhante.

— Claro que não — respondeu Clare, pouco convincente. — Estou muitíssimo confortável. Poderia fazer isso a noite toda.

Ao ver o sorriso que Beatrice lançou por sobre o ombro, ele foi forçado a admitir que não conseguiria fazer isso a noite toda. Na verdade, talvez só conseguisse por mais... três segundos.

— Mentiroso — acusou ela.

No entanto, ela conduziu o cavalo habilmente até o poste de amarração da estalagem, onde Clare fixou os olhos no cavalo cor de obsidiana, que batia as patas pretas como carvão na lama.

— Espere — comentou ele, distraído de verdade. — Reconhece aquele cavalo?

— Sim, foi minha dama de casamento — respondeu ela, seca. — Não, não o *reconheço*. É um cavalo.

Clare estava tão intrigado que mal notou o surgimento do priminho do flerte.

— Já o vimos antes — insistiu ele. — Tenho certeza.

— É essa sua magia? Reconhecimento de cavalo? — perguntou Beatrice. — Passamos por ele na estrada dez anos atrás e você nunca mais esqueceu a cara dele?

Apenas a referência à sua antiga piada o tirou de sua contemplação.

— Não me lembro de você ser tão engraçada — disse Clare, porque não se atrevia a falar mais.

Beatrice saltou do cavalo.

— Fazer o quê? Dez anos livre de você me tornaram alegre e rápida no gatilho — respondeu ela por cima do ombro, seguindo na direção da porta da estalagem.

Clare se pegou sorrindo. Muito bem, nem *tudo* era sofrimento heroico.

Ele entrou atrás dela, lançando um último olhar para o cavalo preto.

7

Elowen

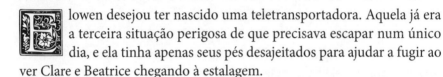

lowen desejou ter nascido uma teletransportadora. Aquela já era a terceira situação perigosa de que precisava escapar num único dia, e ela tinha apenas seus pés desajeitados para ajudar a fugir ao ver Clare e Beatrice chegando à estalagem.

Tudo que Elowen queria era desfrutar de um belo jantar silencioso após a sessão de cura vitalista e a conversa intensa com Vandra. Ela deu uma única olhadinha pela janela da taberna, só os Espectros sabem o porquê, e lá estavam as duas últimas pessoas em todo o reino que queria ver.

Elowen jogou a bolsa com os figurinos de Domynia em cima da cama e se trancou no quarto, ofegante. Porra, Beatrice. O que ela estava fazendo passeando com Clare depois de todo aquele tempo? Será que eles voltaram? Será que pretendiam ofuscar o casamento de Thessia ao revelar o próprio relacionamento em público?

Elowen andava lendo panfletos de fofoca demais. Não havia muito o que fazer entre as árvores. Em certo momento, desenvolvera um gosto peculiar por acompanhar os relacionamentos dos outros, e Claretrice ainda era a fofoca número um de Mythria. Pelo que Elowen tinha lido, Beatrice estava recém-divorciada, e Clare nunca ficava com a mesma mulher por mais de uma ou duas semanas. Elowen não sabia por que mergulhava nas especulações sobre Claretrice, já que entendia melhor do que ninguém como os panfletos podiam se equivocar. Afinal, acreditavam que Galwell era perdidamente apaixonado por Thessia. Eram quase novelas de sombras de tanto drama e intriga que injetavam nas histórias publicadas. Talvez Elowen sentisse um prazer secreto em saber que os antigos companheiros de missão não haviam encontrado um contentamento real nos anos seguintes à vitória, mesmo que nem tudo fosse verdade. Saber da vida deles *com certeza* não era o motivo para ler sobre eles.

— Você está bem? — gritou Vandra enquanto batia na porta de Elowen.

Ela não deixava transparecer na voz nenhum traço da mágoa que havia exposto antes. De forma estranha, saber como Vandra conseguia disfarçar a própria dor piorava tudo.

Embora Vandra não tivesse nenhuma magia conhecida, Elowen achava sua capacidade de sempre buscar a luz ainda mais poderosa, porque não vinha de um dom com o qual ela tinha nascido, mas de uma escolha que fizera e que seguia a vida toda.

Como Elowen não respondeu, Vandra sacudiu a maçaneta.

— Espero que saiba que essa fechadura não tem nenhuma chance contra mim, embora eu esteja disposta a respeitar a existência dela um pouco mais se me disser por que a usou. Tem a ver com a nossa conversa de hoje?

Elowen olhou ao redor do quarto em busca de algo pesado. Havia apenas uma cama e uma cômoda no espaço pequeno. Elowen empurrou a cômoda com toda a força, devastada ao descobrir que o móvel de madeira maciça não tinha o menor interesse em se mexer.

— Gostaria de jantar o quanto antes — continuou Vandra. — Posso estar mais velha e mais madura, mas a barriga vazia ainda me distrai.

— Faço minhas refeições sozinha — disse Elowen, perdida em pensamentos.

Os escribas ficariam loucos se soubessem que Claretrice chegaram juntos a uma estalagem afastada de tudo. Talvez Elowen pudesse se tornar uma informante de escribas? Assim não precisaria ir ao casamento de Thessia para recuperar o salário de heroína.

Não. Ela jamais faria isso. A barriga vazia estava distorcendo seu bom senso.

Quando Vandra riu, o som trouxe Elowen de volta à realidade. Ela se pegou lamentando a porta entre elas. Não conseguia ver como Vandra jogava a cabeça para trás e fechava bem os olhos, entregando-se de corpo e alma a cada prazer da vida.

Espectros. Ela não podia pensar nisso. Pioraria tudo.

— Qual é a graça? — resmungou Elowen.

— Ou você me deixa entrar em seu quarto e comemos juntas na cama, visto que não há nenhum outro móvel aí dentro, ou eu e você vamos à taberna e jantamos lá — respondeu Vandra. — Você pode até não querer me conhecer, mas precisa, *sim*, ficar perto de mim. Não posso deixar que saia às escondidas pela cozinha e vague pelo campo sozinha. Vai ser um passatempo tedioso e desnecessário para nós duas, e não quero perder nenhuma das festividades pré-casamento.

Elowen beliscou o espaço entre as sobrancelhas. Ela precisava mesmo de uma bebida. E nunca comeria na cama com Vandra, apesar do que seu corpo às vezes dissesse para ela fazer.

— E se alguém me reconhecer?

Vandra riu de novo, como se Elowen tivesse contado uma piada.

— Se você tirasse os olhos do chão por mais de um segundo, poderia haver a chance de alguém aqui saber quem é, mas por enquanto você deve ter decorado os calçados de todos. Ninguém consegue ver essa marquinha linda de nascença embaixo de seu olho para confirmar sua identidade. Claro, seu cabelo é conhecido. Mas você não é a única no reino a ter cachos ruivos exuberantes. Embora os seus balancem *mais* do que os da maioria. É difícil saber se essa é uma opinião compartilhada por quem não teve o privilégio de passar a mão em seu cabelo.

Elowen se arrepiou, e não de aversão.

Depois de uma longa pausa, Vandra continuou:

— O manto que você está usando é o mesmo com o qual a pintam em todos os retratos. E seus passos *pesados*. São inesquecíveis. São pisadas violentas para uma das heroínas mais notórias do reino, famosa pela furtividade para derrotar as trevas. Sem mencionar todos aqueles suspiros profundos que solta, sempre insatisfeita. Totalmente inconfundíveis. Não viriam de ninguém além de você.

Elowen ficava incomodada que Vandra tivesse notado tudo isso. Ela não fazia contato visual para que as pessoas não lhe dessem atenção. Não conseguia suportar a ideia de representar para tanta gente o papel de heroína num fim de semana normal, quanto mais tão perto do Festival dos Quatro. Seria um verdadeiro pesadelo, pior do que qualquer coisa que a floresta amaldiçoada oferecia. Como não fora agraciada com o dom de se tornar invisível, fazia seu melhor para passar despercebida, mas tudo o que isso fez foi conceder a Vandra a permissão para estudá-la mais de perto.

Quando Elowen olhou para a bolsa, veio a inspiração. Ela vestiu um dos figurinos.

A calça de Domynia era justa, feita de couro falso de búfalco, e abraçava as curvas de Elowen como se seu corpo fosse um velho amigo do tecido. A blusa era ainda mais indecente. Primeiro, era lilás, um tom que Elowen nunca usava. Segundo, apertava tanto a caixa torácica que fazia seus seios transbordarem, mesmo com uma camisa de tule branco sob ela. O povo de Mythria sabia que Elowen era tempestuosa, usava mantos grossos e dava passos pesados. O manto de Domynia também era lilás, combinando com o corpete. Se Elowen era mesmo tão previsível, usaria *isso* para ir a uma taberna lotada?

Ela abriu a porta e passou por Vandra, que logo soltou um assobio baixo. Assim que chegou na taberna, Elowen encontrou a primeira mesa vaga e se sentou, fazendo questão de observar os fregueses. Pelo visto, Beatrice e Clare não estavam naquela parte da estalagem. Uma pequena vitória.

— As pessoas com certeza estão olhando para você, mas não porque pensam que você é… — hesitou Vandra, parecendo lembrar que dizer o nome de Elowen em voz alta seria uma má ideia. — Bem, você.

Ótimo. O plano estava funcionando. O coração de Elowen estava batendo tanto que ela o sentia subindo pela garganta. Talvez por causa do corpete.

Vandra levantou para se dirigir ao balcão.

— Vou fazer o pedido.

— Não — respondeu Elowen com rispidez, pegando a mão de Vandra.

Ela queria provar que não era previsível. Ou pelo menos que era autossuficiente. O movimento brusco fez o capuz lilás cair de sua cabeça, expondo os cachos ruivos. Por força do hábito, soltou um resmungo de frustração e bateu o pé.

— Será que é mesmo? Elowen dos Quatro? — sussurrou alguém com reverência.

— Acredito que sim — confirmou outra pessoa.

— É sim! — disse um terceiro, mais alto. — Consigo ver a marca de nascença embaixo do olho!

O burburinho aumentou. Os clientes foram se aproximando da mesa. A magia vital de Elowen foi à loucura, sentindo as emoções ao seu redor. Desejo. Empolgação. Admiração sincera.

Claro que a reconheceram.

Vandra riu sua risada de sempre. Jogando a cabeça para trás e tudo.

— Ouviu isso, Riv? — perguntou ela, olhando para Elowen, cujo nome nunca havia sido Riv. — Eles acham que você é Elowen Fiel! Não devem ser fãs de *Desejos da noite*, porque é óbvio que você está vestida como Domynia. Ou nunca viram uma ruiva de seios grandes antes. Azar o deles, francamente.

Ela deu uma piscadinha.

Os clientes, que estavam tão certos segundos antes, emanaram confusão. Como era possível que Vandra os tivesse levado a acreditar que a verdade era uma mentira? Outra faceta impressionante de seu dom.

— Se vão ficar encarando, o mínimo que podem fazer é pagar a comida dela. A minha também, já que estamos juntas — pontuou Vandra, que colocou o braço ao redor de Elowen e ousou dar um beijo em sua bochecha.

A pele de Elowen ardeu no ponto de contato, onde ela havia absorvido não apenas desejo, mas… também afeto? Foi rápido demais para Elowen ter certeza. Ela desejou mais toque e se odiou por isso.

Os clientes continuaram encarando.

— Vão rápido! — disse Vandra, afugentando-os. — Estamos famintas, e adoraríamos algo doce e picante para comer! Com duas cervejas para acompanhar.

A primeira pessoa que havia adivinhado a identidade de Elowen acenou e se dirigiu ao balcão. A segunda foi atrás, prometendo pagar pelas bebidas. A terceira apenas abanou a cabeça e voltou ao seu lugar. Com isso, Vandra soltou Elowen e voltou para o seu lado da mesa.

A distância não ajudou muito a acalmar o calor que ardia sob a pele de Elowen. Ela sacudiu a cabeça para organizar os pensamentos, que *sem dúvida* estavam ofuscados pela energia de Vandra, porque de repente tudo o que Elowen queria era conversar com Vandra. E tocar nela. E ouvir sobre cada detalhe de sua vida.

— Quem é Riv? — sussurrou ela, voltando à consciência.

O cliente voltou com comida para as duas, preparadas por magos manualistas com o dom de cozinhar refeições inteiras em questão de segundos. Vandra deu uma mordida faminta nas panquecas caramelizadas cobertas por minipimentas picantes.

— River. Uma das melhores assassinas ainda no ramo. Não se parece nem um pouco com você. — Ela deu outra piscadinha.

A mentira havia funcionado bem. De uma forma impressionante. O segundo cliente trouxe as bebidas, e o restante das pessoas na taberna voltou às atividades normais, sem prestar atenção em Elowen e Vandra.

— River é sua ex? — perguntou Elowen, cuidadosa.

— Ah, não — respondeu Vandra. — Eu e Riv nunca tivemos nada. Quando entrei para a Gilda das Rosas-da-Morte alguns anos atrás, nos conhecemos na festa de um dos membros. Era uma noite de pintura e vinho, na verdade. Bem divertido. Ela e eu fizemos muitos trambiques juntas em nossos tempos áureos. Ela entenderia por que emprestei seu nome.

Quando Elowen a viu pela última vez, Vandra trabalhava por conta própria, aceitando qualquer serviço que oferecessem, desde que pagassem bem e o alvo fosse digno de seus talentos. Quando Elowen perguntou por que ela havia basicamente aceitado ser uma ameaça a Galwell, Vandra dissera: "Porque ele é o oposto de um zero à esquerda, o contrário dos meus alvos habituais. Achei que seria um desafio interessante e sabia que ele daria conta com tranquilidade".

— Não sabia que você tinha entrado para a Guilda das Rosas-da-Morte — comentou Elowen.

A guilda era bastante prestigiosa, conhecida por perseguir as piores pessoas de Mythria.

— Claro que não sabia — disse Vandra, exibindo um sorriso enquanto mastigava. — Você estava se escondendo.

— Não estava me escondendo — retrucou Elowen. — Estava dando um tempo merecido da sociedade.

— E eu estava subindo na escala social do reino. Ou descendo, talvez. Depende da perspectiva. — Vandra deu de ombros. — Não importa mais, porque deixei a guilda.

Era estranho pensar quanta coisa mudara para Vandra enquanto a vida de Elowen havia praticamente pausado desde que salvou o reino. Se Elowen precisasse resumir os últimos dez anos, levaria uns três minutos. Ela imaginava que precisaria do resto da vida para descobrir toda a história de Vandra.

— De qualquer forma, obrigada por ajudar a afastar aquelas pessoas de mim — disse Elowen.

Vandra fez que não era nada com o garfo.

— Não precisa agradecer. Eles estavam atrapalhando meu jantar.

Elowen conseguia sentir arrependimento emanando de Vandra. Invocar o nome de River a machucara de alguma forma, mas ela havia feito isso sem vacilar. O coração triste de Elowen se entristeceu ainda mais. Por que Vandra era tão cativante?

— Preciso confessar que vi Beatrice por aqui — disse Elowen, querendo ajustar as contas. Espectros a livrassem de ficar em dívida com Vandra. Sua voz ousou tremer um pouco. Que vergonha. — Não queria vê-la, por isso fugi.

Vandra olhou ao redor.

— Soube que ela enfim se separou de Robert de Noughton. Que homem deveras mediano. Chegou a conhecê-lo?

— Não falo com Beatrice desde o funeral de Galwell. Estava torcendo para continuar assim, mas parece que não terei tanta sorte.

— É muito difícil se afastar dos amigos.

O sorriso que Vandra deu não tinha o brilho habitual.

— Beatrice nunca foi minha amiga — corrigiu Elowen, dura. Como Vandra não reagiu diante da declaração, ainda olhando para Elowen com um tipo compreensivo de tristeza, Elowen não conseguiu conter a contundência da própria raiva. — Eu pensava que o tempo facilitaria. Não parece ser o caso.

— Adoramos nos enganar acreditando que o tempo suaviza todos os golpes.

— Só os piorou para mim — disse Elowen.

Vandra sorriu.

— Não ouse dar todo o crédito ao tempo. Você é boa demais em piorar as coisas sozinha.

Elowen riu em resposta. Quando Vandra riu também, as duas se encararam. Havia uma faísca entre elas, tão intensa que Elowen se perguntou por um momento se um mago manualista havia arremessado uma bola de fogo na mesa.

Não. Era apenas a força inebriante de uma conexão genuína sendo estabelecida, da verdade fluindo de ambos os lados da mesa.

— Por que deixou a Guilda das Rosas-da-Morte? — perguntou Elowen.

Os olhos de Vandra se iluminaram, surpresa pela pergunta. Elowen sabia que estava revelando sua desonestidade anterior, mas não conseguiu se segurar. Ela queria, *sim*, saber mais sobre Vandra. A verdade era que havia passado dez longos anos resistindo ao impulso de matutar sobre Vandra e, como estava ali, comendo seu jantar doce e picante, o mínimo que Elowen poderia fazer era descobrir alguns detalhes sobre a vida dela. Era com certeza melhor do que falar de sua não amizade com Beatrice.

— Meus pais não sabem qual é meu trabalho — disse Vandra. Não era a resposta que Elowen esperava, e sua curiosidade só se intensificou. — Durante toda minha vida, eles acreditaram que eu trabalhava com moda.

— Você está sempre bem-vestida — observou Elowen, porque era verdade.

As roupas de Vandra sempre estavam impecáveis. Naquele momento, ela estava toda de preto, uma combinação bastante desinteressante em qualquer outra pessoa. Nela, porém, as texturas diferentes dos tecidos e o caimento perfeito das peças a distinguiam por completo da multidão.

— Estou — confirmou Vandra. — Hoje em dia, meus pais acreditam que sou uma modista residente da rainha, não uma guarda. É fácil esconder o segredo deles, porque estão lá em Devostos, e não prestam muita atenção em nada além da forte comunidade de bingo deles.

— Por que mentir? — perguntou Elowen.

Aquela conversa já havia apresentado tantas reviravoltas que ela precisava ir até o final.

— Antes de eu nascer, a irmã da minha mãe foi morta por um homem que também matara outras mulheres — revelou Vandra.

Mesmo enquanto dizia algo tão doloroso, Elowen sentia a mesma firmeza em Vandra que havia sentido assim que a reencontrou. Vandra não tinha qualquer hesitação, nem mesmo naquele tópico difícil. Ela era apenas... genuína.

— Meus pêsames — sussurrou Elowen.

— Obrigada — respondeu Vandra, recebendo os sentimentos de Elowen com uma gratidão sincera. — Descobriram os padrões e peculiaridades do homem, mas nunca o apanharam. E toda a minha família se conformou com isso de algum jeito. Eu não. Quando tive idade suficiente para vagar sozinha pelo reino, fiquei obcecada em encontrá-lo. E *encontrei*.

Elowen abafou uma exclamação. Ela não pretendia se envolver tanto, mas Vandra tinha aquele efeito nela.

— Consegui o que tropas inteiras de cavaleiros não conseguiram — continuou Vandra. — Foi assim que descobri que tenho um talento único, e notícias do meu trabalho se espalharam por redes clandestinas. Quando meus pais souberam que o homem que havia matado minha tia estava morto, pensei que ficariam radiantes ou pelo menos aliviados. Eu enfim havia feito justiça por eles. Mas ficaram tristes, voltaram a sofrer por minha tia. E eu soube que nunca poderia contar que tinha sido eu. Não queria que me vissem de forma diferente por isso.

Elowen entendia muito bem como era difícil quando a percepção que os outros tinham sobre você mudava por causa de uma perda que sofreu. Ela também havia mudado por seu luto e não tinha qualquer controle sobre como o reino todo a recebera por isso. Para eles, ela sempre seria a irmã caçula de Galwell. A tragédia a perseguia como uma sombra persistente, visível sob todas as luzes. Se tivesse a opção, também teria pedido para não ser vista com outros olhos por isso.

— Eu me propus a encontrar apenas as piores pessoas, na esperança de provar que meu talento era útil. E às vezes era encarregada de pequenas missões paralelas pelo caminho, como aquela em que nos conhecemos. — Vandra se deteve, deixando que o momento perdurasse. — Àquela altura, fazia anos que a Guilda das Rosas-da-Morte estava me convidando, e eu recusava, sem querer legitimar tanto assim meu trabalho. Até que Galwell morreu, e percebi que não queria mais trabalhar sozinha.

Elowen se deu conta naquele momento de que Vandra foi uma das poucas outras pessoas, além dos Três, que conheceu Galwell de verdade. Ela vira seus heroísmos de perto, mas também os fracassos. Até causara alguns. Embora incomodasse Elowen a frequência com que desconhecidos usavam a morte do irmão dela como um motivo para alterar a própria vida, ela achou bastante tocante que a ausência dele tivesse afetado Vandra de tal forma.

— Aquela missão me trouxe um espírito de comunidade, mesmo que viesse de antagonizar vocês quatro a cada passo do caminho — prosseguiu Vandra. — Pensei que a guilda poderia me proporcionar isso de uma maneira mais profunda. Com o passar dos anos, fui percebendo que parte muito grande da minha vida tinha sido construída com base em mentiras e ninguém me conhecia de verdade. Quando saí da guilda, apenas provei que tinha razão. Todos se importavam com o que eu alcançava como assassina, usando isso como combustível para se aprimorarem, mas ninguém se importou com minha partida. Exceto River. Por isso, agora, estou enfim tentando alcançar algo que nunca me permiti ter: uma vida da qual eu tenha orgulho de contar para os meus pais.

— Entendi — disse Elowen, assimilando tudo.

Ela sabia pequenos fragmentos da vida de Vandra. Que era filha única. Que sempre tentava comparecer aos jantares mensais com os pais, mesmo enquanto estava em missões. Naquele momento via a coisa toda: a personalidade solar de Vandra escondia muito mais do que até Elowen, a maga vital, tinha percebido.

— Eu teria orgulho de você, se fosse da sua família — admitiu Elowen, por fim.

Vandra corou.

— Graças aos Espectros não é — respondeu ela, desconcertada pela sinceridade de Elowen.

Elowen mordeu o lábio para não falar mais. Pensara que, ao escolher comer em público, evitaria qualquer momento *íntimo* que poderia surgir se comessem juntas na cama. Sabe-se lá como, porém, Elowen acabou ainda mais vulnerável. Pior, acabou não apenas comovida por tudo que havia descoberto, mas profundamente envolvida na esperança que Vandra tinha de uma vida melhor.

8

Beatrice

Estamos lotados.

— A gerente da estalagem não hesitou. Na verdade, a mulher sisuda mal olhou na cara de Beatrice, desviando o olhar para as pessoas à espera de fazer o check-in, todas em uma fila que se estendia pelo saguão rangente à luz do fogo da estalagem à beira da estrada.

— Por favor — insistiu Beatrice. — Alguma coisa você deve ter. Mesmo quartos com -— ela fez uma careta — uma cama só? Damos nosso jeito…

— Não — respondeu a gerente. — Sem camas. Não há quartos nem camas. Desculpa, mas… — A mulher apontou para o aglomerado de hóspedes. — O fim de semana do festival é o mais movimentado do ano. O reino inteiro viaja a Reina para celebrar os Quatro. Agora com o casamento da rainha…

Rugas de estresse se aprofundaram como desfiladeiros na testa da mulher.

Beatrice havia passado a infância aceitando que a sorte que lhe fora dada era sempre menor do que a das pessoas ao seu redor, e era uma marca de seu orgulho nunca pedir mais. Claro, ela até se casaria com um nobre entediante para melhorar sua posição social por um breve período, mas *implorar* seria demais.

Pior ainda do que implorar era explorar sua fama. Absolutamente abominável para ela.

Contudo…

Sem um quarto na estalagem, Beatrice sabia que estaria destinada ao pior dos destinos. Precisaria *acampar com Clare*. Não conseguia suportar a ideia da noite fria ao redor deles, do carpete de grama sob eles, da música das criaturas selvagens enchendo a noite. Do som de Clare pegando no sono. Da privacidade. Da proximidade.

Tudo isso estava fora de cogitação.

O que significava que Beatrice sabia o que precisava fazer.

Ela se inclinou para a frente sobre a bancada bamba, erguendo o olhar sob o capuz do manto, odiando-se.

— Sim, bom, também estou viajando para o festival — disse ela. — Veja bem, sou Beatrice dos Quatro.

A gerente bufou.

— Já ouvi essa antes — rebateu a mulher, achando uma graça desgraçada na proclamação totalmente verdadeira de Beatrice, que se arrependeu muitíssimo de ter jogado o exemplar da revista *Mythria* no meio do mato. A gerente da estalagem nem tirou os olhos do lençol de que estava tirando manchas com magia.

O que é uma publicidade incrível para a estalagem, pensou Beatrice. *Poderiam mudar a placa na entrada. A Estalagem dos Lençóis Manchados.* Claro, ela preferiria dormir naquelas roupas de cama com manchas suspeitas a dormir sob o manto de Clare com o braço dele como travesseiro e o peito dele como...

Ela sacudiu a cabeça com determinação.

— Talvez funcione em alguém no salão de jantar e te ofereçam um quarto — continuou a gerente, apontando o queixo na direção do salão barulhento ao lado do saguão, onde os hóspedes se aglomeravam e o piso de madeira desgastada estava molhado de bebida. — Senão, recomendo que pegue uma mesa na taberna. Não vamos expulsar você à meia-noite se quiser dormir num banco, mas vou logo avisando: os ratos odeiam dormir de conchinha.

Enquanto ela chamava a próxima pessoa da fila, Beatrice ficou encarando a cena num silêncio horrorizado.

Madeira como travesseiro, cheiro de hidromel velho enchendo suas narinas enquanto ela tentava dormir...

Ou a calma da noite, embalada pelos sons da floresta tranquila, tendo apenas a companhia do homem que outrora amara...

Que viessem os ratos, então!

Saindo da fila com relutância, Beatrice se dirigiu à taberna. Não era a primeira vez que entrava em ambientes barulhentos como aquele. Sua infância foi marcada por longos períodos sozinha em locais estranhos enquanto seus pais vendiam mercadorias. Depois, durante a juventude, costumava fugir de casa para farrear com os turistas nos pontos mais decadentes do vilarejo. Adorava as histórias dos viajantes, sua ousadia... e a imensidão de seus mundos.

Na missão com os Quatro, as noites de viagem os levaram, por vezes, a refúgios à beira da estrada, embora, com os recursos financeiros de Galwell, sem mencionar seu charme natural, as noites nunca terminassem em horas insones em madeira dura.

Tudo ficou pior, não é?, lembrou-se ela.

Ela não precisou de nenhum outro lembrete quando encontrou Clare sentado de um lado do salão, com cumbucas fumegantes de ensopado delicioso na frente dele.

Ele empurrou uma das cumbucas em sua direção quando Beatrice sentou diante dele, os joelhos próximos de forma inevitável na mesa estreita.

— É... — hesitou ele, como se estivesse num conflito interno. — Seu favorito — se forçou a continuar. — Pombo com especiarias e mel.

Sem paciência para a gentileza dele ou para considerar suas razões, Beatrice deslizou a tigela para o lado com descuido.

— Meu paladar mudou — informou ela.

Embora não fosse uma declaração falsa, a relevância à situação atual era. Ela *amava* pombo com especiarias e mel.

Clare deu de ombros e começou a comer. Enquanto Beatrice pegava o jarro de madeira cheio de vinho, Clare observou uma cautela nova surgindo em seus olhos.

— Não me diga que Clare Grandhart parou de beber — exclamou ela, desfrutando uma vez mais do prazer de caçoar dele. — Os becos de Mythria estão enfim livres de sua embriaguez e urinações noturnas?

A alegria dela perdeu o brilho como as tábuas do assoalho do salão lotado cheirando a hidromel quando Clare não fez cara feia, nem retrucou, nem revirou os olhos. Não fez nada que homens rudes costumavam fazer em resposta a insultos.

— Queria poder beber como antes — admitiu ele enquanto dava uma colherada em seu caldo quente, levemente adocicado e cítrico... certo, ela queria, sim, um pouco daquele ensopado. Maldita fosse a generosidade dele. — Mas já não sou mais jovem — continuou ele, por fim.

— Não, creio que não — respondeu Beatrice com um sorriso.

Quando Clare soltou um suspiro frustrado, ela escondeu um sorriso vitorioso no cálice. Beatrice notou que ele havia decidido ser mesmo um "cavalheiro" com ela. Bom, ela não facilitaria. De onde quer que estivesse vindo aquela modéstia rara, ela estava determinada a dissipar todas as suas falsas gentilezas. Seria sua brincadeira da noite! Como Xadrez de Ogro, se Beatrice achasse graça em Xadrez de Ogro.

Por que não?, pensou ela com uma crueldade que nunca havia dedicado ao Xadrez de Ogro. Clare, ela recordou, não era apenas o companheiro de viagem improvável, não era apenas o ladino desalinhado que a reconheceu.

Ele a magoara. Sair às escondidas depois da primeira noite juntos não era nada comparado ao que ele havia feito depois do funeral de Galwell. Quando a magoara profundamente em seu período mais sombrio.

Ah, ela sabia que Clare a culpava. Não importava. Espectros, não importava nem se ele estivesse *certo*. Quando a dor era o único prêmio que as pessoas tinham, agarravam-se a ela com afinco. Clare a magoara nas profundezas de sua confusão, sua solidão, seu sofrimento.

Era suficiente. Beatrice não precisava se questionar nem duvidar de si mesma. Nunca o perdoaria... logo ela, que tinha uma prática infinita em nunca perdoar.

Clare se recompôs com a boca cheia de ensopado sob o olhar dela.

— Lamento que esteja passando por um momento difícil — disse ele.

Não. Espectros, não. Gentilezas, ela poderia desprezar. Ressentimentos, poderia confrontar. Pena, porém? Fora. De. Cogitação.

— Um momento difícil mesmo — respondeu ela, acalorada. — Enfurnada numa taberna com *você* e sem quartos para passar a noite.

Clare manteve o controle. Ignorou a questão do alojamento.

— Me referia a seu divórcio — elucidou ele com calma, o que a deixou furiosa. Gritos de peregrinos da noite eram preferíveis a *ele* falando com prudência. — Está na cara que você está muito chateada.

— Não estou!

Clare ergueu os olhos. Beatrice não sabia dizer se gostava do brilho de humor nos olhos dele. Não era a mesma sensação de derrubar peças de Xadrez de Ogro.

— Você está quase bêbada de barriga vazia — observou ele. — Nem duas horas atrás você estava em uma carroça compartilhada que cheirava a pernil de grifo. Pouco tempo atrás invadiu o banquete do seu ex-marido de roupão e botas descombinadas.

Ela se enfureceu. Alimentava a esperança de que ele não tivesse notado as botas.

— Fique você sabendo, Clare — respondeu ela —, que nunca estive mais feliz na vida.

Seu companheiro não respondeu, apenas levantou uma sobrancelha em desafio. Ele a estava provocando, como quando atraía oponentes para brigas que sabia que venceria. Beatrice sabia que deveria ignorá-lo, mas se recusava a deixar que Clare Grandhart achasse que ela se arrependia de alguma de suas escolhas nos últimos dez anos. Eram muito poucos os motivos de orgulho no registro pessoal de Beatrice Não Mais de Noughton. Ela precisava manter o que podia.

— O divórcio foi necessário — respondeu ela, sem pensar — e feliz. Fazia tempo que ele havia deixado de me satisfazer na cama, e sinto que experimentei tudo que há para experimentar na nobreza. Eu estava — ela havia começado a gostar da honestidade, sem falar da altivez — entediada.

Naquele momento, Clare sorriu. O sorriso maroto que ela não deveria se imaginar beijando, os lábios com sabor de especiarias e mel...

— Robert não a satisfazia sexualmente, então — observou ele.

— Era melhor do que certas pessoas.

O sorriso de Clare não mudou. A dúvida tremulou nos olhos dele como fogo em noites de inverno.

— Não melhor do que todas, claro.

Ela encarou seu olhar.

— Está perguntando sobre alguém em particular?

Ele estalou os dedos calejados.

— Não tenho dúvida de que *uma* noite se sobressaia entre as outras de sua memória.

Não tenho dúvida. Ele estava fingindo gentileza mesmo quando não precisava, brincando com a sintaxe. Era irritante, dava vontade de tirar o equilíbrio dele. Dane-se o Xadrez de Ogro. Eles estavam se enfrentando no dorso de dragões. Ela fingiu considerar, como se precisasse vasculhar por dezenas de noites de amor inesquecíveis.

Claro, não precisava. Havia, *sim*, uma noite que ela nunca poderia esquecer, prazeres que perduravam em detalhes vívidos na memória mesmo sem os dons de magia mental. A aventura de uma só noite com Clare que acabou por não durar exatamente uma só noite. Nos dias seguintes, na missão dos Quatro, eles apenas se beijaram, uma vez, logo antes do confronto final com as forças das trevas. Mas, se perguntassem se ela desejara outras noites como a primeira...

Bom... ela nunca responderia. Como nunca confessaria que ele tinha proporcionado a melhor noite de sua vida.

— Não sei dizer — mentiu ela. — Foi só pouco tempo atrás que aprendi do que *gosto* na cama. Minhas indiscrições da juventude foram... estabanadas.

Crec. Clare estalou com violência o dedo seguinte.

Isso a deliciou. Ela o estava reduzindo a cinzas. Será que ele estava imaginando as possibilidades infinitas do que ela queria na cama? Será que estava lembrando da voz dela quando as pedia? Será que estava sofrendo com a ideia — mentirosa, claro — de que outros as haviam proporcionado, e não ele?

— Eu poderia ter lhe dito o que queria, Beatrice — afirmou ele. — Eu sabia muito bem do que você gostava.

Ela corou, chocada. A insinuação não era o mesmo que invocar sua história sem rodeios.

Beatrice de repente se sentiu tola. Com que frequência não havia visto Clare ludibriar opoentes com golpes pouco convencionais? Conseguia lembrar de vários rosnívoros que aprenderam a mesma lição que ela acabara de aprender. Beatrice pegou o ensopado, buscando pôr um fim naquele diálogo absurdo.

Foi a jogada errada. Clare abriu um sorriso maroto.

— Já saquei que seu paladar não mudou tanto assim — disse ele, apontando para o ensopado.

As palavras em si a desconcertaram de uma forma que nem mesmo seu comentário arrogante conseguiu. *Já saquei*. Nenhum nobre usaria uma gíria tão grosseira. Enquanto a polidez fingida dele a enfurecia, ela odiava como o deslize de seu vocabulário ladino a afetava de... outras formas.

Ela não lhe ofereceu nada além de silêncio em resposta, parabenizando-se por seu bom senso. Ignorando o olhar vitorioso dele, Beatrice voltou os olhos para outro lugar...

Acabando por pousar numa mulher voluptuosa de cabelo negro.

Clare conseguiu notar o momento em que a confusão invadiu o comportamento da companheira de jantar. Ele se empertigou.

— Vandra Ravenfall está aqui — declarou ela, falando baixo e com clareza, sem nunca desviar o foco da assassina.

Clare não se alarmou, reagindo com perfeita calma. Ele baixou o cálice, tomando o cuidado de não seguir o olhar dela.

— Onde?

— No balcão, à minha direita — respondeu ela.

— Armada?

— Não consigo ver daqui, mas...

Como acontecia, eles terminaram as últimas palavras ao mesmo tempo.

— Melhor supor que sim.

A sintonia involuntária incomodou os ouvidos de Beatrice. Ela franziu a testa, até Vandra seguir na direção deles, carregando um jarro de bebida.

— Ela vai passar por nós — observou Beatrice, a urgência superando sua irritação.

Confiando em uma prática antiga deles, ela estendeu a mão, colocando-a sobre o joelho de Clare. Ela não sabia o que a incomodava mais, a presteza do instinto ou o calor que a atravessou com o contato. Bastou a mais leve pressão para sentir como a perna dele era musculosa.

Os olhos deles se encontraram. Ele fez que sim.

Quando Vandra estava a um passo deles, ela tirou a mão da perna dele com uma relutância que não queria admitir. Clare saltou depressa do assento, confiando por completo na sincronia de Beatrice. Antes mesmo que pudesse ver Vandra com os próprios olhos, estava com a faca de cozinha apontada para o pescoço dela com um único movimento harmonioso.

— Diga seu propósito, assassina — comandou ele.

Vandra Ravenfall não pareceu intimidada. Não pareceu nem surpresa em se encontrar sob a faca de Clare. Ela parecia *bem*, por mais frustrante que isso fosse. Como sua pele não havia perdido nenhum brilho, sua silhueta nenhuma definição?

— Clare Grandhart — declarou Vandra com alegria. — Sabe, preciso agradecer a você. Sua cerveja é minha favorita. Compro de engradado.

Clare não a soltou, embora Beatrice notasse que o elogio o tivesse agradado. *Óbvio* que Clare havia estampado sua imagem numa linha de cervejas caríssimas. Tinha algum nome ridículo como Recompensa de Herói. Apenas um de seus muitos patrocínios ao longo da década.

— Sou fã de seu trabalho também — respondeu Clare com calma, embora ninguém na taberna estivesse prestando atenção neles. Brigas e pancadarias eram quase parte do cardápio em lugares como aquele. — O desaparecimento de Archibald, o Mutilador, foi a sua cara.

Vandra sorriu, contente.

— Foi um trabalho divertido. Muitas boas lembranças. Creio que este, porém, seja um bom momento para mencionar que não aceito mais contratos para matar.

Clare trocou um olhar com Beatrice. Desde a primeira vez que Vandra Ravenfall mentira para atrapalhar os planos de salvar o reino durante a missão, eles aprenderam a não confiar nela.

— Acha mesmo que vamos acreditar que você não é mais uma assassina e, por acaso, está na mesma estalagem que dois de seus antigos alvos? — perguntou Beatrice.

Vandra acenou com entusiasmo, sem se incomodar com a ponta da faca em sua pele.

— É uma coincidência que faz todo o sentido! Veja bem, estou aqui a mando da rainha, escoltando uma convidada dela a Reina. Imagino que o palácio seja seu destino também. Afinal, esta é a estrada principal para Reina.

— Quem você está escoltando? — Clare não tirou os olhos da assassina para observar o salão.

— Engraçado você perguntar. — A voz de Vandra ficou um pouco mais baixa, deliciando-se com o drama. Ela tinha sido uma assassina por quinze anos, afinal; os instintos não desapareciam com tanta facilidade quanto os alvos. — Uma velha amiga sua.

Beatrice perdeu o ar. Ela se sentiu encurralada, cercada pelo perigo. Seu corpo se encheu de um pavor mais intenso do que quando havia acordado à noite presa a mãos inimigas e com seus aliados espancados e inconscientes.

Não. Elowen não.

Ela não conseguiria encarar a antiga amiga. Não depois da briga, do funeral, de Galwell. De tudo. Quando aceitara ir àquele casamento, achava que Elowen nunca desceria da casa nas árvores para isso. Estava contando que a amargura reclusa de Elowen a protegesse de sua própria vergonha.

Antes que Beatrice pudesse fugir, esconder-se ou cometer alguma outra covardia condizente com as circunstâncias, Elowen Fiel em pessoa saiu das inúmeras sombras, buscando a companheira de viagem e a encontrando sob a faca de cozinha de Clare.

Choque contornou as feições de Elowen por um instante até seus olhos encontrarem Beatrice. E desviarem de imediato. Nenhuma curiosidade pela antiga amiga. Nenhum interesse por seu bem-estar. Beatrice era algo horrendo. Algo que ela desejava desver. Um pesadelo do qual rezava para acordar.

Beatrice, porém, não desviou os olhos. Em primeiro lugar, a antiga amiga usava uma roupa que não era nem um pouco o estilo de Elowen. Se não soubesse melhor, Beatrice diria que *reconhecia* aquela peça dramática e ajustada ao corpo. Como se Elowen estivesse... se fantasiando de uma personagem da novela de sombras à qual elas assistiam na infância. Mas não podia ser.

Independentemente da roupa, Elowen parecia... calejada. A pele estava mais pálida do que Beatrice jamais vira — mais até do que naquele inverno em que pegaram gripe verminose de bexiga e ficaram semanas isoladas, tendo apenas uma à outra para cuidar e entreter. O cabelo estava longo, destacando-se num contraste flamejante com a palidez. Estava com olheiras, mas as bochechas tinham um rubor que só Vandra podia provocar. Continuava bela, claro. Mas distante. Intocável. Como um dos Espectros vivos de que os místicos falam.

Ao ver Elowen, Clare soltou Vandra. Descuidado. Dez anos antes, Galwell o teria repreendido por deixá-los vulneráveis a um ataque. Clare, porém, costumava ser imprudente com questões como aquela, o amor por pessoas pelas quais prezava. Ele correu à frente para jogar os braços ao redor de Elowen.

— Que bom ver você, criança — disse ele com a voz embargada.

Elowen piscou. Beatrice se encolheu. O apelido pairou pesado entre os três restantes dos Quatro. Pessoas que outrora teriam morrido umas pelas outras, que naquele momento mal sabiam o que havia sobrado uma da outra.

Era, *sim*, um pesadelo.

— Não sou criança, Grandhart — afirmou Elowen, um calor enfim colorindo sua voz. Ela havia dito isso para ele cem vezes na estrada. Como ela era a irmã mais nova de Galwell e a caçula do grupo, Clare adorava importuná-la. — Não era criança dez anos atrás e sou muito menos agora — continuou, rindo um pouco.

Clare sorriu com aquele som, tão bonito que chegava a ser injusto. Por mais de um motivo, Beatrice por fim teve que desviar o olhar.

— Olha só, todos reunidos — disse ele, solene.

A barriga de Beatrice se revirou, sabendo o tipo de comentário que seguiria.

— Nem todos — respondeu Elowen.

Era como se tivesse invocado o espírito de Galwell entre eles. Beatrice, que o vira morrer milhares de vezes, sentiu o impacto do golpe fatal de novo com as palavras de Elowen, como a dor a havia dilacerado quando Galwell caiu.

O reencontro não era feliz. Como poderia quando os Quatro só poderiam ser os Três? Estar juntos apenas os lembrava de quem eles haviam perdido.

Até Clare parecia sofrer sob aquele peso. Ele limpou a garganta, a afetação estranha retornando outra vez ao seu comportamento.

— Não temos nenhum quarto para hoje — informou ele a Elowen e Vandra com formalidade. — Vamos sair para acampar na estrada. Talvez possamos tomar uma bebida antes de partirmos?

— Não. Estou cansada — respondeu Elowen com rapidez.

— *Elowen!* — exclamou Vandra, uma assassina ofendida pela grosseria de sua protegida. Ela virou para Clare, com ar de desculpas. — Pegamos os últimos dois quartos. Ah, mas vocês deveriam ficar com um! — Ela se alegrou com a ideia. — Devo isso a vocês depois de, sabe, todos os problemas que lhes causei. Com muita frequência, se bem me lembro. Quase sem parar, por sinal.

O verdadeiro Clare ressurgiu quando se deu conta da sorte que era aquela oferta.

— Sim, eu diria que nos deixaria quites — concordou ele. — Certo, Bê? Que tipo de jogo ele estava iniciando ao invocar velhos apelidos? Beatrice apenas encarou. Claro, Elowen fez o mesmo.

Sem se atentar ou, de forma mais provável, sem se interessar por sua resistência, Vandra estendeu depressa uma chave pesada e enferrujada.

— Fiquem com essa — propôs ela, indicando Beatrice e Clare —, enquanto eu e Elowen podemos…

— Nem pensar — respondeu Elowen, curta e grossa, a vermelhidão em suas bochechas se intensificando.

Vandra sorriu com encanto, como se o rubor nas bochechas da outra mulher bastasse como recompensa.

— Certo. Muito bem. Você e Beatrice…

— *Não.*

A palavra uniu a voz de Beatrice com a da antiga amiga. A sobreposição foi, infelizmente, perfeita. A lamentável concordância atingiu Beatrice como as primeiras notas de uma melodia esquecida da infância.

Mas o desalento de Beatrice não foi nada comparado ao que sentiu quando, no momento seguinte, seus olhos encontraram os de Elowen. Não foi um olhar de relance. O que viu na expressão fulminante de sua confidente de infância, outrora sua companheira mais querida em todo o mundo, era…

O mais profundo desprezo.

Seu coração se partiu em lugares que não sabia serem vulneráveis. Ela mordeu o lábio para conter o tremor.

Clare, óbvio, notou.

Ele passou a chave para ela com destreza.

— Por que não aproveito para colocar o papo em dia com a criança — disse ele — enquanto você vigia a assassina?

Ele não estava mais se fazendo de nobre. Estava fazendo algo muito pior: demonstrando uma gentileza sincera a ela. *Sir Sensível, cavaleiro de Mythria aqui*, quis zombar. Exceto que não podia, não de todo, não enquanto era inundada pela gratidão.

Beatrice conseguiu apenas acenar, em silêncio.

O plano apaziguou Elowen.

— Siga-me, Grandhart — chamou ela com a voz áspera.

Sem se deter, intuindo que a menor hesitação desestabilizaria a paz frágil, ele a seguiu.

Sem mais uma palavra, eles se foram, levados pela escuridão da estalagem. Beatrice observou, avaliando as duas pessoas que partiram seu coração. Ela não sabia qual tinha sido pior.

— Colegas de quarto, então? — perguntou Vandra. — Vamos?

O andar de cima da pousada não era muito diferente do de baixo. Barulhos de toda sorte ecoavam dos quartos, quer as portas estivessem fechadas ou abertas. Orações em devoção aos Espectros e exclamações de êxtase em meio a orgias noturnas. Música, de artistas praticando suas letras e pais cantando para os filhos. Bom, não era como se Beatrice planejasse dormir.

Vandra a guiou até a ponta do corredor. O quarto que destrancou para elas era estreito — "aconchegante", alguém poderia dizer. Apesar de tudo, uma assassina era a colega de quarto que Beatrice preferia às alternativas. Mas não era ingênua; na última vez em que viu Vandra Ravenfall, ela estava revelando os planos dos Quatro para o irritante Bartholomew.

— Quero entender como conseguiu fazer Elowen vir com você — exigiu Beatrice.

Vandra hesitou.

— Usando sua magia, imagino?

— Não confio nem um pouco em você — retrucou Beatrice. — Se Elowen estiver aqui contra a vontade…

Embora o tom de ameaça não despertasse nada em Vandra, a preocupação da colega de quarto por Elowen despertou. Vandra inclinou a cabeça, curiosa, e estendeu a mão.

— Com todo o prazer — disse ela.

Com a palma da mão na de Vandra, Beatrice buscou, sua magia mental elucidando o mundo. A estalagem barulhenta desapareceu sob o véu etéreo do passado. Enfim, viu: a casa de Elowen, no alto das florestas sobre Featherbint. Era tudo desesperadamente presente. Ela se sentiu *atraída*, como se a lembrança da amiga a levasse para dentro da visão como nenhuma recordação solitária ou visitação para estranhos poderia fazer.

Ela observou os últimos dias se desenrolarem. Como Elowen foi persuadida a descer de sua casa. Como encontrou Vandra. A história da ex-assassina era honesta, mas a perturbava como nenhuma mentira seria capaz.

Pois a magia revelou como Elowen vivia.

Em seus momentos mais tenebrosos, Beatrice imaginava as circunstâncias em que a missão, o fracasso *dela*, haviam deixado a antiga amiga. O sofrimento de Elowen. Sua solidão.

Ela não precisava mais imaginar. A lembrança de Vandra espionando Elowen revelou cada detalhe doloroso. O silêncio desolador da casa isolada na árvore. Elowen — que antes fazia com ela "festas do pijama" em que confidenciavam cada detalhe de suas vidas, enroladas nos cobertores dentro dos estábulos da família, dividindo guloseimas — agora passava quase todos os dias sem falar uma única palavra em voz alta. O nervosismo com que se movia. O medo que se escondia em seus olhos, posto ali quando o destino a privou de quem mais amava.

Não. Não o destino.

Elowen vivera isolada em seu luto, por *anos*. Por causa de Beatrice.

Clare

O cavalheirismo, constatou Clare Grandhart, *era uma dor de cabeça*. Não só de cabeça. Uma dor muito generalizada se espalhava por seu ombro, pescoço e coluna devido à deliciosa posição de dormir no piso de madeira da estalagem em que eles passaram a noite.

Chegava a ser constrangedor, na verdade. O espadachim e cafajeste, com dores como os velhos que passavam o dia nos bares de seu bairro. Na juventude, ele conseguia dormir por horas nos pisos de pedra das celas de calabouço em que não raramente se encontrava. Seus travesseiros de plumas de gaio-do-crepúsculo e cortinas encantadas para o sono em sua casa em Farmount causaram aquela desgraça nele.

No entanto, cavalheirismo era cavalheirismo, e mantê-lo a todo custo era o que Clare praticaria em sua jornada. Quando ele e Elowen chegaram ao quarto, a gentileza determinava que ele cederia a cama estreita no canto dos aposentos.

O refúgio da companhia de Beatrice, porém, fora bem-vindo. *Muito* bem-vindo. Ele enfrentara andarilhos da noite e rosnívoros e precipícios de rochas erodidas, mas não sabia se teria sobrevivido à noite dormindo ao lado dela. Aconchegados para se esquentar sob o céu escuro iluminado pelas estrelas, envolto pelo manto do aroma dela, da pele macia...

Com certeza não teria sobrevivido.

Em vez disso, a noite que passou com Elowen foi até agradável. Ela não reclamou quando ele se colocou no chão. Reclamou, porém, à maneira dela, quando a bombardeou de perguntas. Gostava da floresta amaldiçoada? Estava animada para o casamento? Como estava sendo a viagem? Elowen respondia com má vontade, encerrando conversa após conversa com respostas monossilábicas ou, às vezes, apenas resmungos.

Como nos velhos tempos!

Clare não tinha a menor vergonha do prazer que sentia ao se encontrar em mais uma noite de tagarelice unilateral com a garota de cabelo flamejante que chegara a considerar quase como uma irmã. Ele confidenciou a si mesmo, enquanto se revirava e se reposicionava no carvalho desgastado, que era um reencontro com o qual não havia se permitido sonhar. A vida famosa que havia encontrado em Farmount o ajudara a esquecer o quanto sentia falta de Elowen. O quanto sentia falta *dos Quatro*.

Quando as antigas companheiras se retiraram para a floresta e a nobreza, respectivamente, Clare, por sua vez, aceitou o papel público de "herói" em resposta ao recolhimento delas.

Ou, melhor dizendo, ao recolhimento de Elowen. Nos dias seguintes ao funeral de Galwell, quando a dor do que Beatrice fizera ainda era recente, ele pouco se importava com o que incomodava Beatrice.

Elowen, porém... ele sabia que o luto a havia forçado a se isolar. Mythria precisava de uma esperança a que pudesse se apegar, e Clare havia subido ao palco para que ela não precisasse fazer isso. A vida de ostentação não lhe concedera apenas propósito, dinheiro nos cofres e um título vistoso de cavaleiro. Ao ocupar o papel de herói em parte *por* Elowen, ele sentia uma conexão com a antiga amiga, embora, no fundo, soubesse que não existia nenhuma.

Naquele exato momento, concedera-lhe uma dor rangente no quadril esquerdo.

Ele levantou com o sol da manhã, encolhendo-se. A agitação no corredor da pousada, a cacofonia de crianças, entretenimento, oração e sexo — em quartos separados, esperava ele — havia diminuído, deixando apenas os passos animados de viajantes matinais de partida.

Enquanto Elowen dormia, Clare saiu em silêncio para o andar de baixo, tentando ignorar a dor lancinante no quadril. A taberna, que se transformou no salão de infusão matinal, estava permeada dos aromas de linguiça doce condimentada, bolinhos de milho e quatro variedades de ovos. Clare se serviu, gostando da cara dos ovos de cotovia-da-aurora, e seguiu para um dos lugares vagos.

E esperou.

Ela chegou com uma aparência revigorada, a bandeja de madeira cheia de ovos salgados com sal rosa. Então, sentou-se com os olhos brilhando de entusiasmo com o dia.

— A gerente da estalagem me deu sua mensagem — disse Vandra.

Clare não falou nada em resposta. De maneira inoportuna, ele estava com a boca cheia de ovos.

Vandra sorriu.

— Infusão matinal com Clare Grandhart — continuou ela. — Imagino que as pessoas pagariam uma fortuna por esse prazer.

— Elas pagam — comentou ele ao terminar de engolir. — Às vezes leiloo minhas refeições para arrecadar dinheiro para causas beneficentes.

Vandra observou com um interesse indulgente, como se a explicação fosse o início de uma piada. Ela acenou para a copeira e, depois de pedir uma infusão forte com creme, voltou a atenção para ele.

— Quais causas um ex-ladino apoia?

— Tenho um santuário de águias, caso tenha tostões que queira dedicar a nossos animais maravilhosos.

O sorriso dela se alargou.

— Acho que não posso tirar sarro — confessou Vandra. — Como você, troquei minha vida de crime pelo caminho honesto!

Clare fez uma nota mental para pedir, em outro momento, que ela fizesse mesmo uma doação a suas queridas águias. Apesar das insinuações sobre o passado dele, seus esforços beneficentes eram totalmente sinceros.

— Está gostando? — perguntou ele, curioso.

Embora a intenção do encontro matinal com Vandra não fosse bater papo, a leveza sorridente dela o interessava. Ele vinha se angustiando nos últimos tempos com o rumo de sua vida. Como Vandra havia encontrado conforto na dela?

Bom, ela *não tem a pressão de manter a imagem desejada para patrocínios de cerveja ou equipamentos de cavalobol*, consolou-se com inveja.

E, claro, Vandra apenas deu de ombros.

— Você me conhece, Grandhart. Sempre dou um jeito de me divertir — respondeu ela, radiante. — Não importa se estou assassinando um sectário maligno ou acompanhando uma eremita rabugenta pelo reino. Sempre encontro algo para rir!

Naquele instante foi Clare quem riu. Era a descrição mais eloquente que ele já ouvira sobre Elowen.

Vandra também não havia se descrito mal. O comportamento da ex-assassina, resplandecente como o sol lá fora, era ímpar na profissão dela. Clare sabia isso por experiência própria, tendo encontrado a Guilda das Rosas-da-Morte em ocasiões memoráveis em seus tempos mais árduos. Batizado em homenagem à flor do monte mythriano, com pétalas cor de ébano que lembravam lábios abertos e espinhos capazes de parar o coração, o grupo de antigos companheiros de Vandra era… interessante.

— Então. — Vandra se ajeitou no assento como se estivesse esperando pela fofoca de algum nobre, cuja esposa estava se encontrando às escondidas com o armeiro do bairro. — Imagino que não tenha me convidado para tomarmos infusão e criarmos um laço por causa de nosso passado criminoso.

Clare terminou os ovos de cotovia-da-aurora.

— Bom, pensei que poderíamos criar um laço, mas não foi por isso. — Ele baixou o garfo, continuando com delicadeza. — Como… estava Beatrice?

Os olhos de sua convidada se arregalaram, o sorriso ficando acusador.

— Continua caidinho por ela? Lembro de vigiar vocês e ver como olhava a noite toda para ela, com um anseio profundo. — Ela balançou a cabeça. — Enorme e profundo pra caralho.

Ele não conseguiu evitar corar.

— Não — respondeu ele, acalorado.

Cavalheiros não perdem o controle, sua consciência o lembrou. No entanto… as zombarias de Vandra por causa das emoções complicadas, que se escondiam sob as traições dele e de Beatrice um contra o outro, o fizeram se sentir como quando os arruaceiros de bar discutiam se os Falcões de Farmount jogavam cavalobol pior do que os Cavaleiros de Northwood. Ele *precisava* contestar.

— Somos coisa do passado — insistiu ele com um tom de alerta. — Como você e Elowen.

— Não somos coisa do passado! — exclamou Vandra.

A declaração distraiu Clare da própria indignação.

— Espera, sério? Você a desejou por todos esses anos?

— Claro que sim. Ela não é maravilhosa? Ela é o ser humano mais rabugento que já conheci. Eu diria até mesmo o *ser* mais rabugento de Mythria, com exceção de uma gata minha que me mordia toda vez que eu arriscava fazer carinho — declarou Vandra.

— Elowen sabe? — perguntou Clare.

— Ela sabe da minha gata mal-humorada, sim.

Clare fixou o olhar nela.

— Não foi isso que eu quis dizer.

Vandra sorriu. Controlando o próprio espírito brincalhão, abaixou o olhar.

— É... complicado — confessou. — Ficamos muito tempo ausentes na vida uma da outra. Doeu a facilidade como ela abandonou tudo, como *me* abandonou. Eu sabia que ela não me devia nada, claro. — Vandra suspirou, um suspiro entrecortado de alguém indignado com a própria tristeza. — Eu queria abandoná-la também. Mas doeu de um jeito ou de outro. Então... quando deixei a guilda, passei muito tempo refletindo. Elowen vivia na minha cabeça — concluiu. — Não consegui esquecê-la.

Clare olhou fundo para sua infusão forte. Ele sabia como era impossível esquecer alguém, por mais sofrimento que estivesse entrelaçado nas lembranças.

— Imagino que também não tenha conseguido perdoá-la — disse ele por fim.

— Ah, não, muito pelo contrário — retrucou Vandra. — Perdoar, eu perdoei fácil.

Ele ergueu os olhos, sem compreender.

Vandra continuou:

— Afinal, eu também poderia ter entrado em contato com ela e não entrei. Eu me recusava a guardar ressentimento de Elowen quando sabia que ela também poderia guardar de mim. — Ela observou Clare. — Na minha antiga profissão, aprendi uma coisa — revelou ela. — As pessoas não são de todo más ou boas. Somos as duas coisas. E, para ser feliz, às vezes é preciso perdoar.

É preciso perdoar.

Clare se contorceu sob o olhar incisivo dela. *Sim, muito bem*, quis dizer. *Entendi a indireta.*

Ele ofereceu a única resposta honesta possível.

— Certas coisas não podem ser perdoadas.

Ele não sabia se estava se referindo ao que ele ou ao que Beatrice havia feito. *Mas isso importa?*

Vandra não disse nada, e mesmo assim sua expressão não escondeu como a resposta dele a deixou insatisfeita. A copeira voltou com a caneca fumegante de infusão forte e um copinho de creme.

Clare observou com fascínio Vandra girar a bebida quente com especiarias antes de virar o creme puro como se fosse uma dose de bebida alcoólica.

Enquanto considerava a combinação que havia acabado de presenciar, que não era, para dizer o mínimo, costumeira, Vandra não fez qualquer comentário sobre seu ritual matinal incomum.

— Bom, embora com certeza não estivéssemos falando *de maneira alguma* sobre Beatrice — replicou ela —, vou responder agora à sua pergunta. Beatrice estava... desconfiada. Ela mergulhou em minhas lembranças para confirmar a história que contei. Não acho que tenha gostado do que viu. Como... Elowen vive. Ela foi para a cama logo em seguida, mas tenho quase certeza de que não dormiu. Ficou quietinha por horas, sem reagir. Como se estivesse... na magia dela.

— Fazendo o quê? — conseguiu perguntar Clare.

Por horas? Sem dormir? Mesmo sem conseguir perdoar Beatrice, ele estava descobrindo que seus instintos em relação a ela não mudaram. A preocupação o fustigou como ventos de tempestade nas trilhas perigosas das montanhas. A menos que se agarrasse à lembrança de que ela não se importava com ele, os ventos o empurrariam para o abismo.

Vandra deu de ombros.

— Sou uma excelente espiã, mas nem eu consigo ver dentro da cabeça de alguém. Revivendo lembranças, eu diria.

Revivendo lembranças.

Clare também havia revivido suas lembranças na noite anterior, mas não como Beatrice. Ele sabia que as dele eram apenas recordações desastradas trazidas à tona à força, nada como as experiências que Beatrice conseguia reviver, mas o devastavam mesmo assim. O que o fez lembrar do poder horrível que Beatrice possuía. Como ela podia rever cada fracasso, sentir cada perda.

As lembranças comuns de Clare, combinadas às tábuas desconfortáveis do assoalho, já bastaram para tirar horas de seu sono. Ele se pegara lembrando a última vez que estiveram juntos, unidos em uma viagem. A missão. Ele se lembrou de como a morte de Galwell os separou. Se Galwell, de alguma forma, pudesse saber o que sua morte faria com eles... Clare sabia que o herói falecido, seu querido amigo, ficaria desolado.

Pior, desapontado.

A convicção dera a Clare uma nova resolução. Ele havia acordado com dor no quadril *e* um novo plano para os próximos dias.

Era por isso que ele convocara Vandra. Ele se inclinou para a frente, sem esconder a hesitação, a insegurança. Se Vandra achasse que ele estava apenas agindo por impulso, acharia menos imperativo seguir seu plano. Ela precisava saber que Clare estava falando sério.

— Eu estava... torcendo para que nós quatro pudéssemos viajar ao palácio juntos — propôs ele.

Os olhos de Vandra se estreitaram pela primeira vez. Ela deu um gole na bebida.

— Não estou lá com muita vontade de abrir mão do meu tempo a sós com minha amada irritadinha — disse ela.

Ele já esperava aquele argumento.

— Depois do funeral de Galwell — elaborou ele com delicadeza —, Elowen e Beatrice tiveram uma grande briga. Acho que elas precisam... conversar. Curar velhas feridas. Ajudaria as duas. Você disse que perdoou Elowen. Que sentiu falta dela, até. Remendar o passado pode ajudá-la a... — Ele mediu as palavras. Não queria prometer o que não teria como cumprir. — Voltar a si.

Preocupação venceu o bom humor na expressão de Vandra. Ela pousou a caneca.

— Claro. Claro que não foi só a morte do irmão que levou Elowen às árvores — respondeu ela, organizando cada dedução em palavras. — Beatrice era a melhor amiga dela. Deve ter sido uma dor terrível perder não só o irmão, mas também sua amiga mais antiga.

Clare concordou. Embora soubesse que Elowen era o caminho para garantir a cooperação de Vandra, ele imaginou como a ruptura magoara Beatrice também.

Ah, não que ele se *solidarizasse* com ela. Como poderia, quando ela sabia exatamente como havia despedaçado seu coração?

Não poderia, disse a si mesmo. Não poderia conjecturar se Beatrice nunca teria se contentado com o casamento infeliz se tivesse mantido a amiga mais querida. Não poderia considerar se ela estaria menos perdida ou menos disposta a afogar as mágoas na bebida, se tivesse Elowen com quem contar. Não poderia se questionar se ela estaria mais feliz.

Não quando ela o odiava como era óbvio que odiava. Ele não poderia se fazer nenhuma dessas indagações preocupadas. Mesmo se quisesse às vezes.

— Por que você quer juntar as duas? — perguntou Vandra. — Para *nós* com certeza vai ser uma dor de cabeça.

Clare se endireitou. Ele não sabia bem como responder. Ou, melhor, sabia sim. Só não sabia bem como responder com a própria voz, com sinceridade. Colocar honestidade em palavras que só costumava empregar para representar um papel.

— É a coisa certa a fazer — conseguiu falar.

Ele sentiu o questionamento na expressão de Vandra, toda a profundidade de seu olhar minucioso característico. Ela conseguia enxergar dentro dele. Como ele fingia grandeza apenas para se manter em pé. Para manter todos em pé.

Vandra decidiu não perguntar. No momento seguinte, como nuvens se abrindo na frente do sol, sua determinação bem-disposta voltou.

— Muito bem! Gosto do seu plano, meu bom senhor. Se Elowen e Beatrice conseguirem fazer as pazes, Elowen pode ter mais disposição para reabrir o coração. Está decidido: vamos viajar juntos a Reina.

Ela se levantou, tendo terminado a bebida. Clare fez o mesmo.

— Uma viagem na estrada — testou Vandra. — Não, uma jornada na estrada. Melhor, aventura na estrada. *Aventura na estrada!* — repetiu com alegria. — É isso, não? Parece que vai dar bom, não vai?

Não parecia, na verdade, mas Clare seguiria em frente. Seguiria o plano, era seu, afinal, e isso inspirava compromisso, se não confiança. Galwell era o planejador dos Quatro. Restava a Clare apenas desejar e aceitar a presença de intercessores no ódio entre ele e Beatrice.

— Então — arriscou ele —, precisamos apenas encontrar uma forma de convencer as duas a viajarem juntas.

— Ah, não temos como fazer isso — respondeu Vandra no mesmo instante. — Por sorte — Clare apenas a seguiu para fora da taberna, para a luz matinal que brilhava sobre a vegetação fora da estalagem —, sei o que vai funcionar. Quais são seus cavalos?

Clare apontou, desconfiado.

— Por quê?

Sem demora, Vandra foi até o posto de amarração, onde desatou o cavalo de Clare. Em seguida, soltou a égua preta como obsidiana. A mesma que Clare havia discernido! Ele tomou outra nota mental para dizer a Beatrice "eu avisei". De uma forma muito cavalheira e nobre, claro.

Então, com um tapinha nas ancas dos cavalos, Vandra fez os animais saírem correndo.

— Leve-o para casa, Matador! — gritou ela com a voz doce. — Divirtam--se, vocês dois!

Clare observou a cena com um pavor perplexo.

— Vandra...

— Confie em mim.

Ele sabia que precisava confiar. Ele a seguiu, voltando à estalagem, onde, em meio ao crescente grupo de hóspedes despertos e famintos por ovos de cotovia-da-aurora, encontraram Beatrice e Elowen. As mulheres, claro, estavam o mais distante possível sem sair do campo de visão uma da outra. Elas ergueram os olhos com uma expectativa cautelosa quando Vandra entrou no salão.

Vandra não decepcionou.

— Que azar, senhoritas! Nossos cavalos fugiram durante a noite!

Elas endureceram as feições.

— Não sabemos como — continuou Vandra. — No entanto, estamos com uma sorte tremenda, pois a estalagem fretou um coche para todos irem a Reina. Podemos ir. Juntos!

10

Elowen

Ao contrário do que se pensava, Elowen não se divertia sendo rabugenta. Pelo contrário. Viver a vida em sintonia com as emoções de todos significava sentir tudo, o tempo todo. E não faltava o que sentir na carruagem abarrotada, espremida ao lado de uma Vandra radiante, com um Clare tenso e uma Beatrice imprevisível à frente delas. Sempre que Elowen levantava os olhos, Clare abria um sorriso maroto, mas ela não sentia nada além de preocupação vindo dele. Eram admiráveis suas tentativas de disfarçar, apontando cada característica supostamente "interessante" que a estrada tinha a oferecer.

— Estou enganado ou aquela é uma revoada de tordâmsters-de-penas-douradas? — Ele se debruçou para ver melhor, apoiando a mão no ombro de Elowen para não perder o equilíbrio. E assim ela sentiu todo o nervosismo ansioso dele. Tão potente quanto beber três pingados seguidos. — Não vejo um desses desde que era garoto. Pensei que tinham sido extintos.

Elowen virou para a janelinha atrás dela.

— São roedores — disse ela.

Clare riu com bom humor.

— Talvez seja hora de o velho Grandhart marcar uma consulta com um visioneiro.

— *Sou Clare Grandhart, o mais novo rosto das Lentes Visiva* — murmurou Beatrice, fazendo uma imitação muito boa dele. — *Com estas lentes, você também pode ver o mundo como um herói.*

Clare ignorou a zombaria de Beatrice fingindo levar um par de óculos imaginários ao rosto.

— Me disseram em mais de uma ocasião que fico lindo com lentes de aro metálico.

Bem naquele momento, um solavanco infeliz na estrada fez a cabeça de Clare bater no teto da carroça. Ele soltou um gritinho de dor, e Beatrice riu alto em resposta.

— Não tem graça — acusou Elowen, surpreendendo a si mesma.

Ela não queria reconhecer a relação tensa entre Beatrice e Clare, muito menos dirigir a palavra a Beatrice, mas não podia deixar que a antiga amiga celebrasse a dor de Clare.

O comentário conseguiu silenciar Beatrice com uma eficácia surpreendente. Ela se recostou no assento e fechou os olhos como se sofresse de uma dor de cabeça. *Ótimo. Que fique quieta pelo restante da viagem.*

— Os tordâmsters-de-penas-douradas não estão extintos — anunciou Vandra à carroça, puxando a bolsa para o colo para revirar seu interior. — Migraram depois que a Ordem Fraternal congelou o lago Polembaga. Ainda dá para encontrá-los ao longo do rio mythriano. — Ela estendeu a mão para exibir doces de cores vibrantes, feitos para parecerem cristais. — Alguém quer Cristais Chiados?

Pelo menos quando Vandra tentava aliviar a tensão, vinha preparada com doces. Elowen colocou um punhado na boca, apreciando como a sensação dos estalidos exigia toda a sua atenção. Por um momento, ela não precisava ser a famosa Elowen Fiel dos Quatro, presa dentro de uma carroça com todas as pessoas vivas que um dia importaram em sua vida. Ela era apenas alguém aproveitando um doce curioso.

— Nada de figurino de Domynia hoje? — perguntou Beatrice, interrompendo a paz como só ela conseguia. — Achei que combinou com você.

Elowen apertou os lábios entre os dentes. Cristais Chiados estouraram no céu de sua boca.

Beatrice não se incomodou com a falta de resposta de Elowen.

— Sabe, nunca deveriam ter trazido Domynia de volta — disse ela. — Tipo, nem faz sentido Alcharis ter caído no choro quando a viu. O último ato dela foi trair Alcharis, e elu passou todos esses anos tentando superar isso e, assim que descobre que ela está viva, fica *feliz*?

Elowen não conseguiu mais morder o lábio.

— Elu estava com saudade! — exclamou ela, embora os Cristais Chiados fizessem parecer mais com *El'xtava com xodade*. Elowen cuspiu os doces na mão para poder argumentar direito. — Estava emocionade com o retorno de seu amor perdido. Não era o momento de jogar as ações do passado na cara dela.

— Não me interessa se era para ser uma reação no calor do momento, ela não mereceu o perdão — retrucou Beatrice. — Não depois de todo esse tempo em que Alcharis sofreu por causa dela. Elu deveria estar furiose.

Quando elas eram jovens, Beatrice ia à casa de Elowen para que elas pudessem assistir a *Desejos da noite* juntas. Ela sempre foi uma espectadora mais observadora do que Elowen, passando horas considerando os pensamentos por trás das ações de todos, enquanto Elowen focava mais nas emoções. Isso fazia Elowen se sentir uma fã menos inteligente. Beatrice conseguia ver coisas que Elowen nunca nem considerara.

Foi Galwell quem ajudara Elowen a superar a insegurança, atribuindo a questão a suas diferentes magias. Elowen era dominada pelo coração, Beatrice pela mente. Agora que Elowen havia sobrevivido a algumas das piores agonias que a vida tinha a oferecer, ela aprendera que não tinha nada a ver com a magia. Beatrice acreditava que a felicidade precisava ser conquistada, e sentia-se irritada quando alguém era feliz sem justa causa.

— Não sei por que você está discutindo isso logo *comigo* — disse Elowen. — Como se minha opinião sobre o assunto pudesse mudar. Domynia é minha personagem favorita e sempre vai ser.

Beatrice murmurou algo tão baixo que Elowen não conseguiu ouvir.

— Quê? — disparou Elowen.

Ela estava completamente imersa, pronta para levar a briga até o fim.

— Eu disse *típico* — respondeu Beatrice, mais alto.

— O que é *típico*? Você achar que nada de bom pode acontecer a pessoas que cometeram erros? — falou Elowen entre dentes.

— Não. Você achar que sua opinião é a correta.

— Sabe o que dizem sobre opinião? — interrompeu Clare. — São que nem brioco. Cada um tem o seu.

— *Cala a boca, Clare* — exclamaram Beatrice e Elowen em perfeita harmonia.

Vandra bateu as mãos.

— Olhem só. Vocês enfim concordam sobre algo. — Ela estendeu os Cristais Chiados mais uma vez. — Alguém mais quer doce?

— Eu só queria aliviar o clima — disse Clare. — Não vejo sentido em ser infeliz o tempo todo. Estava pensando em uma noite ao redor do fogo, quando prometemos encantar as unhas depois que a missão terminasse. Lembram?

Claro que Elowen lembrava. E com certeza Beatrice também. Mas não era aquela a questão. Elowen não sabia o que de bom podia vir de fingir ser feliz quando não se era. Tudo que parecia conseguir era fazer as pessoas acreditarem que você tinha uma tolerância maior a despropósitos do que realmente tinha. O coitado do Clare mais parecia um capacho de tanto que deixava as pessoas pisarem em cima dele, tudo para preservar uma paz que nunca poderia ser mantida.

— Parece que nossos problemas só começam quando alguém abre a boca — afirmou Beatrice a Clare.

— Falou a primeira a abrir a boca. — Elowen não deixou de pontuar.

Com um forte suspiro, Clare estendeu a mão e aceitou o doce que Vandra ofertava, colocando os cristais na boca para evitar responder. O doce de Elowen havia se dissolvido na mão dela, uma espiral pegajosa de cores na palma.

— Eu estava tentando puxar uma conversa educada — disse Beatrice.

— O que tem de educado em me dizer que minha personagem favorita merece uma vida de sofrimento? — perguntou Elowen.

Vandra se ajeitou no banco. O toque rápido do tornozelo nu de Vandra no de Elowen mostrou como a ex-assassina estava incomodada com tudo aquilo. Por algum motivo, Elowen pensou que Vandra era imune ao conflito na carroça. Descobrir o contrário interrompeu a fúria explosiva de Elowen.

— Tem razão — admitiu Elowen a Beatrice, para o espanto de todos na carroça. Até o homem que conduzia os cavalos à frente se atrapalhou com as rédeas. — Os problemas começam quando falamos — continuou.
— Vamos fazer um pacto de silêncio, então. Será melhor para todos nós.

— Por mim, tudo bem — concordou Beatrice.

— Ótimo. — Elowen puxou um dos cristais pegajosos da palma da mão.
— Vou até traçar uma linha na carroça. Essa vai ser minha metade, e essa vai ser a sua. — Elowen usou o doce derretido para marcar a divisão. — A linha vai agir como uma cortina invisível, impedindo que nos preocupemos com o que quer que esteja acontecendo do outro lado.

Beatrice cruzou os braços.

— Maravilha. Nem estou vendo você aí.

— Também não estou vendo você — respondeu Elowen.

— Perfeito. — Beatrice quis ter a última palavra, e isso irritou muitíssimo Elowen.

Ela abriu a boca para dar uma última alfinetada, algo inteligente que mostrasse que usava a mente tão bem como o coração, quando se lembrou de que o maior poder estava no silêncio. Foi assim que sobrevivera aos últimos dez anos, e seria assim que sobreviveria aos próximos dias.

Aliás, se dependesse dela, ela nunca mais falaria com Beatrice.

11

Clare

le tinha certeza de que nada na história havia durado tanto.

Nas lendas da Guerra Invernal, em que os homens lutaram contra criaturas temíveis na escuridão infinita, ninguém havia resistido como ele. Na Queda dos Nove Reinos, quando os territórios governantes se afastaram uns dos outros em vez de arriscar o conflito, ninguém conhecia o vazio do isolamento como ele. Não, Clare estava convencido de que a viagem de carroça na qual se encontrava durava mais do que qualquer registro de resistência a perigos mythrianos.

Embora soubesse que não havia se passado mais do que algumas horas, foram horas do mais tenso e frio silêncio. De olhares disparados como adagas e suspiros levantados como armadura. Elowen e Beatrice estavam sentadas uma de frente para a outra, sem que nenhuma delas falasse.

Ao lidar com as consequências de enfiar todos numa só carroça, numa só viagem, Clare foi obrigado a confrontar um infeliz fato imutável.

Ele havia cometido um erro *grave*.

A velocidade da carroça diminuiu depois de um tempo. Momentos depois, o condutor deu a volta.

— Preciso jantar — declarou ele, parecendo ansioso para escapar do que estava acontecendo no veículo. — Deve haver algo divertido para fazer nesta aldeia. Muito *idílica*, segundo os turistas. Fontes termais maravilhosas e tortas deliciosas de peixe-branco.

Clare se perguntou se a aldeia tinha cartazes, como os que havia visto em Farmount, com feitiços de invocação simples que podiam ser usados para entregadores levarem as iguarias locais onde quer que estivessem hospedados. Para ser sincero, ele adorava uma boa torta de peixe.

— Não — afirmou Beatrice, categórica. — Não vamos *turistar* hoje. Vamos invocar uma Carroças-para-Você.

— Não dá — respondeu o condutor. — Não aqui. O Aguadoce interfere com o feitiço. — Sua voz era orgulhosa, como se ele gostasse de apontar as limitações do serviço concorrente.

O comentário, porém, não o fez conquistar a simpatia de Beatrice.

— Será que podemos pagar para que você recrute um segundo condutor e *não* nos atrase esta noite? — perguntou ela, irritada. — Quero que a viagem acabe logo.

No olhar furioso de Elowen, Clare reconheceu a expressão de alguém que não queria admitir que havia tido a mesma ideia.

— Tem verba para isso? — questionou Elowen. — Ouvi dizer que está sem um tostão. De novo.

— Por que não envia uma águia a seus pais e pede para despacharem os tostões? — disparou Beatrice em resposta. — Ah, espere, nem com eles você fala mais, certo?

Clare estava se segurando com todas as forças à ideia de tortas de peixe-branco entregues naquele momento. Talvez pudesse pedir batatas fritas temperadas com sal e especiarias para acompanhar.

— Senhoritas, por favor! — interrompeu Vandra, seu sorriso tenso como as notas mais agudas de um alaúde.

A coragem de Clare vacilou ainda mais. Se até a cordial Vandra estava se irritando, era porque a situação era grave. Era preciso... *ah, Espectros malditos*. Era preciso liderança. Algo que um nobre heroico e cavalheiresco demonstraria, enquanto um arruaceiro velhaco apenas observaria, fantasiando com tortas.

— Chega — interveio ele, imbuindo na voz o que esperava que pudesse se passar por um comando respeitoso. — Chega, vocês duas. Parem. Vamos passar a noite aqui. Não vamos empregar um segundo condutor.

O olhar terrível que sua ex disparou contra ele lembrava as flechas envenenadas dos defensores implacáveis da floresta de Vrast. No entanto, foi Elowen quem respondeu.

— Quem morreu e colocou você na liderança? Ah, espera.

Então, o olhar dela se fixou em Beatrice. E um silêncio caiu sobre a carroça. Beatrice não retrucou. Em vez disso, ela se retraiu. Enquanto até então os comentários de Elowen a atingiram como faíscas em gravetos, aquele apagou toda a chama de seu ser.

Clare sentiu a dor dela como se fosse sua. No sentido figurado, claro. Ele se perguntou se, com sua magia, Elowen conseguia sentir a mágoa real.

Clare não podia se permitir considerar a possibilidade. Em vez disso, olhou para o condutor, que, constrangido, assistia à briga entre os passageiros.

— Por favor — implorou Clare —, aproveite a noite. Obrigado pela condução segura.

O homem não precisou de outra permissão. Pareceu muitíssimo aliviado por escapar do fogo cruzado.

Com olhares furiosos e reviradas de olho para Clare, que acreditava piamente ser um espectador inocente das circunstâncias atuais, Beatrice, depois Elowen e então Vandra saíram da carruagem e entraram na cidade. Na paz da ausência delas, Clare saiu da carroça para a terra macia como areia de clareira, dando uma olhada rápida ao redor. Com pontadas de pesar no coração, desejou estar ali em circunstâncias mais agradáveis, pois adorava a Costa Ocidental.

A região era a preferida dos turistas, um lugar de aldeias de arenito esculpido que permitia o desfrute de clima bom e iguarias dos animais frescos do mar Aguadoce. Quando fez uma participação especial numa novela de sombras de sucesso produzida na região, Clare viajara com o restante do elenco. Entre os sanduíches de casquinha de pilão e risos com os melhores comediantes de Mythria, aqueles momentos estavam entre as melhores lembranças dele.

Enquanto o vento costeiro bagunçava seu cabelo, Clare tentava encontrar uma solução para o conflito entre eles. *O que Galwell faria?*, perguntou a si mesmo. Claro, nenhuma resposta veio. Galwell não teria se encontrado naquela posição tão, tão agradável, porque sua presença calma sempre despertava o melhor das pessoas.

Talvez suas companheiras só precisassem comer algo, pensou Clare, com uma fraca esperança.

Ele as seguiu até a aldeia, consolado por pelo menos estarem seguindo na direção certa e não fugindo para casa a pé.

— Fontes termais poderiam aliviar nosso cansaço, não? Sabemos que Beatrice adora ficar de molho na banheira — disse Clare atrás delas.

Nenhuma das mulheres respondeu.

Diante do silêncio, Clare foi até elas. Ele as encontrou olhando para cima e seguiu a direção.

O DÉCIMO FESTIVAL DOS QUATRO!
Venha CELEBRAR NOSSOS HERÓIS!

Clare nem havia notado a faixa pendurada nos telhados cor de creme. Ou melhor, havia sim, e não dera importância à parafernália usada como decoração para o festival e, sendo sincero, celebração dele próprio. Só então se deu conta de que Elowen, que havia se isolado pouco depois da vitória custosa dos Quatro, talvez nunca tivesse nem visto as festividades. Beatrice, pelo que entendia, se escondia na mansão palaciana para evitar as comemorações.

— Mas... ainda faltam dias para o festival — murmurou Elowen, em parte para si mesma.

O atordoamento dela despertou em Clare uma rápida compaixão. Ele voltou ao seu lado, falando devagar:

— Com o passar dos anos, o festival foi crescendo — explicou com delicadeza. — As pessoas começaram a decorar cada vez mais cedo. As crianças ficam sem aula a semana toda, há festas todas as noites nas praças locais, as famílias viajam para suas aldeias de origem...

— Eu tinha esperança de que diminuísse — respondeu Beatrice, com a voz trêmula. — Em vez disso... piorou.

A expressão de Elowen vacilou como mármore derretido, o rosto atormentado de medo.

— Não consigo fazer isso — declarou ela e balançou a cabeça com nervosismo. — Ainda não.

— Minha querida.

Vandra colocou uma mão reconfortante no ombro de Elowen.

Clare observou as antigas companheiras. Aquelas duas se esconderam da comemoração da missão durante dez anos por motivos muito reais e, naquele momento... pretendiam enfrentar seus medos por Thessia. Ele foi tomado pela sensação de que aquelas duas mulheres eram mesmo as heroínas que a faixa sobre eles proclamavam.

Isso exigia que oferecesse o pouco heroísmo que ele, o vaidoso e célebre Clare Grandhart, poderia oferecer. Precisava encontrar uma forma de poupar as duas.

Para seu azar, mal tomou a resolução, uma lojista que espanava os tapetes diante de uma das lojas ao redor levantou os olhos, que cruzaram com os de Clare. O olhar dela, claro, seguiu para o restante do grupo.

Ele sabia o que aconteceria na sequência.

— Espectros do céu! — exclamou ela. — *Os Quatro em pessoa! Aqui em nossa aldeia!*

Os gritos dela chamaram o interesse de outros habitantes da aldeia: o homem que vendia o que pareciam, de fato, ser tortas de peixe-branco em uma barraca de rua, o casal que saía de uma loja onde, conforme anunciava a placa, era possível alugar peregrinos do vento para usar nas águas agradáveis do Aguadoce.

Clare entendeu a situação em que se encontravam. Não havia como parar multidões como aquela quando se era reconhecido. Ele não tinha como livrá-los de seu dilema.

Aquele era, porém, o tipo de heroísmo em que Clare Grandhart se sobressaía. A habilidade com a espada não era nada, como ele havia aprendido nos últimos anos, comparada à capacidade de atrair os holofotes que suas aliadas não queriam.

Deu um passo à frente, desfilando em sua glória libertina. Poderia ser o Clare Grandhart que todos desejavam, mesmo que supusessem que era porque adorava a atenção.

Não que não gostasse da atenção. Mas, muitas vezes, preferia não ser celebrado como um herói quando o verdadeiro herói, o herói que todos queriam, estava morto.

Entretanto, Mythria precisava de um herói, ainda que não passasse de uma atuação encantadora, e, mais importante, Elowen e Beatrice não deviam nada a Mythria que não estivessem dispostas a dar.

Com os olhos dos aldeões sobre si, ele acenou. Endireitou os ombros. Abriu seu sorriso maroto.

Espectros, como ele era bom.

— Meus caros — exclamou ele. — Nós quatro — Clare piscou, deixando que a multidão soubesse que a referência marota à sua alcunha numérica fora, sim, intencional — estamos de passagem. Algum de vocês poderia nos guiar na direção de comida e bebidas? Adoro os frutos do mar daqui.

A mulher a quem ele dirigiu a piscadinha irreverente parecia literalmente sem ar. Com medo de que ela pudesse desmaiar, algo que Beatrice nunca o deixaria esquecer, ele passou os olhos pela multidão. A plateia estava crescendo, com pessoas espiando de dentro das portas e do alto dos telhados esculpidos da aldeia.

— Levem eles para a Vistubaração! — arriscou uma voz na multidão.

Enquanto Clare dirigia aos aldeões seu olhar mais ansioso e entusiasmado, que não era fingido, pois batatas fritas em óleo de vistubarão eram deliciosas, a ideia conquistou a multidão. O homem idoso perto da barraca de tortas lançou luzes mágicas para o céu, iluminando o caminho deles para a taberna.

Clare abriu os braços.

— Bebidas por minha conta! — proclamou.

Todos comemoraram.

Eufórica, a multidão o seguiu pela trilha iluminada para dentro da aldeia, levando suas companheiras consigo. Enquanto Vandra protegia Elowen de curiosos, ele percebeu o desconforto de Beatrice com os aldeões ao seu redor. Clare se apegou à primeira pergunta que ouviu fazerem:

— Como eram as minas Grimauld?

Ele elevou a voz, chamando a atenção até daqueles que se aglomeravam ao redor de Beatrice.

— Ah, pesadelos piores do que a mente poderia imaginar — garantiu de forma sinistra. — Araneídeos em cada canto. O estalo de patas aracnídeas ecoando sobre as pedras ásperas. O fedor de cadáveres em decomposição…

Cativando a multidão, Clare manteve o foco em si com o relato talvez um tanto exagerado de suas experiências nas minas. *Sou um bom contador de histórias*, pensou consigo mesmo. Talvez escrevesse uma autobiografia quando voltasse para casa. Ou até inventasse histórias para os fãs, prometendo ficções que sem dúvida estimulariam a imaginação.

Quando chegaram à Vistubaração, Clare se afeiçoou ao lugar. Ele adorava uma taberna rústica à beira-mar. Era evidente que a notícia da chegada dos heróis se espalhara, pois a copeira o recebeu com cálices de cerveja e olhos sedutores. Ele sabia que uma longa noite de "heroísmo" o aguardava.

Por sorte, ele era Clare Grandhart.

Virando o cálice, ele recorreu a todos os seus músculos de anos de celebridade. Nas horas seguintes, os aplicou com um ardor experiente. Subiu nas mesas, distraindo a multidão com histórias exageradas de suas façanhas. Conduziu canções que veneravam sua coragem. Pagou rodada após rodada de bebidas.

Avistou Elowen saindo às escondidas do salão, seguida por Vandra.

Clare não soube como se sentir quando notou que Beatrice permaneceu.

Ela o observou com um foco indisfarçado o tempo todo. Ele se sentiu ridículo por se encorajar com o olhar dela, por se fortalecer com a ideia de que ela pudesse sentir alguma gratidão pela farra de sir Clare Grandhart. Claro que ela não sentia… Gratidão? Por ele?

Mesmo assim, pela possibilidade remota de que apreciasse o fato de ele concentrar o interesse do povo da aldeia ou a demonstração de como seu charme cativava a sala, continuou seus esforços.

Até sua voz ficar rouca.

Como isso aconteceu? Ele se repreendeu quando as primeiras sílabas sussurradas surgiram no meio da sétima canção da noite. Será que a capacidade de Grandhart para a farra estava seguindo o mesmo caminho de seu quadril rangente? Que calamidade.

Por mais que a própria presença dele encantasse a população na Vistubaração, a consequência inevitável da rouquidão de Clare logo se fez sentir. Os aldeões começaram a se dispersar. Com Clare indisponível, o foco deles se voltou para a outra pessoa famosa na sala: Beatrice. Ele não podia fazer nada além de observá-la de volta.

Ele ouviu o nome de Galwell nas perguntas que faziam a ela. Viu a culpa tingir seus traços incrivelmente lindos. Observou enquanto ela sofria para manter a firmeza cortês, defendendo-se de questionamentos entusiasmados em excesso. Aquela situação, aliás, era *realmente* o que Clare desejaria a seu pior inimigo.

E ainda assim.

Talvez estivesse se sentindo caridoso. Talvez estivesse tomando decisões pela embriaguez. Não parou para questionar as próprias motivações — não era algo que costumava fazer — e foi até o caixote musical de sombras, pois se deu conta de que não precisava da própria voz para ajudar Beatrice. Com um tostão contribuído ao caldeirão resplandecente, músicos conjurados que cabiam na palma da mão tocariam qualquer música que seu coração desejasse.

Ele ouviu as notas de abertura da melodia escolhida, e os anos desapareceram.

A canção que havia invocado era uma que eles, os Quatro, cantavam. A balada de clavicórdio em moderato era ideal para passos ritmados, com um refrão grandioso que convidava cada ouvinte a entoar a letra em voz alta. Numa noite iluminada por fogueira, Beatrice confessara que nunca resistia a dançar aquela melodia encantadora. Tocar a música naquele instante era um golpe baixo, um que Clare se deliciou em aplicar enquanto cruzava o salão e oferecia a mão a ela.

Ela olhou para sua palma áspera. A multidão se aglomerou, cercando-os.

Clare encarou o olhar dela com expectativa.

Quando Beatrice colocou a mão na sua, ele a conduziu sem hesitar ao meio do salão, onde dançou suavemente com ela sob a luz do fogo.

— Resgatando-me de novo, Grandhart? — murmurou ela. Clare notou que não havia tanto ressentimento na voz dela.

— Você estava em grave perigo de ter que autografar pergaminhos, armas... — observou ele. — Talvez até partes do corpo.

Afastando-se com uma surpresa relutante, ela o observou.

— Quantas partes do corpo você chegou a autografar?

— Não é o número que você deveria questionar — respondeu ele. — Mas, sim, as partes.

Quando Beatrice riu, riu de verdade, não deu para evitar que o som rompesse parte do ressentimento em seu peito. Como uma faca esculpida em opalicita, perigosa, cintilante e preciosa.

Fez com que Clare se lembrasse como tudo já foi leve entre eles. Ou... não, não exatamente. As coisas foram *leves* na noite em que se conheceram. Antes de ele sair às escondidas à luz da manhã.

Os meses na estrada não foram *nada* leves, mas foram... bons. Todo dia em que estava na companhia dela, os dois eram conflituosos, até combativos, mas passionais. Eles gostavam um do outro. Embora a nova conexão instável não chegasse a ser física desde aquela primeira noite, com exceção do único beijo na véspera da batalha, a atração que eles sentiam era inegável. Ele começara a ver, como se luzes mágicas guiassem seu caminho tais quais as que estavam lá fora, que sua relação com ela poderia ir além do conflito e levar a algo com que ele quase nunca ousara sonhar. *Um futuro*.

Até tudo vir abaixo.

Ele não achava que um dia conseguiriam superar o que aconteceu. *Espectros*, mas não podia deixar de sonhar.

— Quando você aprendeu a dançar assim? — perguntou a companheira com uma curiosidade sincera, distraindo-o.

— Aprendi muitas coisas, Beatrice — ouviu-se dizer. Não estava fazendo pose de nobre, mas a honestidade soava estranha em seus lábios. — Sou... melhor do que era.

Qualquer que fosse a reação que ele buscasse, não foi a que recebeu. O sorriso dela se fechou, a postura se enrijeceu. Clare mal ouviu a voz dela com a música conhecida que, naquele momento, parecia estar debochando dele.

— Por que acha que precisa ser diferente?

Ele não tinha uma resposta para isso. Como poderia ter, se mal entendia a pergunta? Por que *não* gostaria de ser diferente? Ele não era bom o bastante, não para ela, não para seus amigos.

Não era Galwell.

Beatrice se desvencilhou de seus braços. Se intuía ou não o motivo de sua introspecção, ele não sabia.

— Obrigada pelo resgate — disse ela, como uma porta que ele não havia notado até estar sendo fechada na cara dele.

Dando meia-volta, ela o deixou no círculo de bajuladores, exposto sob a luz da alegria deles, no meio do caminho entre quem ele era e quem gostaria de ser, e perdido por completo.

12

Beatrice

Ela não merecia desfiles. Era o que Beatrice se lembrava sempre que o Festival dos Quatro acontecia em Elgin, quando encontrava desculpas para não sair de casa, refugiando-se em sua magia mental. Não, ela não merecia desfiles, nem festividades, nem entrevistas com escribas. Não merecia nada disso.

No entanto, lá estava ela, na porra de uma *carruagem alegórica* feita de todo tipo de flores do mar da costa Ocidental, desfilando pela rua da aldeia.

O sol reluzia nas paredes de arenito cor de creme do lugar em que eles se encontravam, fazendo seus olhos lacrimejarem. Ao redor da rua larga, os aldeões celebravam. Na frente e atrás deles estavam outras carruagens alegóricas, algumas decoradas ou animadas por magia: dragões de madeira voando em asas de papel, cavalos encantados para parecerem unicórnios. Ela não conseguia conter a nostalgia ao ver o olhar maravilhado das criancinhas. Todos menos os mais jovens sabiam que unicórnios não existiam.

A insistência dos aldeões havia reunido numa única carruagem alegórica os heróis restantes dos Quatro, fatigados pela viagem e pela celebração da véspera. O único privilégio de sua fama foi a hospedagem gratuita que ganharam na estalagem mais confortável da aldeia.

O lugar, como vieram a descobrir, chamava-se Keralia, e seu charme ensolarado encobria cicatrizes recentes. No momento mais crítico da Ordem Fraternal sobre Mythria, os Quatro passaram por Keralia a caminho de Reina. Muitos aldeões lembravam o medo nas ruas todas as noites durante aquela época sombria. Beatrice entendia por que a aldeia celebrava o Festival dos Quatro com tanto entusiasmo. Se um dia encontrasse algo capaz de afastar seus pesadelos, ela se agarraria àquilo com todas as forças.

O percurso da carruagem começara logo à porta da estalagem. Naquele momento, eles desfilavam rumo ao centro da aldeia. Beatrice notou que Vandra os seguia a pé de forma discreta, cortando as multidões entusiasmadas à medida que avançavam. Beatrice invejou Vandra, que, por não ser considerada uma dos Quatro, não foi convidada a participar do cortejo.

Se Beatrice percebeu algo de triste e contemplativo nos olhos de Vandra, colados em Elowen... bom, pela experiência de Beatrice, desejar trocar de lugar com outras pessoas não dava em nada além de horas desperdiçadas. Era Beatrice quem estava no carro alegórico, não Vandra Ravenfall. E pronto.

Elowen, por sua vez, fixava o olhar furioso na multidão que assistia ao desfile, enquanto Clare, óbvio, sorria e se pavoneava e tirava suspiros. Recusando-se a fazer qualquer uma daquelas coisas, Beatrice se pegou forçando sorrisos, acenando para as pessoas que a consideravam a salvação do reino, a quem deviam a vida.

Era horrível. *Não mereço nada disso*, ela se lembrou a cada centímetro que a carruagem alegórica avançava pela aldeia. *O que mereço é solidão e culpa e vergonha*. Por mais vidas que tivesse salvado. A dívida que ela tinha com Mythria era uma que nunca teria como pagar.

Dívida com seus amigos. Dívida com Elowen.

Ela sabia que erros como o seu não podiam ser corrigidos com matemática. Nenhuma medida de vitória poderia compensar uma condenação inescapável. Galwell se fora, e ela não merecia a gratidão de ninguém.

Tampouco merecia dançar como dançara na noite anterior. Era quase o que mais a havia irritado, *quase*. Ela não gostou de ter encontrado um lampejo de prazer nos braços de *Clare*. Com ou sem Clare Grandhart, ela sabia que não merecia a felicidade nos braços de *ninguém*.

Ela tinha baixado a guarda. Permitido... se divertir. *Nunca mais*, ela prometeu. Muito menos com ele.

Quando a carruagem alegórica desacelerou na praça da aldeia, ela sentiu uma centelha de esperança... até erguer os olhos. No centro da cidade costeira existia uma fonte onde estavam... eles.

Óbvio que a aldeia onde fizeram uma pausa na viagem tinha a porra de uma estátua dos Quatro na praça.

Galwell estava na frente, a espada erguida, o rosto heroico. Clare estava agachado, pronto para atacar, a boca eternamente esculpida em seu sorriso maroto. Elowen estava ao lado de Galwell, o olhar intimidador. E, atrás, Beatrice encontrou... a si mesma. A expressão serena, como se soubesse que venceriam. Sua estátua parecia tudo que ela não era. Confiante. Forte. Feliz.

Ela desviou os olhos de si mesma, sofrendo.

Pelo canto do olho, Beatrice viu Vandra observar a estátua com o mesmo anseio imperscrutável que carregava durante o desfile. Gritos surgiram da multidão, voltando a atenção dela para trás da estátua, onde estavam quem ela intuía ser o senhor ou senhora da aldeia.

A mulher que saiu do pórtico de arenito sem dúvida se encaixava no papel. Mas não foi nem o traje suntuoso, de uma elegância casual à moda das aldeias da Costa Ocidental, nem as joias de conchas que prenderam o foco de Beatrice.

Não quando ela avistou o orbe preto resplandecente na mão cheia de anéis da mulher.

— É um grande prazer para mim, senhora de Keralia, me apresentar a vocês — disse ela com entusiasmo aos membros sobreviventes dos Quatro. Mais gritos se ergueram da multidão. — Que honra é para nossa vila receber nossos heróis, no meio da celebração do aniversário de sua vitória, salvando nosso reino da escuridão da Ordem Fraternal!

Mais comemorações. Os keralianos pareciam um povo com tendência a comemorar, pelo que Beatrice notou. Ela desejou querer fazer o mesmo.

— Todo ano, lembramos — continuou a senhora. — Pois, em memória, mantemos o passado presente.

É por isso mesmo, pensou Beatrice, *que odeio o Festival dos Quatro*. Não era apenas lembrar o que havia acontecido. O que Beatrice mais detestava era a ideia de que fosse possível esquecer. Isso a enfurecia. A missão não precisava de rememoração para ela, não se nunca, jamais, saía de sua memória, nem por um momento. Imaginar que poderia sair da memória de alguém… uma inveja venenosa a percorreu.

Ela foi se enfurecendo enquanto a mulher continuava.

— Lembramos. Lembramos a facilidade com que homens de prestígio podem se transformar em criaturas do mal. Lembramos como a Ordem Fraternal, antes conhecida por nada além de festas exuberantes e tostões investidos nos castelos uns dos outros, passou de nobres orgulhosos a conspiradores dispostos a derrubar nossa rainha e destruir Reina.

Os keralianos condenaram com a cabeça.

— Lembramos quem inspirou as trevas da Ordem — prosseguiu a senhora de Keralia. — Aprendemos como reconhecer a face do mal. Todrick van Thorn.

Bastou ouvir o nome dele para Beatrice estremecer.

Todrick van Thorn. A face do mal. Era, sim, o que ele era. Sorriso largo, cabelo preto, extremamente persuasivo. Os dons singulares do jovem nobre lhe serviram com perfeição na companhia da Ordem. Sua magia mental conseguia reescrever a realidade ao seu redor, mudando lembranças ou elaborando, eliminando, ou editando o que estava lá.

— Ele corrompeu a Ordem. Tornou homens complacentes em perversos. Usou a lealdade como arma, a camaradagem como veneno. Ele nos lembrou — pausou a senhora, entregando-se à interpretação dramática da história — que o mal não cresce sozinho. Espalha-se como a Peste do Picador Noturno. Como se espalhou de Todrick van Thorn para seu amigo, Myke Lycroft, sua contraparte na vilania.

Eles eram terrivelmente perfeitos um para o outro, recordou Beatrice. Um precisava do outro. Um tinha a chave para o desígnio diabólico do outro. Lycroft, um armeiro com magia manual, conseguia forjar instrumentos para ampliar e replicar a magia dos outros, mas não tinha nenhuma outra magia. A magia de Todrick conseguia dominar um banquete, mas não um reino, não sem Myke para intensificar seus poderes. Eles eram a dupla perfeita da destruição. Determinados a dominar Mythria juntos.

— Lycroft fabricou o instrumento do plano da Ordem, a Espada das Almas — narrou a mulher, empolgada. — Quando carregada com a dor daqueles que pereceram sob o golpe da espada, a arma conseguia estender sem fim uma magia como a de Van Thorn. A Ordem sequestrou a princesa Thessia antes da coroação. Com sua deposição, eles usariam a magia de Van Thorn para reformular o reino sob o domínio eterno de Todrick. Eles estenderiam os poderes dele não apenas aos nobres da região, mas a *todas as pessoas* de Mythria.

Com as palavras dela, o povo da aldeia vaiou como se estivesse recebendo a notícia de uma década antes pela primeira vez.

— Reina não precisaria nem ser conquistada — continuou a senhora. — Apenas… desapareceria da memória.

Beatrice observou os aldeões reagirem, lembrando a cada frase por que desprezava os festivais. Aquilo era apenas um *teatrinho* de merda para eles? Aquelas lembranças não assombravam cada momento de seus dias? *Não é uma grande lenda com final feliz*, quis gritar.

— Até que os Quatro nos salvaram! — exclamou a senhora de Keralia. Em resposta, a multidão soltou gritos de alegria. — Entraram em batalha e mataram Todrick van Thorn! A espada se perdeu para sempre! Lycroft foi exilado!

As exaltações festivas da mulher soavam como os gritos de jornaleiros prometendo uma reportagem maravilhosa.

Beatrice cravou as unhas na palma da mão, desesperada para interromper e contar o que mais os Quatro fizeram. Perderam o amigo mais querido. Destruíram uns aos outros. Não precisavam lembrar, porque jamais esqueceriam.

— Nossa aldeia foi liberta — continuou a mulher, com a voz mais suave. — O medo deixou nossas ruas. Pudemos amar nossos vizinhos, contar com nossas alvoradas. Voltamos à vida.

O silêncio que as palavras impuseram sobre a multidão fez Beatrice hesitar. Os aldeões abaixaram as cabeças em lembrança silenciosa.

Vendo suas expressões, ela desejou poder sentir a gratidão deles. Desejou de verdade. Quis sentir que a vitória dos Quatro era mais do que uma pompa vazia de contos de fadas para o povo de Keralia. Talvez os tivesse inspirado. Talvez tivesse incutido neles a ideia de lembrar da maravilha de cada dia dali em diante. Em dez anos se escondendo do Festival dos Quatro, Beatrice esquecera que o heroísmo poderia significar tanto.

Tudo que ela podia, porém, era se lembrar do que a história deixou para trás. Do que as pessoas não sabiam. A verdade sobre por que a vida de Beatrice se estilhaçou quando a da aldeia de Keralia voltou.

— Nunca vamos esquecer esse dia — acrescentou a mulher. — Como nunca vamos esquecer o dia em que o sol nasceu dez anos atrás e a rainha permaneceu no trono.

Ela se voltou para o grupo. As mãos de Beatrice se umedeceram de suor.

— Se pudermos pedir mais um favor… — A voz da senhora de Keralia era doce como o hidromel que Beatrice havia consumido demais na noite anterior. Ambos lhe davam ânsia de vômito.

A mulher ergueu o orbe negro.

— Beatrice dos Quatro — pediu ela —, usaria nosso Conjuratudo para nos mostrar o dia em que mataram Todrick van Thorn?

Nenhuma comemoração naquele momento. Apenas o silêncio da expectativa. Todos os olhares ansiosos a encontraram.

Claro que ela reconhecia o Conjuratudo, uma das muitas invenções encantadas feitas para aqueles com magia mental projetarem as conjurações ou visões de seus dons mágicos para visualização de outros. A nobre queria que ela projetasse seu dom de profecia reversa para todos verem a derrota do nefário Van Thorn.

A senhora de Keralia abaixou a voz, a teatralidade substituída por um questionamento gentil.

— Por favor — implorou ela. — Muitos em nossa aldeia se inspiram em sua perseverança e vitória. Seria a maior honra de nossas vidas.

Beatrice considerou de verdade. Claro, Beatrice podia projetar cada detalhe para o povo de Keralia, até o instante em que derrotaram Todrick, o momento em que Galwell morreu. Aquilo dificilmente a abalaria. Ela já assistira milhares de vezes àquela cena.

Não poderia, porém, mostrar isso a Elowen.

Com todo o seu charme, Clare deu um passo ao lado dela.

— Por que não lhes canto uma canção em vez disso? — sugeriu ele, da mesma forma como havia feito na última noite. A repetição não tirava nem um pouco de seu entusiasmo. Era gentil. Nobre, até.

Era exasperante.

Sim, a vida de Beatrice havia se complicado. Sim, ela se detestava quando não estava afogando as mágoas de sua alma tempestuosa. O que ela *não* era, porém, era uma donzela em busca do resgate de um canalha. Ela estava farta das gentilezas dele. Passou por Clare para saltar da carruagem alegórica, levando a mão ao Conjuratudo.

— Em vez disso, vou mostrar a vocês uma de nossas maiores vitórias — prometeu ela. — O dia em que resgatamos a princesa.

Que grande surpresa… O povo de Keralia comemorou.

Colocando as mãos sobre a pedra preta resplandecente, Beatrice invocou a cena, deixando que sua magia entrasse na esfera. A visão se projetou a partir do orbe, os véus do passado se abrindo no céu da costa Ocidental. Sobre eles, reinou a noite, a escuridão das profundezas da floresta, onde…

Ela se viu. Correndo.

Beatrice, a heroína, era formidável. Como a estátua na praça ganhando vida de forma gloriosa. Seus passos mal tocavam o terreno irregular, desviando de árvores na correria.

Elowen estava com ela. Clare também.

Ele passou correndo por ela, o vento soprando seu cabelo. Sorrindo com um brilho frenético, ele era tão bonito na época como era naquele momento.

As mudanças de Elowen, porém, pegaram Beatrice de surpresa.

Correndo à frente dela, Elowen estava *rindo*. Parecia alegre. Como se estivesse bem onde deveria estar.

— Aperte o passo, Beatrice! — gritara Clare com uma competitividade descontraída. — O último a resgatar a princesa é um ovo podre de gaio-do--crepúsculo!

Ela sorriu para ele.

— Só pode estar de brincadeira — respondeu ela. — Foi assim que escapou das minas Grimauld? Com insultos imaturos de recreio?

— Agora que mencionou... — hesitou Clare, fingindo considerar, sem nunca diminuir o ritmo impressionante. — Ora, sim, lembro que meus gritos de "Seus sovacos fedem a cocô de grifo!" me ajudaram a escapar.

Elowen riu. Por maior que fosse o peso da responsabilidade, piadas de cocô de grifo nunca perdiam a graça.

— Nunca subestime o poder de uma boa tirada — aconselhou Clare. — Ou um bordão. Adoraria ter um bordão um dia.

— Que tal — interveio Elowen — "Clare Grandhart, amado por muitos, sobretudo por mim mesmo!"?

Ao ouvir a própria risada, a Beatrice na praça da aldeia lembrou por que só assistia a lembranças tristes. Às vezes, as felizes doíam mais.

— Gostei — respondeu o Clare do passado, com bom humor. — Gostei!

Eles desceram para o desfiladeiro arborizado ao qual se dirigiam, tomando cuidado com os pesadelos pegajosos nos fossos imundos, onde sonhos assustadores se proliferavam, seguindo seu crescimento mesmo depois que os sonhadores haviam parado de sonhar.

O caminho ficou mais íngreme, ainda plano o bastante para correr, mas perigoso. O que significa que foi aquele o momento em que Clare escolheu para se virar com destreza, correndo de costas, voltado para as meninas.

— Exibido — declarou a Beatrice do passado.

Ele sorriu.

— Quem é o imaturo agora?

— Fazer o quê? Você desperta o melhor em mim.

Na praça da aldeia, Beatrice não estava preparada para a ternura que perpassou a expressão de Clare com a piada dela.

Tampouco estava preparada para as flechas de balestra que passaram por suas versões do passado, atingindo os perseguidores, aqueles que Beatrice havia esquecido serem o motivo da correria pela floresta. O Conjuratudo revelou os três homens que se aproximavam da fortaleza onde a princesa Thessia era mantida, seus campanários de obsidiana cortando a noite.

Na frente, com sua estatura majestosa e a balestra na mão, estava Galwell.

Disparando virotes de balestra para dispersar os perseguidores e liberando o caminho para os amigos rumo à fortaleza escura, onde ele havia se aventurado primeiro, oferecendo sua força mágica manual caso a Ordem tivesse colocado monstros para guardar a cidadela. Beatrice não deixou de notar como Galwell era perfeito. Sempre altruísta, sempre habilidoso. Sempre no lugar certo.

Escapando dos servos da Ordem com a ajuda dele, os três se reuniram ao lado de Galwell. Os olhos de águia do herói percorreram a linha da floresta, onde o farfalhar sinistro dos inimigos se silenciou.

— Não é melhor esperar para saber se eles se foram? — perguntou Beatrice, sem fôlego, o peito arfando pela corrida.

Galwell manteve a arma em riste.

— Não. Thessia precisa de nós — respondeu ele. — Lendas nunca esperam.

Os ombros de Clare se afundaram.

— Caralho, viu? — disse ele aos amigos. — Isso é muito bom. Obrigado, meu nobre senhor.

Ele deu um tapa caloroso no ombro de Galwell. Com sua curiosidade inocente, o homem hesitou.

— O que é muito bom?

— O de sempre, irmão — afirmou Elowen. — Clare está com inveja de como você é elegante e impressionante sem nem se esforçar.

O sorriso de Galwell partiu o coração da Beatrice na praça.

— Não há motivo para inveja, Grandhart — disse ele. — Há grandeza em você.

Suas palavras eram sinceras, como sempre. O efeito no Clare mais jovem foi imediato. A máscara de indiferença dele caiu, e uma inspiração iluminou seus olhos. Ele olhou… para a Beatrice mais jovem. Como se quisesse saber se ela notara as palavras elogiosas de Galwell.

Ela havia esquecido o momento. Esquecido como sua versão do passado sorrira de leve, a única admissão de que conseguia vislumbrar a mesma grandeza nele.

Então, como se buscasse uma distração da própria ternura, Beatrice direcionou a atenção até onde um dos inimigos atingidos por virotes estava morrendo. Com a mão na testa dele, ela usou sua magia para trazer a memória dele à tona.

— Eles… estão na terceira porta no corredor à direita — informou ela ao grupo.

— Sinto hostilidade do outro lado da porta — comentou Elowen, controlando a própria respiração acelerada. — Precisamos estar prontos para um combate ou uma armadilha.

— *Eles que tentem!* — exclamou Clare com ar grandioso.

Beatrice inclinou a cabeça.

— É um pouco batida — disse ela. — Mas ruim não é.

— Posso trabalhar nela! — respondeu Clare. — Até pensei em "Estou sempre pronto", mas não tem tanto impacto, infelizmente. Fica parecendo um camelô anunciando equipamentos de emergência.

O rosto de Elowen se contorceu de tanto segurar o riso. Parecia mesmo o que ele descreveu.

— Talvez — interveio Galwell com um bom humor paciente — possamos gracejar *depois* de salvar a princesa?

— Viu, é por isso que você é o líder — admitiu Clare. — Onde estaríamos sem você?

Na praça da aldeia, Beatrice sentiu o rosto empalidecer. Ao conjurar a lembrança, não pensava que estaria invocando a pergunta cuja resposta passaram a última década descobrindo a contragosto. Elowen se enrijeceu ao lado dela. Clare baixou os olhos.

Enquanto sua magia continuava sendo projetada, ela mal suportava assistir à conclusão da lembrança. Os Quatro invadiram a fortaleza. Repeliram ataques de todos os lados, até enfim chegarem à terceira porta no corredor à direita, que Galwell arrombou. Encontraram Thessia acorrentada e a libertaram. *Um viva para eles.*

Os keralianos comemoraram.

Exausta, Beatrice tirou as mãos do Conjuratudo, encerrando a visão. Ela olhou a multidão do festival e forçou o melhor sorriso em resposta à gratidão deles.

Até avistar Elowen. Elowen, que ela havia poupado de propósito da visão devastadora que a senhora de Keralia havia solicitado.

O olhar dela era furioso.

Sem palavras ou cerimônia, Elowen desceu da carruagem alegórica. Por instinto, Beatrice a seguiu, já não se importando com o que a multidão veria. Ao notar Clare assumindo os holofotes com naturalidade, ela duvidou que a aldeia sequer notasse a ausência dela.

Numa das ruas laterais, alcançou Elowen.

— Qual é seu problema? — questionou Beatrice, que também estava enfurecida. — Preferia que eu tivesse mostrado o último suspiro de seu irmão?

Elowen parou e encarou Beatrice.

— Preferia que tivesse mostrado algo *real* — praticamente rosnou. — Não a farsa que deu a eles. Fez parecer que éramos *amigas*.

A crueldade das palavras quase fez Beatrice perder a respiração.

— *Éramos* amigas — conseguiu dizer.

Elowen soltou um som de desdém.

— Éramos? — Sua voz era seca. — Por que não sobe lá e mostra para eles o momento em que me contou como se sentia *de verdade*? O dia em que nossa *amizade*, como você diz, morreu.

Beatrice sentiu a fúria se acumular dentro dela. Sabia que poderia recuar, aceitando a ira de Elowen. Poderia considerar o ódio da outra mulher como mais uma punição merecida. Ou poderia botar para fora o que havia guardado. O que mais tinha a perder?

Ela concluiu que não queria mais se controlar.

— Já se perguntou por que Galwell subiu aos reparos? — perguntou Beatrice com calma.

Elowen vacilou, sem entender a mudança de assunto.

— Pensei que você não queria reviver a morte dele hoje — afirmou ela, contestando Beatrice por fim.

— Eu a revivo todos os dias — respondeu Beatrice.

Elowen a observou. Elas se encararam como duelistas com as espadas erguidas até Elowen ceder.

— Galwell subiu aos reparos em nossa última batalha contra a Ordem para impedi-la de tentar se sacrificar. Você tinha descoberto como desativar a espada e não contou para ninguém. Sei de tudo — disse Elowen. — Foi a última conversa que tivemos, assim que meu irmão foi enterrado.

Beatrice fez que sim. Elowen estava correta. Sem que os outros membros dos Quatro soubessem, Beatrice descobrira que o sangue de um sacrifício, feito de livre e espontânea vontade, poderia conter a Espada das Almas. Claro, ela planejava oferecer a própria vida. Que necessidade Mythria teria de mais uma filha de camponeses? O que o reino precisava era de um sacrifício vitorioso.

— Mas já se perguntou — respondeu Beatrice — como ele descobriu que eu pretendia me entregar? Como você… não sabia?

Beatrice observou a pergunta turvar a ira de Elowen. Embora a antiga amiga não conseguisse ler mentes nem determinar com exatidão quando alguém estava mentindo, a proximidade de uma vida com Beatrice lhe proporcionava algo muito parecido.

— Eu sabia que você seria a mais difícil de enganar — continuou Beatrice. — Sua magia perceberia minha farsa. Eu sabia que você me questionaria sobre o que estava escondendo. E quando você me questionou…

Ela hesitou. Ao começar a conduzir a conversa naquela direção, Beatrice não sabia como seria difícil reviver a briga que colocou um fim em sua amizade. Parecia pequena vista de longe, mas, de perto, era colossal.

Ela se forçou a continuar.

— Fiz *uma* confissão — explicou ela. — Que, por anos, eu me sentia como se fosse um projeto de caridade seu. Que isso pesava sobre mim. Que, depois daquele dia, não chegaria mais perto de você.

Espectros, ela estava quase se engasgando com as palavras, àquela altura? Só ao lembrar de como havia se machucado ao machucar Elowen, convencida de que precisava fazer isso pelo reino?

Elowen arregalou os olhos. Ela estava começando a entender. Balançou a cabeça, parecendo querer fugir da história de Beatrice. Para as colinas, para a floresta ou onde quer que houvesse refúgio.

— Minha magia saberia se você estivesse mentindo — pontuou ela. — *Eu* saberia.

— Mas eu não estava — disse Beatrice, com dificuldade. *Confessar*, ela reparou, *não era como um peso tirado das costas*. Era um buraco que precisava escavar dentro de si. — Não por completo. O que falei para você tinha verdade suficiente para enganar até seus poderes. Eu me sentia, *sim*, em dívida com você de formas que nem sabia lidar. E...

Aquela era a parte mais difícil. Mas ela não se esquivaria diante das dificuldades nem do sacrifício. O mesmo impulso desgraçado e inevitável a movia naquele momento.

— Depois daquele dia, eu não chegaria *mesmo* mais perto de você — afirmou ela, baixo.

Uma expressão de choque cruzou a fachada impassível de Elowen.

— Porque você pretendia morrer — concluiu ela.

— Sim — respondeu Beatrice. — Eu sabia que a machucaria ouvir que eu não queria mais chegar perto de você. Seria o suficiente para evitar que buscasse a verdade *pura* que eu estava escondendo. — Sua voz vibrou como aço golpeado. — Eu sabia que você me amava. Você me impediria e deixaria o mundo perecer. Eu... precisava enganar você.

O calor da Costa Ocidental secou seus olhos lacrimejantes. Elowen apenas observou, caldeirões de emoção se agitando sob seu olhar inabalável.

— E Galwell... — completou Elowen, reconstituindo o passado que Beatrice havia escondido com esmero. — Galwell enxergou a verdade, porque não tinha minha magia, então não se deixou enganar como eu.

Beatrice soltou uma expiração atormentada. A honestidade não deveria aliviar o coração? Em vez disso, ela apenas se lembrou com mais clareza das consequências de seus atos. Quando confrontara Van Thorn, disposta a morrer sob sua espada encantada, Galwell intercedera, literalmente. Chegando a ela sem um instante a perder, Galwell, o Grande, havia levado o golpe da espada que ela pretendia levar.

Sempre no lugar certo.

O golpe a teria matado de imediato. Não matou Galwell, o Grande, de imediato. Maior e mais forte, ele morrera devagar do ferimento mortal, tão devagar que conseguiu empalar Van Thorn, em sua estupefação, matando o líder da Ordem. Quando Myke Lycroft, que não estava muito longe do confronto, chegou até eles, chorou pelo amigo morto, e suas lágrimas sobre a espada mágica que forjara drenaram a potência tenebrosa da Espada das Almas.

O sacrifício, Beatrice percebera em silêncio, não era a única forma de tirar o poder da espada. Ela cometera um erro terrível. Se Galwell tivesse matado Van Thorn num combate honesto, o mesmo teria acontecido, sem que Galwell morresse.

Galwell morreu em vão, por causa dela.

— Você tem todo o direito de me odiar, Elowen — sussurrou ela. — Espectros sabem que você tem razão. Mas não vou mais deixar que pense que toda nossa amizade foi uma mentira. Não foi.

Sob o sol keraliano, Elowen a observou. O rosto da outra mulher continha uma combinação estranhíssima de sentimentos. Ódio misturado a piedade. Arrependimento carregado de rancor. Até um traço de vergonha, lembrando a rejeição de Beatrice.

Fez Beatrice querer fugir, e foi o que ela fez.

Ela deu as costas e partiu, colocando um fim à conversa, odiando as lembranças que sabia que nunca a abandonariam.

13

Elowen

A raiva de Elowen vivia em algum lugar frio e úmido dentro dela, uma caverna com caminhos infinitos e nenhuma luz. Fazia tempo que ela aceitara que a sensação estaria ali para sempre, então aprendera a evitar os lugares sem fundo que aquele sentimento havia terminado de apodrecer. Até Beatrice forçar Elowen a seguir um dos piores trajetos de todos, a forma como sua amizade havia acabado, e Elowen não teve escolha a não ser se render às profundezas de sua fúria.

— Você estava feliz em morrer me fazendo acreditar que não tínhamos nenhum laço real? — perguntou Elowen, rangendo os dentes com a última palavra.

Ao menos a raiva a motivava. Se fosse à tristeza que tivesse sucumbido, teria desabado num canto no meio da estrada. Em vez disso, caminhava com uma intenção clara. Na verdade, corria, porque Beatrice era um palmo mais alta do que Elowen e usava isso a seu favor, as pernas compridas percorrendo o caminho duas vezes mais rápido.

Elowen teve dificuldades para seguir sem perder o fôlego. Ela se recusava a demonstrar o esforço que era necessário para acompanhar o ritmo de Beatrice. Fazia anos que não se movia tão rápido. Não ajudava que a lembrança que Beatrice havia projetado no Conjuratudo realçasse como Elowen fora veloz um dia.

— Significava salvar você… e todo o reino, claro. Então, sim, eu estava — informou Beatrice, como se aquela fosse uma escolha óbvia de fazer.

Talvez fosse. Mas Elowen não entendia como Beatrice seguira a vida, sabendo aquele tempo todo que Elowen achava que a amizade delas era uma mentira, sem nunca corrigir isso até aquele momento.

— Se eu soubesse como você se sentia sobre o que minha família lhe proporcionava, poderíamos ter dado um jeito de deixar você mais à vontade — disse Elowen. — Ultimamente, eu mesma não tenho nada. Entendo agora como é desconfortável depender de outra pessoa para ajudar você a seguir a vida. Por que não me contou antes? — perguntou, tentando muito esconder os vestígios de dor na voz.

Beatrice não respondeu, o que ajudou a manter a dor de Elowen sob controle. Ela poderia se concentrar mais na raiva quando Beatrice fazia alguma grosseria, como a ignorar.

— Essa é boa — provocou Elowen. — Não falar nada. Muito maduro.

— Não tenho nenhuma resposta que possa satisfazer você — rebateu Beatrice. — Fiz muitas coisas das quais não me orgulho.

Por fim, ela se virou para olhar Elowen, diminuindo o passo, para então empalidecer de medo.

Elowen olhou para trás, na expectativa de identificar o motivo do horror de Beatrice. Um grupo de homens de mantos escuros estava correndo na direção delas, com metade dos arcos apontada para sua cabeça, metade para a de Beatrice. Elas estavam prestes a ser atacadas, tão imersas na briga que quase não haviam notado.

As duas mulheres se aproximaram por instinto. Não havia qualquer lugar bom onde buscar abrigo imediato. Em vez disso, dependiam uma da outra para se proteger, se agachando e andando em zigue-zague juntas, torcendo para chegarem a uma das construções ao longe.

Elowen lançou um olhar para os agressores a tempo de ver uma balestra apontada para as costas de Beatrice. Então se jogou em cima da outra mulher, fazendo as duas caírem no chão quando a flecha passou zumbindo por cima.

O choque inicial de Elowen passou por tempo suficiente para se dar conta do que estava acontecendo. Ela estava *socorrendo* Beatrice. Revoltada consigo mesma, ela se afastou, traçando seu próprio caminho tortuoso para evitar que os agressores a acertassem.

— O que está fazendo? — gritou Beatrice.

O pânico em sua voz quase fez Elowen voltar. Mas Elowen era uma pessoa fria. Precisava ser. Se agisse por força do hábito, trabalhando com Beatrice como nos velhos tempos, ela se entregaria à ternura melancólica em seu coração, perdoando Beatrice por toda a dor que havia infligido. O sentimentalismo era pior do que a raiva e a tristeza combinadas. Era uma maldição sem fim.

— Salvando minha própria pele — informou Elowen. — Sugiro que faça o mesmo.

— Ah, querida, se alguém será responsável pelos resgates hoje, será eu — anunciou Vandra, que entrou no meio da estrada e disparou uma série de flechas, assim como certos magos manualistas davam cartas: rápida e de forma contínua, com uma precisão tão natural que quase parecia fruto de tédio.

Beatrice e Elowen paralisaram, maravilhadas. Vandra atingiu cada homem no mesmo ponto da perna, passando para o seguinte antes que qualquer um deles retribuísse o favor. Um a um, os agressores foram caindo, incapazes de continuar a perseguir Beatrice e Elowen.

— Isso deve resolver — disse Vandra.

Ela sorria enquanto colocava o arco e as flechas de volta à aljava pendurada no ombro. Ela era… bom, *foda*. Tão impressionante que partia o coração.

Vandra tocou os dedos de leve no ombro de Elowen. Sua preocupação brotou pelo corpo de Elowen, um jardim de cuidado iluminado pelo calor do desejo.

— Mal posso virar as costas para você.

As pernas de Elowen ficaram bambas, e ela desejou que ainda fosse de raiva.

— Desculpa — murmurou ela.

— Sei como você pode me compensar — comentou Vandra, segurando o queixo de Elowen entre as mãos.

Elowen percebeu que estava se aproximando, e não por absorver as emoções de Vandra. O desejo que brotava no fundo de seu ventre era uma sensação que ela sabia ser sua. Os lábios de Vandra, suplicantes, presentes, bem *ali*, seriam um refúgio. E tocar nela. Ah, seria bem o prazer de que Elowen precisava. Seria um alívio.

Foi isso mesmo que fez Elowen voltar à realidade.

Ela não beijaria nem poderia beijar Vandra Ravenfall. Elowen já se envolvera no bem-estar emocional de Vandra. Se ela se entregasse ao físico? Quem poderia dizer o que isso significaria.

Sem falar que Beatrice estava observando. Que vergonha.

Cambaleando para trás, Elowen simulou a raiva rápida pela qual era conhecida.

— Como sei que não está trabalhando para eles? — acusou, apontando para os agressores que Vandra havia derrubado um por um. Eles estavam tendo dificuldade para se levantar e correr. Depois de poucos passos, alguns caíram de novo, enquanto outros conseguiram continuar mancando pela parte mais íngreme da estrada até sumirem de vista. — Você não causou nenhum ferimento fatal! Talvez tenha sido tudo uma farsa para conquistar minha confiança e então me trair no final!

Elowen não era nenhuma atriz. Mesmo assim, se esforçou. Já estava atormentada pelo toque de Vandra em sua pele. Se tivesse o privilégio de voltar a sentir Vandra por inteiro, seria sua perdição. Porque Vandra Ravenfall era astuta, bela e incansavelmente sociável. Nunca poderia se contentar com uma pessoa tão espinhosa e carrancuda quanto Elowen Fiel. Portanto, embora soubesse que tudo que Vandra queria era construir uma vida nova, abandonar as mentiras e se tornar uma pessoa honesta, Elowen a acusou de mentir porque sabia que era isso o que mais a magoaria.

O rosto de Vandra se contorceu. Montanhas de mágoa brotaram entre suas sobrancelhas enquanto ela dava meia-volta.

— Sério? Você apenas vai embora? — gritou Elowen, sem conseguir alinhar os próprios sentimentos e palavras.

— Não sou uma dos Quatro — disse Vandra. — Não vão sentir minha falta.

Elowen resistiu ao impulso de responder. Não queria Vandra por perto, mas também não conseguia admitir o quanto odiaria que ela fosse embora.

— Na verdade — afirmou Vandra, virando e voltando a Elowen —, não preciso de poderes para enxergar seus sentimentos. Quando eu for, você pode fingir que não vai sentir minha falta, mas isso não quer dizer que seja verdade.

Elowen corou.

— Você pode fingir que me acha desonesta — continuou Vandra. — Isso não vai me impedir de perseguir aqueles homens e descobrir quem são e por que tentaram ferir você. E, se eu voltar com essa informação e você confirmar que é verdadeira e eu continuar a fazer minha parte, apesar de todas as suas tentativas de me impedir, talvez você saiba.

— Saiba o quê? — perguntou Elowen, ofegante.

Vandra deu as costas e partiu de novo, deixando Elowen torturada, com flechas espalhadas a seus pés.

Mesmo quando Elowen tentava afastá-la, Vandra ainda achava uma forma de se aproximar. Elowen precisava erguer mais suas muralhas para que, com o tempo, até a persistente Vandra Ravenfall se cansasse de tentar olhar para dentro.

14

Beatrice

Reina estava no horizonte.

Fantástico.

Eles seguiram viagem de Keralia em um silêncio implacável. Sem Vandra, ninguém preenchia a carroça com comentários informativos sobre os tordâmsters migratórios. Pior, sem Vandra, o desprezo de Elowen se transformara numa melancolia silenciosa, algo que Beatrice descobriu que preferia ainda menos. "Você tem todo o direito de me odiar", dissera. Bem, ela havia conseguido o que queria, como se tivesse capturado um duende da floresta.

Fui tonta, admitiu Beatrice. Se não podia mudar como as coisas eram, ela torcera para encontrar pelo menos algum grau de consolo. Em vez disso, revelar a história toda a Elowen apenas a feriu de maneiras diferentes.

Querendo afastar aquelas ruminações, Beatrice se ocupou vigiando. Durante a viagem, ela manteve uma mão na balestra que os keralianos deram aos heróis sem tirar os olhos da traseira da carroça. *Os homens que atiraram na gente não devem passar de uns fora da lei*, argumentou consigo mesma, *considerando que celebridades seriam presa fácil.*

Mas por que atiraram para matar?, questionou-se.

Nenhuma explicação passou por sua mente, e nenhum perseguidor passou por sua viagem pelo continente. A estrada foi subindo até, enfim, Reina surgir. Beatrice abaixou a balestra, desejando que todo tipo de ameaça pudesse ser enfrentado com armas.

O palácio surgiu no alto das montanhas que cercavam a próspera capital de Mythria. Era uma cidade dos sonhos da qual todos os mythrianos se orgulhavam em seu íntimo. Combinava as melhores qualidades de todos os lugares do reino: o clima doce das costas com os ventos suaves que desciam das encostas nevadas das montanhas, a sofisticação do caráter vibrante de Farmount, o estilo arquitetônico que faria até os escultores de Featherbint soltarem *oohs* e *ahhs*.

Claro, para Beatrice, não era uma cidade dos sonhos. Era dos pesadelos.

O último confronto dos Quatro com Todrick van Thorn havia se desenrolado ali, não muito longe do elegante castelo de pedra branca, o que fazia daquele lugar o cenário de muitos sonhos tenebrosos dos quais ela não conseguia sair até que acordasse, suada, em pânico e torcendo para que seu acesso noturno não tivesse despertado Robert de Noughton.

Conforme se aproximavam dos portões, ela percebeu que as muralhas altas da cidade, que se erguiam magníficas rumo ao céu límpido, continuavam tão imponentes quanto no dia em que os Quatro enfrentaram a Ordem Fraternal. O dia em que ela planejara se sacrificar. Mesmo sabendo que não encontrariam um exército de aspirantes da Ordem dentro de Reina naquele dia, o que esperava por eles lá dentro era, em sua opinião, ainda pior.

Pois em nenhum lugar se celebrava o Festival dos Quatro como na capital real.

As festividades em Keralia foram como um treino, igual ao pônei que sua vizinha lhe emprestou quando ela estava aprendendo a cavalgar. Ele se chamava Walter, em homenagem ao neto da vizinha, que havia recebido o título de cavaleiro. A jovem Beatrice brincava que o pônei aspirava ao título de *cavalo*eiro. Mas o animal tinha 19 anos. E era muito devagar.

Os últimos dias foram o pônei Walter dos festivais. O dia que os aguardava naquele momento era como um garanhão, selvagem, pronto para levá-los ao abismo.

Com passos hesitantes, eles se aproximaram das muralhas, onde viajantes podiam tocar os sinos de boas-vindas. Por mais despreparada que se sentisse, ela sabia que Elowen estava pior. Beatrice não sabia como a antiga amiga costumava passar o aniversário da morte do irmão, mas sem dúvida não envolvia a cantoria e as danças nas ruas que eles estavam prestes a testemunhar.

Independentemente das emoções desencadeadas na alma de Beatrice, ela gostaria de poder consolar Elowen. Inexplicável ou não, apesar da hostilidade dedicada da outra, era o que Beatrice sentia. No entanto, quando conversaram pela última vez, Beatrice se sentiu *grata* pelo ataque, pois encerrou a conversa. E duvidava que Elowen aceitasse seu consolo naquele momento.

— Quantas pessoas vocês acham que já se... reuniram? — A voz de Elowen vacilou.

A resposta de Clare foi delicada.

— Às vezes é melhor não saber os números, não é?

Espectros, pensou Beatrice consigo mesma. Não era diferente de entrar no campo de batalha. Só que naquele instante não havia Galwell para inspirá-los.

Por culpa dela.

— Melhor acabar logo com isso — disse ela, levando a mão à corda dos sinos de boas-vindas.

Ela não teve a chance de tocá-los. Clare estendeu a mão, segurando a dela antes que Beatrice tivesse a oportunidade.

— Ou — sugeriu ele — podemos entrar sorrateiros.

Nem mesmo a curiosidade poderia distraí-la do calor confuso da mão de Clare ao redor da sua. *Talvez seja* este *seu dom mágico*, considerou ela. *Deixar minha mão quente onde sua pele encontra a minha*. Pois a sensação sem dúvida não era obra de seu próprio coração. Sem dúvida.

Esfregando a lembrança do toque dele na palma de sua mão, ela se concentrou nas palavras dele.

— Entrar sorrateiros onde?

— Lembra? As passagens secretas? — apontou ele. — Embaixo da cidade. Como entramos quando a guarda da Ordem controlava os portões. Veja bem, sei que não temos como evitar as multidões para sempre. Mesmo assim… já é alguma coisa. Tivemos… desafios demais em nossa jornada, e talvez uma noite de reclusão em nossos próprios aposentos no palácio nos fortaleça para, sabe, encarar o reino todo.

Elowen estava com uma cara de quem havia recebido uma sopa quente numa noite fria.

— De mim vocês não vão ouvir nenhuma objeção.

Embora Beatrice quisesse dizer o mesmo, perguntas incômodas a impediam de fazer isso. Ela estudou Clare. O que ele estava tramando? Estava vindo ao resgate delas mais uma vez?

— Por que você não vai na frente? — sugeriu ela, adotando uma estratégia para descobrir as intenções dele. — Eu e Elowen podemos usar as passagens secretas enquanto você — ela fez um gesto de boas-vindas — desfruta da fama.

O olhar de Clare se endureceu. Mas seria negação sarcástica a única coisa que ela conseguia ler nos olhos dele?

— Primeiro, tenho motivos legítimos para temer que você e Elowen possam, na verdade, se matar se ficarem a sós debaixo da cidade. Segundo…

— Foi naquele momento que ela viu com certeza. A sombra solitária escondida no resplendor dele. — Na verdade, não gosto quando sou enaltecido por sobreviver ao dia em que meu melhor amigo morreu.

Ela escondeu como a revelação a pegou de surpresa.

— Não é o que parece — comentou Beatrice.

Clare aproveitara toda e qualquer oportunidade para lucrar com a fama deles, não? Ela nunca havia suspeitado que ele sentisse a mesma culpa de sobrevivente. Como poderia, se ele esbanjava sua sobrevivência anunciando as Porções Esportivas de Faísca?

— Sim, bom — respondeu Clare com a tensão já familiar em sua voz —, mais que ninguém, você sabe como sou um mentiroso convincente quando quero.

Isso a fez cerrar o maxilar. Beatrice deveria ter imaginado que tentar uma conversa séria com Clare Grandhart era como oferecer legumes a carcajinhos: inútil.

— Aff. Túneis secretos, por favor — interrompeu Elowen. — Não aguento mais presenciar vocês se torturando de amor um pelo outro.

O rosto de Beatrice corou de vergonha.

— Não tem nada de...

— Não estamos nos torturando de... — começou Clare com indignação ao mesmo tempo.

— ... *amor!*

Elowen sorriu de canto. Em outra ocasião, a expressão teria parecido a Beatrice como o sol brilhando detrás de nuvens se abrindo. Em vez disso, ela sentiu apenas um medo iminente.

— Sei que faz um tempo, mas vocês lembram como minha magia vital funciona, não? — perguntou Elowen. — Estou sentindo o anseio emanando de cada um de vocês desde que entramos na carroça. É nojento — informou. — Parece... gosma em minha pele.

Clare se ergueu.

— Meu anseio não é *gosmento* — declarou ele.

— É sim — respondeu Elowen, evidentemente com o humor já recuperado. — Gruda em você. Como gosma. Gosma viscosa e reluzente.

— Chega dessa história de gosma! — mandou Beatrice.

Elowen está tirando onda com a nossa cara, concluiu. Incomodando-os por ressentimento ou distração ou... seja lá qual fosse sua intenção, Beatrice tinha certeza de que não restava nenhum *anseio* em Clare Grandhart.

Ela lançou um olhar rápido para ele em busca de confirmação.

Não, nenhum anseio. *Ufa*. Clare parecia estar com raiva, o que a consolou. Ele deu as costas e partiu. Ela o seguiu até a esquina, onde percebeu que estavam ao longo da parede oeste de Reina. Clare se curvou, examinando as pedras.

Ele não fez mais nenhum movimento. Em vez disso, fez uma careta.

Beatrice percebeu que ele esquecera quais pedras abriam a entrada mágica.

— Saia da frente — ordenou ela, ríspida.

Clare levantou os olhos, sem compreender. Mesmo assim, obedeceu ao comando na voz dela. Ele se mexeu, apenas o suficiente para permitir que Beatrice chegasse às pedras enfeitiçadas. Será que as palavras de Elowen entraram em sua cabeça ou ela sentia mesmo os olhos de Clare sobre ela enquanto passava dois dedos cuidadosos sobre a pedra correta? Ele estava bem ao seu lado.

— *Aham*. Está sentindo a gosma, Beatrice? — provocou Elowen.

O rosto de Beatrice ficou vermelho.

Mas Clare não reclamou. Em vez disso, apenas a observou.

— Você usou sua magia mental para revisitar como abrimos a passagem? — perguntou ele enquanto a magia da muralha ocidental revelava a entrada secreta, as pedras se rearranjando para acomodar a abertura subterrânea.

— Não — respondeu ela. — Não precisei.

Apesar da bisbilhotice, Beatrice ficou grata pelo questionamento, pois substituía os comentários constrangedores de Elowen.

Clare inclinou a cabeça.

— Como você poderia lembrar da pedra enfeitiçada com a entrada da passagem?

— Importa? — indagou ela, esquivando-se da pergunta.

Ela revivera a lembrança da pedra da entrada quase toda noite, pois os Quatro usaram a passagem no dia do confronto com a Ordem. Estudara cada detalhe do dia, incluindo sua entrada clandestina. Sabia todos os passos até o último suspiro de Galwell.

Ignorando o olhar de Clare sobre ela, que se aderia como… Não, não admitiria a comparação de Elowen nem mesmo em sua mente. Ignorando o olhar de Clare, Beatrice começou a descer a passagem de pedra que levava abaixo de Reina.

Era desconfortável como ela sentia que estava andando *dentro* de sua magia. Mas cada pequena mudança se destacava. O desgaste novo nas lajotas, a falha de uma das lanternas encantadas para brilhar com uma chama roxa.

Clare e Elowen.

Os companheiros não eram os valentes compatriotas de sua lembrança mágica, consolando-se com comédia e incentivos. Eles a seguiam em silêncio, ambos sem dúvida se lembrando da última visita aos túneis e do espírito que andava com eles naquele momento.

O corredor serpenteou e subiu, até acabar em outra parede de pedra. Mais uma vez, foi fácil para Beatrice levar dois dedos à pedra certa para revelar a saída mágica da passagem. Mais uma vez, ela sentiu a curiosidade silenciosa de Clare.

O que os aguardava fora da passagem, porém, aniquilou as perguntas não expressas dele. Os estábulos reais não haviam mudado muito na última década. Pintura nova, cavalos novos, mas a estrutura era quase a mesma. Muito parecida com o que Beatrice se lembrava da celebração de vitória anos antes.

Eles estavam dentro de Reina.

Ela se preparou, os pelos se eriçando por instinto. Mesmo tendo escapado das ruas principais, Beatrice estava pronta para uma certa dose de fanfarra por parte dos guardas do palácio e dos cavalariços: aplausos, felicitações, canções de saudação de quem participava das festividades bêbadas ao redor dos estábulos. Ao sair para a luz, ela engoliu a relutância.

Mas nenhuma canção os recebeu. Nenhuma comemoração. *Ninguém.*

Ao olhar do estábulo para as ruas vizinhas, ela encontrou o mesmo. Todas as ruas estavam vazias. Todas as casas, fechadas. Não havia nenhuma celebração ali, e o motivo era óbvio.

Em cada torreta, bandeiras de luto se agitavam sob a brisa.

15

Clare

Um silêncio sinistro os seguiu pelos corredores do palácio. Aquilo perturbou Clare como poucas experiências antes.

Ele conduziu o grupo, tendo a maior familiaridade com a planta real. Havia visitado o castelo de Reina em diversas ocasiões nos anos desde a vitória dos Quatro. Embora a jovem rainha Thessia não esbanjasse em suas festas, foram eventos maravilhosos: a coroação, o noivado, até um baile de gala que ela havia feito a gentileza de organizar para o Santuário de Águias Clare Grandhart. Ele lembrou com carinho que Wiglaf se deliciara com o banquete de ratalcatra servido especialmente para os convidados com penas do baile.

O vazio sinistro do corredor naquele instante não poderia ser mais oposto às festas da rainha. A cada passo que dava, sem se importar com a sujeira da terra da passagem secreta que suas solas deixavam no tapete branco-creme, sua esperança se transformava em preocupação.

Lembrava-o de quando havia encontrado Beatrice não muito longe dali, o líder da Ordem Fraternal morto e Galwell caído no colo dela, os olhos sem vida.

A recepção que receberam sem dúvida não fez nada para melhorar seu ânimo. Os olhos de valetes e guardas demonstraram reconhecimento quando os três passaram pelos corredores do castelo. Nenhum, porém, respondeu com entusiasmo. Clare estava falando sério sobre o incômodo que sentia com a celebração, mas, com toda certeza, teria preferido o clamor.

Ele sabia que aquilo significava que algo horrível acontecera. Não podia evitar se perguntar se *eles* eram amaldiçoados. Talvez atraíssem tragédia toda vez que se juntavam.

Clare afastou o pensamento, que era mais sombrio do que costumava se permitir. *Preciso permanecer esperançoso*, pensou. Ser a chama na noite, o paladino do heroísmo.

Se entrar no palácio não foi fácil, entrar na sala do trono foi ainda pior.

Quando os antigos heróis entraram, Thessia levantou, o rosto pálido manchado de lágrimas. Ela era majestosa mesmo desesperada. Não apenas sofrendo, mas sim o próprio emblema do sofrimento.

Clare a considerava a rainha perfeita. Ele reconhecia que era linda, mesmo sem nunca ter sentido desejo nenhum por ela. O cabelo castanho se ondulava com naturalidade, os olhos verdes brilhavam como peridotos cristalinos. Se não fosse a governante do reino, Clare tinha certeza de que ela teria encontrado a fama cantando ou em novelas de sombras. Em todas as conversas, a inteligência dela era evidente. Sua bondade, extraordinária, o tipo de compaixão conquistada apenas pela perda.

O sofrimento dela o afligia. Clare nutria um grande carinho por ela, tendo a conhecido melhor durante vários eventos. Eles consolaram um ao outro pela tristeza que ambos sofriam. Se precisasse consolá-la pela segunda grande dor da vida dela…

Ele não sabia se conseguiria.

Clare não conseguia nem criar coragem para perguntar o que havia acontecido, com medo de ouvir a confirmação mais uma vez… por sua rainha, por Mythria.

Tampouco a rainha conseguiu expor sua angústia. Em vez disso, quando abriu a boca, saíram apenas soluços dilacerantes.

Reconhecendo a incapacidade dela, um dos guardas da sala enfim expressou a realidade angustiante.

— O noivo — disse com gravidade — foi sequestrado.

Clare hesitou. O pavor em seu peito se esvaiu. Uma leveza invadiu os músculos tensos, e o alívio se espalhou pelo corpo. Hugh havia sido sequestrado?

Era uma notícia *maravilhosa*.

Clare gostava do noivo da rainha quase tanto quanto da própria rainha. Sir Hugh Mavaris passara a juventude como um mero soldado de infantaria. Quando a Ordem Fraternal foi derrotada, ele acabou ganhando fama em pequenos Festivais de Combate que a rainha dava para entreter a cidade. O renome dele o levou a entrar para o corpo de guardas, onde suas observações perspicazes sobre questões de segurança lhe renderam uma função maior no grupo de conselheiros da rainha, onde sua nobreza lhe rendera o coração dela.

Hugh não era Galwell nem era movido por inveja para tentar ser. Ele era um homem cujo caráter firme não apagava sua ternura ou vigor, direto sem ser ignorante, honrado sem ser ingênuo.

E, mais importante no momento atual, não estava morto.

— Desculpe — arriscou Clare com delicadeza por fim, o coração acelerado de esperança. — Hugh foi *só* sequestrado? Temíamos que ele estivesse morto! Você já pendurou as bandeiras de luto!

— *Só sequestrado?* — lamentou-se Thessia. Ela fixou o olhar indignado em Clare. — Ele já deve estar morto a esta altura!

Clare logo entendeu a reação frenética da rainha. Como o trauma da morte de Galwell pesava sobre ela. Como padrões apavorantes a estavam fazendo perder a razão. Em vão, ele lutou para encontrar as palavras que ela precisava ouvir.

Mas foi Beatrice quem interveio.

— Não é nada como Galwell — insistiu ela. Clare nunca ouvira o consolo paciente na voz dela. — Galwell foi morto nesta cidade, diante de todos. Se quem quer que esteja com seu noivo o quisesse morto, ele já estaria.

Elowen falou na sequência.

— Com certeza alguém poderia resgatar seu noivo, certo?

Clare notou o momento em que aconteceu. Algo penetrante se encaixou na expressão da rainha. Ela se tornara uma monarca inteligente, não era mais a noiva de coração partido.

— Verdade — respondeu ela. — Sim, acho que *um herói* poderia resgatar meu Hugh. Ou vários. Três, talvez.

Um silêncio caiu sobre a sala, exceto por um dos membros da guarda da rainha, que tossiu.

— Se ao menos houvesse algum por perto… — continuou Thessia.

Clare quase riu. Não achou que a rainha pretendia manipular os três. Chegava a ser cômica a perfeição com que, mesmo em meio a seu pânico, conseguira direcionar os novos convidados exatamente aonde precisava.

Quase no mesmo instante, porém, instalou-se um mal-estar. A rainha precisava de heróis. Quem ela tinha eram… eles.

Galwell não hesitaria, Clare se repreendeu com firmeza. Espectros sabiam que Galwell não *havia* hesitado. Quando a Ordem Fraternal sequestrou a própria Thessia, Galwell saiu de Reina no dia seguinte atrás dela.

No entanto, cada passo e noite turbulenta da viagem deles naquela semana o forçaram a lembrar que ele *não* era Galwell. A mera "aventura na estrada" que ele estava conduzindo estava correndo de maneira desastrosa. Queria mesmo a vida de um homem que, diga-se de passagem, era amado por uma de suas amigas mais queridas em suas mãos estabanadas?

Não importa, concluiu por fim. Recusar significaria que ele não era nada além da fraude heroica que temia ser todos os dias.

— Nós vamos salvá-lo — afirmou ele, sem desperdiçar mais um momento para não perder a coragem — Claro que vamos.

— Nós *quem*? — interveio Beatrice.

— *Nós* com certeza não vamos — declarou Elowen, suas vozes se cruzando.

Clare reuniu coragem. Seu primeiro desafio, ao que parecia, seria aplacar as prováveis companheiras de jornada.

— Sabe — arriscou ele —, vocês duas brigam o tempo todo, mas na verdade concordam na maioria das coisas.

— Não, não concordamos.

— Não concordamos, não!

Clare sentiu uma dor de cabeça se formar. E não era apenas pelo cansaço da estrada. O dilema de suas companheiras não se resolveria com facilidade. Relutante, ele se voltou à rainha.

— Um momento — pediu ele. — Se me permite, majestade — lembrou--se de acrescentar.

Ele que não começaria seus esforços na missão com descortesias reais!

A rainha apenas acenou com impaciência. *Fique à vontade!*, o gesto dizia. Ela voltou ao trono, onde se sentou, contemplando as janelas altas como se buscasse algo que não esperava encontrar.

Ver Thessia tão angustiada fez Clare focar. Ele precisava fazer a coisa certa. Baixou a voz para Elowen e Beatrice.

— Por favor — implorou. — Vocês renegariam a rainha? A vida do amor dela depende de nós.

— Clare. — Elowen o encarou com a mesma seriedade. Ele podia ver que ela não estava respondendo por reles indignação. Era real. — Não somos qualificados para resgatar ninguém — disse. — Hugh teria mais chances se a guarda da rainha fosse salvá-lo.

Ele entendia a lógica frustrante dela, mas se agarrou desesperadamente à chance que sentia se esvaindo com desazo.

— Como pode dizer que não somos qualificados? Enfrentamos o maior mal que este reino já viu — insistiu ele, suplicante.

Clare chegou à conclusão de que *precisava* daquela missão. Não apenas sua amizade com Thessia o obrigava, como ele viera ao casamento na esperança de provar seu valor, tanto a Beatrice como a si mesmo. Ele pretendia alcançar o feito com cortesia nas palavras e gentileza na índole, conquistando o respeito relutante das antigas amigas para dissipar as próprias inseguranças.

Em vez disso, o que ele sentiu vindo à tona naquele momento, como a proa do navio de seu destino saindo da névoa de descontentamento, era sua esperança se multiplicando por cem. *E se eu pudesse liderar minha própria missão?*

Finalmente, ele havia se deparado com a chance de provar que não era uma farsa. Que não era imprestável sem Galwell. Que não era apenas a imitação do homem que desejava ser.

Aquela não era uma chance que ele estava disposto a desperdiçar.

— Sim, enfrentamos a Ordem uma vez — respondeu Beatrice com firmeza. Ele conseguia ouvir a determinação triste na voz dela. — *Dez anos atrás.* Não somos... o que éramos.

Sem oferecer nenhuma oportunidade para que contestasse, ela se voltou, cansada, para a rainha de Mythria, cujo olhar reservado pousou nela.

— Que os Espectros concedam o retorno do futuro rei, majestade — continuou Beatrice. — Podemos, por favor, ser conduzidos aos nossos aposentos? A viagem foi... longa.

A expressão de Thessia desabou. No entanto, Clare sabia que ela não era o tipo de monarca que ordenaria que as antigas amigas se colocassem em perigo. Sem dizer uma palavra, fez um gesto para seus valetes, que acompanharam as mulheres para fora da sala.

Quando eles saíram, Clare se aproximou do trono, onde Thessia fitava vagamente a paisagem. Ele se lembrou dos dias seguintes à morte de Galwell. Clare Grandhart, um famoso e confiante guerreiro, sabia o que via nos olhos dela. A sensação de que cada momento que passava era um esforço para não se despedaçar.

— Thess — murmurou ele com delicadeza —, vamos fazer isso. Vamos salvar Hugh. A palavra de um ladino pode não significar muito, mas você tem a minha.

Thessia o observou. Exaustão, medo e determinação competiam no semblante dela.

— Como você planeja convencer as duas? — perguntou a jovem rainha por fim, apontando na direção da porta por onde Elowen e Beatrice saíram.

Ele não sabia. Galwell saberia, óbvio. Clare estava aprendendo a lidar com não ter tudo que o outro homem possuía. Planos, intuição, firmeza.

O que ele tinha era esperança.

— Não se preocupe — prometeu ele. — Você precisa apenas se incomodar com as preparações do casamento. Vai se casar ainda esta semana, eu garanto.

16

Beatrice

Por fim, com muita alegria, Beatrice estava na banheira.

Ela fechou os olhos, aproveitando o abraço caloroso do lugar onde encontrava a maior paz. Seu santuário, onde as feridas do mundo se dissolviam sob a espuma de sabão na água perfeita.

Ela precisava do conforto, depois de toda a situação desagradável que deixara na sala do trono. Clare se fazendo de herói, inflando-se com mais grandiosidade, já era um incômodo suficiente. No entanto, Beatrice fora obrigada a ver a luz se esvair dos olhos de Thessia quando se recusou a ajudar sua rainha.

Contudo, havia feito a escolha certa. Quem era ela para tentar salvar alguém?

A resposta àquela pergunta a deixou ali, afogando as mágoas na banheira. Ela deslizou pela curva suave da porcelana, mergulhando ainda mais nas bolhas.

Longe de ser uma principiante no que dizia respeito a banhos, Beatrice ficou impressionada com a despensa considerável de produtos para os hóspedes da rainha usarem na banheira, embora não fosse nenhuma surpresa. Se Beatrice fosse rainha, os deleites do banho seriam seu maior prazer real.

Suas escolhas não pareceriam tão diferentes das da rainha, a julgar pela fartura de sabonetes, aromas e decorações que a aguardavam. Era como se outra pessoa tivesse feito compras *para* Beatrice, levando o estoque inteiro de sua barraca favorita de Elgin. De torneiras de metal era possível deixar cair óleos Vesper perfumados sobre a água; ela havia escolhido o aroma de bolo de creme, dando à água o cheiro açucarado de doces com cobertura.

Na sequência, pegou as velas encantadas que cercavam a banheira de porcelana. Não precisavam de fósforos; bastava passar a mão perto delas para que se acendessem. Como esperado, a magia começou a funcionar. Em vez de simples fumaça perfumada, as velas soltavam uma névoa cintilante que formava uma imagem do idílico pôr do sol mythriano nas paredes simples do banheiro.

No entanto, nem velas encantadas nem óleos Vesper foram a joia da coroa da experiência de banho real de Beatrice.

No pote largo ao lado da banheira, ela encontrou Bulbos de Banho.

Beatrice adorava Bulbos de Banho. No seu aniversário de 28 anos, ela não pedira nada além de Bulbos de Banho. Em vez disso, recebera de Robert de Noughton um retrato dele. Não tinha mais importância, não naquele momento em que a casa de banho real lhe oferecia todas as variedades dos orbes calcários que ela poderia imaginar. Cada um prometia prazeres sensoriais incontáveis da combinação de magia manual misturada à composição criativa de ingredientes.

Beatrice se deliciou em ponderar sobre a escolha até, enfim… sim, nenhum poderia superar a opção cintilante cor de lavanda. Sua decisão foi recompensada quando ela deixou o orbe cair. Não apenas a água adquiriu o mais lindo tom calmante de roxo, como o Bulbo de Banho soltava faíscas a cada montinho espumoso de sabão, que emitiam um som agradável de efervescência quando tocavam seu rosto.

Era a perfeição.

Na temperatura maravilhosa de tão escaldante, aliviando a dor nos músculos da viagem de carroça e da caminhada até Reina, Beatrice abriu a primeira página do romance que havia trazido da biblioteca do palácio.

Como conquistar o Rei Feiticeiro, dizia a capa do volume grosso. Ela elogiou o gosto literário da rainha Thessia.

Longe de considerar missões, longe de pesadelos, longe do olhar complicado de Clare, Beatrice planejava se recompensar pelos rigores da viagem. Leria na água morna até a heroína ser possuída pelo promissor Rei Feiticeiro.

Dentro das páginas e da água com aroma de bolo, seus problemas enfim começaram a desaparecer. A generosa autora gastou poucos capítulos para chegar à parte boa. Beatrice estava ficando confortável, os músculos relaxando, o estresse passando…

Até que a porta se abriu.

E por ela entrou Clare Grandhart, fazendo a névoa do pôr do sol se dissipar em fios de nada atrás dele.

Ela gritou de espanto, cobrindo-se depressa com espuma para esconder os seios. Clare, aquele maldito, a observou, algo visceral nublando seu olhar quando a espuma terminou de cobrir o busto dela.

— Saia! — exclamou ela, pensando que certas heroínas tinham toda a sorte do mundo. Tinham charmosos Reis Feiticeiros. Para ela, foi *Clare* que sobrou.

— Sinto muito, não posso — respondeu Clare. — Na verdade, sinto muito coisa nenhuma. Outra mentira. Mil perdões — continuou, com uma postura que de arrependida não tinha nada.

Perto da banheira estava uma banqueta onde se podia sentar para amarrar o sapato. Clare puxou o móvel, sentando-se à vontade ao lado dela.

Beatrice ficou horrorizada. Ladino ele era. Burro, não. Ela sabia que Clare entendia muito bem a posição em que a havia colocado. Ela não poderia se retirar sem se levantar, nua por inteiro.

Devia ser por isso que ele estava ali.

— Pensei que você disse que era um cavalheiro — zombou ela. — Caso não saiba, de cavalheiro esse comportamento não tem nada.

Ele abriu um sorriso ladino que ela não testemunhava havia anos. O mais puro encanto devastador, deslizando pelo rosto dele como óleos Vesper na água. O calor que se espalhava por todo o corpo dela não tinha nada a ver com o banho.

— Sua teimosia e mau humor acabaram com meu cavalheirismo. Amanhã me esforçarei mais — prometeu ele, inclinando-se para a frente. — Quando estiver devidamente vestida.

A voz dele não era nada como o óleo de aroma doce. Era áspera, mas incendiava a pele de Beatrice de uma maneira que nenhuma espuma doce jamais faria. Ah, como a voz dele a afetava. Mesmo quando enxergava seu matrimônio com bons olhos, as perguntas educadas de Robert de Noughton sobre se ela queria deitar com ele não faziam nada para despertar seu desejo.

Não como o charme vulgar de Clare, que estava elevando ainda mais sua temperatura. Graças aos Espectros, as bochechas dela já estavam coradas pelo banho.

— Você está aqui… — por mais horrorizada que tentasse parecer, sua fala saiu carregada de desejo — … usando minha vulnerabilidade para me fazer de refém enquanto… o quê, me convence a participar de sua missãozinha ridícula? Ou queria apenas que eu lesse para você? — Beatrice ergueu o romance. — *Como conquistar o Rei Feiticeiro* é bem envolvente, sabe? — informou ela. — Estava quase chegando na parte picante.

Assim que as palavras saíram de seus lábios, ela sentiu como quando derramara vinho tinto em suas pantufas brancas favoritas — *que descansassem em paz*. Havia acabado de flertar com ele?

Sim, concluiu. Ela estava se sentindo ousada e manipuladora. Por que Clare, com suas entradas inesperadas, deveria ter a vantagem? Quanto desejo e lascívia conseguiriam fazer com que *ele* revelasse?

— Admito que é uma opção intrigante — respondeu Clare. Seus olhos diziam que ele estava imaginando como as palavras tórridas soariam na boca dela e, ah, naquele instante ela também estava e... — Talvez eu entre aí com você.

Beatrice ergueu a cabeça, o coração acelerado.

— Para mim, tanto faz. Fique à vontade.

O maxilar dele ficou tenso. Clare ficou em silêncio, observando-a. Um conflito se travava em seus olhos, batalhas que ela assistia dos recantos protegidos do próprio coração. Um homem enfrentando um combate furioso contra o próprio autocontrole.

— Cuidado, Beatrice — advertiu ele por fim. Seu olhar sustentou o dela. — Podemos fingir que não somos nada um para o outro até você parar embaixo de mim em seus lençóis.

Ela não teve escolha a não ser mergulhar a cabeça toda sob a água.

Em vão, alimentou a esperança de que ele tivesse saído quando emergisse, deixando-a sem nada além da névoa crepuscular pairando no ambiente vazio.

Claro que ele não havia saído. Clare continuava ali, embora ela notasse que sua artimanha selvagem fora substituída por ruminação. Ele havia acabado de passar as mãos no cabelo, desgrenhando as mechas cor de sol. A impaciência crescia dentro de Beatrice. *Ele já ultrapassou o limite de minha hospitalidade*, pensou.

— Não vou em sua missão — disse ela, esperando que a recusa o fizesse ir embora.

— Mencionei a missão?

Ele estava se fazendo de inocente. Não combinava com ele, na opinião de Beatrice.

— Veio aqui para se reconciliar comigo? — continuou ela, com rancor. — A esta altura? Depois do que fizemos um com o outro? Se for esse seu objetivo, você terá mais sorte na missão.

Beatrice aproveitou a oportunidade para evocar a dor deles, convidando as lembranças para dentro do ambiente. Que mal havia em mais convidados indesejados e inevitáveis? A mágoa a envolveu como a água escaldante de banho, desviando a atenção de outras feridas mais intensas.

Mas Clare não enfrentou suas palavras cortantes.

O desconcertante foi que a expressão dele ficou séria.

— Como você sabia quais pedras abriam a passagem secreta? — perguntou ele.

Naquele momento, sua voz não era áspera. Era tensa, como se sua garganta estivesse contraída por um frio incomum. A missão dos Quatro os levara às montanhas do Extremo Norte, onde eles foram alertados sobre cobras-de-neve que sufocavam as presas em abraços de gelo. Clare falava como se tivesse uma enrolada ao redor do pescoço.

— Apenas lembrei — disse ela, sem entender a mudança de assunto.

Clare voltou o olhar carregado para ela.

— Com que frequência você se *lembra* delas? — A voz dele era baixa, como ela nunca tinha ouvido. — Com que frequência você volta a... àquele dia dentro de sua magia?

Beatrice olhou para trás dele, na direção da porta. Ela não conseguia encarar os olhos de Clare, que a sondavam de maneira incrivelmente gentil. Em vez disso, se concentrou na água escaldante, no ardor purificante da dor. Fazia sua honestidade sair mais fácil.

— Toda noite — confessou ela.

Pelo canto do olho, viu a revelação o atingir, o corpo dele se enfraquecendo com a confissão como um soco na barriga. Ela pouco se importou. Não sentia nada. Não sentir nada era a única forma de não sentir *tudo*.

— Você não pode continuar vivendo no passado, amor — respondeu ele. — Mesmo com seus poderes.

Amor. Era a linguagem vulgar de afeto. Como "sacar", era o som da voz mais sincera de Clare. Seu verdadeiro eu.

Dava raiva. A delicadeza, as palavras de carinho, o *cuidado*. Como ele poderia fingir se importar? Ele não entendia nada da culpa dela. Nada de como, ao fixar-se em sua pior lembrança, Beatrice encontrara a única forma de não mergulhar na escuridão.

— Você *me* acusa de viver no passado? — retrucou em retaliação. — É você quem vive como um herói por feitos de uma década atrás. Eu *tentei* seguir em frente. Casei. Construí uma vida. E para quê? Tudo veio abaixo. — Ela mergulhou ainda mais na água. — O passado é tudo que tenho. É tudo que *nós* temos.

Clare se ajeitou no assento.

— Se formos nesta missão, não vai ser — argumentou ele.

Ele não entendia. Não *a* entendia.

— Terminamos aqui, Clare. Nunca nem começamos, aliás — declarou ela.

Ele balançou a cabeça.

— Não estou falando de *nós*, mas podemos ter essa conversa, se quiser.

Aproveitando a distração, ela aceitou o peso do assunto.

— O que há para dizer? Você dormiu com alguém no dia do funeral e tinha todo o direito de fazer isso. Não estávamos juntos. Você deixou isso bem claro naquela primeira manhã em que saiu de fininho da minha cama.

Repetir o que ele fizera, como fora magoada, quase tirou seu fôlego. Ao contrário das lembranças de Galwell, o dia do funeral foi um que ela nunca revisitou, então seu caráter novo tornava a dor cortante, como uma espada recém-saída da forja do armeiro.

Beatrice havia ficado arrasada quando descobriu que Clare buscara consolo nos braços de outra na noite do funeral. Como a descartara quando mais precisava dele.

Ao lado dela naquele momento, ele fechou o semblante. A emoção nele, substituindo o charme cintilante, nunca deixaria de surpreendê-la. Com a cara fechada, ele parecia um espectro sinistro usando o rosto de Clare Grandhart.

— Sei dos meus erros — respondeu ele. — Penso neles todos os dias da minha vida. E os seus? — Ele hesitou. Sua voz era mordaz, cheia de dor e ódio. — Você tentou se sacrificar.

Ela bufou com uma resistência irresponsável.

— Até parece que você se importaria se eu tivesse conseguido — desafiou-o, trazendo seu maior medo para dentro do cômodo como uma arma pronta para matar.

Clare se levantou, furioso. Antes que pudesse reagir, ele estava debruçado sobre a banheira, as mãos apertando a borda de porcelana, os dedos brancos. Com o coração acelerado, ela encarou o olhar dele. Afrontando-o.

Com os olhos fixos nos dela, ele mergulhou a mão na água.

Quando os dedos dele roçaram sua coxa, ela perdeu o ar. O toque dele continuou a subir até encontrar sua mão. A mão de Clare a apertou com urgência.

— Use sua magia em mim — insistiu ele, sem ligar para a manga da camisa molhada. — Veja o pior momento da minha vida.

— Eu… — Ela abaixou os olhos. — Já vi a morte de Galwell vezes demais.

— Um dia terrível — entoou Clare. — Mas não é o que você vai encontrar.

Com ou sem a água quente, calafrios se espalharam por sua pele. Beatrice não tinha como se enganar sobre o que ele queria dizer. Mesmo assim, bufou de novo, determinada a rejeitar cada demonstração de carinho que ele tentava fazer.

— Você se refere ao dia em que dormiu com outra mulher? — respondeu ela. — Ou ao dia em que os tabloides escribais publicaram a fofoca e eu descobri?

Ele não vacilou diante da evocação do que havia feito. Talvez tivesse mesmo confrontado os próprios erros.

— Ela foi… irrelevante — disse Clare sobre a parceira. Sem dúvida notando a reprovação dela, continuou: — Sim, sim. Pode me chamar de canalha por não ter me importado com ela. Espectros sabem que mereço a descrição. Mas não dormi com ela para magoar você.

— Por que dormiu, então?

Ela odiava o desespero na própria voz. Prova de que a pergunta vinha queimando dentro dela por dez anos.

Clare encontrou os olhos dela, e não havia nada de cortante em seu olhar. Apenas delicadeza e pesar.

— Quando você me beijou antes da batalha, pensei… — Ele engoliu em seco. — Pensei que significava algo. Pensei que era uma promessa de que, depois que vencêssemos, eu e você enfim ficaríamos juntos.

Beatrice sentiu um frio repentino na água quente. Nunca se permitira reviver aquele beijo, embora mesmo sem a magia conseguisse recordar cada detalhe. Ela o afastara dos outros, arrumara uma briga boba por nada, só como uma desculpa para tê-lo para si, e então puxara seus lábios para os dela no meio da discussão.

Ele havia retribuído o beijo, as mãos envolvendo seu rosto como se ela fosse algo precioso. O beijo foi… tudo que fantasiara, e olha que ela fantasiara muito. Foi avassalador, confundindo seus sentidos. Ele tinha o cheiro do céu da noite. Gosto de música.

Quando ela se afastara, Clare a encarou, a expressão assombrada enquanto ela regressava aos outros. Isso tinha lhe dado a força de que precisava para entrar na batalha. Ela se sacrificaria sabendo que havia dado um último beijo em Clare Grandhart.

— Eu estava errado. Não foi um beijo de promessa. Foi um beijo de despedida — continuou ele, mais baixo. — O pior momento da minha vida foi o funeral, quando descobri o que você havia tentado fazer.

Fora Elowen, com a indiferença dos feridos, furiosa pela briga delas, quem contou para ele.

— Entendi então que nunca tivemos nada — prosseguiu Clare. — Eu tinha sido um tolo por querer algo que você nunca nem havia considerado. Você não estava imaginando nosso futuro. Estava fazendo o contrário, imaginando o futuro que nunca pensou em ter. Entendi que... precisava superar você. — Ele baixou os olhos. — Fiquei bêbado. E por alguns minutos usei outra pessoa para me convencer de que poderia.

A fúria dela tremulou. Ele a havia magoado tanto que ela mal conseguia considerar dar ouvidos a Clare. No entanto... ele não estava de todo errado. Beatrice não fizera nenhuma promessa a ele, porque pretendia morrer. Rejeitara a ideia de um futuro com ele da forma mais profunda possível. Com a revelação de Elowen no funeral, ele soube.

Furiosa, lembrou como havia se sentido quando descobriu. Mesmo que não devessem nada um ao outro, promessas quebradas não eram a única maneira de machucar alguém, eram? Em vez de ficar com ela, fazendo com que Beatrice sentisse que estava feliz por ela ainda estar viva, ele correra na direção oposta. Como ele poderia não entender a profundidade de sua mágoa?

— Você deveria ter ficado — disse ela.

— *Eu* deveria ter ficado? — repetiu Clare, incrédulo. — Você quase partiu para sempre. Por que se importaria que dormi com outra pessoa? Se você tivesse conseguido, teria me condenado a mulheres que não eram você pelo resto da minha vida.

Como ele ousa, Beatrice ferveu de raiva. Enquanto ela sofria nos labirintos da memória, a soberba dele lhe havia trazido fama e conforto. Como ousava fingir que ela o tinha *condenado* a alguma coisa?

— Bom, não consegui — retrucou ela. — E cada panfleto de fofocas que vi ao longo dos anos mostrou com quantas outras mulheres você *sofreu*.

— Você estava casada! — gritou Clare.

Eles se encararam, peitos arfando de raiva. Ela não tinha mais nada a dizer. Nenhum deles tinha. Disseram tudo. Não daria em nada. O passado passou.

Ele soltou a mão dela, percebendo que ela não usaria sua magia. Recuando, Clare voltou ao banquinho. Beatrice percebeu que ele parecia esvaziado. Resoluto em sua exaustão, água encharcando o restante da camisa.

— Essa missão não é sobre nós — disse ele por fim. — Não é por isso que você deveria participar. Você revive a morte de Galwell todos os dias como se existisse uma forma de salvá-lo. Não existe.

Ela começou a intervir, lembrando-o de que ninguém em Mythria sabia tão bem quanto ela que não havia como proteger Galwell...

— Mas existe uma forma de salvar Hugh — continuou Clare.

O argumento a silenciou. Ela não fez nada além de baixar os olhos, onde, no tom opaco de lavanda da água, encontrou os próprios olhos atormentados a encarando.

— Entendo o que você passou — explicou ele. — Eu... também vaguei pelo mesmo labirinto sombrio.

Ela se ajeitou, sem entender bem o que ele queria dizer. Com o movimento, seu reflexo reverberou, seus traços na água cor de lavanda desaparecendo em formas trêmulas de cor. Ele não parecia se referir a Galwell, pelo tom confessional inesperado de sua voz. Beatrice quis saber o significado de suas palavras. No entanto, não quis parecer curiosa, por isso não questionou.

Notando a incompreensão silenciosa dela ou apenas perdido na própria lembrança, Clare continuou.

— Perdi todos os amigos que tinha nas minas Grimauld — disse ele. — Mortes horríveis, inimagináveis. Galwell me contratou para ser seu guia porque fui o único sobrevivente. — Ele suspirou. — Você sabe como é ter a honra de ser o único a sobreviver quando os outros não resistiram.

Beatrice sabia que ele perdera os amigos nas minas, mas nunca havia considerado como Clare lidara com a própria culpa de sobrevivente. *É estranho*, pensou, *como é possível conhecer alguém, até começar a gostar da pessoa, sem entender bem as cicatrizes fechadas que ela carrega do passado*.

Ela sentiu uma vontade súbita de chorar. Dar-se conta de que Clare entendia seu sofrimento... Era a pior condenação ou o maior alívio? Não sabia.

— Galwell me ofereceu tostões suficientes para me deixar rico — revelou ele. — E eu... não me importei tanto. Tostões não podiam pagar o que eu queria: vingança.

Ela precisou olhá-lo naquele momento.

— Não aceitei o serviço de Galwell pelo dinheiro, ou porque estivesse entediado. — O olhar dele se fixou no dela. — Aceitei porque precisava arrancar membro por membro dos araneídeos. Pouco me importava se eu sobrevivesse. Na verdade — confessou ele —, pensava que não sobreviveria.

O coração dela acelerou.

— Mas sobreviveu — sussurrou Beatrice.

— Sim — respondeu Clare. — Depois que conheci você.

Maldições podiam soar como poesia, ela se lembrou. *A perdição, como um convite*. Ela se forçou a rir.

— Até parece — zombou. — Não pense que vou cair nessa. Você não tinha a menor intenção de me ver de novo. Você mesmo disse — evocou ela, recordando o confronto com os fora da lei na floresta.

Clare permaneceu imperturbável.

— Admito — disse ele com calma —, era de praxe não me demorar com mulheres que me convidavam para a cama. Não conseguia. Estava...

perdido demais. Estava perdido quando conheci você também, Beatrice. Pensei que morreria no dia seguinte. Mas não morri. E... continuei vivendo.

Beatrice não conseguia responder. Não quando suas palavras revelaram que ela havia feito com ele o mesmo que Clare havia feito com ela. Beijos trocados na véspera da destruição. Ele dormira com ela, pensando que os araneídeos o eviscerariam. Ela o beijara, planejando se sacrificar pelo reino.

Que direito Clare tem de se ressentir?, a mente dela teimou em questionar. Mas Beatrice sabia que ele tinha muitos. Para além dos autossacrifícios, as situações eram de todo diferentes. Clare não tinha ninguém além de aventuras de uma única noite quando havia buscado se vingar do araneídeos. Ela tinha... amigos. Uma família. Amigos que eram uma família.

Tinha Clare.

Continuei vivendo, sua mente implacável repetiu as palavras dele. Seu coração fizera com que viver mais parecesse uma punição. Como ele fizera o sentimento soar como um anúncio da vitória?

— Com Galwell, com Elowen... com você, voltei a mim — continuou Clare. — Não consegui salvar os amigos que já havia perdido. Mas podia fazer todo o possível para ajudar a salvar aqueles que estava começando a amar.

As palavras a assustaram. Ela estava acostumada com a dor, a culpa. Eram suas companheiras constantes, junto às lembranças que ela nunca poderia esquecer.

O que Clare estava lhe oferecendo era algo muito mais perigoso. *Esperança*. Esperança de que ela poderia enfim se recuperar. Enfim seguir em frente.

— E se eu fracassar de novo? — Sua voz era baixa.

— Você vai voltar para casa e continuar a viver como está — respondeu ele. — Não é essa a pergunta que você deveria estar fazendo, e sabe disso.

Beatrice odiava como as palavras dele eram lógicas, como eram profundas. *Clare Grandhart? Profundo?* Ela desejou que pudessem fazer piada sobre o assunto. Tudo que ela conseguia fazer, porém, era confrontar o sentido do que ele estava dizendo. Ela não sabia se conseguiria lidar com a responsabilidade da vida de um homem de novo, mas sabia que precisava mudar. E se... *e se ela conseguisse?*

Será que Beatrice poderia enfim fechar os olhos sem se atormentar com lembranças de Galwell?

Até mesmo considerar aquela ideia exigia toda partícula de força dentro de si. Exigia forçar músculos que ela deixara desabar de exaustão.

Beatrice mal reconheceu a centelha de combate que sentiu neles. Algo, algum impulso imprudente, fazendo força. Imaginando o que ela poderia fazer em vez de se arrepender do que havia feito.

Era aterrorizante. Mas ela sabia que não podia renunciar à possibilidade. Se a maldita missão improvável de Clare tivesse a menor chance de lhe trazer paz, Beatrice iria. Embora jamais tivesse como equilibrar a balança da vida, restaurando o que destruíra, se tivesse a chance de tornar o peso mais suportável, precisaria correr atrás dela.

Decidida, se levantou, expondo a pele ao ar frio e ao olhar de Clare. Cada centímetro dela.

Ela precisava ter vantagem sobre ele para tolerar as palavras seguintes.

— Você está certo — admitiu ela, pegando o roupão ao lado.

Ao ver Beatrice em toda sua glória, Clare ficou atordoado. Seu queixo caiu.

— Sobre quais... — seus olhos percorreram a nudez dela —... quais partes?

— Tudo — respondeu ela.

Ela se envolveu no roupão. Ele levantou o olhar para o dela.

— Eu topo. Vou salvar Hugh. Ou tentar — disse Beatrice. — E esta missão *não* é sobre nós.

17

Elowen

— ão posso participar de mais uma missão — afirmou Elowen, andando de um lado para o outro de seus aposentos.
— *Hein?*

Lettice, sua curandeira vitalista, atendera à conjuração surpresa dos próprios aposentos, ao que parecia. Ela tinha bobes no cabelo e uma máscara de tratamento no rosto, e estava usando uma daquelas camisolas floridas longas que a mãe de Elowen sempre usava. Mal havia anoitecido, o que poderia parecer estranho para os outros. Para Elowen, não. Ela passara boa parte de seu tempo nas árvores se preparando para dormir, então compreendia a importância de se dedicar a um longo ritual antes de deitar.

— Clare tomou a liberdade de nos oferecer para uma missão de resgate — continuou Elowen. — Quer que encontremos o noivo de Thessia.

Lettice pegou um par de óculos e os colocou no rosto, borrando a lente com óleo facial rosa.

— Sir Hugh está *desaparecido*?

Normalmente, aborreceria Elowen ter que explicar. Reina já havia entrado em luto. A notícia do sequestro de Hugh com certeza chegara ao restante de Mythria. Se os conjuradores já não estivessem colocando ilustrações de Hugh ao lado dos retratos amorosos de Galwell enquanto os escribas redigiam matérias sobre a trágica vida amorosa de Thessia, sem dúvida o fariam dentro da próxima hora. Mas nada na vida dela estava normal no momento. Elowen não conseguiu lembrar de ficar irritada com o desconhecimento de Lettice.

Então explicou a situação, observando enquanto Lettice passava da confusão ao choque ao fascínio. Elowen gostava de como sua curandeira vitalista era transparente com as próprias emoções. Era uma das principais razões pelas quais ela continuava com as consultas. Embora não pudesse sentir com sua magia as emoções de Lettice por meio da conjuração, num nível humano, nunca sentia que Lettice dizia uma coisa com as palavras enquanto sentia outra. Por isso, Elowen deu valor quando Lettice validou seus sentimentos, acenando com a cabeça enquanto dizia:

— É um momento importante. Fico feliz por ter me conjurado.

— Desculpa por ser tão em cima da hora — respondeu Elowen.

Ela estava tão envolvida nos próprios pensamentos que não pensou se suas ações eram convenientes ou não.

— Falei há muito tempo para ficar à vontade para entrar em contato comigo quando quisesse. Fico muito feliz que enfim tenha aceitado a oferta. E por um bom motivo. Sua… amiga está com você?

Na última vez que Elowen e Lettice se falaram, Vandra estava lá. Elowen não sabia onde Vandra estava naquele exato momento. Mas tinha certeza de que Vandra sabia se virar. Não havia perdido nenhum talento nos dez anos desde que Elowen a vira em ação, pelo contrário, estava ainda mais habilidosa com armas. Ela era mesmo a melhor assassina do reino, apesar de não estar mais na ativa. Mesmo assim, Elowen se preocupava. Aquele era o problema de voltar a conviver com pessoas. Não apenas você aprendia seus hábitos — por exemplo, a incapacidade de Vandra de fazer uma refeição que não contivesse algo picante e doce, ou a propensão dela a fazer carinho em peregrinos da mata selvagens para ver se conseguia acariciá-los sem ser mordida —, como desenvolvia preocupações por elas. Era justamente aquilo que Elowen não queria que acontecesse naquela viagem. Não queria que seu coração se expandisse mais.

— Ela está ocupada — disse Elowen. — Está sendo uma semana terrível. Sofri inúmeras indignidades desde que saí de casa. — Pela primeira vez, ela se abriu com relação a tudo, desde a dor de descobrir por que Beatrice lhe dissera tanto tempo antes que elas não eram amigas até a confusão da situação com Vandra. — Nada correu bem. É impossível pensar que tenho estrutura para uma missão. Sou feita para ficar sozinha nas árvores onde ninguém pode me magoar. — Como Lettice não respondeu de imediato, Elowen voltou a erguer as defesas de sempre. — Que foi? — disparou. — Minha semana não parece horrível para você?

— Parece, sim, difícil — confirmou Lettice. — Só estava pensando como você tem sido corajosa.

Elowen bufou.

— Não sou corajosa. Sou infeliz. Você está me confundindo com outra pessoa. Galwell, imagino.

— Elowen — sussurrou Lettice com uma delicadeza imerecida. — Sei que cresceu à sombra de seu irmão, mas você é uma heroína por mérito próprio. Não tenho dúvida de que conseguiria fazer parte de mais uma missão. Isso não quer dizer que deva. Só queria destacar que você conquistou muito em um período curto. Muito tempo atrás, você me disse que não achava que poderia morar sozinha nas árvores para sempre, mas não encontrava forças para sair delas. Mas saiu. E não tem sido perfeito, mas é, *sim*, corajoso seguir em frente como você está seguindo.

— E se eu não quiser ser corajosa? — perguntou Elowen.

— Bom, nesse caso, existe alguma coisa que não deixaria você infeliz? Talvez não participe da missão, mas talvez possa fazer algo divertido? Existe algum lugar na terra do qual você tenha sentido muita falta?

Uma imagem ganhou vida na mente de Elowen: a Agulha. Uma taberna fundada décadas antes por um casal queer que queria um lugar aconchegante perto de Reina. As paredes eram cobertas por tricôs e outros artesanatos bregas, e os bancos de madeira eram todos rabiscados com declarações de amor escritas no calor do momento. Era o tipo de lugar que parecia um segredo, mesmo que, no final da noite, costumasse estar lotado. Havia uma energia de comunidade e segurança ali, cultivada com carinho, que tornava a Agulha especial. Quando era mais jovem, Elowen gostava de passar os finais de semana no longo balcão de cristarvalho, saboreando uma bebida e observando as pessoas, sentindo as emoções sobre a noite delas, às vezes tendo a sorte de encontrar uma mulher que quisesse o mesmo que ela. Era sempre um ambiente acolhedor e reconfortante, um raro lugar onde a magia vital de Elowen parecia um presente em vez de uma maldição.

— Há um lugar perto — murmurou ela. — Uma taberna.

A expressão de Lettice se iluminou.

— Perfeito! E se você for e pedir uma bebida?

— Só uma? — perguntou Elowen, cética.

— Só uma — confirmou Lettice. — E, se não for agradável, você vai poder se orgulhar em saber que tentou fazer algo por diversão, e não porque se sentia obrigada.

Depois de mais algumas idas e vindas, Elowen topou, ao menos para não ter que continuar andando de um lado para o outro de seus aposentos. Ela já estava começando a ficar com uma dor do lado do corpo.

Quando entrou pela porta pintada da Agulha, ainda no mesmo tom de lavanda de dez anos antes, Elowen piscou três vezes, confirmando que não era uma conjuração do passado. Estava tudo igualzinho, até o lugar no canto dos fundos à direita que ela amava ficar estava desocupado como se estivesse reservado para ela. Sentou-se e pediu uma gasosa de menta-vivaz como nos velhos tempos. Seu coração doía quase tanto quanto acelerava, um conflito entre ansiedade e familiaridade sendo travado dentro dela. Era apenas uma bebida.

Ela conseguia dar conta de uma única bebida.

Desde que voltou ao público, Elowen havia se acostumado aos olhares. Não que algum dia fosse se habituar à pressão avassaladora da atenção, mas ao menos era previsível. As pessoas costumavam ficar deslumbradas e um pouco confusas — seria mesmo a misteriosa Elowen Fiel? Ela sentia a atenção naquele momento, mas, naquela taberna, não era confusão. Era... algo mais. Elowen não conseguia decifrar o que era, mas a enchia com adrenalina.

— Oi — chamou uma mulher.

Quando Elowen ergueu os olhos, a mulher acenou para ela. Elowen olhou ao redor, perplexa. A mulher sorriu como se estivesse vendo exatamente quem queria ver.

Elowen corou de nervosismo, calor se espalhando pelas bochechas e pescoço.

— Posso lhe pagar uma bebida? — perguntou a mulher.

Uma fã dos Quatro, muito provável.

Elowen ergueu a gasosa de menta-vivaz.

— Já tenho uma.

A mulher acenou, entendendo, mas deixou transparecer a decepção.

Elowen voltou a saborear a gasosa. Mal tinha dado dois goles quando outra mulher tocou em seu ombro.

— Alguém sentado aqui? — indagou ela, apontando para o assento vazio ao lado de Elowen.

— Não que eu saiba — respondeu Elowen. Suas mãos tremiam, mas ela se sentia estranhamente poderosa. Talvez fosse assim que Galwell sentisse sua força incrível. Elowen tinha tanta energia dentro de si que parecia ser capaz de também levantar carroças pesadas ou movimentar pedregulhos gigantescos. — Se bem que não faltam lugares vagos por toda a taberna.

Ela apontou para todos os lugares que ainda estavam desocupados.

A mulher franziu a testa.

— Queria esse. — Ela apoiou as mãos na banqueta ao lado de Elowen e se inclinou para a frente.

— Quer que eu te procure quando acabar? Assim você pode ficar com o lugar — ofertou Elowen.

Talvez a mulher também gostasse dos fundos dos salões, onde tudo era mais silencioso, mais reservado.

A mulher se endireitou, ajustando a blusa para cobrir o decote que havia descido quando ela se inclinara.

— Não se preocupe. Vou encontrar outro lugar.

Quando a segunda mulher se afastou, a taberneira veio à ponta de Elowen do balcão, rindo. Elowen baixou os olhos para ver se tinha pasta bucal no manto ou se havia esquecido de abotoar a blusa.

— Você é Elowen Fiel, certo? — quis saber a mulher, com uma risadinha.

Ela era mais velha do que Elowen, talvez em seus 40 e poucos, e tinha uma voz forte e aveludada. Envergonhada, Elowen fez que sim. Ao menos aquela mulher havia perguntado de forma direta.

— Devo dizer que os retratos não lhe fazem jus. — A taberneira admirou cada parte visível da pele de Elowen, demorando-se em seus lábios antes de voltar a atenção aos olhos.

E, de repente, Elowen entendeu a peça que estava faltando. Conseguiu identificar o sentimento que permeou o espaço quando entrou. As mulheres ao redor estavam com tesão. *Por Elowen.*

Para disfarçar o choque, Elowen virou o restante da gasosa de menta-vivaz de um gole só. Na adolescência, ela conseguia ficar com mais pessoas do que a maioria dos colegas, mas, como odiava falar de seus casinhos com os outros, ninguém sabia. Passou a ser quase uma brincadeira descobrir que outras meninas de sua idade eram sáficas e seduzi-las às escondidas. Encontrar alguém interessada sempre havia sido algo sutil. Olhares prolongados. Elogios bem colocados. Um toque que durava alguns momentos a mais do que deveria. Isso tudo havia sido tanto tempo antes que Elowen não reconhecera de imediato que era o que acontecia ali, no presente, talvez porque partisse do princípio de que, depois de se afastar da sociedade, tinha se tornado a ranzinza amargurada de que todos em Mythria tinham pena. A irmã melancólica do maior herói que o reino já havia conhecido.

Ao terminar a única bebida, Elowen deixou no balcão algumas das últimas moedas que tinha.

— Imagina. — A taberneira empurrou as moedas de volta a Elowen. — Bebidas para você aqui são por conta da casa. Para sempre.

Ela deu uma piscadinha, e Elowen, resistindo à lisonja, pensou mais uma vez em Vandra.

Maldita Vandra. Se ela não fosse como era, tão interessante e única e bela, talvez Elowen interagisse com alguma das interessadas na taberna. Para seu azar, havia apenas uma mulher que sempre estava em sua mente.

Mesmo assim, Elowen saiu da Agulha com uma sensação renovada de... Espectros, aquilo era confiança? Estava tão desacostumada à sensação que não sabia nem se essa era a classificação correta, mas tinha certa leveza em seu passo. E os cantos de sua boca podem ter se erguido no que outros chamavam de sorriso. Lettice tinha razão. Elowen era, *sim*, corajosa. E, ao que parecia, também era atraente.

Para certas pessoas, claro. Pessoas sáficas. Exatamente o público para o qual ela queria ser desejável. E só era atraente sob a luz certa, claro, algo que só se conseguia com pouquíssima frequência. Elowen não entendia por que as pessoas insistiam em pendurar as velas encantadas mais fortes no teto em vez de optar por luzes mais baixas e suaves. A Agulha sabia a importância de uma arandela para criar o clima, e aquele devia ser um dos principais fatores que contribuíram para a atratividade de Elowen naquele espaço.

Ser atraente não importava a Elowen de nenhuma forma significativa, mas ainda parecia algo notável. Pessoas atraentes sempre tinham uma confiança descabida. Sorrindo, Elowen caminhou por Reina enlutada como se tivesse acabado de ser anunciada como a vencedora de um bilhete de dinheiro misterioso de um mago manualista.

Ela se perguntou se era assim que Vandra se sentia o tempo todo. Embora a ex-assassina tivesse motivo para ser confiante. Ela não apenas tinha beleza e personalidade radiantes, como poderia matar você num piscar de olhos.

Elowen voltou a seus aposentos, planejando se jogar na cama e pensar bastante sobre ser desejada pelos outros. Mas, em especial, sobre Vandra.

A mesma Vandra que estava deitada nos lençóis de Elowen, sorrindo.

— Sentiu minha falta? — perguntou Vandra.

Ela estava de lado com as roupas de sempre, uma legging justa e um espartilho magenta por cima de uma blusa preta esvoaçante, com brilhantes botas de cadarço que subiam até os joelhos. Quando jogou o cabelo para trás, longos cachos pretos caíram na cama, soltos e desgrenhados.

Elowen não gritou nem se assustou. Apenas a encarou. Porque tinha, *sim*, sentido falta de ver o rosto de Vandra. Vê-la naquele momento era quase como uma recompensa. Por ser corajosa. E atraente, talvez.

— Sim — admitiu Elowen.

— Sério? — quis saber Vandra, sentando-se.

Era tão difícil tirar uma reação sincera dela. Ser a pessoa que a pegava de surpresa? Era mais do que um prazer. Elowen assentiu.

O que quer que Vandra planejasse dizer, a admissão de Elowen a desestabilizou. Vandra procurou por algo... palavras, ao que parecia. Ela se atrapalhou até enfim dizer:

— A Ordem Fraternal estava por trás do ataque.

O humor de Elowen azedou. Eles haviam derrotado a Ordem Fraternal dez anos antes. O líder deles estava morto havia muito tempo. Como poderiam estar de volta?

— Eles se reconstruíram nos anos desde a morte de Todrick. — Vandra hesitou, ajeitando-se na cama. — Prometi que conseguiria as informações...

— Nunca duvidei de que conseguiria — afirmou Elowen, depressa, mais uma vez admitindo a desonestidade anterior. Limpando a garganta, tentou adotar um tom mais formal. — Por que queriam nos machucar?

— Não consegui tirar mais dos homens que atacaram vocês — respondeu Vandra. — Eles não sabiam muito sobre os planos sinistros em andamento. Eram capangas de quinta categoria. Verdadeiros otários.

As duas riram.

— Desculpa — sussurrou Elowen, recompondo-se.

— Pelo quê? — perguntou Vandra.

— Eu não deveria estar rindo. Não depois de saber disso. E de como deixei as coisas entre nós...

O sorriso no rosto de Vandra caiu.

— Corri para cá para contar o que havia descoberto, com medo de que pudesse ter acontecido algo na minha ausência, mas encontrei você voltando da Agulha com um sorriso no rosto. — Ela falava sem seu bom humor habitual, sua voz era baixa, séria. — Pensei que talvez outra pessoa a tivesse feito sorrir.

Elowen quase perdeu o fôlego ao captar as emoções de Vandra. Ela estava com *ciúme*.

— Outras mulheres deram em cima de mim na taberna — disse Elowen, observando enquanto os músculos de Vandra ficavam tensos a cada palavra. — Elas me desejavam.

Vandra levantou da cama para encontrar Elowen no vão da porta.

— E o que você fez com isso? — indagou, apoiando a mão na moldura e inclinando-se para a frente.

Elowen levou a boca ao ouvido de Vandra.

— Eu as rejeitei — sussurrou ela.

— Por quê? — perguntou Vandra, seu ciúme se misturando a curiosidade e desejo.

Elowen recuou. Os olhos de Vandra, cheios de uma suavidade doce, tinham algo mais intenso que desejo. Ela olhava para Elowen com esperança.

— Porque nenhuma delas era você — murmurou Elowen.

Em resposta, Vandra beijou Elowen. Tudo que havia de tenebroso se dissipou, nuvens se abriram para uma luz milagrosa, o tipo que iluminava até as pontas dos dedos de Elowen. Ela não sentia nenhuma insegurança ou raiva. A urgência do toque partilhado despertou seu lado mais voraz. Era lábios nos lábios e mãos vagando pela pele. Ao tocar nela, Elowen descobriu o quanto do desejo de Vandra estava coberto por ternura. Cuidado.

— Minha querida.

Vandra apertou a nuca de Elowen com uma mão e a bunda dela com a outra, sem nunca ter medo de aplicar o tipo certo de pressão.

Naquele momento, chegava a ser cômico para Elowen que outras mulheres achassem que tinham uma chance. Ninguém nunca poderia se comparar a Vandra Ravenfall.

Os beijos se intensificaram, lentos e prolongados, até não serem mais beijos. Elas estavam encostadas à parede com os narizes se tocando, apenas respirando.

— Oi — sussurrou Elowen.

— Olá — respondeu Vandra. — Fazia tempo.

— Fazia? Sigo sentindo as mesmas coisas com você.

Algo que já não assustava mais Elowen. Talvez fosse a calma que Vandra irradiava e que era absorvida pela magia de Elowen.

— Está dizendo que pensou em mim enquanto estávamos longe? — provocou Vandra. — Todo esse tempo, enquanto esteve sozinha, eu passei por sua cabeça?

— Certos dias, quase não pensei em outra coisa — admitiu Elowen. Poderes mágicos não explicavam a confiança que Elowen sentia. Ela estava segura nos braços de Vandra, e aquela segurança lhe deu coragem. E decidiu: — Vou fazer parte da missão.

— *Missão?* — repetiu Vandra. — Tem algo a ver com o desaparecimento de Hugh? Recebi algumas conjurações sobre o assunto. Eu devia ter imaginado que tentariam envolver você. — Suas emoções mudaram, uma tristeza curiosa atravessando a ternura. Ela envolveu o queixo de Elowen. — Não me diga que planeja partir esta noite.

— É, sim, uma missão para encontrar Hugh. Quem melhor do que os Três? — Elowen percebeu que, embora tivesse a intenção de ser sarcástica, havia mais verdade genuína em suas palavras do que imaginava. Talvez fosse resultado da coragem que acumulou naquela noite, primeiro no bar e depois com o beijo de Vandra. Ela acreditava em si mesma. Mais do que em anos. — Preciso contar a Clare.

— Espere um momento. — Vandra segurou o braço de Elowen com firmeza, deixando que Elowen sentisse toda a sua preocupação e, com o aperto insistente, parecendo querer aquela compreensão. — Como posso ter certeza de que você estará segura?

Elowen sentiu o perigo daquele momento. Não no sentido literal, pois ainda se sentia segura, mas o perigo do que significaria aceitar aquela preocupação. Deixar que Vandra se preocupasse seria deixar que ela tivesse um pedaço do coração de Elowen. Elowen nunca poderia se entregar por inteiro, mas talvez pudesse se entregar um pouco. Talvez houvesse um jeito de se abrir para Vandra sem se machucar.

— Tem razão — disse ela, colocando os braços ao redor da cintura de Vandra. — Se ao menos eu tivesse uma guarda particular para me proteger antes de partir. Uma das melhores de Thessia.

Vandra sorriu de orelha a orelha.

— Decidido. — Ela se dirigiu à poltrona ao lado da cama, onde começou a desamarrar as botas. — Vou descansar aqui, protegendo você.

— Perfeito — afirmou Elowen, com sinceridade. — Vou avisar Clare que participarei da missão. E depois retornarei aos meus aposentos e dormirei confortavelmente, sabendo que estou protegida.

Elowen não fazia ideia do que o dia seguinte lhe reservava, mas, por uma noite, ela tinha tudo de que precisava.

18

Clare

— Nós, os três restantes dos Quatro, aceitamos sua missão — anunciou Clare. — Vamos partir de Reina e resgatar sir Hugh por nossa rainha e por Mythria.

Ele se perguntou se havia alguma maneira de se alistar oficialmente em missões reais. Galwell sempre fora responsável pela logística. Será que havia algum tipo de registro? Senão, como a rainha saberia quem fora enviado a quais missões, e como conferir o progresso? *Não importa*, ele se lembrou.

Ele se contentou em se ajoelhar.

Clare se sentia desajeitado. Mais do que nunca um impostor. Ele se forçou a ignorar a sensação, aceitando a familiaridade dela; se, por um lado, não sabia como agir como um herói nobre, aprendera a lidar com o desconforto nas noites longas nos pisos de masmorras. Ele se lembrou de que alguém tinha que manter o grupo unido.

Não expressou o quanto o simples fato de *haver* um grupo o surpreendia. Reunir os três, depois que as mulheres saíram daquela mesma sala no dia anterior, mais parecia brigar com peregrinos da grama: imprudente, a menos que se quisesse a cabeça arrancada.

Mas fora Elowen que aparecera em seus aposentos no fim da noite anterior, dizendo que havia mudado de ideia e que participaria, sim, da missão. Como era de se imaginar, não ofereceu nenhuma explicação para a nova resolução. Clare se lembrou de quando ela passara semanas reclamando sobre os alimentos da missão, para então anunciar que passara a considerar os pães ázimos que racionavam uma de suas comidas favoritas. Ele, é claro, não questionara.

Tinha notado, porém, o rubor de felicidade que tingia as bochechas dela. Perguntou-se quem seria a responsável.

Beatrice, por sua vez, mal olhara para ele naquela manhã. Ele entendia seu desdém. Encarnara o velho Clare no dia anterior: grosseiro, direto, inflexível. O ladino, não o herói. Prometera a si mesmo e a ela que encarnaria nobreza e galantaria, mas, em vez disso, a confrontou no banho.

Se fosse um homem digno, talvez não a tivesse abandonado depois do funeral. Talvez pudesse ter lidado com a revelação com elegância, cuidado até. Quem sabe amor.

Talvez eles nunca tivessem se magoado como se magoaram.

Clare não tinha como saber. Sabia apenas que falava muito sério quando lhe prometeu que aquela missão era a única esperança para que se curassem.

A rainha olhou para eles tendo recuperado a compostura.

— Reina agradece a nossos nobres heróis por seus esforços destemidos — declarou ela. — Levantem-se.

Nobres heróis? Destemidos? Será que ela não está exagerando um pouco?, perguntou-se Clare. As pessoas só o chamavam de destemido quando estavam sendo irônicas.

Mesmo assim, levantou ao comando da rainha.

Assim que ele se ergueu, Thessia deixou a postura real de lado, afundando os ombros de alívio.

— Ah! Vocês três! Trabalhando juntos! Há dias não consigo descansar, nem mesmo pregar o olho. Na noite passada, com a possibilidade de os maiores heróis de Mythria se aventurarem para salvar Hugh, enfim consegui dormir um pouco. Sei que vocês três vão conseguir trazê-lo de volta. — Thessia riu, andando de um lado para o outro na frente do trono.

Clare sorriu. Reconheceu a reação dela. Sabia como um alívio verdadeiro e profundo podia atingir alguém com um deleite eufórico. Voltara saltitante para casa quando o curandeiro de animais mais sábio de Farmount lhe informara que a tosse nebulosa de Wiglaf tinha cura.

— Vamos ganhar grandes canções depois dessa missão, tenho certeza. — De tanto entusiasmo, a rainha já estava divagando. — "Quatro Enfrentam as Trevas" já é bem conhecida. Não me entenda mal, adoro as composições de sir Noah Noble. Só acho que ele seja meio que um fenômeno de uma ode só, sabe? Enfim — continuou Thessia, animada —, qual é a estratégia? O plano magnífico?

Ninguém falou nada.

Vários momentos se passaram até Clare se dar conta de que a pergunta fora direcionada a ele. O que era lamentável, pois sua mente estava completamente vazia, sem nenhuma nuvem de pensamento, como o verão mythriano.

Suas companheiras se voltaram para ele. Elowen não disfarçou a impaciência. Beatrice não lhe ofereceu nada além do sorriso de escárnio.

— Vá em frente — incitou ela. — Você é nosso líder, afinal, sir Grandhart. Ele sentiu o olhar de Thessia alternar entre eles com expectativa.

— Se me permitem — sugeriu a rainha por fim, com uma delicadeza impressionante. — Não sou nenhuma heroína, mas talvez seja bom falarem com o último homem a ver Hugh, o padrinho dele para nosso casamento.

Clare tirou os olhos de Beatrice, lutando desesperadamente contra a lembrança de como ela estava na noite anterior, nua e molhada. Foi uma das batalhas mais difíceis que já havia enfrentado.

Talvez Thessia devesse liderar a missão, de tão mal que ele estava indo. Sim, Clare tinha certeza de que havia um registro de missões em algum lugar e que seu nome receberia uma marca de demérito ou coisa assim. Talvez uma caveirinha ou uma imagem de cocô de grifo.

— Sim, sim — concordou ele às pressas. — Ele está aqui? As testemunhas serão nosso primeiro recurso.

— Ora, claro — disse a rainha. Clare deu atenção à delicadeza na voz dela. Thessia gesticulou para um guarda, que saiu da sala. Quando voltou ao trono, ela observou o grupo. — Vocês devem estar ansiosos para começar. Como deve ser divertido empreender uma missão juntos de novo! Digam-me que estão entusiasmados. *Eu* estou entusiasmada, e olha que meu noivo está desaparecido. Ele vai ficar tão encantado quando vocês três o resgatarem!

Clare tossiu. Ele não queria ser desonesto com a rainha.

Beatrice respirou fundo.

— Ah, se você tivesse minha magia vital — falou Elowen, sem demonstrar nem um pouco da consciência pesada deles. — A mais pura alegria entusiasmada enche a sala.

— Sim. Com certeza — confirmou Beatrice, sem querer ficar para trás no quesito sarcasmo.

A rainha estreitou os olhos. No entanto, não teve a chance de questionar mais, pois o guarda voltou para a sala. O homem de olhos castanhos que ele escoltava parecia nervoso, até seu olhar pousar nos heróis. A expressão dele se alterou para uma de espanto deslumbrado.

Enfim, Clare se sentiu confiante. Ele conseguiria dar conta daquela parte, conquistar os fãs. Sorrindo como se fossem velhos amigos, deu um tapinha no ombro da testemunha.

— Meu bom senhor — disse ele, com simpatia. — Como se chama?

— Arthur. Grandes Espectros — respondeu o homem. — É mesmo Clare Grandhart. É ainda mais bonito do que os retratos mostram.

Clare conseguia quase *ouvir* o revirar de olhos de Beatrice. Ele sorriu com naturalidade, acostumado a elogios espontâneos.

— Você me lisonjeia, Arthur — continuou ele. — Soube que é um bom amigo de nosso querido Hugh e estava com ele quando foi sequestrado. Do que se lembra da noite em questão?

A menção ao amigo deixou Arthur sério. Ele se endireitou, a expressão solene.

— Lembro que… homens se juntaram a nosso grupo. Era a noite da despedida de solteiro de Hugh — esclareceu ele. — Mas já estávamos… bem embriagados àquela altura.

Resistindo à esperança esmorecida, Clare olhou nos olhos de Arthur.

— Não há nada que consiga lembrar? — insistiu. — Uma descrição? Quantos eram?

Arthur hesitou.

— Estávamos jogando Espadas Bêbadas — confessou ele. — Sir Hugh é… muito bom em Espadas Bêbadas.

Clare se encolheu, entendendo a importância da revelação. O jogo envolvia andar ao longo de um pátio ou salão com doses de bebida alcoólica nas partes planas das armas, obrigando os oponentes a beberem tudo que conseguissem sem derramar. Fazia sucesso entre os universitários pela oportunidade prazerosa e perigosa de ficar muito bêbado, muito depressa.

Ele estava revirando a mente atrás de novas perguntas quando ouviu Beatrice suspirar. Ela passou por Clare, falando com um ímpeto cortante.

— Arthur, você sabe quem sou, certo?

— Óbvio — respondeu o homem, em êxtase.

Clare sabia que teria reagido da mesma forma. A assertividade era, para ser sincero, sua favorita entre as muitas qualidades maravilhosas de Beatrice. O ressentimento pelas decisões dela nunca o deixariam esquecer como seu coração se acelerava, a vida inteira ganhando foco, sempre que a via agir daquela maneira.

Durante as longas noites da missão de uma década antes, ela havia revelado seu passado para Clare. Mesmo que a própria Beatrice não soubesse, ele sabia o que a origem dela a havia tornado: forte. Quando os Quatro enfrentavam desafios, ela costumava ser a primeira a propor que lutassem, a fazer o que era difícil ou assustador. Ela se oferecia. Era persistente. Era profundamente altruísta.

Ele se assustava com isso às vezes, mas nunca deixava de se maravilhar. Parte dele tinha um desejo desesperado de fazê-la entender o tipo de heroína que era.

Era por isso que, quando se dera conta de que ela se via como nada mais do que um sacrifício, descartável, algo irreparável se partira dentro dele. Era indignante; era um sacrilégio para Clare que Beatrice desse tão pouca importância a uma vida tão incandescente quanto a dela.

A lembrança do último beijo estava gravada dentro dele. Quando ela puxou a discussão na caverna em que acampavam. Quando ela levou os lábios aos seus. Não era um desejo voraz nem um medo precipitado. Era como ela: decidido. Determinado.

Ela o marcara com a maior esperança que já sentira na vida. Até chegarem os dias seguintes. O funeral. A revelação do que ela pretendia. Mesmo que conseguisse perdoá-la, sabia, no fundo, que não conseguiria lidar com o medo. Não sabia como poderia olhar naqueles olhos lindos sem lembrar como o coração dele chegara perto de desabar.

Ele havia cometido um erro, sabia disso. Só não conseguia se imaginar agindo de outra forma.

Quando ela sorriu em resposta à reação de Arthur, ele sentiu um ciúme irracional. Não a vira sorrir sinceramente *nenhuma* vez nos últimos dias em sua companhia.

— Arthur, posso usar minha magia para ver a noite através de seus olhos? — perguntou ela com delicadeza.

A inspiração iluminou o rosto de Arthur.

— Sim! Claro! Tudo por Hugh.

Thessia abriu um sorriso suave com as palavras dele. Seu noivo era um homem muito amado.

O que só aumentava o nervosismo de Clare. De uma forma ou de outra, precisavam encontrar Hugh. Ele observou com apreensão enquanto Beatrice tomava as mãos de Arthur. Invocando a própria magia, ela fechou os olhos, e Clare se viu concentrado por completo no pequeno espaço entre as clavículas dela, mexendo-se devagar conforme sua respiração ficava mais profunda.

Não, ele se repreendeu. O que lembraram um ao outro? Que aquela missão *não era sobre eles*.

Saindo da magia, Beatrice se endireitou, com uma urgência renovada. Ela se dirigiu a Elowen.

— Venha aqui — pediu ela. — Veja isto.

Clare estava pronto para mediar, esperando uma resistência de Elowen ao toque físico de Beatrice. No entanto, o que quer que tivesse corado as bochechas de Elowen parecia persistir, deixando-a com um humor bem agradável (para os padrões de Elowen). Sem reclamar, atravessou a sala e pegou a mão da outra mulher. As duas fecharam os olhos e entraram na magia.

— E então? — perguntou Beatrice depois que se passaram momentos e elas abriram os olhos. — Notou o que notei?

Elowen ajeitou as mangas, afastando-se de Beatrice. Quando acenou com a cabeça, era o retrato da reflexão grave.

— Sim. Os homens que levaram Hugh são os mesmos que nos atacaram em Keralia.

Clare se deu conta do que a revelação significava.

— Temos uma pista! — exclamou ele.

Elowen franziu a testa, e deu para ver que não era uma mera Elowenzice piorando seu humor. Clare percebeu que a conexão com o ataque em Keralia não parecia a ela uma mera coincidência.

— Que foi? — perguntou ele, ressabiado.

Elowen suspirou com relutância.

— Vandra conseguiu averiguar que os homens que nos atacaram eram membros da Ordem Fraternal.

Vandra. A referência despertou o interesse de Clare no mesmo instante. Se contara as descobertas após seguir os agressores, Vandra devia ter falado com Elowen *muito recentemente.* A noite passada foi a única em que Clare não estava com Elowen. O que significava que… Vandra era a razão do humor radiante de Elowen!

Um momento depois, ele se deu conta de que era o único sorrindo.

Ah… verdade, ele caiu em si, o entusiasmo se apagando. Não foram sequestradores quaisquer que levaram Hugh. Foi a Ordem Fraternal.

A rainha havia ficado mortalmente pálida. Não restava nenhum vestígio de seu bom humor.

— Não — murmurou ela. — Não. *Eles* não. — Clare reconheceu a angústia do medo que enrijecia os traços delicados dela. Sabia de que Thessia estava se lembrando, de *quem* estava lembrando. — Hugh, não. Por favor, não.

O restante do grupo, para seu azar, sentia a mesma consternação.

— Não é uma mera missão de resgate — disse Beatrice.

— Não — acrescentou Elowen com gravidade. — Se a Ordem está com Hugh, é para algum plano.

Clare não podia discordar da conclusão de suas companheiras. Primeiro, atacar as duas e, depois, sequestrar o futuro rei no coração de Reina? Não eram atos de membros ressentidos da Ordem Fraternal em busca de uma simples vingança. O que quer que a Ordem estivesse tramando, era real. Era calculado.

O que significava que era muito, muito perigoso.

— Todrick van Thorn morreu — protestou Thessia, a voz vacilante. — Não há nada mais que eles possam fazer.

— Homens desesperados não pensam assim — respondeu Elowen, baixo.

— Se... Eu não... — Beatrice estava se retraindo, sua ferocidade vencida. — Não podemos enfrentá-los de novo.

Vendo suas velhas amigas mais queridas travarem uma batalha com os próprios medos, Clare foi tomado por uma força que nunca sentira. Parte pânico, parte paixão, parte fúria. Ele não estava em completo controle de si quando entrou no meio delas.

— Não, vocês não entendem? *Ninguém* além de nós pode fazer isso — insistiu ele. — Todos nós precisamos enfrentar a Ordem. — Ele olhou nos olhos de Beatrice, lembrando-a da conversa que tiveram. — Para termos paz. — Ele olhou para Elowen. — Por vingança. — Ele se virou para a rainha. — Por Galwell e Hugh.

Ele passou os olhos pelas companheiras, um silêncio acompanhando seu olhar.

— Enfrentamos o maior perigo que a Ordem já representou — lembrou a elas, a voz baixa com autoridade. — E a destruímos. Conseguimos eliminar os restos fragmentados deles. Somos três dos Quatro — completou ele — e, ao provocar nossa vingança, a Ordem selou a própria derrocada.

Ele quase *sentiu* a reverência caindo sobre a sala. Todos pareciam... inspirados.

Clare tinha conseguido. *Ele* tinha feito o discurso perfeito!

Pela primeira vez, Clare sentiu que honrava o legado de Galwell. Enfim, nem que fosse por um momento, ele estava à altura da grandeza que Galwell, por alguma razão, vira nele. *Ele* poderia conduzi-los. Poderia ajudar as amigas.

Poderia até, quem sabe, encontrar o herói que buscava em si mesmo.

Embora não quisesse criar muitas expectativas, começou a imaginar tudo o que os próximos dias poderiam reservar. Eles poderiam enfrentar invasores violentos ou monstros grotescos, algo digno de canções. Contemplou até talvez enfrentar alguém num duelo. Nos tempos da fundação de Mythria, muitos heróis decidiam batalhas inteiras em duelos individuais, o auge do desafio épico.

Elowen ergueu a voz. Embora sua maneira irônica de falar não demonstrasse grande entusiasmo, Clare a conhecia o suficiente para ouvir um vigor renovado na voz dela.

— Eu... talvez conheça alguém que poderia nos levar até a Ordem — anunciou ela. — Alguém que recentemente os seguiu e espionou. Precisaremos adicionar uma quarta pessoa à missão.

O número ressoou um tanto doloroso. Mesmo assim, Elowen continuou, sem esmorecer:

— Vandra.

19

Elowen

speranca coloriu o luto de Reina.

Centenas de cidadãos mythrianos se aglomeraram para ver seus heróis reunidos. Na varanda principal do castelo, Vandra e Thessia ficaram nas sombras enquanto Elowen, Clare e Beatrice permaneciam diante da plateia reverente. Era para ser constrangedor ou agonizante. Por alguma razão, porém, foi tranquilo. Quando Clare pegou a mão de Elowen, ela aceitou. Assim como Beatrice do outro lado. Os três ergueram as mãos dadas para o céu enquanto a multidão diante deles se curvava.

Aquela aglomeração foi planejada como uma celebração do que haviam conseguido dez anos antes, ao derrotar as trevas e conduzir Mythria a uma nova era de prosperidade. Também marcava o aniversário da morte de Galwell. Da renovação de Mythria. E era para ser o maior Festival dos Quatro até então.

Aquele momento, em meio às bandeiras e carruagens alegóricas em sua homenagem, marcava o começo de uma missão inteiramente nova. Elowen não conseguia se concentrar por muito tempo nas emoções da multidão porque seus próprios sentimentos eram muito potentes. Por baixo da tristeza e da insegurança, ela sentia algo muito surpreendente.

Estava orgulhosa.

Elowen não queria a responsabilidade conferida a ela. No entanto, graças a sua curandeira vitalista e à noite que havia passado sendo protegida por Vandra, em seu âmago, Elowen enfim reconheceu que *precisava* disso. O fim da missão deles fora pontuado por reticências e, por dez longos anos, Elowen vivera dentro delas, sempre à espera do que viria depois.

O *depois* era agora, essa busca por Hugh. Havia uma simetria que agradava Elowen. O que quer que acontecesse, ela não seria definida apenas por ter salvado o reino dez anos antes. Talvez fosse definida por não conseguir salvar Hugh ou por ser comida viva por percevejos-picadores. As possibilidades eram infinitas.

Foi por isso que, quando chegaram ao primeiro pernoite da missão nova, a característica falta de glamour do ato de acampar não diminuiu o ânimo de Elowen. Pelo contrário. O céu escuro estava iluminado por uma lua mythriana cheia que projetava um brilho sereno. A grama que crescia onde eles pretendiam montar as barracas para a noite tinha uma aspereza agradável. Esfoliante, quase. Elowen encarava tudo como uma oportunidade. Anos sozinha nas árvores a treinaram para isso. Ela poderia colocar em prática a paciência conquistada a duras penas e a capacidade de tirar o máximo proveito de muito pouco.

O importante, porém, era que ela *não* estava mais sozinha. Por si só, isso já era um grande motivo para entusiasmo. Elowen conseguira fazer com que Vandra entrasse para a equipe de resgate. Elas estavam oficialmente do mesmo lado e, se tudo corresse bem, todos em Mythria, mas sobretudo os pais de Vandra, conheceriam Vandra como a fonte de bondade que ela sempre havia sido.

— Tem alguma preferência sobre onde gostaria que nossa barraca fosse montada? — perguntou Elowen a Vandra.

Ela acreditava que estava falando de maneira *muito* natural. Na realidade, vibrava de expectativa. Na noite anterior, estava cansada, ansiosa por tudo o que havia acontecido. Naquele momento, tinha o tempo e a energia necessários para dedicar toda a sua atenção a Vandra, e estava consumida pela curiosidade de saber se, quando e como se deitariam juntas de novo.

Vandra examinou os arredores. Depois de concordar em participar da missão, buscara seu querido cavalo preto, Matador, que agora se encontrava a alguns passos, pastando. Eles escolheram uma área bastante arborizada, por razões óbvias. Muitas árvores significavam boa proteção. Não os deixava expostos às intempéries ou, pior ainda, a um ataque.

— Um lugar reservado — pediu ela, e o coração de Elowen disparou ainda mais.

Para que mais elas precisariam de privacidade?

Beatrice passou por elas com as mãos no ar, tentando conjurar algo.

— O sinal de feitiço aqui é terrível — anunciou ela em desespero.

Elowen sabia como conseguir um bom sinal de feitiço em áreas arborizadas. Era talvez sua maior especialidade. Seguiu Beatrice para oferecer ajuda, mas, após três passos, percebeu que aquele era o comportamento de amigos, e Beatrice não era sua amiga. Apenas tinham um objetivo em comum, que por acaso era salvar o reino. Era evidente que alguém tinha que fazer isso, e pouquíssimas pessoas tinham a mesma experiência que elas. As questões pessoais não precisavam mais interferir. Ser generosa com Beatrice acabaria impondo mais uma tensão entre elas. Seria mal interpretado de alguma forma.

Voltando-se para Vandra, Elowen reformulou a pergunta.

— Vamos encontrar um lugar bem reservado?

Clare interrompeu, cutucando o ombro de Elowen.

— Esqueci meus óleos faciais noturnos — sussurrou ele.

— Ah, é? — indagou Elowen, confusa.

Vandra soltou um *tsc*.

— Falei para todos conferirem seus alforjes antes de sairmos.

— É um pote muito pequeno — defendeu-se Clare.

Ele se voltou de novo para Elowen, implorando com o olhar.

— Consigo sentir emoções, não ler mentes — lembrou a ele.

Suspirando, Clare se aproximou, erguendo o queixo sob a luz violeta da noite.

— Na minha testa — disse ele, direcionando a atenção de Elowen para sua pele. — Há linhas finas que precisam de tratamento. Você teria algo comparável que eu pudesse usar?

Elowen rejeitara a oportunidade de ajudar Beatrice. Clare não lhe oferecia a mesma escolha. Ao colocar uma mão no ombro dele, sentiu seu desespero sincero.

— Não uso nenhum óleo facial específico. Uso casacos pesados para o sol não me contagiar com alegria alguma.

Clare se virou para ir, a cabeça baixa.

— Você envelheceu bem — disse Elowen atrás dele.

Clare nunca havia sido atraente para ela em particular, mas entendia que ele era um homem bonito da mesma forma que entendia quando uma roupa era de boa qualidade.

As palavras dela o tranquilizaram mais do que ela esperava. Clare deu meia-volta, radiante de alegria. Era bastante possível que Elowen nunca tivesse feito um elogio de verdade a ele antes. Pensou no Clare mais jovem e em como ele tinha medo da própria delicadeza. Naquele momento, ele a demonstrava sem pudor, e o coração de Elowen se apertou pelo homem mais jovem que ele fora e no quanto teria significado para ele receber um elogio da Elowen mais jovem.

Espectros. Elowen tinha mesmo se aberto mais do que nunca. Se não tomasse cuidado, era possível que acabasse chorando por algo como o cair da chuva ou a inocência despretensiosa das flores.

Em vez de perguntar uma terceira vez a Vandra, Elowen pegou a mão dela, guiando-a para as profundezas aconchegantes da floresta.

— Não vão dormir perto? — gritou Clare atrás delas.

— Talvez levantar a voz não seja a melhor estratégia no momento — lembrou Beatrice, ainda irritada com a busca por sinal de feitiço. — Nem se afastar de nós — disse ela, mais para Vandra do que para Elowen.

— Não vamos nos afastar — respondeu Elowen, olhando na direção de Beatrice, sem realmente encará-la. Com o ar sério. Puro profissionalismo.

— Não vamos muito longe — garantiu-lhes Vandra. — Se alguém atacar, vou chegar para resgatar vocês em questão de instantes.

— Ah, não precisa… posso nos proteger… — Clare balançou a cabeça para afastar os pensamentos conflitantes. — Obrigado — concluiu.

— Eu e Vandra só precisamos de um espaço a sós esta noite — explicou Elowen, percebendo posteriormente que já haviam resolvido a questão e que ela não precisava dar mais explicações.

Clare lançou um olhar de compreensão impressionada.

— Fiquem à vontade — disse ele com um sorriso. — Longe de nós impedir que se divirtam.

Thessia providenciara barracas encantadas que exigiam pouco esforço para montar. As duas encontraram um lugar reservado o suficiente ao pé de um cristarvalho, e abriram a pequena engenhoca que continha seu alojamento. Dela saltou o quartinho encantado, de forma bastante literal. As paredes foram encantadas para que não pudessem ser queimadas por chamas, e o chão tinha uma camada muito fina de almofada. Embora fosse modesta e longe de ser considerada confortável, ainda oferecia mais do que se poderia esperar de uma noite de acampamento.

Vandra entrou na barraca e deitou de barriga para baixo.

— Vale mesmo a pena ter uma missão financiada pela rainha. Você teria imaginado tamanha extravagância dez anos atrás?

Elowen entrou depois dela, fechando a porta da barraca atrás de si.

— Lembro de mais de uma noite em que usei gravetos como travesseiro.

Os olhos de Vandra cintilaram.

— Ah, sim. Tantos gravetos. Tão pouco tempo.

Não havia mais dúvida de que as duas estavam pensando na mesma coisa.

Naquele momento, não apenas elas tinham a proteção de um lugar para dormir, mas também a permissão de estarem juntas sem se esconder. Não havia mais nada de furtivo entre elas, exceto as palavras que Elowen queria dizer. Foram roubadas delas, saqueadas por sua própria insegurança.

— Quem imaginaria que um dia estaríamos do mesmo lado — disse ela.

Já era um começo.

Vandra tirou um cacho da bochecha de Elowen, diminuindo o pouco espaço que havia entre elas.

— Você sabe que minha lealdade naquele serviço era apenas ao dinheiro que ganharia, e acabei nem recebendo. Eu não tinha nenhum interesse no objetivo de Bart de se tornar o herói de Mythria em vez de Galwell. Eu teria participado daquela última missão com vocês. Era só pedir.

A cara de Elowen ardeu. Ela ficou sem palavras, atônita com a revelação. Até onde sabia, era definitivo. Nunca passou pela cabeça de Elowen que a posição de Vandra antes era apenas isso, um serviço. Um que poderia ter sido trocado.

Naquela época, enxergava Vandra como uma pessoa perigosa e mortal. Que trabalhava para quem pagasse mais. Naquele momento, sabia que era muito mais profundo do que isso. Sabia também a sensação de quando os outros decidiam quem você era. Ela se arrependeu de quanto tempo passou fazendo isso com Vandra.

— Desculpa por nunca ter pedido — falou ela.

— Não se preocupe — disse Vandra. — Não temos como mudar o passado. E tenho certeza de que não teria dado certo de todo modo. Eu teria roubado todos os patrocínios de Grandhart. Todas as canções sobre os Quatro teriam sido escritas sobre os Cinco, mudando todo o esquema de rimas. O público me adoraria demais. Teria sido exaustivo.

Elowen sorriu.

— Estou feliz que esteja aqui — afirmou ela, chegando mais perto. — Nós nos divertimos juntas.

Lá estava a palavra de novo. *Diversão*. A mesma que Lettice havia usado quando pediu para Elowen ir à Agulha. Foi o que Clare disse quando elas se afastaram. Elowen a usou naquele instante como um teste, na esperança de que Vandra explicasse o sentido para ela.

De certa forma, foi o que Vandra fez. Deu um leve beijo em Elowen, sem tirar os lábios ao terminar.

— Nos divertimos, sim.

A mente de Elowen estava a mil. Se tudo o que ela precisava fazer era perguntar, tinha que formar a pergunta certa.

— Você gostaria... — começou. Ela tinha que acertar. Não podia destruir o que haviam começado. Importava demais para ela. Precisava encontrar uma maneira de fazer isso sem machucar Vandra. — Gostaria de ser minha companheira de missão...

— Querida — interrompeu Vandra. — Já falei que sou.

— Com benefícios? — completou Elowen de um fôlego só.

— Ah.

Vandra ergueu as sobrancelhas. Ela inclinou a cabeça para o lado, perdida em pensamento. Aquele lugar horrível. Elowen ainda estava com uma mão em Vandra e sentiu a apreensão dela, mas não sabia o que a causava.

— Tudo bem se não quiser — apressou-se em dizer Elowen, com pavor de ter estragado tudo sendo direta demais. — É só que pensei que deveria perguntar, já que você levantou um argumento muito bom sobre o que *não* perguntei da última vez.

Vandra passou a mão no rosto.

— Fiz isso mesmo.

Elowen se afastou e se sentou, as costas na parede de tecido da barraca.

— Se preferir não se divertir mais comigo, entendo. Não somos quem éramos.

— Adoraria continuar a me divertir com você — disse Vandra. — Se é o que quer.

— É sim — confirmou Elowen com entusiasmo. — Muito.

— Então somos companheiras de missão com benefícios — afirmou Vandra. Ou perguntou. Elowen não soube dizer.

Para esclarecer a confusão, ela se deitou ao lado de Vandra.

— Combinado — disse ela com grande ênfase, passando a mão ao longo das costas de Vandra.

Vandra se encolheu nela, deitando de lado para encostar as costas na frente do corpo de Elowen.

— Afinal, você acabou de passar por um término.

— Ah. Sim — confirmou Vandra, tensa por um momento. — Meu término. Verdade.

Se não as conhecesse, Elowen pensaria que estavam de conchinha. Mas companheiras de missão com benefícios não ficavam de *conchinha*. Isso devia ser apenas uma preliminar.

— Não vamos pensar no passado. É melhor aproveitar ao máximo o tempo que temos. — Vandra puxou o braço de Elowen ao redor dela como um cobertor. — Quem sabe o que o amanhã vai trazer.

Elowen se arrepiou. A última missão trouxera tanta perda. Nunca suportaria outra tragédia daquela magnitude. Enquanto encostava o nariz no cabelo de Vandra, resistiu ao impulso de explorar as emoções dela. Senti-la naquele momento seria saber demais. E companheiras de missão com benefícios não estragariam o momento com preocupações.

Portanto, Elowen abraçou Vandra. De um jeito casual. Com certeza não chegava a ser um abraço íntimo a sós no meio do mato, usando o corpo uma da outra como travesseiro, não apenas por conforto, mas por segurança.

Por sorte, o abraço se tornou sensual. Vandra se virou. Elowen encostou a boca na dela com o que pretendia que fosse um desejo casual. Como eram as noites juntas dez anos antes, quando falavam com o corpo em vez de palavras, distraindo-se do nervosismo constante de seus encargos diários ao encontrar refúgio uma na outra à noite.

— Quais são seus limites? — perguntou Vandra entre um beijo e outro.

— Vou fazer apenas aquilo com que estiver à vontade.

Limites?, perguntou-se Elowen fracamente. E corou, envergonhada pela intensidade do próprio desejo. Seus desejos eram selvagens.

— Não tenho nenhum — respondeu ela. — Você tem?

— Nada — replicou Vandra.

Com isso, as mãos de Vandra subiram sob a blusa de Elowen até chegar aos seios dela. Elowen não conseguiu conter um gemido, voltando a sentir a intensidade da ternura de Vandra. Tirou seu ar. Era tão maravilhoso ser tocada que ela puxou Vandra para perto, as mãos tentando encontrar os seios de Vandra em resposta. Vandra, com seus reflexos hábeis, a deteve, capturando as mãos de Elowen.

— Seja paciente — disse Vandra. — Me deixe trabalhar.

Fazia dez anos que Elowen não tinha uma relação íntima não apenas com Vandra, mas com ninguém. Dez longos anos fechando os olhos e imaginando um momento como aquele. Elowen queria proporcionar tanto quanto recebia, e isso a fazia se precipitar, tentando reagir a cada ação de Vandra com uma resposta equivalente e apropriada. Ela suspirou, controlando o impulso de resistir.

— Você é tão linda — murmurou Vandra enquanto descia o tecido da blusa de Elowen para expor os seios dela por completo. Observando quando saíram por sobre o espartilho. — Deslumbrante pra caralho — acrescentou, os dedos beliscando e apertando em todos os lugares certos.

— Eu te quero tanto — confessou Elowen, ofegante, sem conseguir se controlar. Como poderia receber prazer sem proporcionar, ainda mais quando tinha acesso direto à informação da intensidade com que Vandra a desejava? — Estou desesperada para tocar em você.

— Querida — disse Vandra, tirando o espartilho de Elowen, depois a blusa dela.

Restara apenas a calça de Elowen. E o sapato.

Espectros. Ela ainda estava de sapato.

— Já considerou que seu desejo é excitante para mim? — continuou Vandra. — Que fazer você esperar me excita? Cada segundo em que não consegue tocar em mim é mais um em que fico molhada, vendo você se contorcer, sabendo o quanto me deseja.

Elowen não havia mesmo considerado isso, e a constatação acendeu uma chama em seu ventre. Ela estava toda molhada, mais do que pronta para receber a atenção que Vandra estava tão disposta a dar.

— Vai ser uma boa menina e me deixar trabalhar? — provocou Vandra, subindo à boca de Elowen para roubar mais um beijo. Era doce, prolongado, descontraído. Tão típico de Vandra.

— Vou — prometeu Elowen.

Vandra desceu pelo corpo de Elowen, tirando o sapato e a calça de Elowen até deixá-la completamente nua. Elowen não se sentiu nervosa nem exposta. Sabia que não poderia. Não quando sentia como o desejo de Vandra era tão completo. Era uma emoção que a protegia na mesma medida em que a libertava. Não havia como se segurar. Ela se sentia desejada de forma profunda, e tão cheia de tesão, que a deixava zonza.

— Deliciosa — disse Vandra, admirando Elowen como se fosse uma obra de arte.

Ela levou a boca ao ponto exato em que Elowen mais a queria. A língua de Vandra encontrou o ponto molhado de desejo, arrancando suspiros de Elowen a cada movimento provocante. Elowen desejava poder resistir por mais tempo, ao menos para prolongar o prazer de Vandra, mas sua força de vontade não era suficiente. Gritou, ofegando ao ser atravessada por ondas de prazer.

Assim que a calma a dominou, o foco de Elowen se aguçou. Era hora do que ela mais queria: o privilégio de fazer a prudente Vandra Ravenfall perder o controle.

Elas trocaram de lugar na barraca, com Vandra por baixo e Elowen sentada sobre ela. Por mais que se rendesse, Vandra não tirou os olhos de Elowen em momento algum, olhando fundo para ela enquanto Elowen a despia devagar.

Quando os cachos de Elowen caíram em seu rosto, bloqueando sua visão, Vandra ergueu a mão, ajeitando-os atrás da orelha.

— Te encontrei — falou ela, passando o polegar ao longo do queixo de Elowen.

As roupas de Vandra mais pareciam moldadas ao corpo, ajustadas com uma precisão que só os magos manualistas mais habilidosos possuíam. Elowen se deleitou em removê-las, peça por peça, usando as mãos e até os dentes para puxar o tecido, cada peça a aproximando mais do marrom glorioso da pele desnuda de Vandra.

Quando deixou Vandra exposta por completo, seu desejo de lhe proporcionar prazer ainda estava presente, mas uma ternura surpreendente também a dominou. Elowen não queria ser displicente. Queria ser cuidadosa. Aquilo era delicado.

Ela se deitou em cima de Vandra, pele nua com pele nua. Por mais que Vandra não possuísse sua magia, Elowen queria retribuir todo o afeto caloroso que recebia. Queria proteger Vandra também. Seus corações vibravam um sobre o outro.

— Você é tão macia — sussurrou ela, deixando que a mão vagasse enquanto sua boca encostava na de Vandra, roubando beijos delicados. — É maravilhosa.

Era mesmo. Tocar em Vandra, dar prazer a ela, era de fato uma maravilha comparável às grandes magnificências naturais de Mythria. Elowen não se apressou. Ela encostou o nariz no de Vandra para que toda respiração entrecortada e gemido trêmulo soprasse em sua pele.

Elowen poderia ficar assim por horas. Nunca se cansaria.

Foi apenas quando Vandra ficou desesperada de verdade, rebolando na mão de Elowen, que ela se atreveu a aumentar o ritmo. Quando Vandra enfim chegou ao clímax, Elowen chegou também, pois a fricção que havia criado entre elas, perfeitamente alinhadas, tinha sido suficiente para fazer com que chegasse lá.

Ou talvez fosse apenas Vandra. Ela era mais do que suficiente.

Na verdade, ela era tudo para Elowen.

20

Beatrice

— Tem *certeza* de que não podemos passar antes na Harpia & Corça? — perguntou Beatrice.

Resistindo de forma heroica a uma dor de cabeça, ela se afundou sobre o cavalo, cujo passos sacolejantes não ajudavam. Beatrice não se sentia como a valente heroína de que o reino precisava. Sentia como se estivesse de ressaca. O que era frustrante, já que, por incrível que parecesse, não estava.

Em vez disso, quatro horas de sono na floresta a deixaram com a mesma sensação. Embora as barracas encantadas fossem preferíveis a deitar no chão, dormir na floresta — no frio, com o murmúrio dos animais selvagens ao redor dela, no saco de dormir estreito a que tinham acesso — ainda era dormir na floresta.

Anos dos melhores colchões de pluma que os tostões poderiam comprar a desacostumaram a acampar. Quando os ministreis compusessem as canções sobre sua "missão de reencontro" como Thessia queria, ela torcia muito para que deixassem aquele detalhe desfavorável de fora. *Grandhart, o Galante, Elowen, a Épica, e Beatrice, o Bagaço* não era como gostaria que os versos a retratassem.

— Você sabe que estamos no meio do nada — respondeu Elowen, insensível.

Chegava a ser irritante o quanto ela parecia serena apesar de terem acordado com os primeiros raios rosa da aurora para seguir Vandra por horas a fio pela floresta.

Embora a ira de Elowen costumasse deixá-la com um coquetel complicado de compreensão culpada e combatividade impaciente, a exaustão naquele momento deixava Beatrice apenas com uma dose forte da segunda.

— Na verdade, não, não faço ideia de onde estamos, e duvido que você saiba também — retrucou ela. — Mas isso é o de menos. Se um desvio de algumas horas me der um pingado com espuma de mel, prometo que estarei mais bem preparada para resgatar Hugh. Ele não merece uma heroína funcionando à base de quatro horas de sono. E se cortarem o dedo dele enquanto eu estiver no meio de um bocejo?

Elowen se empertigou. Seus cachos escarlates quase cintilavam sob a luz do sol que entrava na floresta.

— Dormi quatro horas — respondeu ela com superioridade — e me sinto maravilhosa.

À frente, Vandra riu com satisfação.

— Bem, Beatrice não teve orgasmos múltiplos na noite passada — lembrou-a Vandra.

Clare fez um som de protesto. Com a satisfação cruel de um prêmio de consolação, Beatrice notou que ele estava tão mal quanto ela, curvado em seu cavalo. *Sendo o mais velho do grupo e acostumado ao conforto*, concluiu, *ele está tão despreparado quanto eu para as dores da missão.*

Claro, foi *ele*, e não ela, quem reunira o grupo naquela missão ridícula. Ela esperava que Clare aproveitasse o que havia provocado.

— Certo, precisava mesmo? — resmungou ele, a voz grossa de cansaço. *Não grossa sexy*, ela se relembrou. Apenas grossa normal. — Minhas mais sinceras felicitações pelo prazer mútuo de vocês na noite passada, de verdade. Mas... — Ele parou, buscando as palavras certas em seu vocabulário exausto. — Não precisa jogar na cara.

— Sinto dizer, mas foi isso mesmo o que fizemos, querido — cantarolou Vandra.

Elowen segurou o sorriso.

O humor de Clare só piorou. Ele parecia com... inveja, percebeu Beatrice quando por azar encontrou o olhar dele. Muito por azar. Ambos desviaram o olhar com o mesmo aborrecimento. *Como*, questionou-se ela, *seus olhos ainda parecem cristais puros, mesmo quando o restante dele parece a rocha áspera que nos cerca?*

Num ato de certa misericórdia, Vandra diminuiu a velocidade da montaria. Saltou do cavalo, ainda rindo consigo mesma.

— A má notícia — anunciou ela — é que sinto dizer que não estamos perto de uma Harpia & Corça, nem de nada, na verdade. Quando escolhem seu covil do mal, os vilões tendem a preferir a reclusão.

— Não aja como se os vilões não gostassem de pingados com espuma como o restante de nós — murmurou Beatrice, descontente.

— Todo mundo sabe que a Ordem Fraternal tem um barril de creme de abóbora com gengibre em todos os seus covis — interveio Elowen.

Beatrice soltou uma risada. Elowen também… até as duas voltarem a si. Envergonhadas, desviaram os olhares.

O coração de Beatrice bateu mais forte. Elas haviam acabado de *brincar* uma com a outra? Lembrava demais a infância, quando zombavam de Galwell, que costumava levar tudo ao pé da letra. Quando eram amigas, quase irmãs.

Quando se amavam.

— A *boa* notícia — continuou Vandra, o entusiasmo audível mesmo em sua voz sussurrada sob a copa das árvores — é que chegamos ao nosso destino!

Ela virou os braços para o lado, apontando, como o grupo viu, na direção da ravina montanhosa onde se abria a entrada de uma caverna escura.

O orgulho de Vandra quanto à apresentação não se abalou quando ninguém reagiu com comemorações, alívio, demonstrações de vigor destemido ou outras reações típicas de uma missão. Clare, na verdade, franziu a testa.

— Espera… chegamos? — conseguiu dizer ele, como se a compreensão em si fosse um trabalho indesejado sob a luz da manhã. — Já? Pensei que nossa viagem seria mais… sei lá, épica — resmungou, desmontando do cavalo com uma careta a cada movimento. Elowen e Beatrice fizeram o mesmo. — Não fomos nem atacados por monstros. Nem traídos! Que material haverá para as canções?

Vandra deu de ombros.

— Segui a Ordem Fraternal depois que atacaram em Keralia. Na primeira noite, ouvi seus planos enquanto acampavam. Mencionando alguém em uma cadeira amarrada com cordas. Coisas típicas de reféns — esclareceu ela, talvez sem necessidade. — Disseram que estavam a caminho das cavernas de cristal no leste. Das três formações cristalinas no reino, existe apenas um complexo de cavernas grande o bastante para ser ocupado por mais de três pessoas ao leste de monte Mythria. Tenho certeza de que estão escondendo Hugh aqui.

— Só entrar e sair — respondeu Elowen. Havia algo de espinhoso em sua voz, algo que Beatrice reconheceu, mas não conseguiu decifrar, como os escritos da Antiga Mythria encontrados nas paredes de vilarejos antigos como Elgin. — Quanto antes encontrarmos Hugh, mais cedo poderemos voltar para casa — continuou. — Talvez nos reunamos para outra missão em dez anos, mas vou aproveitar o tempo longe.

Bastou mencionar a possibilidade para a testa de Beatrice se franzir sem querer, lembrando-a da dor nas articulações e do latejar na cabeça.

— Uma missão aos 30 já é desagradável demais — declarou ela. — Aos 40 é que não vou.

— Você envelheceu mal *mesmo* — retrucou Elowen, e lá estava: a ponta do espinho.

Era óbvio que estava compensando o momento de riso delas com uma crueldade redobrada. Mas Beatrice não ligou, pois a compensação exagerada de Elowen só a fez lembrar da breve pausa em sua inimizade. De como, por apenas um momento, Elowen esqueceu o ódio e riu com Beatrice.

— Bem, tenho certeza de que mais dez anos de isolamento só irão melhorar suas habilidades sociais — rebateu Beatrice, incapaz de angariar o desprezo da outra mulher.

A lembrança do companheirismo delas permaneceu com Beatrice como uma música favorita presa em sua cabeça.

— Senhoras! — Clare suspirou, esfregando a testa. — Parem de brigar, Espectros do céu. Estamos prestes a salvar a vida de um homem. O noivo de nossa querida rainha! Vamos ser heróis! De novo!

— Na verdade — Beatrice acenou com a cabeça —, parece que Vandra vai ser a heroína desta vez.

Todos seguiram seu gesto. Sim, na ravina, a assassina de outrora estava prosseguindo sozinha, sem dúvida farta dos companheiros de missão.

— Ah, merda — murmurou Clare. Nem mesmo quatro horas de sono sem orgasmo poderiam superar o prazer secreto com que Beatrice observava o homem de pernas compridas correr atrás de Vandra. — Eu é que vou nos liderar! — lembrou ele.

Ela lançou um olhar sarcástico para Elowen, que, para sua surpresa, retribuiu. Inclusive, ela poderia jurar que Elowen quase sorriu. Nenhum rancor resistia a zombar da vaidade de Clare Grandhart.

Elas seguiram os passos longos dele.

— Eu deveria liderar — desafiou Elowen. — Mereço vingança por meu irmão.

— Particularmente, acho que eu deveria liderar — arriscou Beatrice. — Porque... bom, por que não? Eu faria um excelente trabalho.

Eles entraram na caverna, que não passava de um espaço rochoso com um túnel estreito que levava a profundezas ocultas. Clare correu pelo terreno, e as mulheres seguiram, levantando pedras sob os pés.

— Talvez a Harpia & Corça possa patrocinar sua liderança — retrucou Elowen. — "A Grande Missão do Pingado Mythriano, apresentada por...".

Ela foi interrompida pela expressão muito irritada de Vandra, que bloqueou o caminho deles.

— *Como* vocês conseguiram frustrar alguns dos meus planos? Vocês três são uma negação — disse ela, exausta. — Por favor, calem a boca enquanto entramos *escondidos* no covil dos vilões.

Clare, Elowen e Beatrice murmuram pedidos de desculpa envergonhados.

Em silêncio, eles continuaram pelo túnel. Onde se nivelava, o teto era baixo, fazendo o grupo se agachar e se arrastar na direção de uma abertura. Quando enfim havia espaço para levantar, Beatrice encontrou a mão estendida de Clare para ajudá-la a se erguer. Preparada para rejeitar, Beatrice sentiu as palavras morrerem em seus lábios, pois a cavidade em que se encontravam era o lugar mais deslumbrante que já tinha visto.

Cristais cobriam a caverna enorme. Por toda parte, cintilavam ametistas, águas-marinhas e vidro puro como diamante. Refletiam a luz que entrava no túnel pela entrada da caverna, iluminando tudo. Estalactites, em formas geométricas irregulares, desciam como dedos reluzentes do teto, que era coberto por pedras preciosas afiadas e perfeitas.

Lembravam os olhos de Clare.

Embasbacada, ela mal se deu conta de que colocava a mão na de Clare para se levantar. O salão — cavernas tinham salões? Ou eram câmaras? Cavidades? Ela ia lá saber — era enorme, com cumes de rocha descendo para as profundezas da caverna, onde Vandra esperava.

— Perguntinha — sussurrou Beatrice. — *Cadê* os vilões?

— Precisamos ir mais fundo — respondeu Vandra.

— Não sei se é uma boa ideia — bufou Clare.

Elowen se virou bruscamente para ele.

— Galwell não perderia a coragem.

— Não estou *com medo* — rebateu ele, com veemência.

— Ainda acho melhor tomarmos um pouco de infusão primeiro, para ser sincera — interveio Beatrice. — As cavernas podem continuar por quilômetros. Preciso de energia.

Elowen a ignorou.

— Se não está com medo, então o que é? — perguntou ela a Clare.

Ele massageou a mão, seja lembrando o toque de Beatrice ou as rochas afiadas que haviam escalado.

— Galwell teria deixado um de nós do lado de fora para garantir que ninguém bloqueasse a saída — explicou. — Eu esqueci.

— Se puderem, por favor, *calar a boca*, poderemos fazer o ataque do meu jeito — disse Vandra, a frustração de volta, mais forte do que antes.

— Às escondidas. Sou muito boa nessas coisas sozinha, caso não tenham ouvido falar.

— Sim, mas quatro atraem mais atenção do que uma — observou Beatrice. — Você não está sozinha. É parte de uma equipe.

Embora o argumento fosse prático, ela notou o efeito da revelação em Vandra, que pareceu surpresa, talvez até comovida.

— Vou proteger a entrada da caverna — resmungou Elowen. — Era sempre minha função mesmo.

Apesar de Galwell sempre deixar Elowen de vigia, protegendo a irmã, a reação de Elowen indicava que ela queria poder fazer mais. Beatrice se pegou prestes a argumentar a favor de Elowen, mas lembrou que era provável que o gesto não fosse bem recebido pela outra.

Para seu azar, não teve a chance. Nenhum deles teve.

Como mágica, parecendo invocados pelo aviso de Clare, homens surgiram da saída da caverna, suas silhuetas destacadas sob a luz do sol. Os quatro heróis estavam cercados.

Por instinto, eles se agruparam, de costas uns para os outros, se defendendo mutuamente do perigo. Beatrice se pegou de frente para onde a caverna continuava para as profundezas da rocha.

No entanto, ninguém se mexeu. Os membros da Ordem que os cercavam não avançaram.

O motivo veio no eco de passos do interior da caverna. *Não*. Os olhos dela a estavam enganando. O homem que se aproximou era um espírito saído de seus pesadelos, um espectro forjado por suas piores lembranças. Embora suas esperanças para a missão não fossem lá muito grandes, ela não conseguia imaginar que enfrentariam tamanha intensidade de perigo.

Da escuridão, saiu Myke Lycroft.

A aparição fez um sentido terrível. Ele se escondera depois que a Ordem foi derrotada e o melhor amigo e líder dele, Todrick, foi morto, permanecendo indetectável apesar dos esforços da rainha para levá-lo à justiça pelo forjamento da Espada das Almas e por seu papel na trama sinistra da Ordem. Seu ressurgimento naquele momento era... bem, *preocupante* era um eufemismo a que Beatrice não se permitiria. O possível advento do fim do reino como eles o conheciam estava mais próximo da verdade.

Lycroft estava mais velho, como todos eles. O exílio o havia calejado. Ele não parecia mais o jovem à sombra do amigo. Parecia ter passado a última década planejando... isso.

No entanto, o que incomodava Beatrice em seus primeiros confrontos também a incomodava naquele momento. O predecessor dele, Todrick van Thorn, *parecia* vilanesco, com o sorriso afiado, a cabeleira escura.

Myke Lycroft... parecia um herói.

Seu cabelo dourado era liso e sedoso, até macio, ela ousaria supor. O sorriso era cativante, acolhedor também. Ele parecia o tipo de pessoa que ajudaria a consertar sua cerca ou se juntaria a seu time de cavalobol se faltasse um jogador. Alguém que ganharia sua confiança ou te animaria se estivesse angustiado.

Em muitos homens, ela teria achado o charme dele inofensivo. Naquele, cujo coração sabia haver tamanha maldade, deixava-a horrorizava.

— Finalmente! — exclamou ele. — Que reencontro! — Myke entrou na caverna, e era evidente que estava apreciando cada passo. — Eu deixaria vocês entrarem mais nas cavernas, sabem — informou aos heróis desafortunados. — Mas vocês quatro são mais incompetentes do que eu imaginava. Mas, pelos Espectros! Sabem como é horrível não ter nada para fazer além de jogar Xadrez de Ogro com seus capangas por *dias*? Estava começando a temer que não achariam a testemunha que deixei para vocês. — Ele fixou os olhos diabólicos neles. — Na qual eu sabia que *você* usaria sua magia. — Ele se dirigiu a ela. *A Beatrice.*

Pavor a atingiu como uma pedra.

Era uma armadilha.

Com uma presença de espírito que até ela conseguia admitir ser impressionante, Clare gritou:

— Deixe Hugh ir!

Myke deu uma risada sombria.

— Grandhart, pare de bancar o herói — zombou ele, com um desdém cortante que partiu seu charme ao meio. — É vergonhoso, porra! Não consigo levar você a sério.

Ele passou os olhos por Elowen e Vandra como se as notasse pela primeira vez.

— Inclusive — continuou ele, instruindo Clare com desdém —, por que não pega a srta. Elowen e a assassina da Guilda das Rosas-da-Morte e salvam a própria pele? — Ele acenou com a mão. — Não vou precisar do resto de vocês. Vou pedir para meus homens os escoltarem até a saída.

Senhorita Elowen e a assassina da Guilda das Rosas-da-Morte. O resto de vocês.

Seus olhos pousaram em Beatrice, e as veias dela gelaram.

— Bem-vinda à sua captura, Beatrice *de Noughton* — disse Lycroft.

21

Elowen

Sob o medo, que não era pouco, Elowen sentiu vergonha. De tanto discutirem, caíram como *patinhos* na armadilha e, pior, não formularam plano algum. Era por isso mesmo que Elowen havia passado os últimos dez anos nas árvores. Lá em cima, ninguém corria o risco de ser sequestrado por um palerma vingativo cuja atividade favorita parecia ser cuspir nos próprios sapatos para que refletissem melhor seu sorriso asqueroso.

Clare avançou para proteger Beatrice, sacando uma espada da bainha e saltando na frente dela.

— Você nunca a levará — disse ele, ameaçador. — Não vou permitir.

Myke levou uma mão ao coração.

— Que gracinha. — Ele se virou para um de seus capangas e sussurrou: — Ele é um projeto de herói, mas até que adoro quando românticos fazem gestos grandiosos. Chega até a me emocionar, não vou mentir.

Ele secou uma lágrima de verdade do olho.

— Não sou... não é romantismo — refutou Clare, endurecendo a expressão. — Nenhum de nós vai deixar que leve Beatrice.

Elowen e Vandra trocaram um olhar. Eles estavam em menor número e cercados por todos os lados. Elowen calculou que o melhor a fazer era enrolar até terem uma ideia. Ela se forçou a falar na esperança de ganhar tempo.

— O que quer com Beatrice? — perguntou a Myke.

Beatrice, ainda atrás de Clare, espiou por sobre o ombro para examinar Elowen, que fixou um olhar nela que dizia *Que foi?* antes de voltar a encarar feio Myke, que pareceu grato pela chance de revelar seu plano.

O homem sacou uma pequena adaga espiralada e apontou para Beatrice.

— Ela vai usar sua magia em Hugh para entrar nas lembranças dele — disse Myke, usando a arminha estranha como um acessório para a narrativa, girando-a para enfatizar seus argumentos. Os gestos eram tão dramáticos que alguns capangas precisavam desviar da direção em que ele apontava. — Descobrimos que ele foi um dos jovens soldados de infantaria que ajudaram a esconder a Espada das Almas dez anos atrás. E, como sabíamos que ele não abriria a boca para nos contar onde está, decidimos tomar as rédeas da situação.

Todos achavam que a Espada das Almas havia sido destruída, mas Elowen se deu conta de como fora ingênua em acreditar nisso. Óbvio que não era o tipo de arma que poderia ser destruída, afinal era energizada pela dor de centenas de almas aprisionadas; mas Elowen estava tão envolvida no próprio sofrimento que aceitara aquela explicação sem questionar. Ela deveria saber, melhor do que ninguém, que aventuras não têm finais perfeitos. Não havia uma verdadeira conclusão. Assim como a Ordem Fraternal, a espada nunca desapareceu de verdade, apenas foi mantida em segredo.

— Assim que descobrirmos onde ela está, vamos usá-la para trazer Todrick de volta. — Myke parou para sorrir, deliciando-se com o horror que se assentou sobre o ambiente, uma vinha sufocante ao redor da compreensão de todos da situação, apertando mais a cada segundo. — Sim. É isso mesmo. Todrick van Thorn vai ressuscitar, e eu e ele vamos usar nossos poderes combinados para reescrever este reino de acordo com o que sempre imaginamos.

Myke falava como se fosse uma coisa boa. Na cabeça dele, era. Ele se emocionou ao mencionar Todrick. Como Clare ficava sempre que mencionava Galwell, com carinho e respeito cobrindo cada palavra, embora Clare visse Galwell com admiração, enquanto Myke via Todrick como igual. Ele acreditava de verdade que reencontrar o melhor amigo e usar a magia deles para dominar o reino seria a situação ideal. Eles enfim poderiam ser as piores versões de si mesmos, e ninguém seria forte o bastante para detê-los. Seu sonho para o reino era um pesadelo para todos os outros, um lugar onde homens governavam com poder infinito e pouca compaixão, forçando os mythrianos a obedecer a todo custo.

— Não fiquem tão surpresos — repreendeu Myke. — Acharam mesmo que eu passaria o resto da vida como um fracasso? Que me esconderia em minha dor para nunca mais ser visto? Não, meus inimigos, depois de anos de desespero apático, comecei a planejar. Sem Todrick, minha felicidade, meu charme e meu poder se dividiram pela metade. Por que eu gostaria de viver assim para sempre?

Elowen se forçou a manter uma expressão calma no rosto. Ela fizera exatamente o que Myke não fizera. Havia se escondido. E, naquele momento, a pior pessoa daquele lado do Portal dos Espectros estava lhe mostrando que ela esteve errada em agir assim. Passara dez anos à deriva, assim como Myke Lycroft, mas nunca planejara um retorno à glória. Pelo contrário, havia se encolhido mais e mais, desesperada para nem ser vista.

Myke apoiou uma mão no peito.

— Agora que enfim sei como trazer Todrick de volta, nada me impedirá de fazer isso.

Com a espada estendida, Clare avançou na direção de Myke para entrar em combate.

Os capangas reagiram, mas não capturando Clare, nem mesmo Beatrice, e sim Elowen. O que ela tinha a ver com aquilo? O próprio Myke dissera que era descartável! Um dos homens envolveu as mãos enluvadas ao redor dos braços dela enquanto outro apertou uma espada fria em seu pescoço.

— Se fizer mais um movimento, vou mandar cortarem o pescoço dela — alertou Myke.

Clare ficou imóvel, dividido. Os olhos atentos de Vandra se mexeram de um lado a outro, buscando uma solução. O rosto de Beatrice, que estava bem estoico até então, se fixou em algo que quase se assemelhava a remorso.

Pelo jeito, Myke acreditava que os três restantes dos Quatro ainda eram leais uns aos outros. Não compreendia a profundidade da cisão entre eles. Era uma confusão em todos os sentidos possíveis e, naquele instante, Elowen se envolvera no centro da batalha quando tudo o que queria fazer era ganhar tempo até que um plano viável surgisse. Se fosse libertada, a primeira coisa que faria seria encher os ouvidos de Lettice por convencê-la a acreditar que ainda era capaz de participar de outra missão.

— Leve-me então — disse Beatrice, estendendo os punhos para serem amarrados. — Se deixarem Elowen em paz, vou sem resistir.

Foi a vez de Elowen lançar um olhar chocado para Beatrice, que aproveitou a oportunidade para retribuir a expressão de *Que foi?* e continuar o que estava fazendo. Depois de um aceno de aprovação de Myke, os dois capangas soltaram Elowen para avançar na direção de Beatrice. Eles podiam ter se empenhado um pouco mais em fingir interesse em Elowen, mas aquele não era o momento para deixar seu orgulho interferir.

— Não! — gritou Clare.

Seus traços se endureceram enquanto o desespero se transformava em raiva, com certeza lembrando como Beatrice tentara se sacrificar na última missão. Ocorreu a Elowen como a história deles era cruel, destinada a se repetir vez após vez.

Dentro daquela mesma história, Elowen viu uma solução.

Por impulso, correu até Myke e o empurrou na direção de Beatrice. Beatrice o pegou pelo cabelo num instante, lançando-se com Myke numa das lembranças dele. Foi tão fluido que pareceu planejado, mais um eco do passado. Os capangas se detiveram, confusos, enquanto Myke se debatia, brandindo a adaga às cegas até, por fim, se render.

Clare e Vandra aproveitaram a hesitação avançando na direção de uma coluna enorme de ametista cintilante. Seria grande o suficiente para criar uma barreira entre os capangas e os outros, e também parecia sustentar toda a caverna. Elowen se juntou a eles, sabendo que precisavam de toda a força possível para deslocá-la. Estavam tomando decisões juntos, guiados apenas pelo instinto. E estava *funcionando*.

A coluna de sustentação rachou. Elowen empurrou de novo, direcionando toda a sua dor e fúria na ação. A Ordem Fraternal nunca conseguiria seguir com o plano. Eles nunca venceriam.

Depois de mais um estalo satisfatório, a coluna começou a balançar, preparando-se para tombar.

Vandra se virou para Elowen e sorriu.

— Bom trabalho, querida.

Um dos capangas, aproveitando a distração de Vandra, a agarrou, logo antes de a coluna cair no chão. Vandra e os dois capangas ficaram presos de um lado, com Clare e Elowen do outro. Superfícies de cristal cintilante começaram a tremer sem a sustentação da ametista quebrada.

— Vocês precisam fugir! — gritou Vandra. — As paredes estão prestes a desabar!

— Não posso simplesmente deixar você! — gritou Elowen em resposta.

Cristais começaram a cair, primeiro em pedriscos, depois em camadas, como uma chuva prismática deslumbrante.

Os capangas espanaram a terra solta da roupa com sorrisos no rosto. Elowen conseguia sentir o entusiasmo crescente deles. Estavam adorando não só o caos, mas também a promessa de matar ninguém menos que Vandra Ravenfall, mesmo que significasse morrer no processo.

— Vou ficar bem! — disse Vandra. Ela deu uma joelhada nas partes baixas de um dos capangas enquanto acotovelava o outro. — Saiam logo!

Foi Clare quem acabou com a hesitação de Elowen.

— Ela já sobreviveu todo esse tempo sem você. Confie que também consegue sobreviver a isso. Precisamos ir.

Com um sobressalto, Elowen se desvencilhou de Clare para pegar Beatrice pelo ombro, tirando-a de cima de Myke para guiá-los na direção do túnel. Ela não estava *salvando* Beatrice, de fato. Estava apenas seguindo a lógica.

A chuva de cristais destruídos os seguiu enquanto os três refizeram seus passos, saindo por onde entraram. Beatrice estava mais devagar do que o habitual, e Elowen quase a repreendeu, até olhar para trás e vê-la apertando a costela. Myke sem dúvida a havia cortado com a adaga e, como de costume, Beatrice não comentara nada sobre isso.

— Posso? — sussurrou Elowen, com cuidado para não deixar Clare ouvir.

Ele estava ocupado conduzindo a investida, empurrando os cristais caídos para o lado, desobstruindo o caminho rumo à liberdade. Elowen quase disse "Posso ajudar?", mas não era disso que se tratava. Do jeito que era insuportável, se Beatrice estivesse machucada, não falaria nada sobre isso, o que retardaria todos.

— Pode — murmurou Beatrice a contragosto.

A dor devia ser imensa, senão nunca teria aceitado tão rápido. Beatrice estendeu a mão para Elowen pegar.

Ao apertar, Elowen fechou os olhos, aproveitando a oportunidade para usar todo o potencial de seus poderes. Quando se concentrava, tinha a capacidade de absorver todas as emoções das outras pessoas. Podia remover as sensações e tomá-las para si, depois fazer com que evaporassem dentro dela.

Ela não tentou absorver toda a dor de Beatrice. Não só teria sido exaustivo — e, sim, doloroso —, como também teria levado tempo demais. Ela tirou um pouco, atenuando a situação, e mesmo isso a fez suar a camisa. Beatrice estava mesmo sofrendo muito.

Beatrice pareceu prestes a dizer obrigada, mas deve ter pensado melhor, e elas seguiram em frente.

Quando saíram da caverna, o ar fresco tinha um gosto amargo na língua de Elowen, que engoliu em seco, arfando, sendo dominada pela adrenalina. Ela tremia com tanta violência quanto as cavernas de cristal, enquanto os sons das paredes se despedaçando ainda ecoavam pela colina vazia.

Elowen deixara Vandra para morrer lá dentro. E, pior, sabia que não poderia voltar à casa da árvore para superar isso. Não dera certo nem na primeira vez. Ela não havia superado nada que acontecera dez anos antes, da morte de Galwell a seus momentos furtivos com Vandra. Ela já se agarrara demais a tudo isso e piorara tudo. Pedira para Vandra vir. Deixara que Vandra a protegesse. E não fizera nada em troca além de colocar Vandra em perigo.

"Ela já sobreviveu todo esse tempo sem você", Clare tinha dito enquanto as paredes desabavam.

E não sobreviveu ao me encontrar de novo, pensou Elowen. A primeira semente de devastação brotando no peito, apertando seus pulmões, ameaçando sua capacidade de respirar.

— Vão ficar aí parados ou podemos seguir com nossa missão?

Elowen se virou e encontrou Vandra dando um pouco de palha para Matador na frente da caverna. Ametistas caídas se espalhavam por seus cachos escuros esvoaçantes como as joias capilares elegantes que ficaram na moda muitos anos antes, e os fragmentos de cristais se grudaram em seu manto em formas que lembravam constelações. Ela estava radiante em todos os sentidos possíveis, desde as roupas ao sorriso e o humor.

— Como você... — perguntou Elowen, vacilante.

Ver Vandra tirou seu ar.

Vandra acariciou a crina do cavalo. Não tinha angústia alguma em suas emoções, nem mesmo o menor sinal de preocupação.

— Havia uma saída mais rápida do outro lado. Sem vocês três por perto para me distrair, foi muito fácil encontrá-la.

Se Vandra não estava abalada, por que Elowen estava? E por que a incomodava tanto que Vandra estivesse bem? Era exatamente o que ela queria e, no entanto, Elowen se pegou emburrada enquanto se aproximava dos cavalos, confusa pela própria dor. Talvez fosse a insinuação de que Vandra conseguira se virar com mais facilidade sem Elowen. Embora a própria Elowen tivesse pensado nisso, não gostou que Vandra confirmasse a hipótese.

— Mas nem tudo são flores — continuou Vandra. — Myke ainda está vivo. Não consegui chegar até ele a tempo. Ele saiu por um caminho diferente de todos nós. Precisamos partir logo.

Subindo em seu corcel, Clare murmurou:

— Foi tudo em vão.

Elowen estava tão distraída pelos próprios sentimentos que não notara como Clare estava furioso. Lembrava as cavernas: uma fúria cintilante prestes a desabar. Pela primeira vez, Elowen sentiu que via seu próprio reflexo nele. Era a sensação de estar perto de alguém que não escondia as próprias dores. Enquanto outros poderiam se incomodar com a atitude dele, Elowen se viu encantada.

Bom para Clare. O reino precisava de mais resmungões.

— Na verdade, não — disse Beatrice.

Ela subiu no cavalo com um sorriso que só vacilou quando precisou apoiar o lado machucado para montar. Não havia tempo para controlar a dor dela ou fazer curativos na ferida. Ela teria que suportar.

— Como não? — retrucou ele.

— Entrei nas lembranças de Myke e descobri onde Hugh está — disse ela, sem esconder a satisfação. — Ele está perto dos estreitos de Baldon.

Quando empurrou Myke na direção de Beatrice, Elowen torceu para que a maga mental vasculhasse as lembranças dele em busca da localização de Hugh. E foi o que ela fez. Elas executaram um plano tácito com perfeição. Elowen poderia ter se entusiasmado, se não estivesse tão confusa.

Lá se ia a ideia de gritar com Lettice agora que estava livre. Elowen talvez precisasse conjurá-la pela mesma razão que a maioria das pessoas usava curandeiros vitalistas: falar sobre sentimentos românticos.

22
Clare

 les cavalgaram por uma hora dentro da floresta, sem seguir nenhuma trilha além de Vandra. Rochas e cavernas marcavam o caminho que mergulhava na escuridão das árvores, a cobertura de folhagem densa abafando a luz.

A descida acompanhou o ânimo do grupo. Embora tivessem escapado dos inimigos, Clare não sentia nenhuma onda de vitória. Ele se viu preso na própria cabeça, revivendo as últimas horas. O retorno de Myke Lycroft não era o que mais o afligia. Nem a possibilidade do ressurgimento daquele que devia ser o homem mais vil do reino, se a Espada das Almas fosse recuperada. Nem mesmo o perigo iminente de Mythria e assim por diante.

Não, o que o afligia era Beatrice. *Beatrice*, que fizera o que ele desejava não poder ter previsto.

Ele agradeceu a trégua de suas próprias ruminações quando Vandra refreou o cavalo, passando o olhar pela floresta em busca de riscos escondidos. Concluindo que estavam longe o bastante da possibilidade de perseguição da Ordem, parou o grupo.

— Vou dar água para os cavalos — declarou ela, desmontando de Matador na frente da entrada da caverna escura em que tinham parado.

— Vou ajudar — ofereceu Beatrice com uma pressa incomum.

Vandra lançou um olhar para ela.

— Não seja ridícula — disse ela. — Você está ferida.

Clare se voltou depressa para Beatrice. O medo apertou garras sufocantes em seu peito. *Ferida?* Não bastava o que ela havia aprontado na caverna? Os Espectros nunca lhe dariam paz?

— Como assim? Quando? — questionou Clare. Ele percebeu que não conseguia decidir a quais perguntas precisava de respostas primeiro. Elas escaparam dele num caos desastrado. — Como... por quê... por que não disse nada?

— Não é nada. Estou bem — respondeu ela.

E Clare reconheceu a brusquidão de alguém que queria evitar uma conversa.

Quando Beatrice se inclinou para desmontar do cavalo, parou de repente, fazendo uma careta. Ele viu os dedos dela apertarem com força as rédeas.

Clare saiu do cavalo no mesmo instante, correndo sobre as rochas, chegando a ela o mais rápido possível. Embora as garras do medo não o tivessem soltado, o que se juntou a elas era ainda mais potente. *Raiva*, perfurando sua alma, chiando dentro dele como aço recém-forjado. *Ela está ferida. Eles a machucaram.* Vendo tudo vermelho, ele a examinou em busca de sinais de lesão.

Não conseguiu encontrar nenhum ferimento antes de Beatrice fazer que não era nada com um gesto irritado.

— Desça do cavalo — ordenou ele, sabendo que ela só continuaria a recusar a ajuda dele.

Beatrice ergueu a cabeça.

— Estou bem aqui — informou ela. — Vou dormir no cavalo. Vai ser mais confortável do que o saco de dormir.

Ele ficou indignado.

Clare não estava mais apenas tomado pelo medo. Como as magias mais tenebrosas, estava possuído pelo sentimento.

— Você precisa de cuidados — falou ele entre dentes.

Ela encarou o olhar dele, furiosa, até por fim a sugestão dele prevalecer. Beatrice começou a desmontar, quando então fez uma careta, cambaleou e pareceu zonza e fraca pelo esforço. Perdeu o equilíbrio, escorregando do cavalo para os braços de Clare. Ele envolveu o braço sob as pernas dela com um leve desespero, segurando-a no colo.

— *Espectros, estou bem* — insistiu ela, mas sua voz já não transmitia confiança alguma.

Ele a ignorou, sem querer correr o risco de os joelhos dela cederem caso a colocasse no chão. Olhou para Vandra.

— Materiais de cura? — pediu ele. O restante de seu vocabulário havia desaparecido.

Vandra tirou uma bolsinha do cinto e a jogou na direção dele em silêncio. Caiu no colo de Beatrice. A eficiência de Vandra o deixava grato: para alguém que até pouco tempo antes ganhava dinheiro matando pessoas, sua compaixão o surpreendia.

A bolsinha só tornou o olhar de Beatrice ainda mais cortante.

— Vou ajudar Vandra com os cavalos, então — interveio Elowen.

As mulheres se afastaram às pressas, sem dúvida querendo se distanciar da briga que estava prestes a acontecer.

Era compreensível. Se *Elowen*, cuja amargura era incomparável, temia o conflito iminente da raiva de Clare com a teimosia de sua paciente, a briga prometia ser terrível.

E seria mesmo. Bons Espectros, Clare cuidaria dela com tanta fúria! Ele despejaria toda a força de sua raiva para aliviar a dor dela. Nos toques medicinais de seus dedos habilidosos, ela conheceria sua ira. Sim, ele cuidaria dela pra caralho.

— Como você ousa... — rosnou ela.

Ele entrou na caverna, carregando-a como faria com um gatlírico gritando em harmonia depois de ter sido abandonado na chuva.

A caverna os acolheu de forma sinistra. Nenhum cristal se desenvolvia ali. As paredes de obsidiana consumiam a luz, deixando apenas o indício cintilante da umidade que pingava pelas paredes molhadas. Não era um lugar para escapadas ou escapatórias; não era um lugar para heroísmo. Era o tipo de submundo feito para fugitivos, para últimos recursos e esperanças perdidas. O tipo de lugar aonde criaturas feridas buscavam paz para...

Não. Ele não permitiria que se desesperasse mais.

Ele baixou Beatrice no chão. Com delicadeza, ele a colocou no terreno áspero.

— Não. Se. Mexa — rosnou ele. — Exceto para aplicar pressão na ferida.

Ela voltou o olhar furioso para Clare, que retribuiu sem medo. Ou melhor, sem medo *dela*. Na verdade, a resistência rancorosa dela não era nada comparada ao show de horrores que dominava o coração dele. *Ferida. Ferida. Ferida.* Que merda significava *ferida*? Ele estava dilacerado, precisando saber e horrorizado com o que poderia encontrar. E se expusesse o ferimento para então descobrir que ela estava com um corte grave e incrivelmente pálida? E se, em minutos ou instantes, os olhos deslumbrantes dela perdessem o foco, o queixo precioso dela caísse sobre o peito?

O que seria dele?

Clare sentiu um alívio mordaz quando Beatrice se recostou na parede num gesto silencioso de rendição ressentida.

No escuro, ele não tinha como tratar a ferida dela da forma adequada e, se ela tivesse perdido sangue, o frio só reduziria ainda mais sua força. Embora não quisesse esperar muito, precisava de lenha para uma fogueira.

Clare saiu da caverna e retornou depressa após recolher punhados de madeira seca do solo da floresta. Empilhando o material perto da entrada e acendendo a chama, alimentando-a até que ficasse forte, ele fazia o oposto dentro de si. Controlava a respiração e o coração, apesar do turbilhão que sentia.

Ela está ferida. Lycroft a machucou.

Aquela não era toda a razão de sua ira.

Ela estava disposta a se sacrificar de novo.

Lembrando como ela se ofereceu para a Ordem nas cavernas de cristal, ele quebrou com violência um pedaço de madeira para a fogueira. Não conseguia lidar com a ideia de que agira daquela forma de novo. Descartando a própria vida pela dos outros, oferecendo-se sempre que o perigo surgia.

Ele estava furioso quando a chama se ergueu na escuridão da caverna.

— Me deixe ver — resmungou ao voltar a Beatrice.

— Eu mesma faço isso — respondeu ela, mas não tirou a mão da costela, como se não soubesse por onde começar.

Clare sentiu um grande alívio ao notar que ela estava, *sim*, mantendo pressão na ferida. Pela primeira vez, Beatrice estava fazendo o que ele havia pedido.

Ele se ajoelhou na frente dela. O medo dera lugar à fúria enquanto acendia a fogueira. Naquele instante, os dois sentimentos retomavam seu confronto no campo do coração dele. Com as mãos vacilantes, puxou o manto dela para o lado, tateando o tecido pesado do espartilho.

— Cavalheiros devem pedir permissão antes de fazer *isso* — observou Beatrice, mordaz, até soltar um gemido de dor com a última palavra quando as mãos dele encontraram o rasgo úmido na roupa.

Nela.

— Já deixamos bem claro que não sou nenhum cavalheiro, Beatrice. Não com você — retrucou Clare.

Todo fingimento, toda autoimagem, toda busca desesperada por um heroísmo idealizado se foram. Apenas um desejo o consumia: que ela ficasse segura.

A investigação suave de seus dedos revelou que o corte era longo. Mas, até conseguir examinar a pele dela, não tinha como saber a profundidade do ferimento. Ele levou a mão à frente do espartilho, onde os botões e barbatanas prendiam o tecido. Seus dedos frenéticos hesitaram por instinto.

Beatrice teve a audácia de revirar os olhos.

— Se eu mandasse você parar — desafiou-o —, você pararia?

A boca de Clare se contraiu. Aquele *não* era o momento para troca de farpas sobre a honra ou a lascívia dele.

— *Está* me mandando parar? — disparou ele em resposta.

Ela ficou em silêncio. Quando Beatrice fez que não, foi a permissão de que precisava para começar a desabotoar com ferocidade. Era um trabalho complexo e lento, mas ele não queria destruir a peça. Não por uma questão de despudor ou moda: a roupa era o mais próximo que ela tinha de uma armadura.

— Você com certeza tem prática em despir mulheres — comentou Beatrice enquanto ele abria os fechos com facilidade.

Sem interromper o trabalho, Clare ergueu os olhos para ela.

— Não finja surpresa — rosnou — e não tente me distrair da minha raiva.

Seria mais fácil convencer os nobres vestryianos a pararem de espionar uns aos outros, quis completar. *Nada jamais poderia me distrair de defender você.*

Não precisou. A chama mordaz nos olhos dela se apagou. Ela entendeu. Após sua conversa em Reina, era claro que entendia.

"Veja o pior momento da minha vida."

Abrindo os últimos botões, ele tirou o espartilho, com cuidado para não rasgar a peça, expondo o chemise e a calça por baixo. Vermelho escuro brotava sobre o linho branco na costela dela. Embora o tecido, por sorte, não estivesse tão encharcado de carmesim, Clare se perguntou quanto tempo ela pretendia cavalgar com a ferida aberta.

— É… — arriscou Beatrice.

— Nem uma palavra.

Silenciada, ela aceitou os cuidados dele.

Clare apertou a barra do chemise. O momento que temia. Quando acordaria do pesadelo ou adentraria em outro. De maneira inusitada, eram as palavras de Galwell que ouvia em sua cabeça.

"Lendas nunca esperam."

Ele expôs a ferida.

Não era profunda. Graças aos Espectros, não era um corte profundo.

Ele soltou o ar, perguntando-se se ela tinha ouvido o suspiro de alívio. A estrutura do espartilho absorvera a maior parte do corte da lâmina. Ele não viu nenhuma penetração profunda, nenhum lugar onde a faca pudesse ter perfurado as entranhas ou as veias cruciais dela. Se conseguisse tratá-la, impedindo a inflamação, Beatrice viveria.

Se.

Apesar da torrente de alívio, o nó em seu peito estava longe de se soltar. Sem hesitar, colocou a mão dentro da bolsa de Vandra, encontrando curativos e extratos comprados de magos manualistas com dons de cura. De forma ordenada, revisitando habilidades que não usava desde seus tempos de caçador de recompensas, começou o trabalho de limpar e passar pomada encantada no corte. Ele agradecia cada careta, cada ondulação da pele de Beatrice, pois significavam que ela ainda respirava.

Quando terminou, faltando apenas enfaixar, Beatrice levantou os braços, contendo uma careta de dor.

— Tire meu chemise, por favor — pediu.

Ele hesitou. Sua mão continuava no corpo quente dela. Na pele dela. Clara como creme, com sardas familiares como joias em ouro branco.

Durante todo o tempo em que cuidava de Beatrice, Clare não pensou nela de uma forma que despertasse desejo. Seu corpo era apenas o precioso receptáculo da vida dela, algo a ser protegido e curado. Mas as palavras dela o distraíram fortemente. Elas o fizeram lembrar do que mais o corpo dela poderia fazer.

Notando sua reação, Beatrice sorriu de canto. Mesmo com a dor, a expressão dela iluminava a caverna como a fogueira jamais conseguiria.

— Não se faça de pudico — zombou ela, deleitando-se em repetir os próprios sentimentos de Clare.

Ele fechou a cara. Indignação ardeu dentro dele; não suportaria provocações, não depois do que ela fizera.

Depressa, como se estivesse arranchando uma flecha, ele tirou o chemise.

Apesar dos seios expostos, ele não baixou os olhos. Manteve-os nos dela. Sob a luz do fogo, brilhavam, castanhos, luminosos, marrons como... pedras preciosas marrons. Existiam pedras preciosas marrons? Se sim, ele não conseguia lembrar como se chamavam.

Clare se sentiu ridículo, distraindo-se, fazendo-se de poeta para tentar desviar a própria atenção da pele nua à sua frente. Ele não era um poeta. Nem mesmo quando os olhos dela o faziam se perder em palavras como um.

Ele precisava terminar o curativo, tratar o ferimento e voltar a vestir o chemise dela... assim os seios perfeitos dela parariam de convidar seus beijos.

Espectros, não...

— Obrigada — disse ela sem cerimônia. — Vai ser muito mais fácil agora.
Ele falou com dificuldade:

— Muito mais fácil, sim.

Clare precisava iniciar logo para terminar aquele trabalho miserável. Pegou a atadura e começou a enfaixar a caixa torácica dela, cobrindo a ferida, que, por uma coincidência maravilhosa, ficava logo abaixo de seus seios nus. Era Beatrice quem estava com a ferida aberta ardendo pela pomada de cura encantada, cujo corte se comprimia a cada volta que ele dava. Então por que era *Clare* quem se sentia torturado?

Cada volta das ataduras fazia os dedos dele roçarem nas curvas dela; *e, sem dúvida, ela arfa apenas porque cada respiração é dolorosa*, pensou ele com desgosto. Estava tão perto que conseguia sentir a respiração dela em seu pescoço. Beatrice despertava uma chama no corpo dele. De desejo. De raiva. Ele não sabia onde começava um sentimento e terminava o outro.

Ele ficou duro dentro da calça, o que o irritou ainda mais. Não se devia sentir um desejo sexual tão ardente por alguém que precisava de cuidados. *Muito menos* por uma ex que abalava sua alma com hábitos incuráveis de se entregar ao perigo.

Ao por fim terminar, amarrou o curativo no lado não machucado. Quando puxou o nó com força, ela respirou com surpresa. Concluído o curativo, ela vestiu o chemise com dificuldade.

O trabalho dele, no entanto, não havia terminado ainda.

— Nunca mais — ordenou ele — faça aquilo de novo.

Beatrice hesitou. Quando respondeu, ele achou o confronto na voz dela pouco convincente.

— Não posso prometer que nunca mais vou me machucar — informou ela. — Nem você pode.

Ele abanou a cabeça com uma veemência silenciosa.

— Não é disso que estou falando — respondeu ele. Sem ceder a dissimulação alguma. Clare Grandhart nunca tinha falado tão sério em toda sua vida. — Você se colocou em perigo. Você se entregou. Estava indo com a Ordem.

Quando encontrou o olhar dela, ficou surpreso ao notar que ela se encolhia.

— Você estava pronta para se sacrificar. De novo — continuou ele. — Eu... eu não... você... — O alívio de perceber que o ferimento dela não a colocava em risco de morte, combinado com o temor implacável do que ela havia feito, o pegou de surpresa. Ele se recompôs, prosseguindo: — Você não é um sacrifício. É uma *pessoa*. Sua vida não é menos valiosa do que a de rainhas, cavaleiros ou nobres. Não pode jogá-la fora.

Sua elegância desapareceu, mas Clare continuou. Precisava continuar.

— Não falei isso para você quando enfrentamos a Ordem, e só os Espectros sabem que passei mais noites acordado do que gostaria pensando no que teria acontecido se Galwell não a tivesse encontrado. Se você tivesse… conseguido porque nunca falei… — Ele sentia que estava entalhando cada palavra em pedra. Se numa lápide ou num monumento de vitória, não sabia dizer. — Pelo jeito vou… falar agora. Não sei como viver num mundo sem você, então fique nele, porra. Por favor.

Envergonhado, fez menção de se levantar às pressas. Não sabia se o desespero era um traço de seu charme rústico. Ou se combinava com um ladino ou um líder. Ou um herói.

Ele parou ao sentir a mão dela em seu braço.

— Eu não sabia — murmurou Beatrice.

— Agora sabe — respondeu ele.

Sua voz continuava furiosa, circunspecta, escondendo o medo, a mágoa por baixo.

Ela digeriu a declaração dele, seus olhos ficando tristes.

— Somos heróis, Clare. Era para sermos, pelo menos — disse ela. — Se for preciso escolher entre um de nós ou Mythria, precisamos estar prontos para fazer a escolha. Se for preciso escolher entre um de nós ou o outro… — Uma melancolia a dominou. — Quando enfrentamos Van Thorn, sabíamos que qualquer um de nós poderia não voltar para casa. Minha vida não valia *mais* do que a de Galwell.

Porque odiava as impossibilidades que ela estava afirmando como se fossem fatos, ele se levantou.

— Não posso dizer o que deve fazer — rebateu Clare, agarrando-se à rara certeza que conseguia encontrar na névoa ameaçadora do heroísmo. — Por mim, você nunca teria se casado com *ele*. Teria…

Ele se conteve, percebendo que o desejo travava uma guerra contra o bom senso. Já que, pelo jeito, o sentimento tinha muito a ver com o medo. O desejo o pressionava, o corrompia, o possuía, desafiando a estrutura do personagem que imaginava para si. Nem o medo nem o desejo eram heróis.

Eram ladinos. Como ele.

— Não importa — se corrigiu. — O que eu quero dizer é: se faz diferença para você saber que importa para mim… bom, já sabe. Você importa para mim.

Ele conseguia ouvir Vandra e Elowen se aproximando, vozes altas e animadas. O contraste com o silêncio na caverna não poderia ser mais forte. O olhar demorado que Beatrice lançou para ele era inescrutável, ou talvez ele fosse péssimo em interpretar os sinais dela.

— Faz diferença — disse ela.

Sua voz era tão baixa, tão vulnerável, que parecia frágil.

Clare assentiu, por fim sentindo as chamas da raiva se apagarem. Ele não veio à missão para ter aquela conversa, mas se sentiu grato pela oportunidade mesmo assim. Incrivelmente grato. *Ironicamente* grato, pois sentia que a parte dele que tinha se ferido dez anos antes estava *enfim* cicatrizada.

Interrompendo a epifania, Vandra entrou na caverna, segurando garrafas de vinho.

— Gostariam de ficar muito bêbados? — perguntou ela.

Quando os olhos dele encontraram os de Beatrice, ele soube no mesmo instante que ela teve a mesma reação que ele. Vinho no meio de missões e confissões?

Por fim, uma pergunta descomplicada.

— Com certeza — responderam em coro.

23

Beatrice

Pode não ter sido perfeito! — proclamou Vandra. — Podemos não ter resgatado sir Hugh. Mas ninguém morreu, e sabemos para onde ir agora.

Ao redor da fogueira, ela estendeu uma garrafa de vinho com um gesto grandioso.

— O que pede uma celebração! — exclamou.

Todos comemoraram. Eles se sentaram ao redor do fogo, sobre troncos velhos que Clare carregara para dentro, com os joelhos curvados junto ao peito. As chamas suaves os aqueciam, unindo a equipe da missão num conforto merecido.

Equipe da missão?, perguntou-se Beatrice, distraída. Era uma expressão terrivelmente feia. *Grupo da missão?* Não, pior. *Bando da missão?*

Ela tomou um grande gole da garrafa em sua mão. O vinho era dela, trazido das adegas reais de Thessia sob a explicação muito lógica de que uma missão sem vinho não era uma missão. Thessia dera uma piscadinha e pedira para abastecerem seu cavalo na saída de Reina.

Vandra havia encontrado o estoque de três garrafas de vinho enquanto dava água aos cavalos. Beatrice não tinha a intenção de dividir, mas Vandra estava certa. Afinal, talvez pela primeira noite da viagem, desde que saíra de sua cidadezinha solitária, Beatrice sentia esperança.

Não, não apenas esperança: *gratidão*. Vandra, Elowen e, sim, até mesmo Clare a salvaram naquele dia. Nada mais justo do que dividir seu vinho, então.

Clare bebia com entusiasmo. Com a luz do fogo tremulando em seus traços, ele parecia sentir o mesmo que ela. Os olhos dele brilhavam com uma luz reduzida: parte exaustão, parte felicidade.

— Para três heróis decadentes e uma vilã regenerada com histórias mais complicadas do que a Guerra Invernal — argumentou ele enquanto Vandra voltava a se sentar —, eu diria que a sobrevivência em si já é uma vitória!

— Viva! — Beatrice se viu gritando com Vandra.

— Viva! — repetiu Clare.

— Elowen, diga *viva* — pediu Vandra, passando a garrafa para Elowen.

Elowen deu um gole, as bochechas corando como sempre acontecia quando ela e Beatrice roubavam bebidas dos pais de Elowen na juventude. Ela havia começado a noite de mau humor, fosse por causa dos acontecimentos nas cavernas de cristal ou por Elowenzice natural, até o vinho a relaxar.

— Não preciso dizer *viva* para compartilhar do sentimento — falou ela, altiva.

— Precisa, sim — respondeu Clare com a mesma seriedade. — Vamos lá.

Passando a garrafa para Vandra, ele se levantou, cambaleando um pouco. O vento que entrava pela caverna bagunçava o cabelo dele. Sua camisa estava desabotoada. Ele estava igual à capa da revista *Mythria*, quando foi escolhido o Homem Mais Sexy do Mundo pela terceira vez. Beatrice se lembrava bem daquele ano. Na semana em que as revistas chegaram às bancas escribais, ela "esquecia" de comprar coisas na aldeia todos os dias para admirar a capa sem comprar um exemplar para si.

— *Viva!* — gritou ele noite adentro.

Todas bateram palmas. Beatrice estava bêbada o bastante, então se permitiu rir. Espectros, era maravilhoso. Embebedar-se não era nenhuma novidade para Beatrice, mas ela tinha esquecido como era *rir*.

— Sua vez, Elowen — pediu Clare. — Um bom viva!

— Não — replicou ela. — O momento já passou.

— Não passou, não! — interveio Beatrice.

Em qualquer outra noite, ela teria ficado com receio de que Elowen ouvisse um julgamento ou uma pressão dolorosa na refutação. Em outras noites, poderia até ter sido. Embriaguez e esperança apagaram as inseguranças de sua mente.

Vandra se recostou nos cotovelos. Seus olhos continuaram pousados em Elowen com um sorriso de adoração. Quando o olhar de Elowen encontrou o dela, suas bochechas assumiram o tom familiar de rosa induzido por Vandra.

Foi o bastante. Elowen cedeu, levantando-se com o vinho na mão. Deu um grande gole. Secou a boca. Então, sem motivo algum, seu comportamento todo mudou, uma grandiosidade dramática a consumindo.

Ela parecia... parecia a própria Domynia de *Desejos da noite*, cheia de uma inspiração imponente.

— *Viva!* — anunciou ela na caverna ecoante.

Todos aplaudiram. Elowen se sentou, parecendo mais satisfeita consigo mesma do que nunca.

Beatrice se sentiu relaxada, feliz até, e não apenas pelo vinho. A confissão de Clare tinha sido... boa. Antes, nas cavernas de cristal, ela e Elowen trabalharam juntas. Ela sabia que nunca mais seriam o que outrora foram uma para a outra, mas talvez, um dia, pudessem ser algo. Beatrice conseguiria se contentar com *algo*.

Rir com eles naquele momento era, para sua surpresa, agradável. Era curioso como as reclusões mais sombrias poderiam se transformar nos refúgios mais acolhedores com a presença das pessoas certas.

Ela passou o vinho para Clare. Sentindo-se livre, mergulhou o pé no fluxo da memória. Onde muitas vezes as correntes eram frias e implacáveis, naquele instante as achava acolhedoras.

— Lembram — começou ela — a noite em que Clare foi sequestrado?

Clare resmungou.

— *Sequestrado* é uma palavra forte. Prefiro considerar aquilo como uma espionagem imprevista e involuntária na carruagem da Ordem.

Elowen, logo Elowen, soluçou com um ataque de riso.

Vandra, por outro lado, gargalhou alto.

— Foi sequestrado, sim — confirmou ela. — Sei bem.

Os olhos das outras mulheres se arregalaram.

Os de Clare se estreitaram.

— *Por que* você sabe bem?

Vandra sorriu.

— Eu talvez tenha dado um toque para eles — confidenciou ela com uma alegria sem remorsos — e talvez tenha assustado seu cavalo para que saísse correndo e você estivesse bem onde eles precisavam.

Clare baixou a bebida.

— Não. — Ele parecia escandalizado de verdade, o que era engraçadíssimo. — Você não fez uma coisa dessas.

— Desculpe, Grandhart. Coloque na conta da minha vilania — respondeu Vandra.

Abanando a cabeça, Clare apontou na direção de Beatrice.

— Prove — desafiou-a Clare. — Deixe Beatrice me levar para sua lembrança daquele dia.

Embora Beatrice costumasse se irritar quando outros apelavam à magia dela sem permissão, achou a proposta atual maravilhosa. Assistir Clare sendo sequestrado? E ver seu cavalo em disparada? Com Vandra rindo baixinho, às escondidas? Todo mundo em Reina gostaria de ter a visão mágica de algo assim. Ela poderia até cobrar pela entrada!

Foi, porém, Vandra quem hesitou. Seus olhos se voltaram para... Elowen.

— Há partes daquele dia que prefiro manter... em segredo — explicou ela.

As bochechas de Elowen coraram ainda mais com uma indignação que acentuava a tonalidade rosada pelo efeito da bebida e de Vandra.

— Não me diga que me *seduziu* para me distrair do sequestro de Clare... — Ela reconsiderou no meio da frase. — Ah, não, foi isso mesmo que você fez.

— Um dia de trabalho muito divertido — admitiu Vandra.

Elowen relaxou.

— Está perdoada. Eu me lembro da tarde em questão. — Ela sorriu, o olhar fixo em Vandra. — Valeu a pena.

— Ei! — reclamou Clare.

Inspirada, ou melhor, decepcionada por Clare não insistir em reproduzir prova de sua "espionagem imprevista e involuntária", Beatrice pegou o vinho e o ergueu.

— Proponho uma brincadeira! — exclamou ela. Sua mente resistia ao vinho para seguir a ideia despertada pela provocação de Clare. — Verdade — disse, dramática — ou desafio.

Clare resmungou.

— Não somos crianças.

— Você choraminga como uma — murmurou Elowen.

Beatrice se recusou a dar ouvido às interrupções. Ah, como ela adorava aquele tipo de diversão diabólica.

— Verdades — explicou ela, entusiasmada — vão ser confirmadas pela magia de Elowen. Ela vai sentir se estão defensivos. Desafios... — Ela fez uma pausa para dar ênfase, contente ao ver a curiosidade em seus compatriotas... *comissioneiros?* Aff, não... — Desafios vão consistir na revelação de lembranças constrangedoras ou interessantes usando a minha magia.

Clare franziu a testa, cético.

— Não sei se isso é mais divertido do que Strip Carrossel.

— Embora eu costume apoiar jogos que envolvam tirar peças de roupa — respondeu Vandra —, ninguém tem baralho. Continue — pediu a

Beatrice, que estava se preparando para reforçar sua argumentação quando Elowen falou:

— Acho que parece muito divertido — declarou Elowen sem hesitar.

Foi Beatrice quem vacilou, pois estava esperando resistência de Elowen por uma questão, sobretudo, de princípio. O apoio instantâneo da outra mulher a silenciou.

— Por que não vai primeiro, Beatrice? — continuou Elowen. — Verdade? Ou desafio?

Beatrice não temia nenhum dos dois, na verdade. O que eram lembranças ou revelações constrangedoras para ela? Era possível sentir mais vergonha de si mesma do que já sentia?

— Verdade — disse ela, sabendo que a escolha envolveria o uso da magia de Elowen, não da sua.

Era sua versão discreta de agradecimento pelo apoio de Elowen. Nas cavernas de cristal mais cedo e, naquele momento, na cooperação espontânea de Elowen à ideia de Verdade ou Desafio. Isso as uniria, ainda que pouco.

A luz do fogo cintilava no olhar que Elowen lançou à antiga amiga.

— Quem pediu o divórcio? Você ou Robert de Noughton?

— Eu estava errado — comentou Clare, inclinando-se para a frente. — Esse jogo é mesmo divertido.

A pergunta, combinada com a quantidade de vinho que consumira, embrulhou o estômago de Beatrice. Apoiadora ou não, Elowen pelo visto era habilidosa na arte de constranger Beatrice. Havia se esquecido de *como* ela era habilidosa. No entanto, ela mesma quisera jogar aquele jogo, se lembrou. Não podia ser covarde naquele instante.

Muito bem, então.

— Robert — respondeu ela.

Uma palavra bastaria, não? O jogo era Verdade, e não Verdade e Explicação Medíocre. Ela bebeu da garrafa, sabendo que a única maneira de continuar era se afogando mais.

— Ah, não, Beatrice — reclamou Vandra, severa, sem ajudar muito. — Você se permitiu levar um fora daquele chato de galocha?

— Não é como se eu estivesse apaixonada por ele — protestou Beatrice. — Eu só estava… existindo — se pegou elaborando.

As palavras conseguiam fazer todo e nenhum sentido ao mesmo tempo.

A voz de Clare, baixa no escuro, soou áspera ao seu lado.

— Robert de Noughton é o maior tolo de Mythria — afirmou ele. — Não merecia você.

Nem se estivesse sóbria por completo Beatrice teria conseguido dar uma resposta compreensível ao elogio. A gratidão silenciosa teria que bastar pela maneira como as palavras dele aliviaram o constrangimento de sua confissão. Ela olhou na direção de Clare, encontrando-o com um olhar distante e fixo no fogo.

Passado o momento, ela devolveu o vinho para Vandra.

— Sua escolha?

— Desafio, meu bem — respondeu Vandra, para a surpresa de ninguém.

— Muito bem.

A bebida não enfraquecia nem confundia a magia de Beatrice. Em vez disso, ela achava o contrário. O relaxamento da embriaguez facilitava a entrada nos recessos da memória.

— Mostre-nos — propôs Beatrice — sua derrota mais humilhante em combate.

Vandra riu.

— Não tenho nenhuma derrota humilhante — declarou ela.

— Sinto constrangimento — cantarolou Elowen.

Todos viram Vandra enrijecer.

— Você passou tempo demais longe das pessoas, amor — respondeu, rápido. — Está se confundindo.

Beatrice sorriu. Vandra, sempre tão controlada, estava corada como uma criança flagrada quebrando o vaso da mãe durante uma brincadeira.

— Por que não deixamos a magia determinar a verdade? — sugeriu Beatrice com doçura. — Ou prefere aceitar a derrota logo?

A hesitação de Vandra se estendeu até, por fim, ela beber, fazendo uma careta com o gole de vinho.

— *Está bem* — disse ela. — Vamos logo com isso.

Encantada pela vitória, Beatrice segurou a mão estendida de Vandra. Os outros dois deram as mãos, permitindo que Beatrice unisse o grupo em sua magia. Quando os véus do passado se revelaram, eles estavam na lama. Havia estábulos próximos. O foco da lembrança, porém, era o touralo corpulento à frente deles, avançando sobre seis patas, rosnando com a promessa da destruição que pretendia causar em todas as direções.

Inclusive na de Vandra, que estava com a espada na mão e nada além de roupas íntimas.

Sua postura combativa não intimidou o enorme touralo. Com um único movimento estrondoso, a fera derrubou Vandra na lama. Quando ela levantou, limpando a sujeira dos olhos, a criatura já havia saído em disparada. A Vandra do passado parecia desconsolada, com as roupas íntimas imundas.

A visão acabou de repente quando Vandra tirou a mão da de Beatrice.

— Já deu, não? — comentou ela.

Elowen estreitou os olhos.

— Você está fugindo.

— Por que estava seminua? — perguntou Clare, com alguma clareza de espírito.

Vandra baixou os olhos.

— A criatura me surpreendeu quando eu estava... cuidando de alguém. Nos estábulos. É óbvio que quebrou o clima. Ela nem me deixou seu endereço.

Clare soltou uma gargalhada alta.

— Constrangimento em todos os aspectos, então.

A provocação fez com que Vandra lhe jogasse a garrafa, confiando que os reflexos dele a pegariam sem derramar o vinho, o que Clare conseguiu fazer. Ele sorriu, ansioso pelo que viria a seguir.

— Deve saber que não vou pegar leve com você, Grandhart — avisou Vandra.

— Aah, talvez enfim descubramos a *verdade* de seu dom mágico — especulou Elowen.

Clare ergueu o queixo.

— Manda ver — respondeu ele. — Desafio.

— Seu pior desempenho na cama.

A simples ideia fez Beatrice gelar de repulsa. No entanto, ela se consolou: não era o desafio mais terrível que Vandra poderia ter pedido. Na verdade, talvez fosse o único caso em que Beatrice não detestaria a ideia de ver a intimidade de Clare com outras mulheres.

— Particularmente, não quero ver isso — interveio Elowen.

Clare, porém, pareceu impassível. Ele se recostou, com toda a confiança do mundo.

— Não existe nenhum — informou ele. — Sou sempre espetacular. É sério. — Ele estendeu a mão para Beatrice. — Pode procurar. Não vai encontrar nada.

Ela hesitou. Não estava muito interessada em pegar a mão dele.

Vandra os observou, os olhos se voltando de um para outro. A expressão dela era de quem tinha ganhado um jogo que nem vencedores havia.

— Muito bem — disse Vandra com uma faísca muito mais maldosa no olhar. — Que tal outra coisa?

No silêncio constrangedor, Clare esperou, recusando-se a admitir a derrota.

— *A melhor* noite de sua vida — propôs Vandra.

Beatrice notou a maneira como Clare ficou quieto. A reação dele a consumiu. Todo o reino se resumiu à maneira como ele...

— Mais uma vez — interveio Elowen, meio bêbada. — Devo insistir em partirmos assim que a bunda de Clare aparecer.

No instante seguinte... sim, alívio cintilou sob a luz do fogo nos traços dele. Clare parecia feliz por poder se agarrar à provocação bem-humorada de Elowen em vez de... de... do quê?

— Como tem tanta certeza de que minha bunda está envolvida? — protestou ele, com uma indignação irônica.

O olhar de Elowen foi fulminante.

— *Óbvio* que está envolvida.

Clare bufou.

O olhar dele se voltou para Beatrice. A vulnerabilidade nos olhos cristalinos dele demonstrava tudo.

Ela não soube se estava escapando de um desastre ou perdendo algo precioso quando ele se virou para encarar Vandra.

— Vamos voltar à primeira — pediu Clare às pressas. — Meu pior desempenho.

Vandra balançou a cabeça devagar. Ah, os perigos de ter amigos perversos.

Beatrice observou Clare, atenta a cada movimento dele, cada gesto, a mera inflexão que passou por seus traços. Ela percebeu que estava ao mesmo tempo aterrorizada e desesperada para saber qual era a noite que Clare guardava com mais carinho na memória. Pela maneira como os olhos dele encararam os dela, implorando uma misericórdia antecipada, soube que *ela* era parte da noite em questão.

O que foi que Galwell havia dito na cena que ela reviveu em Keralia?

"Lendas nunca esperam."

Ela estendeu a mão.

Clare colocou a palma na sua. O que quer que a bebida tenha feito pela fluidez de sua magia, o toque de Clare Grandhart multiplicou por dez. O passado se desvendou com uma facilidade que ela nunca sentira, como se a lembrança *quisesse* que ela voltasse lá.

O local que a conjuração os mostrou não era muito diferente de onde os quatro estavam. Paredes de pedra áspera. O silêncio da noite. A caverna da lembrança de Clare era silenciosa, exceto pelos sons baixo de sono.

Exceto que o Clare do passado não estava dormindo.

Beatrice prendeu a respiração. Ela sabia qual noite ele havia conjurado. Ela própria nunca havia revisitado a lembrança, mas não precisava de magia para se lembrar de cada detalhe. Pois, com um suspiro espantado, se deu conta de que a melhor noite de Clare era uma das suas também.

Naquele dia, os Quatro escaparam de um nevoeiro amaldiçoado na floresta que estavam percorrendo. O nevoeiro os envolveu de repente, encobrindo Clare primeiro. Foi Galwell com uma mão estendida que o havia libertado. Não fosse por isso, a névoa o teria consumido e ele teria morrido diante do olhar horrorizado de Beatrice, que não pudera fazer nada para impedir. Clare quase morrera mesmo.

Quando o anoitecer os conduziu para dentro da caverna, Beatrice havia baixado suas defesas. Sua resistência permanente a ele. Tudo. Ela posicionou o saco de dormir perto do dele, precisando ficar perto. Lembrar-se de que ele não havia partido.

Com Elowen e Galwell e seu orgulho na caverna com eles, Beatrice não podia falar, não podia dizer o que estava sentindo. *Eu tive medo mais cedo. Não me deixe.*

Em vez disso, ela se voltou para Clare na escuridão e pegou a mão dele. Enquanto os olhos dele se arregalavam de surpresa silenciosa, ela apertou com força. Com o consolo da proximidade dele, ela se permitiu algo como o sono.

A lembrança dela terminava ali.

A de Clare, como ela descobriu, não.

Enquanto a Beatrice do passado dormia, a mão relaxada em seus dedos entrelaçados, Clare a observava. Ele parecia… a única palavra em que conseguia pensar era extasiado. Enquanto ela sonhava, Clare havia baixado a própria guarda. A confiança arrogante, a irreverência grosseira.

Com os olhos arregalados, contemplando o rosto adormecido de Beatrice, ele parecia estar vendo as estrelas pela primeira vez.

A lembrança acabava ali. Os quatro voltaram da magia de Beatrice, sua algazarra subjugada. Como era de se esperar, ninguém sabia bem o que dizer.

Beatrice olhou para Clare por instinto, e o encontrou observando-a. O brilho nos olhos dele não era como a lembrança. Não era hostilidade também, nem vergonha. Num dos poucos anos de ensino regular de sua juventude, ela lembrava de ter aprendido que a pressão incomensurável sob as montanhas era capaz de transformar minério metálico em pedras de gemicita cintilantes. Perguntou-se em quais joias improváveis a última década havia transformado a culpa, o ressentimento e a paixão de Clare.

Ele desviou o olhar de repente. No silêncio constrangedor, foi Clare quem conseguiu dissipar o desconforto de todos. *Clare Grandhart, o rei dos piadistas.*

— Bom, podemos concordar que foi *muito* pior do que ver minha bunda pelada — comentou ele.

A piscadinha que lançou a Beatrice avisava que ele estava brincando. Isso a deixou incrivelmente grata. Apesar da dificuldade de expor seus sentimentos mais profundos, ele queria que ela soubesse que guardava os momentos mais felizes deles com carinho.

Beatrice se comoveu.

— Bom — respondeu ela, com o coração leve —, sua bunda pelada é, *sim*, bem espetacular.

— *Goooooooosmento* — resmungou Elowen.

Clare ergueu a cabeça de tanto rir. As outras também riram. Uma magia que Beatrice nunca, jamais, achava que funcionaria, pois se pegou descartando o esforço para encontrar o nome certo para o grupo. Equipe de missão, comissioneiros... não importava.

Eles eram *amigos*.

O jogo se estendeu noite adentro. Todos desvelaram suas revelações. O primeiro beijo de Elowen: a filha do melhor armeiro da aldeia, quando tinham 14 anos. O primeiro alvo pago de Vandra, o duque de Waverly Oeste, que torturava seus camponeses quando não podiam pagar a talha.

A embriaguez os inspirou. Com o passar dos minutos, foram ficando menos resguardados. Era inofensivo, exceto quando deixava de ser. Beatrice percebeu isso em Elowen primeiro. A ânsia nos olhos da mulher era algo a que ela nunca se permitiria à luz do dia.

Algo que preocupava Beatrice. Parecia queimar tanto nela que Beatrice sabia que alguém acabaria por se machucar.

Como uma magia das trevas, o feitiço foi lançado: Elowen passou o vinho direto para Vandra.

— Verdade para você — disse ela.

Vandra franziu a testa.

— Não é assim que funciona.

Fazendo que não tinha importância, Elowen ignorou a objeção.

— Você — insistiu ela — já se apaixonou?

Foi uma das poucas perguntas que não provocou reação alguma no restante do grupo. Nenhum grito escandalizado. Nenhuma risada. Apenas silêncio. Quando os olhos de Vandra se franziram, Beatrice desconfiou que ela estava menos bêbada do que demonstrava.

— Sim — respondeu Vandra.

Elowen pareceu estar esperando por aquela revelação ou talvez pela sensação que teria qualquer que fosse a resposta de Vandra.

— Por quem?

A pausa de Vandra se abriu como um abismo, prometendo devorar os quatro. Por fim, ela abaixou a garrafa de vinho, a taça tilintando com desarmonia no chão rochoso.

— Acho que cansei de jogar — declarou. — Está perdendo a graça.

Elowen fez biquinho.

— Você não sabe se divertir — disse ela com a voz embolada.

Fazendo uma careta, Vandra se levantou.

— Lembro bem que eu *só* servia para divertir — rebateu, áspera.

Beatrice conseguia perceber a faca de dois gumes que era esse comentário. Embora não soubesse o sentido por trás, Elowen, sem dúvida, sabia; porque fechou a cara, olhando para o fogo, sem dizer nada, deixando que a amada saísse sem ir atrás.

Isso entristeceu Beatrice. Elowen vivia fechada, os rastrilhos abaixados, as pontes levadiças erguidas na fortaleza do sofrimento. Beatrice desejou poder incentivar Elowen a apenas seguir Vandra. Falar com ela. Revelar seus sentimentos. Mas a magia vital de Elowen era de via única, e Elowen não tinha interesse em se dar ao trabalho de abrir a outra.

Com o olhar vazio voltado para a frente, Elowen terminou o vinho que Vandra havia deixado. Conhecendo os abismos que aguardavam no fundo do copo, Beatrice notou no mesmo instante a forte mudança nos olhos de Elowen. Ela parecia... derrotada. O gume cego da desolação.

— Tenho um desafio para vocês dois — entoou Elowen. — Lembrança favorita de Galwell.

Óbvio que a noite acabaria nisso, pensou Beatrice. Ainda mais naquele momento, sem Vandra, o vazio no grupo se ampliou.

Com os próprios sentidos entorpecidos, porém, ela não sentiu a pontada de pânico que a menção a Galwell costumava induzir. Em vez disso, o que caiu sobre ela, como um nevoeiro amaldiçoado, foi apenas uma melancolia saudosa.

Clare levantou a mão.

— Tenho uma — disse ele, baixo.

Beatrice entrelaçou os dedos nos dele. Clare fez o mesmo com Elowen. A magia mental os atravessou e a caverna desapareceu.

A taberna em que se encontraram estava em péssimo estado. Não era culpa do estabelecimento, pelo que Beatrice lembrou. Os crimes de intimidação estavam se tornando cada vez mais comuns. Na visão, o taberneiro estava fechando as janelas com tábuas para garantir a segurança.

O medo estava se espalhando pela terra com a ampliação do domínio da Ordem, a forma como incentivavam seus seguidores a atacarem todos os que fossem diferentes deles, que falassem diferente e até mesmo os que parecessem diferentes. O reino estava testemunhando como homens ricos que amavam só a si mesmos podiam se transformar em sectários bem-dispostos que odiavam todos os outros.

Na taberna, os Quatro estavam se embebedando. Beatrice não lembrava se estavam celebrando ou se lamentando; a noite se apagara da memória dela. Sentiu uma gratidão indescritível pela bebida não a ter apagado da de Clare.

Até Galwell, que quase nunca bebia, segurava um cálice de hidromel nas mãos. Sempre perspicaz e empático, notou a atmosfera no salão. Enquanto o restante deles se embriagava, ele se levantou com as pernas cansadas.

Cruzou a taberna até onde um dos músicos, em seu horário de descanso, estava sentado com seu alaúde. Quando o músico acenou com uma permissão silenciosa, Galwell ergueu o instrumento polido. Tocou os acordes conhecidos. Depois, em meio a todos, cantou.

— *Meu lar é Mythria* — começou ele devagar. — *Assim como meu amor*.

Cabeças se ergueram de cálices. Conversas se encerraram com expressões solenes. Apenas a voz ressoante de Galwell encheu o salão, cantando os primeiros versos do famoso hino reverente do reino.

Até que mais uma voz o acompanhou.

O taberneiro, interrompendo seu trabalho com o martelo na mão, juntou-se com a voz hesitante.

— *Meu lar é Mythria. Amo com fervor*.

Ao fim do primeiro refrão, todos acompanharam. Não havia quem *não* conhecesse "Meu lar é Mythria". Cantores fracos ou melodiosos, jovens ou velhos, bêbados ou sóbrios; estavam todos cantando. Estavam todos unidos.

Incluindo eles, até Elowen. Beatrice, observando-se, ouviu Clare ao seu lado — o verdadeiro Clare, não o da lembrança — entrar para o coro. Elowen fez o mesmo. Enfim, com os olhos marejados, Beatrice cantou, harmonizando com a voz de seu eu do passado.

Eles continuaram na visão até a canção acabar. Quando Clare tirou a mão devagar da de Beatrice, a magia se desfez.

Só que não, não exatamente. Ela se viu enfrentando sombras, atracando-se com a estranha sensação de que a visão que eles haviam acabado de abandonar era a realidade, enquanto a caverna em que estavam era a conjuração. O pesadelo, assombrado pelo eco da voz que só voltariam a ouvir em lembranças.

Beatrice se ouviu dizer:

— Deveria ter sido eu.

Ninguém falou nada até que Clare, interrompido no esforço de voltar da magia dela, a encarou.

— Quê?

Ela entendeu o que era aquela melancolia saudosa. Era clareza. O ardor da convicção que escondia até de si mesma. Ela falou com todas as letras naquele momento:

— Eu devia ter morrido no lugar dele — disse ela. — Ele era... o herói. A inspiração. Tudo. Eu sou só... eu. Mas a verdade é que sou grata por estar viva, e me odeio muitíssimo por isso.

Clare a observou, a expressão dura.

Foi Elowen, porém, quem falou.

— Não faça isso — disse ela. Sua voz era firme. Beatrice não sabia se tinha ouvido bem até Elowen continuar, eliminando suas dúvidas. — Fico feliz que você esteja viva. Embora saiba que sentirei falta de meu irmão a cada segundo pelo restante de minha vida, eu nunca desejaria que vocês trocassem de lugar.

Elowen se levantou. O jogo acabou.

Comovida pelas palavras dela, Beatrice continuou sentada diante do fogo noite adentro.

24

Clare

Quando era mais jovem, Clare Grandhart inventou a torrada de milho para ressaca. Sua receita nunca chegou a ser popularizada, a menos que contassem os vários grupos bem alimentados de homens errantes, nos confins orientais das Planícies Vastas em que ele cresceu. Mesmo assim, nunca foi creditado por sua obra-prima culinária.

Mas que as inventou, inventou.

Começava com torradas de milho normais, óbvio. No entanto, ele as fritava com gemas cremosas de ovo de gaio-da-aurora, que se combinavam na frigideira com a textura porosa das torradas de milho para formar aquela iguaria ao mesmo tempo leve e saciadora.

Voltando cambaleante à caverna depois de se aliviar à luz da manhã, ele se lembrou da torrada de milho para ressaca com carinho. Na juventude, Clare podia ter bebido o dobro do que bebeu na noite anterior, comido um prato reforçado de sua comida maravilhosa e se considerado pronto para emboscar mercenários nos confins mais quentes das Planícies Vastas sem vomitar nenhuma vez.

Tudo parecia possível naquela época, fosse relacionado à bebida ou não. Podia se apaixonar com muita facilidade. Podia ter o coração partido e passar para o próximo amor na quinzena seguinte, tendo afogado as mágoas na bebida.

Naquele momento, porém...

Aff.

Clare Grandhart estava se sentindo velho demais para muitas coisas nos últimos tempos. O amor, não apenas romântico, era mais difícil quando se sabia a dor que ele causava. Fama e fortuna estavam começando a parecer mais tapa-buracos do que prêmios. O heroísmo estava se revelando impossível. Beber?

Bom, fazia o heroísmo parecer fácil.

Por sorte, Clare acordara sem vomitar, mas com a necessidade irresistível de urinar. A luz do sol atravessava a folhagem, fazendo sua cabeça doer. Ele tinha certeza de que nenhuma torrada de milho poderia salvá-lo de como estava se sentindo naquele instante.

Seu único consolo era saber que ele não estava sozinho em seu desconforto: tinha ouvido as várias vezes que Elowen vomitou durante a noite. Claro que *Beatrice* conseguia segurar o vinho e dormir em paz.

À frente da caverna, Clare encontrou Vandra, a única acordada, colocando a barraca em cima do cavalo. Ela parecia amuada, com os olhos marcados por olheiras, sem o fitar ao passar.

Embora não tivesse capacidade para oferecer consolo no estado atual, aquilo o entristeceu. Não era fácil desanimar Vandra, então, o que quer que estivesse acontecendo entre ela e Elowen, parecia tê-la magoado em seu íntimo, e Clare conseguia entender.

No fundo, às vezes sentia que entendia Vandra de maneiras que as outras não entendiam. Ninguém era *sempre* feliz. O bom humor podia mascarar momentos de tristeza. Ele sabia que ser triste era difícil, claro. Sabia, porém, que ser feliz às vezes era mais difícil ainda, pois presumiam que você nunca ficava magoado.

Ele se sentou diante da entrada da caverna, perto do cavalo, retraindo-se sob o sol que atravessava as árvores, com todos os músculos em seu ser concentrados em mantê-lo aprumado.

Comida. Ele se agarrou com desespero ao conceito. Se não poderia ter as torradas de milho para ressaca, talvez uma proteína das rações secas ajudasse. Com a barriga revirando, colocou a mão dentro do alforje de seu cavalo para pegar a carne seca.

Bem quando estava levando a carne aos lábios...

Foi atacado, um grasnido horrível cortando o céu e seu crânio. Ele gritou alto, envolto por um embate de garras e um turbilhão de penas.

— Por favor — ouviu Elowen gritar com angústia dentro da caverna —, se estiver sendo morto, Clare, faça o favor de gritar mais baixo.

— Não sou eu. — Ele conseguiu responder, atracando-se com as asas furiosas. — É... — Ele forçou seu agressor a se submeter. — Wiglaf!

Em seu antebraço, olhando com desejo para a carne seca e parecendo revigorado pelo ataque, estava pousada sua águia de estimação.

Clare ficou encantado. Nenhuma dor de cabeça, nem mesmo a considerável que tinha naquele momento, poderia superar a alegria da visita surpresa de Wiglaf. Ele respeitava a independência de sua águia e conhecia a preferência do animal por se ocupar de empreitadas aladas de semana em semana. Mesmo assim, embora Clare *não* sentisse saudade dos confortos de seu terraço em Farmount, do amigo emplumado ele sentia.

— Oi, amigão — disse ele com entusiasmo. — Como vai? Ah, olhe como suas garras cresceram!

Muitas vezes sentia que a águia conseguia entendê-lo por completo, palavra por palavra. Reforçando a convicção, Wiglaf trinou com o que era, sem dúvida, gratidão.

— Não, não, não — respondeu Clare com delicadeza. — Você precisa lixá-las antes de pousar no papai. Desculpa. — Ele abaixou Wiglaf, que, relutante, saltou para o terreno rochoso. — Mas você está muito bonito — continuou. — Quem é a águia mais bonita do mundo?

Wiglaf ergueu o bico, seu convite para carinho no queixo.

Obviamente, Clare obedeceu.

Wiglaf soltou um arrulho no fundo da garganta que Clare sabia serem gemidos de êxtase. Eram seu som favorito. Ele coçou com vigor, sentindo os contornos do queixo macio perfeito de Wiglaf.

— Sim, bem aqui, hein?

Eles não haviam parado quando Elowen e Beatrice saíram da caverna, piscando com confusão. Enquanto Elowen parecia sem ânimo nenhum de existir naquela manhã, a expressão de Beatrice se transformou. Ela caiu na risada, seu sorriso refletindo a luz brilhante do sol.

— Que gracinha — comentou ela. — Posso conhecê-lo?

— Claro — respondeu. — Ele adora fazer novos amigos.

A dor de cabeça desapareceu. Ele se sentiu com 20 anos de repente. Invencível, cheio de alegria e esperança. Apaixonar-se era fácil novamente, e Clare Grandhart se sentia forte a ponto de enfrentar todo um acampamento de mercenários sozinho.

Eles cavalgaram na direção dos estreitos de Baldon sob o sol implacável.

A paisagem mudou. A floresta deu lugar à pedra árida do leste. Depois de um tempo, encontraram uma das intermináveis estradas multifuncionais de Mythria, larga o suficiente para abrigar filas de carruagens carregando mercadorias, famílias, artistas ou qualquer outra coisa. Os dias anteriores, Clare especulava, devem ter sido um caos com os visitantes do Festival dos

Quatro. Naquele momento, porém, a notícia de que Reina estava de luto devia ter se espalhado depressa. A estrada estava deserta.

O terreno se nivelou, as rochas desapareceram nas planícies abertas. Eles seguiram viagem, à espera do primeiro vislumbre dos estreitos com água além das falésias costeiras.

A presença de Wiglaf melhorou o humor de todos, até de Vandra. A águia voou com eles durante metade do dia, depois se entediou, partindo em sua própria missão alada, embora não antes de ganhar de Beatrice metade de sua carne seca.

Observando-a acariciar a cabeça da ave, Clare se pegou imaginando demais o futuro.

Ele não conseguia se conter. Será que era uma pessoa esperançosa por natureza? Temia que sim. Contudo, quando observava Beatrice, cuidando com naturalidade da pequena criatura que morava com ele, era como se... *É bobagem*, ele se repreendeu.

Não adiantava. Quando olhava para ela, era como se pudesse ouvir trechos de canções românticas tocando sobre sua própria conjuração particular de lembranças imaginadas.

Nunca vai acontecer, lembrou a si mesmo. Em breve, se despediria de Beatrice e Elowen mais uma vez. Mesmo assim, agarrava-se à possibilidade de que o relacionamento deles talvez não precisasse ser... como antes. Talvez pudesse convidar as duas para sua casa para... jantares, espetáculos ou o que quer que elas preferissem. Ou poderia implorar para Thessia enviá-los a mais missões! Ele viajaria para onde a rainha quisesse se pudesse estar com suas amigas.

Clare apenas sabia que ainda não estava pronto para dizer adeus.

Cada quilômetro que seus cavalos percorriam os levava para mais perto de onde Hugh era mantido refém, do fim inevitável da viagem. Quer eles terminassem a missão como heróis ou fracassados, precisariam voltar para casa.

— Esperem — murmurou Vandra.

A palavra tirou Clare de sua nuvem de desânimo. Ele seguiu o olhar dela para onde... um homem solitário caminhava pela estrada em sua direção.

Suas roupas estavam esfarrapadas. A cabeça baixa de exaustão. Seu passo era cansado, até ele erguer os olhos. Quando viu o grupo, começou a correr na direção deles.

— Emboscada? — perguntou Vandra, pegando as armas.

Clare levantou a mão. Ele estreitou os olhos, tentando observar o homem que corria até eles.

— Não...

Era impossível. Ou apenas muito improvável. No entanto, a cada passo que o estranho dava, a certeza de Clare crescia.

Ele saltou do cavalo.

— Hugh!

O homem que os alcançou com passos ofegantes era, sim, o futuro rei de Mythria. O motivo da missão. Um amigo de Clare, ainda por cima. Clare o observou, procurando... interferência mágica? Ele não sabia. Sir Hugh Mavaris parecia exatamente, maravilhosamente *certo*. A pele bronzeada, o cabelo preto farto. O nariz torto, a boca reta. A mesma casca grossa que envolvia a joia da realeza.

Embora estivesse imundo e sua barba, que costumava ser aparada com perfeição, estivesse grande, ele parecia, por mais incrível que fosse, ileso. Clare o recebeu, e eles apertaram o antebraço um do outro.

— Você está vivo — admirou-se Clare. — Está... até que bem, por sinal.

Hugh o ignorou em desespero.

— Que dia é hoje? Perdi meu casamento? — perguntou ele, com um horror urgente.

Clare riu, feliz por ser o portador de boas notícias.

— É daqui a três dias. Não tema, meu bom homem.

Isso fez Hugh literalmente chorar de alívio. Clare notou que o amigo estava mesmo exausto. Eles precisariam ajudá-lo a descansar no retorno a Reina.

Retorno a Reina. A mente de Clare se voltou ao que o feliz acaso significava. Eles... completaram a missão. Eram heróis?

Ou apenas... não eram mais nada?

Por mais feliz que estivesse por sir Hugh estar a salvo, Clare se viu incapaz de ignorar a decepção que sentia. A missão não lhe proporcionara a chance de se provar digno do legado de Galwell. Provar que, quando necessário, ele era, sim, o herói que fingia ser.

O que lhe restava em vez disso? Uma vitória de pouco valor e a estrada para casa. Ele voltaria a Farmount e suas sombras existenciais diárias.

— Como você escapou? — perguntou Vandra a Hugh.

Clare se sentiu envergonhado na hora. A pergunta era imperativa. Será que Hugh estava sendo perseguido? A Ordem estava perto? *Ele* deveria ter abordado os detalhes importantes. Galwell teria. Em vez disso, havia se perdido pensando em como sua vida famosa e confortável era infeliz.

— Não escapei — respondeu Hugh. — Eles me soltaram.

O vazio em sua voz era inquietante. Deixou todos preocupados.

— Por quê? — questionou Beatrice. — Você não deu a localização da espada, deu?

A expressão de Hugh era desolada.

— Não precisei — falou ele com uma grave hesitação. — Myke Lycroft tinha... tinha uma adaga. Coberta de sangue seco. E me explicou que, quando empunhava a arma, conseguia usar o dom mágico daquele cujo sangue estava na lâmina. Segurando a adaga, ele... entrou em minhas lembranças. Viu a localização final da espada com os próprios olhos.

Eles ficaram horrorizados. "Ele entrou em minhas lembranças", disse Hugh.

Nos pensamentos acelerados de Clare, os últimos dias se reformularam. Eles não *escaparam* da Ordem nas cavernas de cristal. A Ordem conseguiu tudo de que precisava. Myke Lycroft não precisava de Beatrice. Precisava apenas da *magia* de Beatrice.

Myke, o forjador da Espada das Almas, era um armeiro mágico cuja magia manual podia criar armas com propriedades encantadas.

Ele estava com uma naquele dia. E a usara para cortar Beatrice, tornando possível que usasse a magia dela.

Eles seguiram viagem até onde Hugh estava sendo mantido, imaginando que a Ordem estava atrás deles. Em vez disso, aquele tempo todo, Lycroft tinha exatamente o que queria. Caíram direitinho na armadilha.

Eles fracassaram.

Mas não, certo?, lembrou Clare. A missão era o resgate do noivo da rainha, que estava com eles, protegido, são e salvo. Eles podem ter fracassado na missão que descobriram no caminho, mas cumpriram aquela em que estavam. Eles poderiam voltar para casa.

O que, com um pavor nauseante no fundo da barriga, ele sabia que fariam. Já foi difícil fazer os quatro se aventurarem para resgatar Hugh. Imagine defender o reino todo. *Precisarei me contentar com... com a vitória,* pensou.

Ele se ouviu dizer:

— Estamos com sir Hugh. — Sua voz era baixa, curvada sob o peso de Mythria. — Podemos levá-lo a Thessia. É o que nos comprometemos a fazer. Sei que não posso esperar mais...

Elowen o ignorou.

— Onde está a espada, Hugh? — questionou ela.

— Conseguimos recuperá-la antes da Ordem? — interveio Vandra.

Clare sentiu um nó na garganta, muito comovido. Prometeu a si mesmo que aquela era a última vez que subestimava a nobreza de Elowen Fiel ou Vandra Ravenfall.

Hugh abanou a cabeça.

— Eles já pegaram a espada. Pior, eles... — Ele contemplou a paisagem desértica. Quando voltou a falar, a calma em sua voz parecia ensaiada pela juventude militar, aprendida nos campos de carnificina. — Eles massacraram a vila mais próxima. A Espada das Almas estava inativa. Precisava de sacrifícios — entoou Hugh. — Está poderosa de novo.

O horror repugnante das ações da Ordem beirava o incompreensível. Sacrifícios? A vila inteira?

— Então, acabou? Ressuscitaram Todrick? — perguntou Clare com a voz trêmula, forçando as palavras a saírem.

— Não... ainda não. Em breve. — Hugh hesitou, como se pudesse ver o perigo nos olhos deles. — Sei onde planejam trazer Todrick van Thorn de volta à vida.

Os olhares do grupo se voltaram a... Beatrice, a única que não falara. *Porque estava ferida*, lembrou-se Clare. Por maior que fosse sua gratidão pelo ardor vingativo de Elowen e Vandra, ele não negaria a ela o direito de interromper sua parte da missão ali.

No instante em que ela deu um passo à frente, Clare soube a decisão dela. Ela nunca parecera mais atraente. Como uma general conquistadora, comandando a porra toda.

— Diga-nos onde — falou ela. — Vamos detê-los.

Elowen

m pouco chato, não? Ser descartado pelos vilões assim que descobrem como recuperar a arma para mudar tudo sobre o reino. Faz um homem questionar o próprio valor — disse Hugh.

Elowen não queria rir. Mas o sorriso sincero de Hugh, assim como a coragem de fazer uma pergunta daquelas enquanto os cinco estavam, de forma bastante literal, se arrastando por areia movediça, funcionava a seu favor.

— Pode crer — respondeu Elowen.

O sorriso que já estava no rosto de Hugh se alargou de orelha a orelha, brilhante como a lua mais cheia. Elowen achava que ele seria chato ou, pior, egocêntrico, mas descobriu que não era nem um nem outro. Tinha uma humildade surpreendente. Mais de uma vez Hugh precisara pedir ajuda para sair da areia movediça, e sempre agradecia com elegância quando Clare, Vandra ou mesmo Elowen puxavam sua perna para que ele pudesse erguer o pé e seguir em frente.

Ela não gostava muito de admitir que simpatizava com Hugh. Mas a piada que ele havia feito às próprias custas aliviara o clima tenso. Percebendo a eficácia, Hugh continuou com a brincadeira enquanto caminhavam em direção ao lugar para onde jurava que a Ordem estava seguindo.

— Morte por areia movediça deve ser uma das mais constrangedoras — disse ele. — Ainda mais porque fui eu quem disse para pegarmos esse caminho. Entendo agora por que os condutores do Carroças-para-Você nunca pegam essa rota, embora seja tecnicamente mais rápida.

— Quando *você* usaria Carroças-para-Você? — perguntou Beatrice, sem esconder a surpresa.

— Você nem imagina — respondeu ele. — Sempre que eu e Thessia queremos sair a sós, os condutores de Carroças-para-Você têm sido muito mais discretos do que os da realeza.

Para ser sincera, Hugh era a peça que faltava no quebra-cabeça deles. Não apenas no sentido literal, mas emocional também, o grupo precisava da presença dele. Sem ele, a areia movediça dos problemas de relacionamento ameaçava afundá-los. Ter alguém de fora por perto permitia que todos se concentrassem nele em vez de uns nos outros. O futuro rei não reclamava, nem mesmo quando a areia se abriu numa vastidão de dunas impiedosas e o calor seco ardeu sobre eles. Ele suportava as perguntas de todos com uma tranquilidade impressionante, mantendo a conversa leve ao sempre encontrar maneiras de se tornar o alvo da piada.

Graças a Hugh, a viagem passou tão rápido que Elowen só notou a mudança na paisagem quando chegaram.

A cidade de Vale Vermelhão cintilava não muito longe dali, uma deslumbrante faixa reluzente de atrações e hospedagens. Desde o obelisco altíssimo, feito para evocar os pilares de Askavere, à fonte cintilante do tamanho das cataratas de Cristrosa, o que havia de mais impressionante na história de Mythria fora replicado com efeitos estonteantes em Vale Vermelhão; cada edifício criado com um único objetivo: entretenimento. Os mythrianos iam àquela cidade para ver o passado do reino sob a luz mais descontraída possível, tão distante do contexto original que era fácil manter as bebidas circulando e a diversão sem fim.

Diversão. Lá estava aquela palavra complicada outra vez, sobrecarregando Elowen de novo. Fazia sentido estar no lugar mais divertido do reino com seus divertidos companheiros de missão. Mas o que a diversão tinha a ver com a tarefa sombria que tinham pela frente?

— É aqui que a Ordem planeja ressuscitar Todrick — explicou Hugh. — Mas foram apostar na maior estalagem da cidade primeiro.

— Claro que foram — zombou Elowen.

Ela olhou para suas roupas. Seu manto estava coberto de terra e areia, e suas mãos, de uma camada fina de sujeira. Ela parecia tão acabada quanto se sentia. Quando olhou para os quatro companheiros de viagem, eles estavam da mesma forma. Todos já haviam passado por muita coisa.

— Não estamos parecendo pessoas prontas para um dia agitado de apostas — observou Elowen. Quando ninguém respondeu, ela não deixou de lembrar o óbvio. — Além disso, embora todos sejamos reconhecíveis, Hugh é a pessoa mais famosa de Mythria no momento.

Ao ouvir seu nome, Hugh colocou uma mão firme no ombro dela.

— Não tema — disse ele. — Estamos longe de ser o grupo mais arrebentado a andar pelas vias do Vale. Mas você tem toda razão sobre minha fama. Por sorte, aprendi muito em meu tempo com a rainha. Há diversas maneiras de se esconder à vista de todos.

— Tá aí uma verdade — confirmou Clare.

Elowen não sabia se o amigo invejava ou admirava Hugh. Clare tendia a ser a pessoa mais famosa em qualquer ambiente, por causa de sua dedicação a preservar a própria imagem pública por uma década. Mas a fama de Hugh era da *realeza*. Quando começou a namorar Thessia, os panfletos de fofoca ficaram obcecados em dissecar cada informação mínima que conseguiam sobre ele. E eram mínimas mesmo. Hugh era um enigma para o público, o que só o tornava mais intrigante. Sabiam que ele havia crescido na baía Paramar e que, na infância, sobrevivera a uma picada fatal de treninho enquanto brincava de esconde-esconde com os irmãos. Mas ninguém em sua família estava disposto a falar com os escribas e oferecer mais informações sobre a vida pessoal dele ou como ele se tornara um soldado da infantaria mythriana.

Clare tirou um boné de cavalobol da bolsa e o enfiou sobre a cabeleira escura de Hugh.

— Pronto — disse ele. — Está disfarçado.

Elowen arqueou uma sobrancelha. Hugh continuava o mesmo, só que usava um boné ridículo na cabeça.

— Obrigado, meu amigo. Estou mesmo — confirmou Hugh.

Enquanto ele passava os olhos pelo grupo, Elowen sentiu uma melancolia vindo dele. Lembrava a de uma criança com saudade dos pais. Ou talvez quando alguém se dava conta de que tinha dado a última garfada antes de estar mentalmente preparado para terminar a refeição.

— Que foi? — perguntou ela. Hugh inclinou a cabeça, confuso. Elowen explicou: — Perdoe se isso for inconveniente. É só que sinto certa tristeza em você.

Hugh se animou com a percepção.

— Minha despedida de solteiro, para meu azar, foi interrompida pelo sequestro. Era para comemorarmos no Vale. — Ele examinou o grupo de novo. — Vocês se incomodariam se eu pensasse nisso como minha despedida de solteiro?

Elowen conteve outra risada. A despedida de solteiro de Hugh era composta por uma reclusa rabugenta; sua companheira de missão com benefícios que era uma ex-assassina e dona de um charme perigoso; sua ex-melhor amiga recém-divorciada; e Clare Grandhart.

Vendo a graça com seus próprios olhos, Hugh sorriu de novo.

— Não é muito tradicional, mas, como vocês todos viajaram tanto para me salvar, seria uma honra ter vocês ao meu lado.

— Óbvio — respondeu Clare com seu entusiasmo característico.

— Maravilha — disse Vandra. — Estou dentro.

— Com certeza — confirmou Beatrice.

Elowen foi a última a responder.

— Adoraríamos.

Ele colocou os braços ao redor dos companheiros mais próximos de missão, que por acaso eram Elowen e Clare.

— Incrível! Vamos desfrutar de um pouco de devassidão bem-intencionada antes de eu me comprometer a uma vida maravilhosa com meu amor verdadeiro. — Ele baixou a voz a um sussurro, embora ninguém além de Elowen e Clare estivesse perto o bastante para ouvir. — Vulgo descobrir exatamente onde a Ordem Fraternal pretende ressuscitar seu líder maligno.

Ele conseguiu os risos que queria. Foram com certeza merecidos.

Hugh os guiou para a estalagem mais cara de Vale Vermelhão. Era construída com um quartzo branco que fazia o edifício brilhar com intensidade sob o sol, embora, do lado de dentro, não houvesse nenhuma janela. O dia era indistinguível da noite, o que parecia ser intencional, pois não era nem meio-dia e todas as mesas de apostas estavam ocupadas, com clientes saboreando bebidas inesgotáveis. Havia pessoas vestidas com cores vibrantes, outras com pouca roupa e até pessoas fantasiadas de celebridades. Tudo era possível no Vale Vermelhão. A movimentação era tão intensa que Elowen quase não percebeu a princípio, por causa de todos os sentimentos que ela processava com a magia vital. Foi apenas quando Beatrice prendeu o fôlego que ela se deu conta.

Havia vários Clare.

Por toda parte.

Alguém estava vestido como Clare estava no dia em que Todrick foi morto. Outro estava como Clare em alguma das capas de Homem Mais Sexy do Mundo. Havia o personagem ridículo que Clare fez numa participação especial numa novela de sombras, quando devia ter achado que um cavanhaque combinava com ele.

Toda vez que Elowen piscava, mais três pessoas vestidas de Clare apareciam. Dois deles — o Clare de Poções Esportivas de Faísca e um Clare que havia de alguma forma se fundido a sua águia, Wiglaf — estavam lutando com espadas de espuma, gritando "Boa técnica, senhor!" um para o outro sem parar.

Em meio ao mar de impostores de Clare, o rosto do verdadeiro empalideceu. Se é que isso era possível, ele era o único diferente, embora cem ecos distintos de sua existência preenchessem cada canto da estalagem.

— Parece que viemos parar na Convenção Anual dos Grandhart — disse ele, limpando a areia da túnica com timidez.

— Convenção Anual dos Grandhart? — repetiu Elowen, na esperança de que dizer aquilo de novo tornaria a situação menos absurda.

— Costuma ser mais para o fim do ano. Com o aniversário de dez anos dos Quatro e tal, os Grandhart devem ter adiantado — explicou Clare, com vergonha.

— Faz sentido — afirmou Hugh.

O Clare-Wiglaf parou a brincadeira para examinar o verdadeiro Clare. Elowen sentiu a barriga revirar, pensando que seriam descobertos. Quanto mais Clare-Wiglaf olhava, mais claro ficava que ele não compreendia o que estava vendo.

— Ele está tentando descobrir qual Grandhart é você — murmurou Elowen, admirada.

— Que tal o verdadeiro? — respondeu Beatrice, inexpressiva.

— Isso é bom — disse Vandra. — Vão supor que todos vocês estão fantasiados dos Quatro para prestar homenagem a Grandhart. E que eu estou fazendo uma imitação impressionante da nova mulher astuciosa da última missão.

Era verdade. Sendo eles mesmos, os Quatro conseguiam não ser eles mesmos. E Hugh estava de boné, então, ao que parecia, estavam todos bem disfarçados.

— O lado negativo é que vai ser difícil distinguir membros da Ordem dos Clare — observou Beatrice.

— Nenhum Grandhart que se preze entraria para a Ordem Fraternal — reclamou Clare.

— Se houver joio em meio ao trigo, precisamos nos espalhar para descobrir — disse Elowen, sentindo uma oportunidade de resolver algumas questões pessoais ao mesmo tempo que tratava das de salvar o reino. — Por que eu e Vandra não investigamos as mesas de carteado e vemos se conseguimos arranjar alguma informação? Outra pessoa pode explorar as piscinas e outra, a taberna.

Elowen não esperou uma resposta. Não só porque era raro dar ordens, como porque supunha, de forma correta, que o evento era tão excepcional que todos obedeceriam sem reclamar.

Elowen seguiu na frente de Vandra, passando por entre os Grandhart em busca dos homens com a aparência mais sórdida que conseguisse encontrar, imaginando que deveriam ser os membros da Ordem. Não era um plano perfeito, mas parecia a forma mais lógica de encontrar o mal entre eles.

Além disso, Elowen queria que Vandra a visse como uma mulher que tomava iniciativa sem hesitar. Uma pessoa competente que não temia cada dúvida terrível e angustiante que lhe aparecia.

Ela parou perto de uma mesa de empilhajack, onde quatro dos homens mais elegantes que ela já vira estavam reunidos para jogar. Todos tinham o cabelo loiro e olhos cor de aventurina e usavam túnicas cor de areia idênticas. Se não fossem membros da Ordem, com certeza haviam começado algum tipo de seita. Na verdade, até que seriam bons Grandhart, se não fosse por aquela postura sinistra que adotaram.

— Vamos escutar a conversa deles — propôs Elowen, parando perto. — Eles parecem vilões.

— Por que não nos sentamos? — perguntou Vandra. — Podemos conseguir informações melhores assim.

Elowen corou.

— Não sei jogar empilhajack.

— Ninguém sabe jogar empilhajack. — Vandra se dirigiu à mesa, forçando Elowen a segui-la. — Posso jogar com vocês? — indagou aos homens.

Eles foram pegos de surpresa com a presença dela. Vandra tinha toda a autoridade que faltava a Elowen, e o destemor também.

— Temos espaço para mais duas pessoas — confirmou o crupiê de empilhajack, empurrando pilhas de fichas coloridas para Elowen e Vandra.

— Você só precisa empilhar — disse Vandra a ela.

— E onde o jack entra na história? — perguntou Elowen, já atormentada.

Ela odiava aquele jogo confuso e como nunca conseguia se sentir suficiente. Por mais que tentasse mudar, suas emoções sempre a puxavam para baixo. Ela não sabia jogar, mas sabia que havia perdido antes mesmo de ter começado.

— O que os traz à cidade? — perguntou Vandra com alegria, ignorando Elowen.

Os quatro homens a encararam, sem que nenhum respondesse. Vandra encarou de volta, sorrindo para cada um deles enquanto fazia um contato visual tão intenso que, um por um, os homens desviaram o olhar, intimidados. Era habilidoso como ela impunha autoridade sem precisar dizer uma palavra a mais.

— Somos constituintes do Coletivo dos Espectros Ressuscitados — murmurou um deles por fim.

Ah. Eles não eram membros da Ordem, então. Elas haviam se deparado com monges. Monges *apostadores*.

Elowen, como muitos mythrianos, via os Espectros pelo que eles eram, heróis mortos do passado, honrados para sempre por como trouxeram Mythria à vida. Aqueles homens os viam como algo muito mais grandioso. Acreditavam que os Espectros retornariam, renasceriam para salvar Mythria mais uma vez. Agora onde estariam os Espectros, nenhum deles sabia dizer...

Suspirando, Elowen se levantou para sair, mas Vandra a puxou de volta à mesa.

— Você queria me perguntar algo, não?

Elowen gaguejou.

— É por isso que você nos separou, certo? — continuou Vandra, sussurrando no ouvido de Elowen: — Esses homens estão tão focados em seu espiritualismo que não ligam para o nosso drama pessoal, e eu gostaria de jogar uma rodada de empilhajack. Podemos ficar aqui e conversar à vontade sobre o que você quiser.

Vandra havia descoberto toda a estratégia de Elowen. Era extremamente estressante ser compreendida. Pior, como Elowen não tinha dinheiro, Vandra precisava pagar para as duas jogarem. Vandra colocou uma bela soma de tostões, e Elowen engoliu em seco, já sabendo que perderia tudo.

— É como diz o ditado: quem não arrisca, não petisca — disse Vandra aos monges, piscando.

E assim começaram a partida de empilhajack, que de fato envolvia empilhar, mas também era sobre contar? Elowen não conseguia entender.

— Pensei que não gostasse de jogos — ousou falar, equilibrando uma ficha vermelha sobre duas azuis.

— Catorze — anunciou o crupiê de empilhajack. O que quer que isso significasse.

— Nunca disse isso — refutou Vandra. Ela colocou quatro fichas amarelas ao lado das vermelhas de Elowen. — Verdade ou Desafio perdeu a graça, então parei de participar. Este tem apostas claras, o que prefiro.

— Sete — disse o crupiê.

Os monges fizeram suas jogadas enquanto Elowen encarava Vandra.

— Você fugiu de responder à minha pergunta, então — argumentou Elowen. — Não estava entediada. Estava sendo evasiva.

— E o que eu tinha a ganhar se fosse sincera? — perguntou Vandra.

Um dos monges colocou uma única ficha azul.

— Vinte e três — anunciou o crupiê.

— Você sabe bem o que tinha a ganhar — disse Elowen, o calor em suas bochechas se espalhando para o pescoço.

Ela precisava dizer mais, mas não conseguia se forçar a falar.

Para ser franca, estava apavorada. Também estava sendo difícil. E até então não tinha tomado a atitude certa no momento certo. Passara dos limites enquanto jogavam Verdade ou Desafio, dominada pela intensidade dos próprios sentimentos, ainda mais porque Vandra sempre agia com tanta tranquilidade. Ela nunca parecia se abalar por nada. Toda uma caverna havia desabado com ela dentro, e conseguira sair ilesa. Elowen achou, durante o jogo, que encontraria o ponto fraco de Vandra. O amor, pelo que parece, era o ponto fraco de todos. E aquele foi o pior instinto para Elowen ter. Por que queria dificultar a situação? Uma mulher como Vandra só teria a perder amando Elowen.

No tempo que Vandra levou para elaborar uma resposta, os três outros monges fizeram suas jogadas.

Vandra era tão imperturbável. Elowen ficava bastante desconcertada, para não dizer incomodada, por não conseguir ser branda em resposta. Sentir as emoções de Vandra nunca seria suficiente. Queria entrar no cérebro dela e entender como ela sempre mantinha a compostura.

— Gosto de jogos em que entendo os resultados — explicou Vandra. — No empilhajack, ou se ganha ou se perde. Não existem outras opções. Não existe prêmio de consolação nem derrota parcial. O que você aposta é o que perde. Nada a mais, nada a menos.

Naquele momento, Elowen empurrou todas as fichas vermelhas que tinha para a frente, depositando-as em cima da única ficha azul que o monge havia colocado antes.

— Dois — disse o crupiê, de modo desconcertante.

— Quando jogamos Verdade ou Desafio, aquela pareceu uma chance de rirmos todos juntos, o que acolhi de bom grado, depois de todo o inferno que enfrentamos — continuou Vandra. — Tudo se tornara tão terrivelmente sério. Mas *você* mudou as regras. Transformou em algo pessoal. Eu não sabia o que você queria tirar daquele momento, porque foi você quem me disse que éramos companheiras de missão com benefícios. O que estava me perguntando ia muito além de algo tão casual quanto duas pessoas que se *divertem* juntas, então decidi parar de jogar, porque já não sabia o que estava arriscando de verdade. — Ela fez uma pausa, chegando mais perto. — Então me diga, Elowen, o que estou arriscando?

— Não sei — gaguejou Elowen, na defensiva, odiando-se ainda mais.

Ela deveria ter ficado quieta, ter se dado um momento para pensar. Mas virava um animal quando se assustava. Reagia. E, para falar a verdade, se Elowen nem mesmo conseguia admitir a profundidade de seus sentimentos, como poderia fazer algo tão complexo quanto amar Vandra como ela merecia?

Vandra suspirou antes de acenar para o crupiê.

— Aposto tudo — disse ela.

Os quatro monges e o crupiê prenderam a respiração. Elowen sentiu uma grande expectativa.

Vandra reuniu todas as fichas, depois as empilhou uma a uma em cima da última jogada de Elowen. A cada ficha nova acrescentada à pilha, o suspense crescia. O que quer que Vandra estivesse fazendo, era ousado.

Antes de colocar a última ficha, olhou para Elowen.

— Quem não arrisca, não petisca — falou Vandra.

E colocou a ficha vermelha em cima da torre, que caiu, fazendo todos ao redor da mesa perderem o ar.

— Trinta — declarou o crupiê.

Elowen imaginou que isso devia fazer de Vandra a vitoriosa. Mas o crupiê empurrou as moedas para Elowen.

Vandra se levantou.

— Parabéns — sussurrou ela. — Você ganhou de novo.

Em seguida, Vandra partiu, deixando Elowen e sua montanha de tostões à mesa de empilhajack com quatro monges descontentes e mil palavras por dizer.

26

Beatrice

avia… Clare demais.

A verdade é que *um* Clare já era demais, na opinião de Beatrice. Mas ela se viu cercada por Grandharts de todos os tipos em cada canto no Vale Vermelhão. *Óbvio* que a lenda dele lhe garantira sua própria convenção.

O verdadeiro Clare estava, é claro, encantado. Passada a surpresa do evento, ele começou a apontar cada versão de si mesmo como se estivesse visitando as criaturas exóticas do Bestuário.

— Ah, aquele sou eu do baile de máscaras a que tivemos que ir! — exclamou ele. — Que inventivo. Espectros, ao lado dele está minha roupa da Carta de Herói da edição de luxo. Não o retrato simples dos colecionadores comuns. O de luxo — explicou.

Ela estava farta.

Beatrice o parou no meio do cassino, virando para o Clare irritante de verdade.

— Você sabe que estamos aqui procurando membros da Ordem? — disse ela, cortante. — Não… os Grandharts.

Ele não se deixou abalar.

— Sou capaz de fazer as duas coisas, muito obrigado — informou.

Beatrice estava formulando alguma alfinetada sobre o tema de ele superestimar as próprias capacidades, a qual seria bastante ácida, por sinal, quando o futuro rei interveio com entusiasmo.

— Ah, você precisa ver esse — comentou sir Hugh, apontando. — É você quando escapou das minas Grimauld.

Clare se virou.

— Onde?

Beatrice franziu a testa, tirando a diversão dos rapazes.

— Você é uma má influência para ele — avisou ela a Hugh.

Hugh baixou a cabeça, com um arrependimento afável.

— Sinto muito, lady Beatrice — respondeu ele.

Ela não o corrigiu sobre a parte da *lady*, sem querer fazer todos se lembrarem mais uma vez de seu divórcio.

Ela mesma não aguentava mais ser lembrada. Sabia que estava sendo seca com os companheiros porque Vale Vermelhão a deixava de mau humor. Não apenas em razão das inúmeras imitações ambulantes de seu ex vaidoso, mas porque aquele fora o local de sua lua de mel com Robert de Noughton.

O cassino em si, onde a opulência chegava a ser opressiva e todas as superfícies brilhavam com ouro incrustado em obsidiana como um monumento ou mausoléu, a lembrava da mulher amedrontada e ferida que ia aonde quer que Robert queria, porque se odiava demais para se imaginar levando a vida que *ela* queria. A culpa por sobreviver a Galwell, por ser *feliz* por ter sobrevivido a ele, a fazia sentir que merecia a punição.

Portanto, ela se puniu. Praticou a privação. A vida com Robert, começando ali, era a prisão perfeita.

Não desta vez, disse a si mesma. Sua vida não era mais a mesma.

Ela notou Clare entrando de forma espontânea num grupo posando para um conjurista de retrato, sorrindo como um dos muitos imitadores e não o próprio herói.

Ela deu um sorriso. A alegria dele era contagiante.

Observando-o, ela não poderia negar que, naquela missão, começara a... desejar coisas de novo. No fundo, sabia que não poderia voltar à vida que estava apenas fingindo levar.

Clare notou o olhar de Beatrice sobre ele. *Ah, óbvio que notou, maldito.* Será que seu dom mágico era saber sempre que encantava alguém? Faria sentido.

Recusando-se a desviar o olhar, ela encarou. Não se sentiu recompensada quando o sorriso maroto se instalou no rosto de Clare. Finalizada a imagem do conjurista, se aproximou dela.

— Olá — disse ele.

Beatrice estava mesmo começando a *querer* coisas de novo. Com o sorriso dele brilhando como as velas encantadas ao redor da entrada, ela se sentiu atraída por Clare.

Não, ela *sempre* se sentiu atraída por ele. Naquele instante, era mais do que isso. Era uma inevitabilidade perigosa. Saber o que aconteceria *quando* a Clarezice inimitável dele a atraísse de vez. Ela sentiu seu corpo se voltando para ele, lembrando-os de como se encaixavam outrora.

— Oi — respondeu ela.

Ele pegou com primor uma bebida da bandeja de uma copeira que passou por eles. Entregou o cálice, efervescente com uma espuma cor de lavanda, para Beatrice.

— Você é uma peregrina do tempo? — falou ele com seu tom costumeiro que misturava brincadeira e seriedade. — Porque a vejo no meu futuro.

Ela riu, lembrando-se das primeiras palavras que Clare Grandhart dissera para ela. A risada trouxe uma nostalgia inesperada. Não-mais-lady Beatrice tinha mais experiência combatendo dragões do que sentindo nostalgia. No entanto, a referência bem-humorada de Clare sobre a primeira noite deles a fez perceber que o tecido de seu passado não era feito por completo de tristeza. Havia heroísmo e sacrifício, mas não eram o começo e o fim de sua história. Havia *humor*. Havia desejo. Havia alegria.

Talvez, considerou Beatrice, *aqueles momentos fossem o motivo por que ela se via lembrando como desejar*. Talvez ele a estivesse ajudando a lembrar *o que* desejar.

Todavia, ela se recusava a revelar seu afeto pela reprise dele.

— É uma péssima cantada — repreendeu ela.

Ele levantou uma sobrancelha.

— Lembro que funcionou muito bem em você certa vez.

— Só *muito* bem? — retrucou ela.

Ela estava mesmo flertando com Clare? Estava. Os olhos dele se arregalaram com uma surpresa encantada. Ele chegou mais perto, a ponto de sussurrar no ouvido dela.

— Melhor do que nos meus maiores sonhos — murmurou ele.

Beatrice se arrepiou, sem precisar de magia para lembrar a noite que ele descreveu. A sensação da boca dele na sua, dos dedos dele a levando ao clímax…

— Amigos! Queridos amigos, olhem!

Era Hugh. Ele apontava, direcionando seus olhares relutantes a um imitador de Grandhart que vestia uma pantalona com estampa floral.

— É Clare quando o ataque ao castelo Corpus exigiu que ele fingisse ser um dos bobos da corte do senhor! — descreveu Hugh com entusiasmo.

Clare fechou os olhos, sem dúvida atormentado pela lembrança da pantalona naquele instante em particular.

Quebrado o clima, Beatrice voltou a si. Como ela poderia se imaginar atraída por ele? Como poderia creditar a sir Clare Grandhart uma inevitabilidade perigosa? Ele não era nenhum bruxo de Megophar, capaz de enfeitiçar o coração com poções melífluas. Embora seu passado com ele tivesse, sim, desejo e prazer, Beatrice só precisava lembrar que aquelas não eram as maiores partes.

Ela *precisava* voltar a si. Senão... bom, sabia bem onde aquilo daria.

Beatrice deu um passo para trás, frustrada.

— Melhor nos dividirmos — declarou ela. — Cobrir uma área maior em nossa busca.

— Ou... podemos abandonar Hugh? — propôs Clare, fingindo ser tomado pela inspiração. — Vai que a Ordem o leva de novo.

Sem clima, ou melhor, desesperada para não ficar mais no clima, Beatrice franziu a testa.

— Nós nos odiávamos até dias atrás — pontuou ela.

O comentário não teve o efeito desejado. Clare deu de ombros, o sorriso descontraído.

— É mesmo?

A resposta impossível dele a silenciou. *Era* mesmo? Ela estava furiosa com Clare ainda naquele instante e sabia que ele estava chateado com ela. Nos últimos dias, eles evisceraram todas as dúvidas sobre a questão. Mas... aqueles sentimentos pareciam terrivelmente pequenos naquele momento. Como miniaturas projetando sombras longas sob a luz errada.

Ela não gostava disso. Tinha desistido de tanto, perdido tanto. Beatrice não sabia se conseguiria suportar a ideia de desistir do rancor que nutria por Clare Grandhart.

— Procure nas lojas com Hugh — disse ela, decidida. — Vou às piscinas.

O rosto de Clare se endureceu pela rejeição.

— Muito bem — respondeu ele.

Virando-se, ele seguiu para onde Beatrice direcionara, puxando Hugh no caminho. As lojas de luxo da estalagem estavam preparadas para vender de tudo, desde máscaras vestryianas até lençóis costurados por magia em tecidos macios a óculos mutaluz vagabundos no formato de cisnessolares. Embora o afastamento de Clare fosse o que pretendia, ela não deixou de se sentir magoada.

Beatrice baixou a bebida, a espuma se desmanchando num nada cor de lavanda. Enquanto caminhava para as piscinas, ela se perguntou se estavam fadados ao fracasso desde o princípio. Talvez ela e Clare estivessem destinados a sempre se magoar, vezes e mais vezes.

Inevitabilidade.

Só não o tipo que ela desejava.

Saindo para o calor escaldante, ela passou por um imitador sem camisa que reproduzia a capa de revista mais musculosa de Clare. Será que não poderia ter um momento sem nenhum Grandhart de qualquer tipo?

Ela seguiu em frente, sentindo-se da mesma forma como havia se sentido em sua lua de mel: surpresa por poder se sentir infeliz no paraíso. Pois as piscinas de prazer de Vale Vermelhão eram, *sim*, paradisíacas. Com suas formas incomuns, um encantamento mantinha a água sempre morna à perfeição. Cascatas mágicas cintilantes cor-de-rosa e azuis desaguavam em suas profundezas a partir de rochas conjuradas.

Beatrice estava começando o reconhecimento da área quando parou de repente, completamente despreparada para o homem com quem cruzou os olhos perto da piscina mais próxima.

Não era Clare. Não era nenhum dos muitíssimos fãs dele. Não, era a única pessoa que ela queria ver ainda menos do que seu ex.

Seu *outro* ex.

Por mais absurdo que parecesse, *Robert de Noughton* estava à beira da piscina no calor de Vale Vermelhão. Estava voltado para Beatrice enquanto uma mulher passava bronzeador em seu ombro. Robert e Beatrice vacilaram, ambos sem dúvida chocados em se ver. A outra mulher ficou imóvel, observando Beatrice, passando a impressão de uma presa da floresta que queria permanecer invisível.

Beatrice logo entendeu o que estava acontecendo. Ele voltara ao destino de sua lua de mel com… a substituta de Beatrice.

Robert olhou para ela com vergonha, talvez até receio de ferir seus sentimentos. O que era bastante razoável, mas Beatrice não sentiu a mágoa que pensou que sentiria. Não sentiu o orgulho ferido.

— Robert — disse ela, sem rancor. — Eu diria que estou surpresa em encontrar você aqui. Mas, bem. Sabe.

— Err — murmurou Robert.

Ela fez a observação em tom de brincadeira. Robert, porém, agiu como se ela o tivesse levado diante da Guilda Inquisitorial. Ela suavizou a voz.

— Gostaria de me apresentar a sua…

Ele não sabia que palavra usar para se referir à recém-chegada.

— Noiva — completou Robert, encolhendo-se. — Desculpa.

Beatrice deu de ombros, despreocupada pela primeira vez. Ela constatou que era maravilhoso.

— O momento para pedir desculpas já passou — observou Beatrice. — Você deve viver sua vida. Não precisa de um período de luto.

Robert sorriu com gratidão. Beatrice não se ressentia da felicidade dele nem lhe desejava mal. Ela havia conhecido homens maus. Embora Robert de Noughton estivesse longe de ser um grande homem, mau ele não era. Com paciência, e aprendendo com os próprios erros, ele poderia até ser razoável.

E ela?

Nunca o amara. Não teria como amar. Precisava se curar para deixar alguém entrar em seu coração.

Não sabia se havia conseguido. Beatrice entendia que a cura era uma missão por si só, por terras desconhecidas, com demônios do coração ameaçando seus passos intrépidos. Não sabia como seria seu destino ou que perigos encontraria no caminho.

Sabia, porém, que já começara. O que, por si só, era mágico.

Beatrice não permitiria mais que o fim de seu casamento com Robert atormentasse seu caminho. Se havia alguma coisa que havia aprendido com o preço de salvar o reino era como a vida era curta, como era devastadoramente frágil. Dedicar anos a se remoer e se lamentar não levaria a nada.

Robert se recompôs. Passado o nervosismo, ele parecia mais feliz.

— Gostaria de apresentar você a minha noiva — disse ele. — A futura lady Marion de Noughton.

A mulher apertou a mão estendida de Beatrice, corando.

— Sou uma *grande* fã — contou ela com entusiasmo. — Espero que não seja estranho dizer isso, mas você é minha heroína. Eu estava na universidade quando você salvou Mythria, e ouvir histórias sobre sua coragem me inspirou a assumir papéis de liderança no meu curso.

Comovida de verdade, Beatrice não conseguiu evitar sorrir.

— É muita gentileza sua. Não tem nada de estranho, pode ficar tranquila — disse ela a Marion. — Desejo toda a felicidade a vocês.

— Obrigada, lady Beatrice — falou Marion.

— É apenas Beatrice — respondeu ela com um instinto que descobriu estar se tornando mais instantâneo.

E pela primeira vez, porém, não sentiu mais como se fosse uma fuga ou uma rejeição ou uma contradição. Sentia como se fosse… ela. Ela era Beatrice.

Era suficiente. Por fim, era suficiente.

Que ironia, ela se percebeu notando. Na cidade em que usou pela primeira vez o nome de lady Beatrice de Noughton, ela deixava aquele legado para trás. O que acontecia no Vale Vermelhão ficava no Vale Vermelhão, afinal. Nova no papel de nobre, ela percorrera aquela mesma estalagem, talvez até o mesmo deque da piscina encantada. Era interessante como refazer velhos caminhos poderia levar a destinos novos.

— O que está fazendo no Vale? — perguntou Robert.

— Ah, sabe, salvando o reino — respondeu ela com honestidade.

Fosse por estar contente pela sinceridade dela ou presumindo que estava brincando, Robert riu. Riu! Sem maldade nenhuma! Beatrice se parabenizou pelo progresso que isso sem dúvida representava. Ela conseguia rir com o ex-marido.

— Combina com você — disse ele, efusivo. — Você parece bem. Parece você.

O sorriso de Beatrice se suavizou.

— Eu sei — respondeu ela.

Ela começou a se afastar. Nunca atento aos sinais do fim de uma conversa, Robert continuou com alegria:

— Bom, espero que salve o reino antes de amanhã à noite. Um banquete esplêndido vai ser dado. Todos os nobres de Mythria foram convidados. É por isso que viemos.

Ela paralisou. "Todos os nobres de Mythria."

— Onde?

Robert inflou o peito, o que não a incomodou nem um pouco. Se o orgulho o levasse a abrir o bico, ela ficava grata pela soberba dele.

— Na Dragão Noturno — informou ele.

Ao contrário dos estabelecimentos mais antigos de Vale Vermelhão, a Dragão Noturno, como ela ouviu dizer dos moradores mais jovens de Elgin, era a nova joia do Vale. Joia *falsa*, alguns diriam, comprando renome com luxos espalhafatosos e festas constantes.

Se alguém estivesse interessado em promover a Ordem renovada ou em ter as pessoas mais poderosas do reino em um único ambiente para manipular suas mentes com facilidade e aquele alguém fosse o irritante Myke Lycroft, a Dragão Noturno se prestaria com perfeição ao papel.

— Obrigada, Robert — disse ela. — *Muito* obrigada.

Ela saiu às pressas da conversa, sabendo que descobrira onde se daria a ressurreição de Todrick van Thorn.

Ela havia conseguido.

Só precisava encontrar seus amigos. Clare, como logo descobriu, facilitou muito a tarefa. Lá estava ele, sobre a cascata de rocha logo acima dela, cortejando as hóspedes. Era a cara de Clare. Sua ideia de espionagem era encontrar o grupo mais próximo para impressionar.

E impressionar era o que ele estava fazendo, em grande estilo, discursando com uma mão na cintura. Tinha desamarrado os nós superiores da túnica branca que vestia. Exultante pela empolgação de sua descoberta, sem contar a confiança eletrizante de enfim se conhecer, Beatrice correu até ele.

Ele estava de costas para ela. Quando puxou seu bíceps, ele se virou, sorrindo com uma surpresa encantada.

Ver Clare, cercado pela cascata turquesa, era encantador. O sorriso maroto tornava os traços familiares maravilhosamente juvenis, seus olhos azuis realçados pela luz.

Certezas de todos os tipos dominaram Beatrice.

— Sei que disse que deveríamos nos separar, mas mudei de ideia — declarou ela.

Sentindo-se ousada, ou melhor, sentindo-se *heroica* pra cacete, ela o beijou.

Ele hesitou, pasmo. Quando retribuiu o beijo, foi com fervor. Os braços dele a puxaram para si. Seus lábios eram vorazes, passionais, consumindo com o fervor do desejo. Por um momento perfeito, foi tudo.

Até Beatrice notar que Clare... não cheirava a Clare.

Era para ela se ver envolta pela névoa matinal dos estreitos de Galibrand, a água do oceano cheirando a luz do sol.

Ela não estava. Em vez disso, o beijo cheirava a óleos de perfume. Rospinho misturado com suor. O que significava que...

Ah, Espectros, não.

Ela se desvencilhou, horrorizada. O imitador de Clare que ela havia acabado de beijar sorriu, alheio ao mal-entendido. Não apenas ele tinha a mesma altura e roupa de Clare como ela notou a estranha imaterialidade de seus traços. Beatrice percebeu que ele possuía algum tipo de magia manual que lhe permitia manipular seu rosto para se assemelhar ao do Clare de verdade.

Beatrice precisava se livrar da multidão de pessoas que haviam acabado de comemorar o beijo. Ela começou a fazer reverências, fingindo que estava apenas atuando ali para a Convenção dos Grandhart. Estava funcionando, os convidados batendo palmas enquanto ela se afastava às pressas, até que...

Os olhos dela encontraram os de Clare.

O *verdadeiro* Clare.

Ele havia acabado de entrar na área da piscina com Hugh. Pela confusão estampada em seu semblante, com certeza tinha acabado de ver o beijo dela com outra pessoa, outra pessoa que ela pensava ser ele.

Beatrice desejou que o touralo das lembranças de Vandra pudesse engoli-la por inteiro.

Para seu azar, sem nenhum touralo por perto, ela se contentou em fugir. Beatrice correu pelo deque da piscina, dominada pela vergonha. Era ridículo! Sabendo que Clare a seguiria, querendo zombar, se gabar ou qualquer que fosse a reação típica de Clare que teria, ela continuou como se a Guilda das Rosas-da-Morte estivesse atrás dela.

Com a mente tão acelerada quanto seus passos, ela soube que sua única chance era sair da trilha. Exceto que... o que cercava a trilha eram piscinas luxuosas.

Muito bem, então.

Recusando-se a perder a coragem, Beatrice se jogou com tudo na cascata mais próxima que encontrou. A água era mesmo aquecida com magia. Uma delícia. Em segundos, ela estava encharcada por completo.

No entanto, a tática funcionou. Ao passar da cortina de água, ela observou. Nenhum Clare surgiu. Por fim, com a sensação indesejável de estar ela mesma invadindo o castelo Corpus, concluiu que era seguro sair.

Apesar das roupas pingando, ela manteve a cabeça erguida enquanto voltava a entrar no cassino. Ela precisava de refúgio, algum tipo de...

Elowen.

Nenhuma história complicada poderia dissipar seu alívio quando ela notou a outra mulher sentada a uma das mesas de jogos mais próximas.

Ao ver o estado ensopado de Beatrice, Elowen se assustou.

— Beatrice! Você foi atacada?

— Temo que foi muito pior — respondeu Beatrice, afundando-se na cadeira vaga e ignorando o olhar de desaprovação do crupiê. — Fui humilhada.

Elowen a observou, sem dúvida preparando algum meio de zombar ou esfregar ainda mais a vergonha de Beatrice na cara dela.

Em vez disso, a antiga amiga caiu na gargalhada.

Beatrice fechou a cara.

— *Não* tem graça.

— Tem muita — confirmou Elowen. — O que você fez? Ah, não me diga que tem a ver com os Grandhart que estão correndo de um lado para o outro.

Beatrice sabia bem que não adiantava mentir para Elowen. Por isso se contentou em ficar em silêncio. No entanto, até o silêncio era uma confissão, como ela notou pela mudança no olhar de Elowen. Imaginou que havia entregado emoções de medo ou remorso à magia vital de Elowen.

— Ah, Beatrice. O que você *fez*? — repetiu Elowen.

— *Beijei um!* — exclamou Beatrice.

Os olhos de Elowen se arregalaram como nunca.

— Você sabia...?

— Claro que não — respondeu Beatrice, com tristeza. — Pior, Clare viu. Nosso Clare.

De modo estranho, revelar seu infortúnio estava aliviando de algum modo a confusão em sua cabeça. Ela olhou para Elowen, pronta para a reação dela.

Elowen tinha parado de rir. Uma solidariedade sincera surgiu em sua expressão. *É como ver um nascer do sol*, pensou Beatrice. Não exatamente agradável. Mas lindo, mesmo assim, em sua raridade, sua profundidade.

Elowen se levantou.

— Venha — disse ela. — Não posso ajudar com a humilhação, mas posso levá-la a nossos quartos para você poder trocar essas roupas encharcadas.

Sem hesitar, ela deu meia-volta, guiando o caminho.

Beatrice a seguiu.

— Des... desculpa — falou ela.

Sim, seguir seus impulsos a havia levado àquele desastre. Talvez, porém, algo pudesse sair daquela catástrofe.

Chegando aos elevadores onde encantamentos poderosos transportavam os hóspedes de andar em andar, Elowen olhou por sobre o ombro.

— Pelo quê?

Ah, que pergunta. Beatrice se arrependia de tantas coisas que nem sabia por onde começar. Como poderia pedir desculpa pela morte de um irmão? Não poderia. Ela torcia para que Elowen entendesse as angústias não verbalizadas que enchiam o silêncio vazio.

— Por tirar você do seu carteado — conseguiu dizer Beatrice.

No longo olhar que Elowen lhe lançou, Beatrice soube que ela ouvira todas as coisas não ditas. Elowen enfim ergueu os olhos para o vão iluminado por onde os elevadores subiam.

— Eu estava perdendo mesmo — informou Elowen. E hesitou antes de murmurar: — Está... tudo bem.

Beatrice quase chorou. Pois ela sabia que *não* estava tudo bem. Ela não merecia o perdão de Elowen. As palavras eram uma falsa misericórdia, a mais rara das graças de Elowen. No entanto, ela se permitiu o egoísmo de fingir por um tempo.

O elevador chegou a seus pés. Beatrice entrou, encontrando-se onde achava que nunca estaria de novo: ao lado de Elowen.

27

Clare

Sem hesitar, Clare deu um soco na própria cara.

Furioso, ele partiu para cima do impostor, sem se preocupar com a multidão que o observava ou com as possíveis consequências de agredir alguém no meio da mais luxuosa estalagem de Vale Vermelhão. Opiniões públicas nunca o impediram de socar outros homens antes. Por que começar naquele exato momento?

O impostor cambaleou, talvez esperando uma encenação em vez do golpe devastador no queixo que recebeu. Clare, o Clare verdadeiro, percebeu que o soco não aliviou a dor em seu peito. Nem a distração do impacto nos próprios dedos, tampouco a marca vermelha instantânea que se formava na bochecha do outro homem, desestabilizando a simetria encantada do rosto do impostor.

O imitador sacudiu a cabeça, atordoado, até que seus olhos pousaram no próprio Clare. Um brilho de alegria surgiu em seu rosto. Ao que parecia, a oportunidade de lutar diante da multidão crescente valia o ferimento.

Talvez fosse isso que os imitadores de Clare costumassem fazer na frente do público. Clare não saberia dizer. Com a dor vibrando no peito, toda a Convenção dos Grandhart, que momentos atrás o encantava, pareceu equivocada de forma impossível.

Por que alguém gostaria de ser como ele?

Ele estava sendo consumido. O homem na frente dele acabara de beijar Beatrice. Raiva pura o dominava. Clare se agachou em sua postura costumeira de combate, aquela representada em sua Carta de Herói, não a de luxo, e com a qual ele combatera Leonor, o Soberano, ex-guardoleiro de cavalobol e, por um tempo, o principal capanga da Ordem.

O imitador fez o mesmo.

Clare atacou, desferindo um soco com o punho direito, seu primeiro movimento preferido.

O outro homem fez o mesmo.

Um soco acertou o outro. Quem acabou cambaleando daquela vez foi Clare. Se socar o próprio rosto não lhe ofereceu nenhuma alegria, disso ele gostava ainda menos.

Por instinto, ele recorreu a seu contragolpe habitual, usando o pé para dar uma rasteira no adversário. Quando o imitador replicou exatamente o mesmo movimento, o choque resultou em seus pés se encontrando, lançando *ambos* ao chão. A multidão, claro, explodiu em gargalhadas e aplausos.

— Você é muito bom — comentou o imitador. — Estudou os movimentos de Clare.

— Não precisei estudar — respondeu Clare.

Passado o nevoeiro da raiva, a complicação do duelo estava ficando aparente. Em qualquer luta real e formidável, as idiossincrasias de um inimigo de Clare moldariam sua estratégia: costumes regionais, problemas psicológicos, traços de personalidade. Era possível entender muito sobre a vida de um oponente através de seu estilo de luta, como Clare aprendera. Onde o oponente crescera, se lutava com irmãos mais velhos ou se escondia-se dos pais ou se lutava por dinheiro, sobrevivência ou esporte. Era poético, Clare concluía em seus momentos contemplativos.

Naquele momento, achou irritante.

Ao enfrentar alguém que imitava seus próprios movimentos, ele estava quase jogando Xadrez de Ogro consigo mesmo. Reconhecendo que a luta exigia mais, Clare se obrigou a reavaliar. Ele precisaria fazer tudo que fosse *oposto* aos próprios instintos, fazendo o que em geral nunca faria.

Ele teria que dar uma de ladino.

Sua única vantagem na situação era o conhecimento inato dos movimentos do falso Clare. Ele se esquivou do golpe que sabia que viria na sequência e partiu para cima, rápido e descuidado, um movimento desesperado de lutadores inexperientes, uma impulsividade de sua juventude árdua que superou logo no começo da vida. Deu certo, de certa forma. Ele acertou a bochecha do imitador, quase quebrando o próprio polegar porque seu punho não estava bem fechado.

A dor não o deteve. O que o deteve *mesmo* foi a bota do falso Clare golpeando sua barriga. O chute tirou seu fôlego, fazendo-o cair de joelhos nas poças sobre a rocha da cascata.

Relutante, reconheceu que o golpe talvez fosse o que ele teria feito em resposta a seu soco desgovernado. Espectros, o cara era bom. A multidão rugiu.

— Grandhart contra Grandhart! — exclamou o impostor, empolgando ainda mais a plateia. — Quem vai prevalecer? O duelo final!

A ostentação desmotivou Clare. Seu oponente não gostaria de ser superado, o que dificultaria a luta.

Contudo, ele não tinha o que o Clare verdadeiro tinha. *Fúria*, recém-provocada.

Os punhos do Clare verdadeiro, como a própria Espada das Almas, eram armas forjadas em dor, pois ele acabara de ver *outra pessoa* beijar Beatrice. O homem não teria como sentir a ira que Clare sentia, pois estava apenas armando um espetáculo. Ninguém teria como conhecer a raiva ciumenta que ele sentia.

Certo, não é bem verdade, corrigiu-se. Tinha certeza de que muitos em Mythria se consideravam apaixonados por Beatrice dos Quatro.

Nenhum deles, porém, conhecia a profundidade da devoção de Clare. Ele recordou como Beatrice estava nos braços do homem. Clare sabia que era *ele* quem ela queria beijar. Não conseguiu ouvir o que Beatrice dissera, mas quando ela notou que beijara um impostor e viu o verdadeiro Clare a observando, percebeu seu erro e fugiu. O que significava que as chances de querer beijar o Clare verdadeiro naquele exato momento eram... baixas.

Aquele impostor roubara o único beijo que ele poderia ter recebido de Beatrice.

Clare havia passado dez anos sonhando com os lábios dela. Por dez anos tentou esquecer todas as lembranças de Beatrice e, mesmo assim, acordou todos os dias com o rosto dela em sua mente. Dez anos do que, naquele instante, ele admitia ser um anseio gosmento.

Tudo para a única chance que ele poderia ter tido com Beatrice ser roubada por um intérprete dele de quinta categoria. Aquele homem precisava pagar. Clare se levantou.

— *Você me deve um beijo* — rosnou Clare.

— Eu... quê? — respondeu o imitador, surpreendido.

O comentário fizera mais sentido na cabeça de Clare. Não importava. Ele aproveitou a distração do homem, partindo para cima, jogando o imitador no chão. Os dois rolaram nas lajotas molhadas da área da piscina, tentando sair por cima. Clare tinha certeza de que o espetáculo parecia *muito* digno. Muito heroico. Quando o homem deu um mata-leão nele, com força, Clare escapou apenas dobrando os dedos do oponente, quase os quebrando.

Ele se soltou, ofegante, a túnica encharcada, o cabelo desgrenhado. No chão, seu sósia se esforçava para se recuperar.

— Ela não queria beijar você, seu idiota! — gritou Clare olhando para baixo.

Foi só ao ouvir a ênfase furiosa das próprias palavras que entendeu quanto ele mesmo precisava ouvi-las. Como a visão daquele homem vestido como *ele*, inconsequente e desprezível no chão, as invocou. *Óbvio que ela se arrependia do beijo.* Ele não era o homem que Beatrice merecia ou que poderia querer. Não era o herói que ninguém poderia querer. Ele se sentiu vulnerável por inteiro.

— Você não a merece — murmurou ele com desprezo.

Os olhos do imitador se estreitaram. Ele se levantou com desconfiança, entendendo que a questão ali não era *mesmo* mais sobre ele.

E não era. Clare, que lutava com o medo e o desejo, enfrentava naquele instante uma das mais novas patifarias de seu coração: a raiva. Despejar seu desespero em alguém que era a *cara* dele era irrelevante, mas ele não se importava. Aquilo não passou por sua cabeça tomada pela fúria, que viu apenas a chance de converter o autodesprezo em socos implacáveis.

Ele não sabia como parar. Faria picadinho do oponente para se castigar. Espectros, estava cheio de ódio. A certeza incomensurável e inexaurível de que *ele* metera os pés pelas mãos na última década, a qual poderia ter passado reconstruindo sua relação com a mulher que capturara seu coração. Óbvio que ela havia fugido; Clare não fizera nada que a tivesse feito *querer* beijá-lo. Ficar.

Como não estava fazendo naquele instante.

Ele vacilou, sendo consumido pela vergonha. *O que estava fazendo?* Se Beatrice o visse naquele exato momento, atacando sem propósito apenas porque sofria, será que acharia que Clare era o homem que desejava? Ou o desdém a distanciaria ainda mais dele?

Para seu azar, o oponente aproveitou o momento. Ele avançou, jogando Clare no chão.

— Apenas um de nós vai conquistar o coração da bela Beatrice! — desafiou ele, com o ar dramático.

Foi, para dizer o mínimo, a coisa errada a falar.

— Nunca mais pronuncie o nome dela — avisou Clare.

— Como não? Ela é meu... nosso amor verdadeiro! — reclamou o Clare falso.

Clare se soltou à força. Rolou para longe e se levantou, ofegante pelo esforço.

— Ela é *meu* amor verdadeiro — rosnou ele.

Ao ouvir a intensidade em sua voz, a multidão se silenciou.

Então veio o reconhecimento. Os sussurros começaram. Os espectadores estavam se dando conta de que sua "atuação" era excepcionalmente convincente, sua "fantasia" e "semelhança" excepcionalmente perfeitas.

— É o Clare Grandhart de verdade.

— É ele mesmo.

— Clare Grandhart declarou seu amor!

— Ai. Meus. *Espectros*. Claretrice é real!

O pavor se abriu dentro dele como asas de dragão. Ah, os tabloides escribais adorariam isso. Era provável que o incidente do Vale Vermelhão sustentasse o salário dos editores pelo restante do ano.

O imitador, dando-se conta, caiu de joelhos.

— Perdão! — implorou o homem.

Sentindo o fascínio da multidão, Clare passou para suas outras habilidades de improvisação; mais novas, ainda que usadas com menos frequência. Fazendo uma reverência de agradecimento, como se a luta não passasse de uma encenação, ele abriu um sorriso para a multidão.

Por dentro, ele se sentia destroçado. Uma década de aspirações a ser um homem melhor foi *descartada* ao ver Beatrice beijando outro. A determinação dele não valia nada. As promessas a si mesmo não valiam nada. A honra dele não valia nada. Não era culpa do pobre imitador; Clare agiu por conta própria.

Com uma pressa envergonhada, ele ajudou o homem a se levantar.

— Sua técnica era excelente — elogiou Clare com honestidade.

Os olhos do homem se arregalaram. Ele recebeu as palavras com reverência.

— Sério? Estudei todas as suas histórias, todos os relatos de suas lutas, todas as reconstituições conjuradas na esperança de aprender seu estilo.

— Você aprendeu com perfeição — garantiu Clare. — Senti que estava lutando contra uma versão mais jovem de mim.

O imitador quase chorou de alegria. Clare ficou aliviado; apoiar seu oponente aliviava a culpa de ter descarregado a própria turbulência interna no pobre intérprete. Ele fez um gesto para que a plateia aplaudisse o imitador, que recebeu a salva de palmas com entusiasmo, gritando para os hóspedes:

— Vou me apresentar com outros colegas Grandhart amanhã à noite! Na Estalagem Dragão Noturno! — Então, em genuína gratidão, acenou para Clare. — Nunca teria chegado até aqui sem meu herói pessoal. Clare Grandhart, você me honra!

Os hóspedes aplaudiram ainda mais alto, com certeza eufóricos. Clare sabia que deveria... discursar ou coisa assim.

Quando seus olhos vagaram na direção de onde Beatrice fugira dele, Clare percebeu que não conseguia. Não se sentia o herói de Mythria. Era apenas o velho Clare. O ladino, o bandoleiro, o mercenário. O homem que Beatrice nunca poderia amar.

— A honra é minha — murmurou ele.

No eco da comemoração da plateia, ele saiu da área da piscina e voltou a entrar na estalagem. Ele sabia onde estava indo, mais ou menos. Clare não precisava brigar. Precisava menos ainda confrontar Beatrice, cujo constrangimento ele conseguia imaginar muito bem.

O que ele precisava era de uma bebida.

Para sua sorte, ele se encontrava no melhor lugar de Mythria para isso. Como toda estalagem de Vale Vermelhão, aquela continha tabernas incontáveis. Clare vagou na direção do balcão mais próximo ao lado do cassino, onde partidas antigas de cavalobol estavam sendo conjuradas com má qualidade sobre o balcão vagabundo. Ele pediu um hidromel forte.

Nem havia dado seu primeiro gole quando... *maravilha*. Alguém se aproximou dele.

— Bela apresentação lá fora, Grandhart — elogiou a pessoa.

— Obrigado — respondeu Clare, pensando de forma vaga de onde reconhecia a voz rouca. Fãs que ele já havia encontrado às vezes se ofendiam se ele não se lembrava deles. Dane-se. — Não estou dando autógrafos.

Se o fã o conhecia, a recusa poderia ser motivo de preocupação genuína. Clare Grandhart sem dar autógrafos era igual a identificar que um cavalo alado estava gravemente doente se a criatura não abrisse as asas.

Aliás, isso não estava longe da realidade. Com tristeza, ele sabia que suas chances com Beatrice deviam estar perdidas para sempre. Pela primeira vez na vida, tudo que Clare Grandhart queria era solidão.

— Ah, não queremos um autógrafo de um otário como você — replicou Voz Rouca.

Foi então que Clare ergueu os olhos.

Ele reconheceu de imediato o *nós* na resposta grosseira do intruso. Sorrindo como carcajinhos saindo da escuridão da floresta, quatro homens usando vestimentas muito caras o cercavam, estalando os dedos. No centro deles, estava...

Leonor, o Soberano.

Clare suspirou e baixou a bebida. Não era para menos que reconhecera a voz.

Ele achou seu infortúnio quase cômico. No último combate dos Quatro com a Ordem, o dever heroico de Clare foi mobilizar o restante amedrontado das forças da rainha contra o exército da Ordem.

Isso o colocara em confronto com Leonor, o ex-jogador de cavalobol profissional, cuja combinação de músculo, estratégia e linhagem nobre o havia alçado à liderança das forças da Ordem. O tipo de homem que trapaceava para ganhar partidas de cavalobol, embora nunca precisasse. Clare sabia que apenas um herói com um combate requintado seria capaz de vencer o Soberano. Ele havia incapacitado Leonor, mas fora a batalha mais difícil de sua vida.

Será que meu passado pode, por favor, parar de voltar?, implorou ele aos Espectros em silêncio. Primeiro, sua pior versão mais nova saindo de dentro dele e, naquele momento, seu antigo pior inimigo? Seu passado poderia, por favor, dar um tempinho?

— Deixe-me adivinhar — resmungou ele. — Enfim encontrei a Ordem.

Leonor, o Soberano, arreganhou os dentes.

— Errou de novo, Grandhart — disse ele, devagar. — Nós encontramos *você*.

28

Elowen

om ou sem o destino do reino em jogo, Elowen precisava assistir a *Desejos da noite*.

A novela entrara num breve hiato desde a grande revelação de Domynia, e aquele era o retorno triunfante. Retirando-se para os aposentos espalhafatosos que Hugh reservara para sua falsa despedida de solteiro, Elowen deixou Beatrice e fez um forte em seu quarto. Hugh havia ficado muito bêbado e acabou desmaiando na sala de estar, o que facilitava muito monitorar o futuro membro da família real. Talvez fosse o que se esperava de uma despedida de solteiro.

Elowen passara tantos anos assistindo a *Desejos* em sua casinha minúscula e aconchegante na árvore que não conseguia suportar a ideia de ver a novela de sombras num espaço tão opulento. Ela amarrou os lençóis nos pilares dourados que cercavam a cama em formato de coração e construiu um pequeno esconderijo dentro do quarto grande. Não era perfeito, mas a protegia como precisava, concedendo-lhe alguma privacidade.

Com um estalar dos dedos, Elowen trouxe a novela de sombras à vida, redimensionando para que se alinhasse ao mural de lençóis. Quando *Desejos* estava passando, Elowen não precisava ser Elowen, o que era um grande alívio depois da discussão com Vandra à mesa de empilhajack. Era deveras exaustivo ser ela mesma. Em vez disso, ela se tornou uma parente da família invisível e no centro da trama, com direito a rir e brigar junto com eles como quisesse.

Ver Domynia viva trouxe lágrimas aos seus olhos. Que alegria era estar de volta àquele reino fictício de realização de desejos. Ninguém jamais entenderia como Elowen se sentia plena lá, imersa numa história que não era a sua. Ela havia armado uma confusão tão grande em sua verdadeira realidade.

Fora difícil e sentimental, e magoara uma mulher de quem tanto gostava. Nada disso importava para os personagens de *Desejos*. Elowen podia oferecer a eles todo o seu coração e nunca os ferir por causa disso.

A novela retomou o abraço entre Domynia e seu par romântico, Alcharis. Um reencontro perfeito, tornado ainda mais doce pelo amor evidente entre o casal. Era isso mesmo o que Elowen precisava.

De repente, o par romântico de Domynia recuou, a energia mudando. Elu tinha perguntas. Como ela estava viva? Como Alcharis lidaria com isso? E por que ela havia se comportado tão mal antes de sua morte prematura?

Elowen mordeu o lábio, preocupada.

— Não sei se gosto do rumo que isso está tomando — disse.

Ela costumava falar em voz alta o tempo todo. Naquele instante, percebeu que a solidão era uma companheira bastante inadequada para a conversa que queria ter. Elowen precisava de outra pessoa com quem trocar ideias, alguém capaz de desafiar seus pensamentos ou lhe oferecer clareza.

Com o avanço da novela, a previsão que Beatrice fez na carroça começou a se concretizar: Alcharis se afligia cada vez mais, sem conseguir perdoar Domynia pelo passado. E Domynia não conseguia elaborar respostas adequadas, apenas agravando a ruptura.

— Isso é escrito para mim? — perguntou Elowen.

Quase como uma acusação. Parecia pessoal *demais*.

Quando Domynia saiu batendo o pé, incapaz de continuar a conversa dolorosa, as paredes do forte de Elowen, antes aconchegantes, passaram a sufocar. Sua novela reconfortante não estava mais sendo reconfortante. Em vez disso, lembrava-a de todos os problemas que estava tentando evitar.

Elowen costumava achar a fuga reconfortante por si só. Ficar fora das coisas a aliviava da responsabilidade de resolver conflitos. Naquele instante, ficar em silêncio doía mais. Ela conseguia *sentir* que estava decepcionando Vandra, e cada instante que ela esperava para resolver aquela questão era mais um momento desperdiçado.

Elowen parou a conjuração e tirou o lençol. Ela não conseguia mais ficar ali, tentando viver como vivia antes. Por que se convencera de que queria? Aquele estilo de existência não combinava mais com ela.

Ela precisava encontrar a outra mulher.

Como se invocada por pensamento, lá estava Vandra, já nos aposentos. Ela tinha um verdadeiro dom de fazer isso.

— Ah — disse Elowen, surpresa e um tanto envergonhada. Ela pensava que teria tempo para bolar um plano oficial. Achou que faria isso enquanto percorria a estalagem atrás de Vandra. — Está aqui faz tempo?

— O suficiente para flagrar você falando sozinha — respondeu Vandra.

— Não ouvi você chegar.

— Talvez já tenham lhe dito que sou muito boa em ser sorrateira. É meio que minha especialidade.

— Verdade — confirmou Elowen, fingindo se dar conta de repente. — Acho que isso já foi falado em algum momento. Devo ter confundido você em minha mente com a mulher que quer domar todos os peregrinos da mata.

— Engraçado você mencionar isso, porque essa *também* sou eu — replicou Vandra, descruzando os braços.

— Sério? Imagino que também não seja a mulher que colocava minipimentas em panquecas açucaradas?

— A própria.

Elowen conteve um sorriso. Elas nunca haviam feito isso antes, ser brincalhonas uma com a outra. Elowen não sabia se era capaz disso. Mas, se aprendera algo desde que desceu das árvores, era que ela era capaz de quase tudo de que antes pensava não ser, e isso a estimulou a continuar se desafiando.

— Imagino que não seja a mulher com o espírito mais generoso que já conheci, é? — perguntou ela. — Se for, deve ser exatamente a mulher que eu queria ver.

Vandra deu batidinhas leves na boca.

— Hmm. Me disseram em algumas ocasiões que, embora eu não tenha paciência para os que praticam o mal de verdade, posso ser um pouco tolerante demais com aqueles que me são próximos, mas tenho trabalhado nisso no meu processo de cura vital. Não sei se isso faz de mim a mulher que você procura. Ela parece uma trouxa.

— Longe disso — respondeu Elowen. — A generosidade é seu maior atributo, porque ela entende que a alegria é a primeira coisa que os outros tentam tirar de você, e ela quase nunca permite que façam isso. Infelizmente, acho que sou alguém que conseguiu tirar a alegria dela.

Vandra se deixou cair na espreguiçadeira estofada ao lado da cama em formato de coração. Ela olhou para as unhas encantadas, examinando o tom rosa.

— Essa pobre mulher de quem você fala. Desconfio que deva estar bem magoada, sim. O que queria dizer a ela? Talvez eu possa passar a mensagem.

Se tiver tempo, claro. Ando muito ocupada com essa história de salvar o reino e tudo mais.

— É muito pessoal — disse Elowen. — Não é algo que eu gostaria de falar para qualquer pessoa.

— Será que isso não é parte do problema? — sugeriu Vandra, ainda representando o papel de um terceiro elemento na conversa e concentrada nas unhas. — Que você não se abre? Para ninguém? Nunca? Jamais?

Elowen merecia isso. Merecia mesmo. Tentara erguer muralhas ao seu redor e conseguira. O que não levara em consideração era o fato de que também havia instalado algumas janelas ao longo do percurso para poder admirar tudo do outro lado. Era lá que Vandra morava; visível, mas inalcançável. Elowen precisava admitir isso ou continuaria sozinha numa armadilha criada por ela mesma, perdendo a única mulher que já quis deixar entrar.

— Vandra — disse ela, encerrando a brincadeira que começaram. Precisava ser ela mesma naquele momento. Assumir isso por completo. — Você tem razão. Sobre tudo. Eu estava com tanto medo de me machucar que acabei machucando outras pessoas no processo. Você, em específico. Magoei você escondendo minhas verdades antes de saber as suas. É o que costumo fazer: descobrir primeiro como a outra pessoa se sente, para nunca ter que dizer o que está em meu coração. Você é a única que me confundiu de verdade. Qualquer que seja a emoção que esteja sentindo, nunca consigo entender o que significa, e isso me apavora, porque me dá medo de estar errada pelo que *eu* sinto.

Os cantos da boca de Vandra se curvaram para baixo. Era um tipo simples de tristeza, posta a nu. Elowen a sentia com a mesma franqueza com que Vandra a demonstrava. A única forma de superar a agonia era seguir em frente.

— Faz pouco tempo que voltei ao reino, mas já consigo ver como sobrevivi com tão pouco na última década — continuou Elowen. — Eu me abstive de tantas coisas, com pavor de deixar outras pessoas entrarem, porque sei como é perder alguém importante. Faz pouco tempo que compreendi que, se nunca for honesta com você, já a perdi de qualquer forma. E não consigo entender, nem por um segundo, por que aceitaria uma vida sem você, quando tê-la por perto é uma opção disponível para mim. Como fui idiota em deixar você partir sem dizer o que meu coração sabe desde que entrou em minha vida.

— E o que ele sabe? — perguntou Vandra, a expressão tensa e resistindo às lágrimas que brotavam em seus olhos castanhos calorosos.

— Que eu te amo — disse Elowen.

Ela nunca havia declarado seu amor a ninguém, e as palavras saíram com um caráter tão definitivo, com tanta certeza, que Elowen não conseguiu conter o sorriso. Espectros. Ela *amava* Vandra. Amor! Era por isso que os poetas passavam séculos tentando expressar aquele sentimento, pois continha cem outros guardados dentro dele, como uma flor que brotava dentro de si, novas camadas sob cada pétala.

— Eu te amo — repetiu ela, adorando como fluía de seus lábios. — Amo como acorda e, por apenas alguns momentos, não é a Vandra que todos conhecem. Como ainda parece cansada e um pouco desconfiada de tudo. Depois a luz adentra em sua alma, e vejo a luminosidade tirar todas as suas dúvidas. Amo que sabe tanto sobre Mythria e nunca tem medo de compartilhar esse conhecimento, mesmo quando vai contra o que outra pessoa diz. Amo que sabe por experiência própria que o reino tem algumas pessoas muito más, mas, mesmo assim, escolhe saudar cada dia com bondade. E isso é, *sim*, uma escolha. Você não é gentil por ingenuidade; é gentil porque, apesar das pessoas más, ainda há muito bem aqui, e você está dedicada a aproveitar isso.

Elowen perdeu o fôlego. Vandra abriu a boca e fez menção de dizer algo em resposta. Mas Elowen ergueu um dedo enquanto inspirava fundo. Ainda não havia acabado.

— Você é uma pessoa muito decidida, o que também é algo que amo em você — continuou ela, ainda um pouco sem fôlego. Aquela história toda de amor era eletrizante. — Não existe lugar aonde você vá ou trabalho que aceite por acidente. Exceto, talvez, por mim. Acho que sou o maior acidente que já aconteceu em toda a sua vida. Quando eu e você começamos a nos encontrar, você não fazia ideia de que um dia eu seria capaz de amar você. Não era o objetivo de nenhuma de nós. Para falar a verdade, eu também não sabia. Mas agora chega a parecer cômico que eu tenha passado todo esse tempo fingindo que era impossível. Porque o amor que sinto por você é constante. Existia muito antes de eu notar, e entendo agora que todos os meus outros sentimentos acontecem por causa dele. Também entendo que não precisa sentir o mesmo. O objetivo de contar o que sinto não é convencê-la a retribuir esse sentimento. É mostrar para você que não pretendo mais viver minha vida como antes. Pretendo ser honesta comigo mesma e com os outros, mesmo quando me trouxer dor. Pretendo deixar que esse amor continue me dando coragem até que os Espectros me levem.

Elowen poderia ter continuado, mas decidiu parar por ali, achando que era um bom momento para concluir. Ela dissera o que sentia, e o difícil naquele momento era deixar Vandra processar tudo em seu próprio tempo.

Em todos os anos que Elowen a conhecia, nunca vira Vandra atordoada. Quando tentou sentir as emoções de Vandra, encontrou algo como um zumbido no lugar dos sentimentos, um estranhamento trêmulo e arrepiante que lembrava um inseto voando perto demais do ouvido. Foi então que percebeu: era seu próprio coração atrapalhando.

— Vandra? — disse Elowen por fim, sem suportar mais o silêncio carregado. — Quer que eu saia?

Em resposta, Vandra se jogou em seus braços, como se antes estivesse enfeitiçada para ficar imóvel e o encanto tivesse se quebrado. Vandra beijou o pescoço, as bochechas, a boca de Elowen. As lágrimas que haviam se acumulado em seus olhos escorriam pela pele de Elowen.

— Quer dizer que você aceita? — perguntou Elowen.

Vandra parou.

— Sua mulher boba, bobinha — falou ela, sorrindo entre lágrimas e dando um tapinha no ombro de Elowen.

Confusa, Elowen recuou.

— Como assim?

— Você não me perguntou nada! — disse Vandra.

O zumbido se dissipou, e Elowen conseguiu pensar por fim. Ela havia falado muito. Mais do que já dissera a qualquer pessoa e, mesmo assim, não incluíra a parte mais importante.

— Tem razão — concordou ela. — Viu? Você é muito boa em apontar o que as pessoas esquecem.

— Basta! — interrompeu Vandra. — Pergunte!

Elowen colocou os braços ao redor da cintura de Vandra.

— Vandra Ravenfall, quer namorar comigo?

— Sim! — respondeu Vandra, beijando a boca de Elowen. — Quero!

Elowen encheu Vandra de beijos em resposta. Ela sabia que o amor era complicado, mas, naquele momento, havia uma simplicidade deliciosa nele. Começou a levar Vandra para a cama, mas foi detida pela namorada.

— O que foi? — perguntou Elowen, preocupada.

— Não posso ir para a cama com você até terminarmos o mais novo capítulo de *Desejos* — disse Vandra. — Preciso saber o que todos vão fazer sobre o retorno de Domynia.

Elowen riu, abraçando Vandra junto ao peito.

— De todas as coisas que achei que você me diria...

— Falei que era uma fã de verdade — reclamou Vandra. Ela ajeitou o forte de lençóis e entrou. — Não é culpa minha se você não acreditou em mim!

Elowen entrou atrás dela.

— Sinto muito por todas as vezes em que duvidei de você. — Ela beijou a testa de Vandra. — De verdade.

— Agora é um bom momento para admitir que não passei por um término recente? — revelou Vandra.

Elowen bufou.

— Você *mentiu*!

Vandra revirou os olhos.

— Ah, vá. Foi uma mentira inofensiva, e estou admitindo, não estou? Todo o resto era a mais pura verdade. Falei aquilo porque queria deixar você com ciúme. Você estava sendo muito difícil comigo, ainda mais do que o previsto, e eu precisava encontrar uma forma de lidar com você. Se vale de algo, deu certo. Você interagiu mais comigo depois que falei aquilo.

— Que bom que ninguém partiu seu coração — respondeu Elowen, beijando o nariz de Vandra.

— Só você, minha querida — ironizou Vandra. — Passamos dez anos longe, e eu sabia que conseguia viver sem você, mas, quando a vi de novo, percebi que não queria mais. Que bom que você enfim chegou à mesma conclusão.

Elowen riu.

— Acho que cheguei a essa conclusão ao mesmo tempo que você. Só levei tempo demais para fazer a coisa certa a respeito disso.

Elowen estalou os dedos duas vezes para trazer a conjuração de volta. As duas se aconchegaram uma à outra enquanto começavam o mais novo capítulo da novela de sombras desde o início. Elowen se viu muito mais capaz de tolerar a recepção conflituosa ao retorno de Domynia. Ela entendia naquele momento que emoções dolorosas muitas vezes precisavam ser sentidas por completo para serem liberadas. Quando isso não acontecia, elas tendiam a entupir o coração de alguém, tornando-o amargo. O par romântico de Domynia precisava colocar tudo para fora. Cada pedacinho. Era a única maneira de se curar.

Elowen se levantou tão rápido que arrancou o teto de lençol da coluna, ficando coberta por ele no processo.

— Espectros! — exclamou ela, tentando se soltar.

— Que foi? — perguntou Vandra. Ela ficou de pé para tirar o lençol da cabeça de Elowen.

— A Espada das Almas é composta por inúmeras almas aprisionadas — disse Elowen.

— Certo — confirmou Vandra.

— E essas almas aprisionadas estão sofrendo — continuou ela.

— Claro.

— E sofrimento é uma emoção.

Vandra acariciou sua bochecha.

— Meu amor, aonde você quer chegar?

Atordoada pelo uso de *amor*, Elowen se atrapalhou para continuar o pensamento.

— Ah! Desculpa — falou Vandra. — Não é a hora para dizer eu te amo também, é? Esqueça que mencionei! Você estava no pique!

Elowen beijou Vandra para criar forças.

— É fantástico saber isso, obrigada. Também te amo, sabe. Mas, voltando ao que eu estava dizendo, acho que descobri como impedir Myke de usar a dor das almas dentro da espada. Se eu conseguir colocar as mãos nela antes que ele a use, consigo absorver toda a dor dentro dela, tornando a arma inutilizável.

Os olhos de Vandra cintilaram.

— Meu amor, isso é brilhante! Como pensou nisso?

— Assistindo a *Desejos* — disse Elowen, encantada.

— Só você para conseguir uma proeza como essa — declarou Vandra com sinceridade.

Elowen sorriu. À medida que ela evoluía, suas novelas de sombras não a reconfortavam mais, porém continuavam a proporcionar *exatamente* aquilo de que ela precisava.

29

Clare

lare Grandhart estava levando uma surra.

Para ser justo, era uma luta de dez contra um. Além disso, sua mão já estava machucada por causa do duelo com o imitador intrépido.

Não que ele estivesse arranjando desculpas.

Ele havia sido jogado para fora da taberna, que, como a maioria de Vale Vermelhão, infelizmente se abria para o salão interno de jogos, não para a rua. Em vez de cair em terreno macio, Clare acabou caindo com um baque numa das mesas de jogo mais próximas. Fichas saíram voando. Cartas foram arremessadas das mãos de apostadores. Com gritos assustados, os hóspedes fugiram em pânico. Clare torceu para que eles não estivessem com uma mão boa. Ele conhecia pessoalmente a dor de ter uma sequência de vitórias interrompida por uma briga inesperada.

Outras dores o encontraram naquele instante. Toda a parte superior de seu corpo doía, graças à saraivada de socos da Ordem. Ele fez uma careta e se levantou. Quando um dos agressores avançou, ele conseguiu redirecionar o embalo do homem, batendo a cabeça dele na mesa de jogo.

A vitória foi breve. Outros três homens da Ordem caíram em cima dele, chutando suas costelas.

Clare se perguntou o quão pior um dia no Vale Vermelhão poderia ficar.

— Cadê todo aquele heroísmo de que ouvi falar? — zombou Leonor, o Soberano, aproximando-se enquanto seus companheiros continuavam o trabalho manual. *Ainda é trabalho manual se usarem os pés? Não importava.* — Por dez longos anos Clare Grandhart foi declarado o melhor de Mythria — continuou Leonor. — Olhe só para você.

Responder era difícil nas circunstâncias de Clare. Em vez disso, ele se esforçou para ficar de quatro.

Não chegou muito longe. Leonor o chutou com força, bem na barriga. O homem era puro músculo, o que, Clare sabia, acionava ainda mais o ressentimento que ele sentia apenas por Clare. Um dos mais famosos jogadores de cavalobol de Mythria até sua postura política o levar a derrubar a rainha, Leonor era o tipo exato que outrora imaginara embolsar os patrocínios das Poções Esportivas de Faísca. Nada corrompia mais os homens do que não conseguir aquilo que achavam merecer.

Com o chute, Clare caiu de lado, ofegante. O chão do cassino onde seus inimigos o cercavam — as mesas de jogo bem iluminadas já vazias, depois que os hóspedes fugiram — era implacável, a pedra úmida não oferecia nenhum apoio. Ele estava indo mal, se estivesse sendo honesto consigo mesmo. Costumava saber levar uma surra, bloquear a dor e se forçar a continuar em movimento.

No entanto, Clare passara tempo demais sem uma briga pra valer. No conforto da luxuosa Farmount, nos dias cheios de indulgência, ele havia perdido o contato com o homem que um dia conquistou sua fama e fortuna.

Clare não estava à altura do heroísmo que buscava, o que havia provado muito bem lá fora. Pior, embora os heróis se encontrassem, sim, em situações como a dela, ele não conseguia imaginar Galwell no chão, ofegante, desastrado, vencido.

Contudo, ele também não era Clare Grandhart. Não o *antigo* Clare, o ladino que resistia a socos sem vacilar.

Então restava… quem? Se não conseguia brigar, não conseguia liderar e não era digno da mulher que amava, ele… não era muito diferente do intérprete com quem havia lutado lá fora.

Ele era apenas mais um imitador de si mesmo numa multidão infinita deles.

— Quando a Ordem for restaurada a seu devido lugar — continuou Leonor, sem dúvida gostando até demais de fazer discursos vilanescos —, quando Todrick ressuscitar e governar o reino como deveria ser governado, pessoas como você serão relegadas a seu lugar. — Ele parou acima de Clare. — Embaixo… de… minha…bota — disse devagar, saboreando as palavras, enquanto o peso de seu calcanhar apertava o rosto de Clare no piso de pedra polida.

Da vergonha existencial de Clare surgiu o pânico. Ele tentou se esquivar, mas mãos o seguravam por toda parte. Lágrimas brotaram em seus olhos enquanto a pressão crescia em sua mandíbula.

Até o momento em que ele soube que não aguentaria mais.

Então, alívio. A bota de Leonor se ergueu.

— Vamos, rapazes — instruiu o Soberano a seus homens. — Acho que nem vamos precisar amarrá-lo. Grandhart é ainda mais ridículo do que eu imaginava.

Os homens da Ordem afastaram as mãos. Clare quase desejou que eles voltassem a dar socos. A vergonha causava feridas mais profundas naquele instante. Ele se enfureceu no chão. Quando tentou se endireitar sob as luzes implacáveis do cassino, seus músculos castigados não cooperaram.

Leonor riu.

— Falei. — Ele se ajoelhou na frente de Clare, fitando seus olhos. — Você devia ter entrado para a Ordem quando teve a chance. Mas imagino que vai nos ajudar no fim. Você será nosso presente para Todrick — explicou Leonor. Uma reverência sóbria tomou conta da voz do homem. — Uma última alma para a Espada das Almas, tirada de um dos Quatro responsáveis pela morte dele.

A visão de Clare se turvou. Ele se esforçou para não perder a consciência. As palavras de seu oponente não ajudaram. "Uma última alma." Era perfeito, no fundo. Ele precisava admitir que a Ordem tinha um talento especial para a poesia.

Atrás de Leonor, as portas de um elevador se abriram. As pessoas do lado de dentro gritaram de pavor ao ver o estado de Clare, e as portas se fecharam em seus rostos assustados.

Ninguém salvaria Clare Grandhart.

Mesmo assim, ele não desistiria. Pensou em Galwell, cuja força nunca se esgotava. Enquanto as mãos dos homens da Ordem o levantavam, sua mente vagou a outros de seus heróis. A Elowen, que enfrentara tantos medos em tão poucos dias. A Vandra, que lutava por uma vida melhor apesar de seu passado. A Beatrice, que, apesar de toda mágoa que eles causaram um ao outro, quis beijá-lo naquele dia.

Ele não sabia se um dia seria digno de sua fama. Sabia apenas que precisava ser digno de seus amigos.

Com todas as forças que conseguiu encontrar, ele se ergueu. Dando uma cabeçada para trás, acertou o nariz do homem que segurava seu braço. Funcionou maravilhosamente bem. O homem gritou de dor, soltando Clare. Livre, Clare mancou em direção aos elevadores.

Ele se concentrou nas portas do elevador. A luz das lanternas mágicas iluminava a moldura de ouro. O efeito era etéreo. A salvação em si.

Assim que chegou a seu destino, alguém o pegou e o empurrou contra as portas fechadas, pronto para bater sua cara nelas.

— Acabou — rosnou o homem da Ordem. — Você já era.

Clare sorriu. A surpresa deteve o punho de seu agressor.

— Você esqueceu uma coisa — disse Clare, sentindo-se como Galwell prestes a invadir a fortaleza da Ordem. — Sou Clare Grandhart, porra!

Seu bordão não precisava de pompa. Não quando tinha tanta força.

Quando as palavras saíram de sua boca, ele esmoreceu. As portas do elevador se abriram, e ele caiu para dentro, bem como planejou. Sua manobra desequilibrou o homem o bastante para que Clare o chutasse, fazendo-o cambalear para longe.

Isso deixou Clare estatelado de costas no chão do elevador, que foi quando ele se deu conta de que o espaço não estava vazio.

Acima dele estava Beatrice.

Como era compreensível, ela parecia chocada. Clare notou que ela trocara de roupa. Será que ela teria chamado sua atenção se estivesse vestindo apenas tecidos ásperos? Claro. Será que a blusa branca que ela usava por dentro da calça era desesperadamente atraente?

Com certeza.

Seus olhares se encontraram, ambos atônitos por um segundo. Na última vez que olharam nos olhos um do outro, ela saíra correndo dele, do beijo que não queria que ele tivesse visto. Clare intuiu que, talvez, se enclausurar num elevador pequeno com ele não fosse o refúgio que ela havia planejado.

No entanto, Clare não teve tempo de se perguntar se ela fugiria de novo. No instante seguinte, Beatrice estava erguendo o braço para trás para dar um belo soco em Leonor, que estava tentando entrar no elevador.

O golpe fulminante pulverizou o nariz do Soberano, que se afastou, desajeitado, gritando enquanto sangue escorria por seu rosto. Conforme Beatrice apertava com urgência as runas encantadas na parede do elevador, fazendo as portas se fecharem, eles conseguiam ouvir os uivos de Leonor.

— Recuem! — ordenou a seus homens com uma frustração indignada. — É apenas uma questão de tempo! — gritou ele para as portas que se fechavam diante deles — Amanhã não haverá mais como se esconder da Ordem!

Beatrice ficou tensa, assumindo uma postura de combate, os olhos faiscando. Clare se pegou observando que ela era como poesia de combate. O tipo favorito de poesia dele eram letras de vitórias difíceis e, nos últimos anos, canções de amor. Observando-a, ele não conseguia decidir qual ressoava mais alto em sua cabeça latejante.

O olhar dela se voltou para Clare, que notou que nenhuma poesia ecoava nos ouvidos *dela*. Um olhar atento o percorreu.

— Você está ferido — comentou ela.

Ele estava grato pela segurança do elevador.

— A Ordem está aqui — explicou Clare. — Eles me atacaram.

Beatrice se ajoelhou, secando o sangue do lábio dele com delicadeza enquanto examinava seu rosto ferido.

— Percebi — murmurou Beatrice.

Sob eles, o elevador subia. Carregando-os para cima, em direção ao céu. Isso encheu Clare de uma euforia estranha.

— Você me beijou — afirmou ele.

O dedo dela parou, e Beatrice estreitou os olhos.

— Acha que é mesmo a hora de falar sobre isso? — perguntou.

No entanto, escondido dentro da irritação dela, Clare ouviu um *sim*. Ela queria saber como ele se sentia a respeito.

— Poderíamos estar neste elevador com ninguém menos do que Todrick, e o fato de que você me beijou ainda seria a questão mais importante para mim — disse ele.

Beatrice riu um pouco em resposta. Como Clare amava a risada dela. Era como vislumbrar a lua crescente sob a luz do dia nas noites de verão, quando o sol ainda não havia terminado de se pôr.

— Você sofreu uma concussão — disse ela, disfarçando como ele a havia encantado.

Quando Beatrice esticou o braço para virar a cabeça dele para o lado, continuando o exame, ele apanhou a mão dela.

— Faz dez anos que não penso com tanta clareza — respondeu Clare.

Se quisesse rejeitá-lo naquele momento, ela poderia. Ele, porém, não cometeria o erro de deixar que Beatrice confundisse a devoção dele com uma enfermidade médica.

O fato a silenciou. Ela se levantou, encerrando o exame de forma muito prematura, na opinião dele. Clare sabia que nenhum curandeiro ou mago vital seria capaz de aliviar uma dor como a intensidade nos olhos dela, apagando toda a dor de seu corpo machucado. Ele se sentia renovado. Sentia-se fantástico *pra caralho*.

Levantando, ele seguiu o sentimento maravilhoso. Deu um passo na direção dela, colocando-a no corrimão da parede transparente enfeitiçada do elevador. Diante deles, Vale Vermelhão se estendia sob o céu. O elevador subia devagar, exibindo o panorama do Vale. A rua de estalagens e tabernas cintilantes se iluminava com cores iridescentes sob a luz do poente.

Beatrice exalou.

— As portas... vão se abrir.

— Não me importo — disse ele.

— Alguém pode entrar.

— Não me importo.

Ela estava inebriantemente perto. Clare conseguia sentir o cheiro dela, o perfume que jamais esqueceria. Algo adoçado com mistério, flores se abrindo sob o luar. Segurar a cintura dela foi inevitável. Beatrice não se esquivou nem se retraiu. Em vez disso... hesitou. Como se estivesse em conflito consigo mesma.

— Você está sangrando — comentou ela, valente em sua resistência.

— *Não. Me. Importo* — repetiu Clare.

Ele passou o nariz ao longo da curva do pescoço dela. Sob ele, sentiu o calafrio que passou pelo corpo dela. E...

As portas do elevador se abriram. A decepção perfurou Clare, um corte tão profundo que ele quase deu um grito. O som, porém, saiu meio de frustração e meio de algo mais. Nenhuma parte do ruído, porém, pareceu ser ouvida pelo motivo de sua interrupção. Fora do elevador estava um par de cavalheiros com trajes formais elaborados, o tipo que mesmo a renda generosa de Clare sofreria para adquirir.

Um segurava uma bebida roxa na mão. O outro balançava a cabeça com exuberância ao som de uma música que só ele conseguia ouvir. Clare intuiu que estavam a caminho do salão de festas no terraço.

Mas não usariam aquele elevador, não mesmo.

— Está ocupado — disparou ele por cima do ombro, ainda curvado sobre Beatrice.

Os malditos intrusos não se intimidaram. Pelo canto da visão, Clare até notou um deles revirar os olhos. Era provável que a ideia de um casal trocando carícias não os incomodasse, quando casos como aquele eram tão comuns no Vale.

No entanto, será que o nome de sir Grandhart não inspirava nenhum respeito? E com que frequência o elenco imprevisível do Vale Vermelhão o impediria de beijar Beatrice?

Ele estava se preparando para confrontar os jovens nobres, pronto para dizer o que pensava de seus plastrões, quando Beatrice passou por ele. Com um dedo decidido, ela apertou a runa enfeitiçada para fechar as portas.

— Desculpa, rapazes — disse ela, a voz dura como diamante. — Vocês ouviram.

As portas do elevador se fecharam nas caretas indignadas dos cavalheiros. O coração de Clare acelerou. Ouvi-la assim, senti-la assim... ele se perguntou se era possível que aquelas sensações incinerassem tudo dentro dele, restando apenas uma criatura de puro desejo. Os olhos dela encontraram os dele. O elevador recomeçou a subida gradual. Ele se aproximou...

No entanto, por mais ardente que fosse seu desejo, por mais socos que os homens da Ordem acertassem, uma pergunta permanecia em sua mente. Ele não podia mais deixá-la por dizer se tinha o poder de definir sua vida.

— Por que tentou me beijar? — perguntou ele.

Em resposta ou por instinto, Beatrice abriu as pernas, apenas o bastante para que Clare encostasse a sua entre as dela, aproximando seus corpos. Ele sabia que estava duro. A ponto de ser constrangedor em outras circunstâncias.

Naquele exato momento? Ele não ligava.

— Eu... acho que eu apenas quis. Eu... sempre quero — arriscou ela.

Clare já ouvira falar da adrenalina que montadores de dragão sentiam ao subir aos céus. Estava desconfiado de que conhecia a sensação. Combinada com a proximidade dos dois, ela arrancava um rosnado suave no fundo de sua garganta.

— Então por que fugiu? — insistiu ele.

A mão subiu à frente do corpo dela, encontrando o seio. Quando sentiu os dedos de Beatrice subirem ao peito dele, Clare quase perdeu a consciência. Se tivesse *mesmo* sofrido uma concussão, ela não estava ajudando. Se não, bom, não importava. Sentia como se tivesse. Zonzo, desorientado, arrasado.

— Quando... — começou ela, depois engoliu em seco. — Quando beijei... aquele imitador, houve um momento em que pensei que você... ele... daria risada. Ou, pior, me rejeitaria com delicadeza e elegância como o cavalheiro que passou a fingir ser. Quando ele retribuiu o beijo, foi... *um alívio*.

Clare estava imóvel, ouvindo com atenção. Apenas a fragilidade da voz dela era capaz de distraí-lo do corpo quente sob seu toque. Ele quase nunca ouvira Beatrice soar tão vulnerável.

— Senti como se tivesse salvado o reino ou sobrevivido a adversidades impossíveis — continuou ela. — Mas, quando vi *você*, me dei conta de que não havia conquistado nada. Tudo o que eu temia ainda poderia acontecer. Foi... demais para suportar.

Em seu abraço, Beatrice pareceu se encolher. Era sutilmente devastador ver a mulher mais forte que ele conhecia desmoronando sob o peso das sombras que espreitavam a alma dela. Clare precisava ajudá-la, e não por heroísmo, cavalheirismo ou obrigação. Apenas *precisava*. O desespero o consumia por completo.

— Talvez eu seja uma covarde — confessou ela. — Devo ser. No que diz respeito a você, tenho sido a maior covarde por dez anos.

Com as últimas palavras dela, o caminho de Clare se iluminou. Ouvindo nelas a pureza exposta da honestidade, soube que Beatrice não precisava de incentivo, inspiração ou lisonja.

Precisava apenas da verdade.

— Então me beije — implorou ele — e veja o que eu faço. Veja aonde isso vai levar.

Beatrice ergueu os olhos. Como ele amou o que encontrou neles. *Sim. Amor.* Um orgulho desafiador iluminou os traços perfeitos dela, luar encontrando a luz do fogo naquele instante. Sua reação foi exatamente a que ele desejava, com a qual contava. Pois, embora ela se criticasse como ninguém mais em Mythria, Clare sabia que covarde ela *não* era.

Devagar, Beatrice deslizou as mãos para *baixo* do peito dele. Até o cinto. Nem um pouco covarde mesmo.

Ele se roçou nela, retribuindo sua energia, alimentando seu fogo. Em resposta, Beatrice se inclinou para a frente, os lábios a centímetros dos seus. A proximidade perigosa era arrebatadora, quase alucinante. Clare sentiu que, naquele exato momento, estava no limite não apenas da consciência. Estava no limite da sanidade.

Quando ela o beijou, ele se perdeu por completo.

De tanto que a apertava contra a parede, Clare teve medo de machucá-la, mas sabia que ela era forte. Era sua guerreira, sua paladina. Sua general, sua coroa, seu reino.

O desejo a fez avançar. Beatrice empurrou em resposta, guerreando com ele, ambos lutando para ver quem dominava o beijo. Sentindo a insistência dela, Clare abriu a boca. No entanto, querendo vencer, ele a segurou por baixo, colocando-a em cima do corrimão para que suas pernas o envolvessem.

Eles subiram mais e mais, a vista lá de fora ficando cada vez mais magnífica. Toda a cidade de Vale Vermelhão servindo de palco para sua paixão.

Clare apertou as mãos ao redor dela, imobilizando-a com possessividade. Beatrice o beijou com intensidade até ele se desvencilhar, precisando falar.

— Acho que está bem óbvio — murmurou ele — que não estou rindo porra nenhuma. Nem rejeitando você. Vou dizer sim a... o que você quiser.

Ela ergueu uma sobrancelha, sem dúvida intrigada pela sugestão.

As portas do elevador se abriram mais uma vez.

Clare resmungou, fingindo que seu coração não estava acelerado. Como era possível que aquilo continuasse acontecendo nos piores momentos possíveis? O que ele faria se a *má logística de elevador* a tirasse de seus braços? Como ele sobreviveria?

— Ignore... — implorou ele. — Espectros do céu, Beatrice, ignore.

Em resposta, ela... *não*. Ela deu um *sorriso maroto*. Ele demonstrara fraqueza. Pedira piedade à sua companheira de combate, sua duelista de beijo, sua oponente devota.

Beatrice o empurrou, passando por ele. Derrotado, Clare apertou o corrimão, os dedos brancos.

— Nosso quarto é por aqui.

Ele ergueu os olhos, encontrando-a. No corredor, observando. Ansiosa. *Esperando* por ele. O sorriso dela agora era mais natural, menos maroto.

— Você não vem? — perguntou ela.

O sentido era inequívoco.

Clare não teve a menor vergonha em sair cambaleando atrás de Beatrice.

30
Beatrice

O coração de Beatrice estava disparado. Sua cabeça estava cheia de asalumes, cintilando radiantes em noites de verão com cores iridescentes. Cada passo seu era dado com entusiasmo.

Clare a seguia.

Quando entrou na suíte do grupo, encontrou a porta de Vandra e Elowen fechada. Hugh dormindo em paz no sofá. No luxo da estalagem, Beatrice notou como as circunstâncias atuais estavam longe de lembrar uma missão. O requinte da hospedagem era o contraste mais distante possível das cavernas em que já acamparam, a intimidade isolada nada parecida com a proximidade constante de seus companheiros.

Não eram apenas os quartos que diferiam. *Ela* também não se reconhecia. Sua alegria nervosa tinha a mesma intensidade de um combate, mas a emoção era o exato oposto. Seu único medo era como estava ansiosa por isso.

Claro, ela sabia o que ainda havia pela frente. Eles ainda precisavam planejar a estratégia para deter a Ordem, uma vez que Beatrice sabia onde e quando seus inimigos realizariam a ressurreição. Precisariam ponderar formas de ataque, considerar riscos, avaliar opções... mas aquelas coisas poderiam esperar, seu coração decidiu por ela. Quando se salvava o reino uma vez, não se esperava necessariamente sobreviver a uma segunda vez.

Naquele instante, ela queria viver.

Beatrice continuou na direção do quarto em que os valetes entregaram sua bagagem quando fizeram o check-in. O fogo encantado ganhou vida quando entraram. Ali, porém, era Vale Vermelhão, então o fogo era enfeitiçado para ficar baixo de forma romântica, ardendo com a mesma promessa que os olhos dos ocupantes arderiam. A cama era ridícula, em veludo e formato de coração.

Não importava.

Quando entrou atrás dela, Clare fechou a porta. Ele passou a mão na runa encantada para impedir que o som saísse do quarto.

Uma expectativa deliciosa envolveu Beatrice. A respiração de Clare era pesada. Os olhos dele estavam escuros sob a luz do fogo.

Ela percebeu que estava tremendo. Não tirara nenhuma peça de roupa, mas o silêncio do quarto a fazia se sentir muito exposta. O nervosismo e a expectativa dançavam dentro dela, fazendo cada fibra de sua alma vibrar.

Ela prometera por tanto tempo que jamais perdoaria Clare Grandhart. Dar aquele passo com ele significaria mais do que perdão. Significaria se entregar a ele mais uma vez, sabendo aonde era provável que o desejo levaria.

Por duas vezes já, eles se desarmaram às vésperas do perigo, acreditando que não sobreviveriam. Seria aquela noite apenas mais um prelúdio passional ao perigo e ao sacrifício? Ou seria o começo de algo novo? Que pensamento a apavorava mais?

Beatrice resistiu aos próprios receios. Sua reeducação em desejar a consumia. Ah, como ela *desejava*.

Este instante foi feito para viver.

Clare não demonstrava o mesmo nervosismo.

— Onde? — questionou ele com a voz rouca. — Na cama? — Quando ela hesitou, ele deu um passo à frente. — Não me diga que já mudou de ideia. Sabia que nunca deveríamos ter saído do elevador.

Ela conseguiu abanar a cabeça.

— Passei dez anos tentando mudar de ideia. Não funcionou — respondeu. — Não é agora que vai funcionar.

— Está me dizendo que me desejou todos esses anos? — perguntou ele.

Ela revirou os olhos, encantada como sempre ficava por ele.

— Se fizermos isso — alertou ela, ignorando a pergunta —, esteja avisado. Seu quarto é do outro lado do corredor, então, embora possa sair às escondidas de manhã, você não chegaria muito longe.

Beatrice se perguntou se Clare ouviu a tensão sob a piada. Como a observação escondia um medo real. Não de que ele fugisse pela manhã, óbvio. De... perdê-lo, de uma forma ou de outra. De que a paixão e a alegria desabassem uma vez mais em ressentimento e dor.

A expressão dele mostrou que sim. Clare não respondeu com pouco--caso, nem mesmo com humor. Em vez disso, sinceridade se estampou em seus traços, traços aqueles de uma beleza rústica que ela conseguia admirar à vontade naquele momento. Ele deu outro passo, aproximando-se dela.

— Vou estar ao seu lado pelo tempo que me quiser. Sei que sua magia permite que reviva o passado... — começou a dizer antes de baixar os olhos.

Em seu silêncio, Beatrice viu o que quase nunca conseguia ver em Clare: o peso dos anos. Anos se virando sozinho. Ela aprendera fragmentos da vida dele na primeira vez que se aproximaram. Sabia que ele não conhecia os próprios pais. Sabia que sua primeira incursão nas minas Grimauld acabou com a chacina de seus companheiros. Sabia que ele perdera o melhor amigo quando Elowen perdeu o irmão. E que perdera o restante dos amigos quando o funeral de Galwell desmantelou os Quatro.

Beatrice aprendera mais nos últimos dias. Que ele nunca esperou voltar de sua segunda incursão em Grimauld. Passara a entender o quanto repousava sobre os ombros formidáveis do homem à sua frente. Tanta solidão. Tanta perda. Como o restante deles, Clare carregava aqueles sentimentos havia anos. Mas, ao contrário dos outros, ele de alguma forma o fazia sorrindo.

— *Todos* revivemos o que nos aconteceu. Várias e várias vezes — sussurrou ele. — Por mais que voltemos a nossas lembranças, não temos como mudar o passado. Não temos como voltar para lá, não de verdade. Temos apenas este instante. — Ele ergueu os olhos para os dela. — É *isso* que podemos mudar — concluiu. O fervor da esperança em sua voz era muito mais Clare Grandhart do que qualquer piada ou comentário presunçoso. Ele estendeu a mão. — O que me diz, Bê?

A hesitação dela desapareceu.

Beatrice ergueu o queixo, encostando os lábios nos dele. No entanto, em vez de beijá-lo, disse:

— Tenho uma condição.

Os lábios dele se curvaram num sorriso.

— Porra, mas é obvio que tem.

— Sei que você se pressiona para fazer jus ao legado de Galwell — continuou ela. — Fingindo ser o nobre herói de que Mythria precisa. Mas... — Ela encarou os olhos tremeluzentes dele. — Não é disso que preciso. Não quero um... cavalheiro.

Clare ergueu as sobrancelhas.

— Quero Clare Grandhart — explicou ela. — O homem que conheci numa taberna de quinta, que cheirava a suor, falava palavrão e não escondia quem era só para parecer mais gentil.

Pela primeira vez, Clare ficou sem palavras. Não houve a arrogância, o orgulho ou a piscadinha vitoriosa que ela imaginava. Não, ele pareceu... atordoado. Como se, enquanto se esforçava e duvidava de si mesmo em suas tentativas frustradas de se tornar *melhor*, nunca tivesse considerado que alguém o quisesse como era.

Mas, claro, a petulância veio logo em seguida.

— Feita essa *revelação* — disse ele, com um sorriso irônico, fazendo um calor doce apertar o peito dela de novo —, eu me sinto obrigado a contar que dei um soco no imitador que a beijou. Ao que parece, não sou muito bom em ser um cavalheiro, mesmo quando tento.

Beatrice riu, com a sensação de que ainda estavam naquele elevador, exceto que não tinha limite e os carregava mais e mais alto na noite maravilhosa.

— Bom, nesse caso — respondeu ela —, não se contenha, Grandhart.

Ele partiu para cima dela no mesmo instante.

A força da paixão a abalou, um prazer estonteante que a deixou fraca. As mãos dele tateavam seus seios. A boca quente devorava a sua. O corpo enorme a levava ao êxtase da entrega deliciosa. De repente, Clare estava arrancando suas roupas, as costuras se rasgando sob a mão experiente dele enquanto as peças caíam no chão.

Ele parou para rosnar em seu ouvido:

— Como estou me saindo?

Beatrice sabia o que precisava dizer.

— Dá pro gasto — respondeu ela.

— *Hmm* — resmungou ele. — *Dar pro gasto* é pouco. — Ele a levantou, jogando-a sobre o ombro enquanto Beatrice dava um gritinho. — Devo dizer — continuou com uma tranquilidade forçada —, estou surpreso. Sei que você tinha uma quedinha adolescente por Galwell. Ele *nunca* teria se comportado assim na cama.

Buscando algo que se assemelhasse a uma vantagem enquanto estava pendurada nas costas dele, ela se contentou em bater na bunda de Clare.

— Por que ainda se lembra disso?

Ele parou de repente, como se algo nas palavras dela tivesse travado seu raciocínio. No momento seguinte, Clare a colocou de pé novamente, diante dele, para sua grande tristeza.

— Está brincando, certo? — perguntou Clare, quando conseguiu encará-la. — Quando a garota em quem você não consegue parar de pensar diz que teve uma quedinha pelo outro homem que está com você em missão, esse tipo de detalhe tende a ficar na sua cabeça.

Beatrice se viu suavizando a própria expressão.

— Pois não deveria — informou ela. — Como você disse, era uma quedinha adolescente. Quando cresci, entendi o que quero de verdade. Que os Espectros me ajudem, mas é você, Clare. — Atraída a ele, ela ergueu o queixo. — Não você fingindo ser outra pessoa. Você, como você é.

Vendo que ele ficou sem palavras, Beatrice o poupou de ter que responder e o puxou para um beijo intenso. Clare retribuiu o beijo, com algo mais do que desejo; ela sentiu a melodia que os lábios dele tocavam; de anseio, de gratidão, de deslumbramento farto. De uma alegria profunda e verdadeira.

Enquanto a beijava, ele levou a mão atrás dela, onde abriu as portas da casa de banho.

Beatrice se afastou, com uma pergunta no olhar. Nem havia notado onde ele a havia deixado, pensando que o corredor diante do banheiro era apenas um desvio involuntário em sua jornada até a cama.

Clare parecia ter outros planos, e murmurou a explicação no pescoço dela:

— Fiquei *louco* ao ver você tomar aquele banho em Reina. Agora vou realizar tudo o que fantasiei fazer com você desde então.

Um calor reverberou por ela. Nas últimas noites, ela também havia reimaginado aquela noite. Pelo jeito, suas fantasias mais selvagens convergiam.

Em resposta, Beatrice entrou na casa de banho, convidando-o a segui-la. A banheira, que mais parecia uma pequena piscina, afundada no piso de pedra, estava cheia. Quando entraram, a cascata rosa que caía do teto começou a despejar água quente. Um vapor azul cristalino subiu da superfície reluzente.

Clare tirou toda a roupa diante dela.

Espectros, ela havia esquecido como ele era grande. Sua boca ficou seca. Ignorando os desejos indulgentes que ela sabia que estavam estampados em seu rosto, ele entrou na água e se virou, esperando por ela.

Clare não precisou esperar muito. Beatrice caminhou com passos firmes e decididos para os braços dele.

Na pele dele, encontrou vestígios da briga no andar de baixo. Cortes, raspões, ferimentos novos se somando a cicatrizes antigas. O ferimento recente dela também ardia na água quente, lembrando-a de seu estado semicicatrizado sempre que movia a lateral do corpo.

Beatrice acolheu a dor, pois tornava a experiência mais real. Ela não estava entrando em alguma fantasia, distante de si mesma. Clare também não. Eles eram *eles*. Conseguiam encontrar prazer mesmo nas dificuldades. Não tinham simplesmente caído nos braços um do outro; lutaram para chegar até ali.

Beatrice sentiu as mãos de Clare envolvendo suas curvas nuas enquanto a água quente relaxava seus músculos. Todo medo, toda preocupação, todo ressentimento desapareceram, o desejo transformando seu corpo em pura esperança voraz.

Clare saciava sua necessidade. Ele, de fato, não era nenhum cavalheiro. Seus dedos a encontraram embaixo d'água, exigindo seu prazer. Com carícias insistentes, ele fez seu coração acelerar ainda mais.

Beatrice envolveu as pernas ao redor da cintura de Clare, sentindo-o por completo. O contato fez a cabeça dele cair para trás, os olhos se fechando. Nem pensar. Ela apertou a nuca dele.

— Com medo de ver, sir Grandhart? — perguntou ela, sabendo o fogo malicioso com que estava brincando.

Os olhos de Clare se abriram, o azul cristalino com que ela havia passado anos sonhando se fixaram nela mais uma vez.

— É assim que vai ser, então.

A voz dele fez tudo em Beatrice se contrair.

— Assim como? — repetiu ela, sem fôlego, enquanto o polegar dele pressionava um ponto que a deixou grata por estar sendo sustentada pela água.

Ele levou os lábios ao pescoço dela.

— Difícil — respondeu ele, com a voz rouca.

Beatrice segurou o cabelo dele com firmeza suficiente para puxar a cabeça para trás.

— Estou com o Homem Mais Sexy de Mythria. Quero ver os olhos dele.

Enfiando um dedo nela, Clare obedeceu. Não fechou os olhos. Nem piscou. Quando por fim não conseguiam aguentar mais a privação, Clare entrou nela, ambos ofegantes na água quente, e ele ainda a assistia.

Mas isso não bastou para Clare Grandhart, o ladino. Que gemeu no ombro dela, apertando os lábios, a língua, os dentes em sua pele. Que tocou cada parte dela e disse onde ela deveria tocar de volta, com pedidos urgentes e brutos.

Beatrice o apertou embaixo d'água, cravou as unhas no peito dele, abraçou seu corpo largo. Cada estocada os levava mais e mais longe, e mais e mais ao limite.

Ela só conhecera Clare Grandhart em missões. Viajando com ele na esperança intrépida de chegar ao fim da estrada. Naquele momento, não era diferente. Era como se eles estivessem correndo em harmonia na direção do melhor destino que ambos já conheceram.

Quando Clare foi se aproximando do clímax, Beatrice pensou que ele ficaria mais frenético, mais intenso, mais rápido. Em vez disso, os movimentos dele pareceram mais propositais. Ele a pressionou na parede da banheira, comprimindo seus corpos, como se precisasse tocar o máximo possível do corpo dela.

— Estou vendo você, Beatrice. Você é a porra de um espetáculo — disse ele, os dedos entrelaçados nos dela.

As palavras dele foram sua perdição. Enquanto Clare a abraçava, eles chegaram ao orgasmo juntos. Medos desapareceram, anos se desfizeram. Tudo se apagou numa culminação devastadora de luz.

O que restou foi… contentamento. Pela primeira vez em muitos anos, Beatrice não queria estar em lugar nenhum além do presente.

Mas o futuro pairava, ameaçador.

Na calmaria incauta, a vida a encontrou. Ela falou com liberdade, espontaneidade, como se estivesse prestes a rir.

— A ressurreição vai acontecer amanhã à noite — disse ela, um pouco ofegante. — A Ordem vai dar uma festa na estalagem Dragão Noturno.

Como era de se esperar, Clare pareceu surpreso.

— Beatrice, amor — respondeu ele com delicadeza. — Essa é uma maneira educada de me botar para fora da sua banheira? Porque… se não mandei bem, sou corajoso o suficiente para ouvir.

Ela jogou água nele. *Não mandou bem?*, quis dizer. *Nenhuma canção de amor composta em sua homenagem lhe faz jus.* Beatrice sabia, porém, que aqueles comentários apenas aumentariam a presunção dele.

— Pelo contrário. Estou dizendo porque temos um tempinho — contentou-se em dizer. — A noite toda, na verdade.

Clare sorriu. Seu sorriso mais largo e maravilhoso.

— O que, exatamente, podemos fazer com tanto tempo? — questionou.

Beatrice se afastou dele, entrando sob a cascata, como um convite.

— Temos muitos anos para compensar, Grandhart — provocou ela.

Clare se aproximou.

— Melhor começarmos logo.

31

Elowen

Na infusão matinal, Elowen estava com um sorriso enorme no rosto e, para ser sincera, esperava certo alarde por isso. Afinal, quando foi a última vez que algum deles a encontrou *radiante* ao acordar? Mas Clare parecia determinado a superá-la em termos de bom humor. Ele estava muitíssimo animado, até para ele.

Primeiro, ele não parava de cantarolar uma das canções compostas sobre ele, uma balada romântica chamada "O Coração Grandioso", que falava de seu desejo de entregar o coração a alguém tão grandioso quanto ele. Isso por si só não era estranho. Clare sempre apreciou com sinceridade a arte feita sobre ele.

O estranho era que ele se recusava a… ou melhor, não conseguia parar de dar tapinhas nas costas das pessoas. Elowen temperou o prato de ovos de gaio-da-aurora? Um tapinha nas costas. Vandra se agachou para amarrar o cadarço? Um feliz tapinha nas costas e um "Essas botas são ótimas".

Bastou Beatrice entrar na sala e Clare não apenas deu um tapinha nas costas de Hugh, mas também passou a assobiar, como se olhar para ela já fosse motivo de comemoração. Elowen supusera que o eco do amor que sentia naquela manhã era o seu próprio. Ela havia aprendido que o amor causava cegueira. Fazia com que não prestasse atenção às circunstâncias. O que podia ser o motivo por que ninguém mais notou seu bom humor. Estavam todos respectivamente cegos.

— Bom dia, meus lindos companheiros de missão. Trago a vocês uma notícia fantástica — anunciou Clare assim que Beatrice se sentou, completando o círculo ao redor da mesa de infusão matinal. — Graças à investigação incrível, magnífica e *engenhosa* de Beatrice, sabemos que a ressurreição vai ser realizada numa festa que a Ordem vai dar na Dragão Noturno esta noite.

— E encontrei uma forma de desativar a arma — interrompeu Elowen.

Roubar os holofotes de Clare Grandhart não era fácil, e ser a pessoa capaz de fazer isso a divertiu. Ela apreciou a ausência de qualquer rancor ou ressentimento nele, embora o momento o pegasse de surpresa.

— Como? — perguntou ele, sua curiosidade superando o choque inicial.

Enquanto ela explicava a ideia de absorver a dor de dentro da Espada das Almas, Clare e Beatrice ficaram tão pasmos que pararam de comer. Vandra também parou, mas apenas para dedicar a Elowen toda a sua atenção e apoio. O único membro distraído era Hugh, que não entendia bem como era notável que Elowen estivesse não apenas dominando a conversa da infusão matinal, mas oferecendo soluções. O futuro rei saboreava a refeição, até soltava suspirinhos de prazer enquanto Elowen falava.

— Que maravilhoso! — disse Clare quando Elowen terminou. — Não acredito que nenhum de nós pensou nisso antes. Como teve essa ideia?

As bochechas de Elowen arderam.

— Pensei nisso quando eu e minha namorada estávamos assistindo ao novo capítulo de *Desejos da noite*.

Foi a vez de Vandra sorrir. Ela encostou o queixo no ombro e deu uma piscadinha tímida como quem diz: *Quem, eu?*

Hugh, mais uma vez um pouco alheio à situação, engoliu o último pedaço do pão de farinha pedregosa e perguntou:

— Perdoe-me por não saber disso, mas quem é sua namorada?

A mesa riu de novo, embora com menos vivacidade, pois Hugh não merecia ser alvo da chacota de ninguém. A pergunta era apenas engraçada de tão inocente.

— Vandra — respondeu Elowen. — Desde ondem.

— Parabéns. — Foi Beatrice quem disse isso. Elowen respondeu com um pequeno aceno. — E, sem querer estragar o clima, mas, na noite passada, Clare foi espancado pela Ordem.

— Isso estraga mesmo o clima — confirmou Vandra.

Beatrice lançou um olhar irônico para ela antes de continuar.

— Eles querem matar um dos Quatro com a espada como o sacrifício final antes de reviverem Todrick. Vai ser perigoso participar desse banquete.

— Eu sei — falou Elowen. — Ainda mais porque eu estava pensando que Vandra poderia fingir me entregar à Ordem para eu conseguir chegar perto o bastante da espada e drenar seu poder.

Vandra bateu palmas.

— Sou muito boa em fingir ser vilã. Vários já disseram que meu trabalho é muito convincente sempre que o fiz. É só perguntar para a rainha!

— Foi assim que conheci Vandra — comentou Hugh. — Ela estava fingindo me ameaçar. Na verdade, era um teste de honra a pedido de Thessia. Depois de tudo o que ela passou, todo cuidado é pouco. — Ele riu. — Ainda bem que passei.

— Você foi ótimo — disse Vandra. — Até quando comecei a arrancar suas sobrancelhas. — Ela se aproximou dele. — Elas cresceram muito bem desde então.

— Obrigado — falou ele.

Elowen notou que Beatrice estava franzindo a testa. Estava tão distraída por sua própria demonstração de competência que quase não notou que Beatrice estava preocupada com ela.

— Nós vamos conseguir — assegurou Elowen. O *nós* que usou foi proposital. Como sinal de união. Eles estavam do mesmo lado. — Juntos.

— Como? — perguntou Beatrice, sua preocupação aumentando. — Não podemos seguir você até uma festa da Ordem Fraternal sem sermos reconhecidos na mesma hora.

— Não se preocupe! — disse Clare. Ele pegou uma bolsa grande que tinha sob os pés e levantou-se da cadeira para abri-la. — Hoje é um dia muito especial, pois é o dia em que você explora seu Grandhart interior.

Ele meteu a mão na bolsa e tirou o que parecia ser uma fantasia, jogando-a no colo de Beatrice.

— Eu e você vamos nos misturar ao exército de Clare convidados para entreter a festa. Eles não sabem ainda que foram contratados para trabalhar para a Ordem Fraternal. Podemos nos infiltrar no evento, e ninguém vai perceber — explicou Clare.

— E eu? — perguntou Hugh, sem tentar esconder a devastação por ser excluído.

— Hugh, meu bom senhor — falou Clare, baixo. — Você está prestes a se tornar rei. Não podemos colocar sua segurança em risco dessa forma.

Hugh se endireitou.

— Insisto que coloquem. — Ele olhou ao redor da mesa, fazendo contato visual com cada um. — Vocês são os maiores heróis que Mythria já teve, e não tenho sonho maior do que ajudá-los nessa missão.

— Espectros, ele é bom — disse Vandra, com suavidade.

Sorrindo, Clare jogou uma fantasia para Hugh. Convencer Clare Grandhart era muito fácil. Hugh ficou com uma roupa de Clare que Elowen reconheceu no mesmo instante de sua participação especial em *As voltas que o reino dá*, outra novela de sombras a que ela assistia às vezes. O traje vinha com um chumaço de pelos loiros pronto para ser colocado no queixo de Hugh e uma peruca amarela bem volumosa para cobrir os cachos escuros.

Por um momento estonteante, caiu um silêncio completo. E então, de forma coletiva, alta e repentina, como uma revoada de pássaros saindo de uma árvore, o grupo riu. Não, eles *gargalharam*. Lágrimas escorreram dos olhos de Elowen de tanto que ria. Vandra precisou apertar a barriga, pois começava a sentir dor de tanto rir. Beatrice começou a bater palmas, encantada. Nem Hugh conseguiu se controlar.

Clare, por sua vez, manteve o bom humor de sempre.

— O que é tão engraçado? Não é emocionante se pôr no lugar do mais renomado garoto-propaganda de pasta dental? Já quiseram saber como é estar na pele de um homem que modelou roupas íntimas escandalosas feitas de couro falso de búfalco?

Os comentários foram como jogar lenha na fogueira, reacendendo os risos quando ameaçavam parar. Todas as pessoas à mesa estavam unidas em seu divertimento. Em algum ponto além da alegria, Elowen também sentiu uma pontada de nostalgia, como se estivesse tão afeiçoada àquele momento que já sentia falta dele, embora o estivesse vivendo. Lembrava-a de todas as alegrias passadas que ela precisara armazenar como porções preciosas, fazendo-a rir nas árvores quando nada mais conseguia. Ela soltou um longo suspiro, renovada pelo riso. Queria saborear aquela união pelo maior tempo possível sem deixar que sua mente vagasse a como seria perder isso.

— Obrigada, Clare. Mal posso esperar para ver Hugh ajudar a salvar o reino de cavanhaque e lenço no pescoço — comentou Elowen.

Todos pararam de rir, notando a gentileza nas palavras de Elowen, tentando encontrar a pegadinha dentro delas.

— Estou falando sério — disse ela. Por baixo da mesa, Vandra apertou sua coxa, alimentando a coragem de Elowen. — É uma ideia maravilhosa, e estou muito contente que tenha pensado nela.

Assim como ele havia reagido quando Elowen lhe disse que ele havia envelhecido bem, Clare levou a mão ao coração.

— Significa muito — afirmou ele.

A mesa se silenciou de novo, refletindo sobre o plano por completo. Era muito perigoso. Assim como tudo que eles já fizeram. Com certeza existiam razões para que não fosse colocado em prática, mas dizê-las em voz alta parecia supérfluo. Todos sabiam que era a melhor chance que tinham de derrotar a Ordem de uma vez por todas.

Elowen se tornaria a verdadeira heroína daquela vez, assim como seu irmão fora antes dela. Mas ela não deixaria que ninguém a deturpasse, como muitas vezes faziam com Galwell. Escreveria aquela história a seu próprio modo, e viveria para contar.

32

Clare

Clare quase chorou ao ver uma Harpia & Corça no largo de alimentação da estalagem.

Era como todas as outras, sem nenhuma característica especial ou reflexo da grandiosidade de Vale Vermelhão. Balcões limpos de madeira cor de bordo, manchados com círculos onde os clientes colocavam as bebidas. A mesma música agradável de alaúde conjurada por um jovem músico no canto. Uma das inúmeras unidades da Harpia & Corça que se podia encontrar por toda a cidade.

Para Clare, porém, mais parecia o Portal dos Espectros.

Ele mal dormira, como era de se esperar. Levar Beatrice para a cama — no sentido figurado, pois na verdade eles acabaram praticando o ato em quase todos os lugares da suíte, *menos* na cama — superou até os melhores sonhos que o sono poderia oferecer.

Mesmo assim, radiante com a paixão satisfeita, ele havia recebido a manhã com entusiasmo. Chegou até a fazer alguns exercícios na sala de estar da suíte com o treinador conjurado que pagava por assinatura.

Somente na descida do elevador, pronto para o novo dia, o cansaço o dominou, cansaço aquele que ele sabia que só uma coisa poderia combater. E ele já adquirira o que precisava. Com o copo fumegante na mão, pintado com o símbolo onipresente da Harpia & Corça, ele se sentou com o imitador que socara no dia anterior.

O dia anterior. O próprio conceito parecia envolto por um fulgor dourado. *O melhor dia da minha vida*, concluiu.

No entanto, não era mais o dia anterior. Era um novo dia. E aquele dia pedia infusão com espuma de caramelo e leite de amêndoas, e uma conversa.

Ele havia descoberto que o imitador se chamava Cris. *Clare e Cris.* Até seus nomes eram parecidos. Não era a única conexão; quando não estava usando sua magia manual para se assemelhar a Clare, Cris *ainda* parecia com Clare, embora seus olhos fossem castanhos, não azuis, e seu nariz fosse muito mais reto.

Cris segurava sua própria infusão com espuma de caramelo e leite de amêndoas. Quando pediram, o imitador confessara apenas ter experimentado a bebida doce por saber que era a infusão favorita de Clare, mas acabou adorando.

Não surpreende, Clare se segurou para não dizer. *Infusão com espuma de caramelo e leite de amêndoas é a melhor já criada.*

Clare bebeu com vontade. Cris bebeu com ainda mais vontade.

Clare havia explicado que eles enfrentariam a Ordem Fraternal. Sim, os mesmos homens perversos que ameaçaram Mythria na primeira missão dos Quatro, em posse da mesma magia poderosa.

— Pode contar com os Grandhart, sir Clare — prometeu o imitador enquanto saboreavam a infusão.

Clare não comentou sobre o surrealismo da declaração. Em vez disso, a convicção do homem fez sua barriga começar a doer, o que ele admitia não ser difícil, considerando o que estava consumindo. Eles passaram a manhã traçando estratégias e conversando sobre o que os aguardava.

— E lembre-se — avisou Clare —, vai ficar perigoso. Quando estivermos lá dentro e o combate começar, *tire seus homens de lá.*

Seu novo companheiro franziu a testa.

Clare se preparou para o pior. Desde que apresentou a proposta perigosa ao antigo oponente de luta, esperava o momento em que o imitador iria amarelar e desistir da aventura.

— E deixar você, Beatrice e Elowen? Milorde, jamais faríamos uma coisa dessas — respondeu Cris com firmeza.

Clare se viu soltando um suspiro de alívio culpado. Sabia que não devia comemorar a entrada daquele homem ao perigo, mas eles precisariam de todos os reforços possíveis.

— Não apenas nos fantasiamos como você para posar para conjuradores ou dar autógrafos. Vivemos segundo seu exemplo — continuou Cris com orgulho. — Vamos lutar ao seu lado.

A dor de barriga retornou. Talvez Clare devesse ter pedido uma simples água gelada, só daquela vez.

Ele se lembrou, porém, que, se Todrick chegasse ao poder, não seria apenas Cris e os Grandhart que se veriam em grande perigo. A opressão e a crueldade ceifariam inúmeras vidas e destruiriam várias outras. Se não colocasse eles em perigo naquele momento, consequências ainda piores recairiam sobre todo o reino.

Aquela concepção teria consolado Galwell? Talvez.

Não o consolava. Clare conseguia apenas abrir um sorriso fraco para Cris, torcendo para que seu imitador não morresse naquela noite.

— Você é um verdadeiro herói — disse com honestidade. — Obrigado.

Ele se levantou, sem conseguir suportar mais o bom humor do novo amigo, apenas mais uma lembrança da alegria que as espadas poderiam abater em combate.

Ele se dirigiu à porta, onde Vandra esperava, com a expressão curiosa.

— Vão nos ajudar a entrar — confirmou Clare. — Vão lutar também.

Sua parelha de recrutamento o examinou, com o olhar aguçado, embora não bebesse uma infusão da Harpia & Corça. Ele havia descoberto que Vandra era uma daquelas que *adoravam* exaltar como as infusões feitas por produtores independentes eram superiores. "Muito bem", respondera ele, "quando saírem os designs comemorativos da nossa *próxima* missão vitoriosa, pode pedir para excluírem você." Vandra havia bufado.

— Você não gosta do plano — observou ela, interpretando sua expressão.

Eles continuaram pelo corredor de barracas da estalagem. Vandra carregava uma bolsa de couro com as armas que obtivera para eles. O clangor de metal era inaudível na confusão de música e hóspedes.

— Não, é bom — respondeu Clare. Ele conseguia perceber que estava se convencendo. — Precisamos de toda ajuda possível. O exército da rainha nunca chegaria a tempo.

Vandra assentiu com paciência.

No silêncio dela, ele reconheceu um incentivo para continuar.

— É só que... — se arriscou a dizer. — Não gosto da ideia daqueles homens se machucarem só porque estão seguindo meu exemplo. Quem sou eu para liderar as pessoas?

A risada dela não foi a reação que Clare esperava. Tudo bem, ele sabia que não era nenhum Galwell, não imaginava, porém, que a ideia de sua liderança era tão ridícula.

Ao menos não até aquele exato momento.

Quando Vandra se acalmou, e sua voz assumiu um tom incrivelmente gentil, ele se deu conta de que a havia interpretado mal.

— Vocês seguiram Galwell rumo ao perigo — observou ela. — Talvez tenha sido mais difícil para ele liderar vocês do que imaginavam. Afinal, ele se sacrificou para salvar Beatrice.

Clare ficou em silêncio por um momento. Vandra tinha razão. Estava tão focado em como ficara aquém de Galwell que não considerara as dificuldades que Galwell podia ter enfrentado com o próprio heroísmo. Talvez, concluiu, o medo de não ser digno de Galwell o tivesse, de forma irônica, aproximado ainda mais de seu amigo glorioso.

— Posso confessar uma coisa? — perguntou ele, encorajado.

— Não sou um monge, Grandhart — respondeu Vandra.

Ele hesitou.

— Isso é um... não?

— Ah, imagina, por favor, me conte — disse ela, animada. — Adoro segredos. Só estava dizendo que não precisa pedir permissão. Sua vida não é um fardo para mim. — Ela deu um soco no ombro dele com tanta força que teria feito outros homens gritarem de dor. Clare reconheceu um amor sincero no gesto. — Somos amigos, não?

Ele sorriu.

— Eu diria que sim.

Quando o corredor revelou barraquinhas com máscaras resplandecentes à venda, ele encontrou as palavras. Clare não era nenhum poeta, escriba ou orador, nenhum curandeiro vitalista ou filósofo. Tinha muito pouca experiência em confessar seus sentimentos.

— Não sei como Galwell conseguia... tudo aquilo — começou ele. — Acordei com Beatrice nos braços esta manhã, e não quero ir à batalha com ela. Quero levar Beatrice, Elowen e você para longe do perigo. Quero deixar que outras pessoas combatam Myke.

As palavras não saíam com facilidade. Clare as forçou, inspirando-se na própria dificuldade. Embora não soubesse falar, *lutar* ele sabia.

— Não sou nenhum herói. — Ele baixou a cabeça. — Aqueles homens fantasiados de mim são o mais próximo de um herói de verdade.

Apenas alguns passos depois se deu conta de que Vandra não estava mais andando ao seu lado. Ele parou. Virando-se, viu que ela esperava, resistindo para que não seguissem mais até ele ouvir o que ela tinha a dizer.

— Clare, heróis são ótimos e tal — disse ela com firmeza. — Mas existem outras coisas que uma pessoa pode ser. Outros destinos. Outros legados. Olhe para mim, por exemplo. — Ela sorriu, sem nenhum charme mordaz ou sarcasmo sutil. — Não nasci para a glória ou a nobreza. Nem sempre faço o bem. Mas tento. Sigo meu próprio código. Não sou nenhuma heroína; sou algo que prefiro ser. *Eu mesma.*

Observando os olhos dela, Clare ouviu de verdade. Vandra Ravenfall, por incrível que parecesse, *não* estava brincando. Sem dissimulação, sem ironia, sem nenhum deboche. Ela estava falando com toda a seriedade.

Significava o reino para ele.

Eu mesmo. Ele lembrou o que Beatrice havia dito na noite anterior. Como ela o queria, apenas ele. Um de seus momentos favoritos de toda a noite, o que significava muito.

Claro, se Vandra não estava brincando, sobrava para ele.

— Sinto dizer — informou ele —, mas você é, com toda certeza, uma heroína.

Vandra abanou a cabeça, mas não parecia chateada.

— Retire o que disse.

Ele sorriu.

— É verdade. Você não precisa estar aqui, mas está.

O humor desapareceu da expressão de Vandra. Ela fixou os olhos nos dele, a mesma intensidade cortante de uma espada.

— Você também está, Clare — lembrou ela. — Por que não deixamos que isso baste, para variar?

33

Beatrice

Beatrice. Vem logo.

Ela sabia que precisava atender ao pedido de Elowen. Não era descabido. Seus amigos não teriam como derrotar a Ordem se ela não deixasse de frescura e, sobretudo, de se importar com as roupas ridículas que estava vestindo.

Mas ela teria preferido a armadura de aço pesada de um cavaleiro a sua vestimenta atual: botas de cano longo que ela levara uma eternidade para amarrar. Calça leve. Um chemise esvoaçante verde-esmeralda com mangas bufantes. Seu cabelo estava escondido sob uma peruca loira curta, o que a havia curado de qualquer desejo de usar um feitiço para platinar o cabelo.

Ela estava vestida de "Clare Cavalobolista".

Na época, ele se voluntariara para jogar num torneio beneficente que Thessia organizara para as celebridades renomadas de Mythria exibirem suas habilidades no campo. E Beatrice havia odiado como, ao ver a notícia nos tabloides escribais, soube no mesmo instante o quanto a oportunidade significaria para ele, tendo sonhado em ser um jogador profissional quando era mais jovem.

Enquanto se olhava no espelho sobre a lareira do quarto, Beatrice se viu desejando que ele nunca houvesse tido a chance de cavalgar no torneio de Thessia.

O próprio Clare escolhera a fantasia dela. Por que aquela, ela não fazia ideia, mas desconfiava que fosse por causa da calça.

— Vamos nos atrasar — acrescentou Clare.

— Não dá para se atrasar para uma festa — argumentou ela, sem muita convicção.

— Justo, mas *dá* para se atrasar para a ressurreição do mal — respondeu Vandra.

Beatrice franziu a testa consigo mesma. Vandra a pegou aí.

— A carruagem chegou. — Clare a apressava, mal controlando a ansiedade. — Está na hora de partir.

Ela resmungou.

— Certo — cedeu Beatrice. Parando na frente da porta, ela se preparou. Sem dúvida, era pior do que entrar em combate. Antes de sair do quarto, avisou: — Ninguém pode rir.

Superando a relutância, ela saiu para a suíte.

Encontrou o grupo já sentado na espaçosa sala de estar. Todos, todos mesmo, a encararam. Vandra e Elowen não estavam fantasiadas, não precisavam para o papel que desempenhariam no plano. Clare estava vestido com sua fantasia da Carta de Herói simples; apesar de ter desejado a mais chamativa da carta de luxo, acabou aceitando a contragosto que a fantasia comum o disfarçaria melhor. E Hugh estava trajado com prazer ao estilo rústico do personagem que Clare interpretou em *As voltas que o reino dá*.

— Ah, Beatrice — disse Elowen. — A peruca…

— *Eu sei* — replicou Beatrice, irritada. — É melhor não me deixarem morrer com esta roupa.

— Não é tão ruim assim — consolou Vandra, fazendo uma careta.

Clare levantou.

Ignorando-as, ele se aproximou dela a passos firmes. O ex-ladino sabia mesmo andar com firmeza. Com um dedo gentil e áspero, ergueu o queixo dela.

— Você… está… magnífica — disse ele.

Ela perdeu a compostura por completo. Esqueceu da fantasia. E até, para ser sincera, do medo do que a noite reservava. Ficou completamente fraca.

— É entranho que eu esteja muito excitado nesse momento? — continuou Clare.

Apenas o beijo intenso que ele deu em Beatrice salvou o momento da desgraça. O grupo reagiu como de costume. Vandra assobiou.

— Certo, podemos enfim parar de fingir que não sabíamos que vocês estavam juntos? — comentou Elowen. Envergonhada, Beatrice empurrou Clare com delicadeza. — Magia vital aqui e tal — prosseguiu Elowen. — Sabia desde sempre, mas mesmo assim.

Hugh fungou.

Todos encontraram o futuro rei chorando. Ninguém soube o que dizer.

— Hugh, vai dar tudo certo, acredite — arriscou Vandra. — Você tem um casamento para celebrar. Não tema.

Hugh abanou a cabeça e secou as lágrimas, tomado de alegria.

— Não — esclareceu ele. — Não temo por nós. É só que torci por Claretrice por... tantos anos.

Beatrice revirou os olhos, mas percebeu que não sentia o desdém costumeiro pelo apelido.

Clare, é óbvio, sorriu feliz. Quando encontrou a expressão dele, Beatrice não conseguiu evitar o sorriso em resposta.

Na última década, ela havia sofrido para lidar com o que perdera quando os Quatro derrotaram a Ordem. Nos últimos dias, perguntava-se o que poderia ganhar ou perder caso derrotassem de novo seus inimigos.

Talvez, considerava agora, a própria presença das pessoas naquela sala significava algo bem diferente: a vitória contra os fantasmas do passado, qualquer que fosse o resultado da luta iminente. Felicidade. Amizade. Até amor, talvez. Os espólios da guerra vencida em seu coração.

Isso lhe dava coragem. Se conseguiu enfrentar a escuridão de dentro, conseguiria enfrentar a escuridão adiante.

— Bom, vamos salvar o reino? — convidou. — De novo?

A carruagem era longa, elegante e luxuosa. A pintura envernizada da cor da noite refletia as luzes mágicas de Vale Vermelhão.

Beatrice só andara uma vez numa daquelas, quando Robert contratou uma para levá-los para casa após um banquete em que ele queria impressionar o lorde anfitrião no vilarejo vizinho. Ele havia adormecido no assento acolchoado, e ela ficara olhando pela janela num silêncio grato.

Naquele momento, o grupo se amontoava, todos se acotovelando com nervosismo. O interior espaçoso era mais do que suficiente para eles e suas armas, e eles encontraram compartimentos nas portas com espumante e amoras-da-noite cobertas de chocolate. Luzes encantadas iluminavam o espaço em rosa e roxo.

Não era, em sua opinião, o tipo de biga de guerra que ela esperava.

Clare, sem dúvida sentindo o mesmo, olhou para Hugh. E ergueu uma garrafa de vinho numa pergunta silenciosa.

— Era parte do pacote de aluguel da carruagem — explicou Hugh, envergonhado. — E... bom, eu queria me divertir. Não deixa de ser minha despedida de solteiro, de certa forma.

— Eu, particularmente, estou precisando de uma bebida — se ofereceu Elowen.

— Eu também — interveio Beatrice.

Clare deu de ombros, sem encontrar qualquer problema na ideia de beber antes da batalha. Ele despejou a bebida borbulhante nas taças estendidas.

Enquanto ele os servia, a carruagem seguiu pela larga rua principal de Vale Vermelhão. Do outro lado das janelas, cores cintilantes e placas encantadas de tabernas iluminavam a noite. O clamor de multidões se misturava ao eco da música num coro estimulante.

Beatrice se sentiu comovida de uma maneira estranha. Vale Vermelhão não era nem de perto um assunto sobre o qual os poetas escreviam, mas... ela encontrou tanta beleza na noite ao seu redor. O lugar transbordava expressividade, esperança e labuta. Pessoas. Vida.

Hugh ergueu a taça.

— A heróis.

Clare acenou e levantou a bebida.

— A nós.

— A Galwell — ofereceu Vandra, solene.

Beatrice olhou para Elowen.

— À amizade.

Elowen sorriu. Ela ergueu a taça no silêncio que se seguiu.

— Ao amanhã — disse ela.

Eles viraram as bebidas. *Ao amanhã*. Sim, não só lutariam *pelo* amanhã como beberiam *ao* amanhã.

A Dragão Noturno não era longe, as estalagens de luxo do Vale ficavam próximas, para que os hóspedes transitassem com facilidade de uma à outra. Com a carruagem os levando para mais perto de seu destino, todos ficaram em silêncio.

Se fracassassem, recairia sobre outros heróis defender Mythria, se é que ainda restariam outros. Se fracassassem, as pessoas que Beatrice mais amava no reino morreriam. A inspiração que ela acabara de sentir se transformou em desespero. Era mais fácil, de certo modo, morar no solar de Robert, sem nunca ter nada que fosse doloroso de perder. Poucos dias antes, um roupão besta era a coisa mais importante para ela.

Naquele instante...

Ela encontrou os olhos de Clare que, embora também parecesse perdido em contemplação sombria, deu uma piscadinha.

Isso a consolou. Se Clare Grandhart ainda conseguia piscar, nem tudo estava perdido.

Beatrice pegou uma das amoras-da-noite cobertas de chocolate. Ela adorava amoras-da-noite. Saboreando a explosão de doce e azedo na boca, ela se voltou para o grupo.

— O que querem fazer amanhã? — perguntou ela com alegria.

Elowen riu, Clare também.

— Estava pensando em massagens e manicures — respondeu ele com entusiasmo. — Um dia de spa. Faz anos que não passo tanto tempo sem marcar horário com minha manimaga favorita.

Vandra sorriu.

— Queria assistir a um espetáculo — disse ela, levando a mão às amoras- -da-noite. — Soube que a Confraria está tocando.

— Eu poderia ir a isso — falou Elowen, incisiva.

— Marcado, então — respondeu Vandra.

— Bom, *eu* gostaria de fazer compras — declarou Beatrice. — Perdi todas as minhas posses em um divórcio pouco tempo atrás.

— Que horror — compadeceu-se Elowen.

Hugh os observou, boquiaberto.

— É assim que... sempre é? — perguntou ele.

Beatrice lhe estendeu uma das amoras-da-noite.

— Assim que é o quê?

— Nunca salvei o reino antes — explicou Hugh. — Acho que não imaginava que seria assim.

Os outros quatro trocaram olhares divertidos. Em certos aspectos, a situação atual não se assemelhava à primeira aventura para salvar o reino. Em vez de nuvens escuras sobre castelos, eles cavalgavam pelas luzes cintilantes de entretenimento. Em vez de provisões limitadas de viagem, eles saboreavam iguarias luxuosas. Fora isso, nos aspectos mais importantes...

— Sim. É basicamente assim — disse Clare.

Hugh permaneceu cético.

— Se não soubesse que vocês já fizeram isso antes, eu estaria um pouco preocupado — confessou ele.

A preocupação dele encantou Beatrice. Hugh era bem-humorado, até jovial; no entanto, ela sabia que Thessia não o amaria se ele não fosse cauteloso e um tanto questionador quando necessário. Na posição dele, era provável que Beatrice sentisse o mesmo.

Ela apertou o ombro dele.

— Hugh, somos especialistas no assunto — prometeu ela. — Nosso conselho profissional? Divirta-se o máximo possível. Vai dar bom.

Bem naquele momento, a velocidade da carruagem diminuiu. Eles chegaram à Dragão Noturno.

De maneira irônica, na esteira das palavras de Beatrice, o companheirismo risonho do grupo deu lugar à melancolia.

— Bom, é aqui que nos despedimos — observou Vandra. — Vemos vocês lá dentro.

Beatrice se esforçou para esconder o aperto no peito. Vandra abriu a porta, revelando a despretensiosa entrada dos fundos da Dragão Noturno, e saiu com agilidade. Elowen foi atrás. Quando ela estava prestes a sair, porém, Beatrice pegou a mão de Elowen.

Elowen se deteve. Seus olhos, resplandecendo como as luzes de Vale, encontraram os de Beatrice.

Beatrice não sabia ao certo o que queria dizer. Sentia apenas a repetição de sua primeira missão, lembrando a última vez que se separaram para a batalha. Ela afastara Elowen, forçando uma briga entre as duas para esconder sua mentira da magia vital de Elowen. E, no processo, havia magoado a amiga.

— Sabe, nos últimos dias — disse Beatrice, sabendo que precisava se apressar —, tem sido… uma honra ser sua amiga de novo. Eu…

Elowen apertou sua mão.

— Eu sei — respondeu ela. — Sinto o mesmo.

Beatrice tinha certeza que sim.

— Tome cuidado lá — implorou.

Elowen curvou os lábios.

— Vou tomar, desde que você não faça nenhuma loucura como… sei lá, tentar se sacrificar.

Grata, Beatrice retribuiu o sorriso da amiga. Elowen soltou sua mão e desceu para a noite luminosa.

Quando a carruagem voltou mais uma vez a avançar, levando-os à entrada principal, Beatrice se recostou no assento, permitindo-se o conforto de se apoiar em Clare. Ele colocou um braço ao redor dela, seu aroma a envolvendo, trazendo lembranças de missão e magia e lar.

Não durou muito.

A carruagem deu a volta para a entrada principal. O valete de libré abriu a porta com elegância. Do lado de fora, a Dragão Noturno esperava.

Embora não pudesse oferecer elogios à arquitetura do lugar, poderia à perfeição de seu nome. A estalagem de luxo parecia diferente de tudo que ela já vira. Enquanto outras buscavam atrair com ouro reluzente ou prometer paz com cachoeiras exuberantes, a Dragão Noturno era esculpida por contornos imponentes e agudos de rocha negra. O lugar *queria* intimidar, na esperança de que a sugestão provocante de perigo atraísse os hóspedes que procuravam se deleitar no limite.

Muito sutil, ela queria dizer à Ordem Fraternal.

Pela cara da multidão aglomerada, a estratégia estava funcionando. A estalagem estava repleta de convidados, jovens festeiros usando todo tipo de roupa cara ou extravagante. Óculos noturnos escondiam olhos desfocados pela bebida ou dilatados por prazeres mágicos. Uma música pesada de tambores pulsava do interior do prédio.

Ao lado, esperavam os Grandhart fantasiados. O verdadeiro Clare, que coordenara o plano com Cris mais cedo, avisara que aquele era o ponto de encontro da trupe de imitadores que performaria no evento na Dragão Noturno. Mais Grandharts estavam se aproximando, juntando-se a seus compatriotas na multidão crescente. Eles concluíram que era o lugar mais lógico para Beatrice, Hugh e Clare se encontrarem com os outros.

Com Hugh ao seu lado, Beatrice seguiu Clare, misturando-se aos imitadores. Deu para ver que eles pareciam prontos, as mandíbulas firmes, os olhos cheios de vigor.

Ela sabia que precisariam.

Perto da frente do grupo, Beatrice avistou o homem que ela beijou no dia anterior, orgulhoso com seus compatriotas, a espada na mão. A conversa cessou quando os três se aproximaram.

Clare Grandhart, o primeiro e único, deu um passo à frente, endireitando os ombros. Embora ela amasse mais o ladino, Beatrice percebeu que não se incomodava nem um pouco com a postura de comando que ele assumia quando era herói.

— Companheiros Grandhart! — anunciou ele. O cavaleiro conquistador. O capitão encarregado de outros iguais a ele. — Que comece a festa!

34
Elowen

salão de festas abrigava mais pessoas do que Elowen já havia visto dentro de um só lugar. Grandharts foram contratados para distribuir bebidas e trabalhar no bar a caráter. Ela não conseguia distinguir Beatrice, Hugh, nem o verdadeiro Clare entre eles. Músicos ao vivo usavam um amplificador mágico que deixava suas melodias tão altas que o corpo de Elowen tremia a cada nota. O cheiro do lugar era como se odores corporais e óleos perfumados tivessem entrado numa guerra que nenhum dos lados seria capaz de vencer. E o salão todo estava verde pelas luzes cristalinas projetadas como espadas, cortando a massa compacta de gente.

Sobre uma plataforma elevada, Myke Lycroft fazia questão de estar visível a todos no espaço inteiro. Ele segurava a Espada das Almas, encantando-se não apenas com o peso físico dela, mas com as emoções pesadas de dentro. Era repulsivo para Elowen sentir a alegria dele. Vez ou outra, Myke levantava a espada para as luzes cristalizadas, excitado de verdade pelo poder da arma, depois baixava a cabeça para conversar com alguém embaixo dele.

Elowen quase desmaiou quando entendeu quem estava do outro lado da conversa. Todrick.

O *cadáver* de Todrick.

O corpo dele fora encantado para esconder os sinais de decomposição, mas nem isso poderia apagar a imobilidade inquietante dele. O brilho estranho das bochechas. A opacidade quebradiça do cabelo sem vida. Ele fora encantado com um sorriso, paralisado num estado de felicidade horrenda.

Elowen e Vandra teriam apenas um instante para se preparar antes que sua presença sem fantasia se tornasse conhecida. Elowen não podia se dar ao luxo de entrar em pânico. Em vez disso, pegou a mão de Vandra, apertando os dedos dela depressa sob o manto.

— Que os Espíritos nos mantenham em segurança — sussurrou ela.

— Não precisamos dos Espíritos. Vou manter você em segurança — respondeu Vandra. Em seguida, limpou a garganta e avançou com tudo, puxando Elowen pelo punho. — *Myyyyke* — cantarolou ela, levantando a voz para ser ouvida acima da música caótica. — Trago presentes!

Elowen não teve nem que fingir resistência. Ela canalizou todos os seus medos e nervosismos para aquele momento, e seu corpo reagiu como de costume, recuando, desesperada para se esconder nas sombras.

— Vandra Ravenfall — respondeu Myke. — A que devemos esse infortúnio?

Ele gesticulou para Todrick como se o amigo fosse um participante ativo da conversa.

— É apenas um infortúnio quando não estou do seu lado — informou Vandra feliz, assim que chegaram ao piso, onde o morto Todrick estava sentado com seu meio-sorriso inerte, encarando-as com olhos vazios. — Para sua sorte, vi o erro que estava cometendo e vim jurar fidelidade à Ordem Fraternal. Para provar que sou sincera em minhas palavras, trouxe algo valioso para você.

A voz de Vandra era sinistra em sua doçura, mas Elowen conhecia o coração daquela mulher para além da dissimulação. E não precisava mais sentir as emoções de Vandra para saber que o amor entre elas era forte o bastante para resistir a qualquer sacrifício que fosse necessário para ter acesso à Espada das Almas.

Apesar disso, Elowen, com medo de que sua tranquilidade diante da situação se refletisse em seu rosto, voltou a resistir mais uma vez à mão de Vandra em seu punho.

— Soube que vocês queriam um dos Quatro para ser a última alma morta com a espada antes de ressuscitarem Todrick — continuou Vandra, puxando Elowen para mais perto. — Que membro melhor do que a irmãzinha de Galwell? Ela é tão rabugenta, não é? Perfeita para a função.

— Me solte — rosnou Elowen.

— Jamais — respondeu Vandra.

Myke bateu palmas de satisfação.

— Fantástico! — comemorou ele. — Não, *poético*. Ela é a pessoa perfeita. Seria como matar Galwell de novo. Eles têm até o mesmo cabelo. Mas conheço alguém que ficaria ainda mais feliz em matá-la do que eu... e isso é dizer muito.

— É mesmo? — perguntou Vandra com cautela e uma confusão que Elowen sentiu.

Ela sentia o mesmo. *Alguém que quer me matar ainda mais do que Myke Lycroft?*

Myke saltou da plataforma de maneira bem impressionante, chegando ao piso com uma postura de combatente. Ele espanou a túnica e se virou para Todrick.

— Meu irmão de outra mãe — disse ele, beijando a testa de Todrick. — Bem-vindo à sua festa.

Myke cravou a Espada das Almas no torso de Todrick.

Num piscar de olhos, almas começaram a atravessar Todrick, reanimando o corpo inerte dele. Sua pele fantasmagórica recuperou a cor, começando pelos tornozelos, visíveis no espaço entre o sapato e a calça muito curta. Havia uma aura tenebrosa ao redor dele.

Era isso que acontecia quando a vida surgia da dor.

Por um momento assustador, todos paralisaram, hipnotizados pela aura funesta. Era fascinante de um jeito estranho o quanto aquilo era antinatural. Quando se espalhou a compreensão de que o retorno de Todrick ao reino significava apenas coisas terríveis, veio o caos.

O exército de Grandhart avançou, lutando com membros da Ordem Fraternal. Um captor arrancou Elowen de Vandra. Tudo aconteceu em segundos, destruindo o plano num piscar de olhos.

Mesmo assim, enquanto o captor levava Elowen mais e mais longe da multidão, sem dúvida a escoltando para algum aposento trancado até Todrick estar descansado o bastante para dar fim à vida dela, Elowen ainda irradiava calma. Passara anos prevendo algo igualmente terrível. Experienciar aquilo, porém, não a assustou. Ela conhecia as profundezas dos seus medos com uma intimidade estonteante. Poderia catalogar todos por aroma, sabor, cor. Eram dela para guardar para sempre. Nunca seriam eliminados. Não por inteiro. Mas ela vinha se esforçando muito para superá-los e *viver*. Não deixaria que a Ordem Fraternal a enviasse às profundezas do desespero com uma simples captura. Ao menos, não tão fácil.

Não sem lutar.

— Oi — disse ela ao homem corpulento que a segurava pelos braços. — Uau. Como você é bonito. Posso te fazer uma pergunta?

Ela se fez de dócil, fingindo simpatia. Encanto, até. Uma tática aprendida com Vandra. Mesmo que nunca mais visse Vandra de novo, Elowen sempre encontraria formas de mantê-la por perto.

O homem se aproximou para conseguir ouvir Elowen melhor em meio aos estrondos da multidão.

— O quê? — perguntou ele. — Você é muito mais bonita em pessoa, sabia?

Assim que ele chegou perto o bastante, Elowen aproveitou a oportunidade. Ela inclinou o pescoço para trás e deu uma cabeçada violenta *pra caralho* no homem. A visão dela se embaralhou. Era um pequeno preço a pagar pelo efeito do golpe em seu captor, que cambaleou para trás como uma árvore derrubada, inconsciente pela força do impacto.

Com a cabeça girando, Elowen correu na direção de Todrick.

— Não, meu amor! — pediu Vandra, lutando contra dois membros da Ordem. — É perigoso demais!

— Tudo é perigoso! — gritou Elowen, em resposta. — Não posso mais viver com medo!

Com uma única voadora, Vandra derrubou os membros da Ordem com quem lutava. Por um momento, Elowen pensou que Vandra planejava detê-la.

Mas não. Vandra jamais faria isso.

Ela começou a abrir o caminho para Elowen, derrubando membros da Ordem que poderiam interferir.

Elowen seguiu o caminho de corpos caídos até alcançar Todrick, que já parecia meio vivo. Seus braços e pernas estavam corados, mas o peito e a cabeça ainda estavam azulados e frios. Elowen não tinha muito tempo.

Poderia apenas torcer que tivesse o suficiente.

Passou os olhos pela multidão, confirmando se não havia outra ameaça iminente à sua segurança. Não encontrou nenhum perigo. Encontrou Beatrice, porém.

O terror na expressão de Beatrice era claro. Elowen não precisava de nenhuma magia vital para decifrá-lo. Não a preocupava nem a incomodava. Em vez disso, era um consolo, como uma coberta ao seu redor. Apesar de tudo que acontecera entre elas, elas se amavam. Eram uma família e sempre seriam.

Sinto muito, Elowen fez com a boca.

Também sinto muito, Beatrice respondeu do mesmo modo.

Assim, Elowen colocou as mãos ao redor da Espada das Almas.

35

Beatrice

Num clarão de luz horrível, Elowen e a espada saíram voando em direções opostas.

Beatrice viu a amiga cair dura no chão e não se mexer mais.

Um instinto, como nenhum outro que Beatrice havia sentido, se acendeu dentro dela. Ela queria correr até Elowen, mas foi agarrada por um membro da Ordem que fedia a colônia cara. Ele arrancou a peruca dela.

— É Beatrice dos Quatro! — gritou ele, chamando mais atenção.

De repente, os homens da Ordem caíram em cima dela, como falcões carniceiros partindo para a próxima refeição.

Beatrice lutou, esquivando-se de golpes, atacando com o gládio que havia escondido nas botas de montaria. Na confusão, a trança que ela escondera sob a peruca se soltou, chicoteando atrás dela a cada movimento. Parecia improvável, mas a batida da música no salão de festas a ajudava, dando o ritmo para sua dança de destruição.

Ao sair da confusão, Beatrice viu com enorme alívio que Elowen estava consciente, ainda que por pouco. Ela estava rastejando com uma força frágil e insistente na direção da Espada das Almas, que cintilava com pouca intensidade. O poder da arma estava reduzido, mas ainda não fora eliminado.

Elowen estava perto. *Muito perto*. Em segundos, estaria com as mãos na arma. Conseguiria terminar o que havia começado, derrotando a magia da espada. Completaria a missão deles.

No entanto, diante dela surgiu Todrick van Thorn. *Completamente revivido*.

Beatrice havia esquecido como Van Thorn era formidável. Ele irradiava maldade. As luzes cortantes do salão de festas se refletiam em seu cabelo escuro. O vigor da violência brilhava gélido em seus olhos, como se nada ao seu redor fosse real, apenas um jogo.

Vestindo tons funéreos da noite, ele observou o caos no qual fora ressuscitado. Sorriu.

Beatrice notou que, ali perto, Vandra subiu ao palco onde os músicos tocavam. Ela preparou a mira na plataforma, disparando uma flecha na direção de Todrick.

Resvalou no peito dele, ricocheteando com um leve fulgor de magia das trevas, deixando-o ileso. Ele era... *não*. Com o coração pulsando de horror, Beatrice se deu conta de que a espada não havia apenas o reanimado. O homem mais vil da história do reino não apenas vivia. Era imortal, a magia da espada fluindo através dele com um poder protetor.

— Estava com saudade disso — declarou ele.

As primeiras palavras a saírem da boca de Todrick silenciaram o combate mais perto dele. Ele encontrou os olhos dos homens, que não estavam acostumados a ouvir mortos-vivos falarem. Com ou sem magia, porém, sua presença era imponente.

— Estava com saudade do medo — continuou Todrick. — Da dor.

Ele deu de ombros com grandiosidade.

— Por que fingir? No momento de minha morte, o que me enfureceu foram as horas, os dias que perdi em vida procurando cair nas graças dos outros. Fingindo que queria apenas o que era *certo para Mythria*. Como o reino deveria ser governado. — Ele balançou a cabeça. — Farsas de filosofia. De nobreza.

Ele pegou a espada do homem mais próximo.

Quando o combatente entregou a arma, Todrick a cravou nele sem demora.

— Estou farto de fingir — declarou ele.

A cada palavra, Beatrice observava como ele cativava ao mesmo tempo que inquietava. O pior era que ela compreendia como isso funcionava com eles, os homens da Ordem. Os ressentidos, os insatisfeitos, os arrogantes, os orgulhosos. Ela percebia como Todrick os atraía, como um farol sombrio.

— Quero isso *para mim* — disse ele, devagar. — A dominação. A opressão. É divertido. Eu gosto.

Ele soltou a espada. Com o clangor do aço frio, Beatrice se sobressaltou.

— Vou gostar de governar vocês — falou Todrick ao salão.

Ele riu de prazer. Empurrando os imitadores de Grandhart e os membros da Ordem de sua frente, avançou com uma autoridade sobrenatural.

Quando os olhos dele pousaram na espada, porém, ele franziu a testa. Elowen pode ter chegado tarde demais para deter a ressurreição, mas enfraquecera a arma. A espada não detinha o poder de que ele precisava para reescrever a realidade de toda Mythria.

Se a alegria dele era inquietante, as trevas de sua decepção eram absolutamente assustadoras. Ele se voltou, indignado, para Elowen.

— Garota idiota — rosnou ele. Sua voz não tinha nenhuma suavidade, apenas raiva. — Você vai pagar por isso.

Quando começou a ir na direção de Elowen, valentes Grandhart se lançaram contra ele. Van Thorn fez um único gesto com a mão. Os perseguidores pararam. Suas posturas relaxadas de repente.

Beatrice, que já lutara contra Todrick antes, sabia o que estava acontecendo. Usando sua magia mental, ele havia reescrito a realidade ao seu redor. Todos perto dele não achavam mais que ele era o inimigo.

Beatrice encontrou os olhos de Clare, que estava se defendendo de homens da Ordem do outro lado do salão. Ambos estavam longe demais para chegar a Todrick.

Myke foi o primeiro a alçançá-lo.

Naquela confusão, Myke deu um abraço no homem mais perverso de Mythria.

Beatrice sentiu as próprias sobrancelhas se erguerem. Pensou que Todrick empurraria Myke, decidido a retomar sua vingança. Não foi isso que Van Thorn fez. Em vez disso, apertou Myke com força, retribuindo o abraço com carinho.

— Obrigado, meu amigo. — Ela ouviu Todrick dizer.

— Senti sua falta, irmão — respondeu Myke, cheio de sentimento. Ele secou uma lágrima. — Você desperta o pior em mim. Tenho tanto para contar.

— Quero ouvir tudo. Em breve — prometeu Todrick.

Assistindo, Beatrice achou o momento estranhamente… tocante. Sim, eles eram malignos e precisavam ser detidos. Mas também eram melhores amigos. Myke passara anos planejando aquele reencontro. Não estava apenas restaurando o parceiro em vilania; estava revivendo seu amigo mais querido.

Beatrice olhou para Elowen, que estava pelejando para se levantar. Vendo os vilões se abraçarem, uma inspiração improvável a dominou. Ela nunca devia ter abandonado Elowen naqueles dez anos enquanto era devorada pelo luto. Devia ter sido como Myke e feito de tudo para trazer sua melhor amiga de volta ao mundo.

Se sobrevivesse àquilo, agiria melhor.

Quando os homens se soltaram, Myke colocou uma adaga na mão de Todrick, a prata cintilante. Beatrice intuiu que fosse a arma encantada para roubar poderes.

Um medo visceral dominou Beatrice. Ela avançou, acotovelando rostos, abrindo o caminho com cortes de sua espada. No outro extremo da sala, Clare fazia o mesmo. Não havia mais nenhuma poesia no combate dele naquele momento, apenas uma fúria desesperada. Ele não conseguia escapar, e ela não conseguia avançar rápido o suficiente; não chegaria a tempo de salvar Elowen.

No instante seguinte, viu que não precisaria. Vandra saltou do palco, agachando-se quando chegou ao chão de mármore preto. Ela arrancou um escudo das mãos de alguém e deslizou o metal cortante pelo piso com força suficiente para derrubar Myke e Todrick.

Isso deu a Elowen a chance de cambalear na direção da espada.

A espada.

A arma poderosa representava a única esperança de derrotar o invulnerável Todrick. Mas não era poderosa o bastante, não depois que Elowen exaurira sua magia. Precisaria de sacrifícios. *Almas.*

Beatrice chegou à conclusão com uma clareza horrível. *Suas* almas — a dela, de Elowen, de Clare — poderiam ser o bastante para recarregar a espada, garantindo que tivesse magia suficiente para Vandra e Hugh matarem Todrick.

Era a escolha que Galwell fizera. Como poderia deixar uma pessoa morrer quando você poderia ser o responsável por salvá-la?

Tudo no salão pareceu desacelerar. O ritmo da música desapareceu sob as batidas de seu coração. A escuridão da Dragão Noturno a envolveu, destacando o peso esmagador daquela decisão.

Mas… era uma decisão que Beatrice não tomaria. Talvez Galwell fosse apenas melhor do que ela. Beatrice não estava disposta a sacrificar seus amigos *nem* a si mesma. Não mais. Precisava do que reencontrara nos últimos dias na estrada com seus companheiros, colando os cacos de si mesma. Não um sacrifício final, uma repetição fracassada. *Um futuro.*

Pensou no perdão que Elowen lhe deu, em como ela perdoara Clare. E se deu conta de que o perdão era o primeiro passo de algo que nenhum deles havia feito nos últimos dez anos: se concentrar num futuro melhor em vez de viver presos ao passado.

"*Todos* revivemos o que nos aconteceu. Várias e várias vezes." As palavras de Clare voltaram a ela. "Por mais que voltemos a nossas lembranças, não temos como mudar o passado. Não temos como voltar para lá, não de verdade."

Mas Beatrice tinha como. Voltava toda noite.

O confronto transformara a festa no salão num campo de batalha, os Grandhart longe da magia de Todrick lutando contra homens da Ordem num clamor incessante. Clare continuou avançando com bravura, mas seu ritmo se arrastava enquanto combatia mais oponentes do que até ele conseguia enfrentar. Vandra tentava recuperar o arco das mãos dos homens que o seguravam pela estrutura reluzente.

Enquanto Beatrice via seus amigos combaterem inimigos, se levantarem depois de serem derrubados, continuarem a brigar sem desistir, ela permaneceu imóvel.

Fechou os olhos, tudo ao seu redor desaparecendo enquanto mergulhava em seus poderes. O véu do passado se ergueu, cortinas diáfanas a recebendo. Por dez anos, ela havia revivido sem parar o que acontecera num único dia devastador, várias e várias vezes. Na missão de resgate a Hugh, Beatrice aprendera a virtude de fazer novas escolhas, de resistir às próprias expectativas, de se incentivar a perdoar e crescer e mudar e entender em vez de repetir velhos erros.

Como poderia mudar o futuro?

Ao fazer o que não foi feito no passado.

Em sua magia, ela voltou a poucos minutos antes. Revendo com seus próprios olhos enquanto Vandra puxava Elowen na direção de Myke. À distância, sentiu golpes a machucando, lâminas a cortando. Ela resistiu ao chamado do presente, lutando para permanecer em sua magia.

Vandra falava com Myke. Beatrice sabia que, em segundos, Myke cravaria a espada em Todrick. Mas, logo antes do plano deles vir abaixo, Beatrice fez o que nunca pensara ser possível.

Ela entrou no passado.

A cortina cintilante de magia resistiu ao seu movimento. Com a cabeça latejando, os músculos resistindo à própria realidade, ela continuou, forçando seu poder. *Eu consigo*, garantiu a si mesma.

E correu. Quando Myke saltou da plataforma para onde golpearia o cadáver de Todrick, Beatrice estava lá, esperando, bem onde ele pousou. Aproveitando a surpresa dele, Beatrice arrancou a Espada das Almas das mãos dele.

Sob as luzes cristalinas, olhou para Elowen, que a olhou de volta.

Por seus olhares, uma clareza perfeita foi transmitida. Elas não precisavam de prática para fazer planos tácitos. Faziam isso desde crianças.

Beatrice jogou a espada para ela, mudando o futuro.

36

Clare

Clare estava entre os Clares, camuflando-se na multidão, à espera do momento deles. Ele encontrou os olhos de Cris. Seu imitador assentiu com uma confiança que Clare também queria sentir.

Ele se lembrou de ataques com sua antiga gangue de bandoleiros na calada das noites das planícies Vastas. De executar os planos de Galwell sem medo, lutando contra cinco homens em fortalezas mortais. A lenda que era Clare Grandhart inspirava homens por todo o reino. Ele poderia se inspirar também. Quando Elowen pegasse a Espada das Almas para neutralizar a arma, ele lideraria o ataque.

No entanto, Myke saltou da plataforma, como se pretendesse ressuscitar Todrick naquele exato momento.

O coração dele se apertou no peito. Isso estragaria tudo. Se Myke cravasse a espada encantada em Todrick antes que Elowen conseguisse colocar as mãos na arma, Mythria estaria praticamente condenada.

Mas...

Beatrice estava lá, de alguma forma. A mente de Clare não conseguiu compreender o que ele estava vendo. Não era o que haviam previsto nem planejado. Com uma força rápida, Beatrice arrancou a espada das mãos de Myke e a jogou com primor para Elowen.

A Ordem Fraternal reagiu de imediato. Sacando as armas, desembainhadas num silvo coletivo de aço, eles avançaram para proteger Myke e o cadáver asqueroso de Todrick, cujo sorriso descarnado e inerte nunca mudava.

Clare sabia o que o momento pedia. Foda-se o plano. Ele preferia improvisar mesmo.

— Grandharts! — gritou. — Vamos!

Ele puxou uma espada do manto e a ergueu no ar, dando o sinal para os intérpretes sacarem as armas de verdade que Vandra providenciara.

Eles correram para defender Elowen, que segurava a espada, magia envolvendo as mãos e subindo pelos braços dela. Uma incandescência verde emanava dela, superando até os feixes deslumbrantes de luz do salão de festas.

Está funcionando, percebeu Clare. Eles derrotariam a Ordem. Todrick não voltaria.

A euforia tomou conta dele. Nenhuma festa poderia se comparar à pura sensação da vitória. Enquanto a batalha se desenrolava, metal colidindo com metal na escuridão, o clangor das espadas se misturando com a força pesada da música, Clare se sentia invencível.

Até ver Beatrice.

Ela estava cambaleando para longe do combate. Os joelhos dela cederam, e ela caiu no chão. Algo estava muito errado. Clare não sabia o que acontecera, mas ela devia ter usado sua magia mental para, de alguma forma, prever os movimentos de Myke. Estava drenada. Vulnerável.

O medo trespassou Clare, mais afiado do que qualquer lâmina. Quando começou a correr em direção a ela, porém, homens da Ordem bloquearam seu caminho. Ele se empurrou à frente, desesperado. Ao longe, Leonor se aproximava, seguindo direto para Beatrice, que, de tão enfraquecida, mal conseguia se defender de um agressor. Clare precisava chegar até ela.

Mas não conseguia. Embora talvez pudesse ter conseguido se soltar de um dos homens que o segurava, não conseguia se defender dos dois.

O homem à sua esquerda caiu de repente. Clare ergueu os olhos, encontrando ninguém mais do que Cris diante dele. Aproveitando o momento, Clare se desvencilhou do outro oponente.

O alívio em seu rosto era a única expressão de gratidão que conseguiu demonstrar a Cris, que não precisava de mais nada.

— Vá até ela, cara. Cuidamos disso — disse o imitador.

E eles cuidaram. Bastou um olhar rápido para vê-los derrotando com folga mais agressores. Na verdade, ao seu redor, a Ordem estava caindo diante dos Grandhart. Eles estavam *vencendo*.

Clare correu na direção de Beatrice, saltando sobre um candelabro que caiu no chão em meio ao caos. A pedra negra estava rachada sob os braços de ferro fundido enquanto joias iluminadas voavam por toda parte. Clare pousou agachado, com as pedras afiadas estalando sob seus pés.

Quando se endireitou, Clare se viu bloqueado por ninguém menos do que um furioso Myke Lycroft.

A batalha se desenrolava ao redor deles. A bochecha de Myke estava cortada, sangue escorria por metade de seu rosto. Nos olhos dele, havia uma fúria justa. A Ordem estava fracassando, e ele sabia disso. Todrick estava morto para sempre.

Myke aceitaria qualquer vingança que lhe restasse. Ele lambeu o sangue dos lábios, a mão encontrando a espada.

— Desafio Clare Grandhart para um duelo até a morte! — gritou ele, sua voz destroçada de desespero. — Mano a mano, como as questões *deveriam* ser resolvidas.

Os conflitos cessaram. Olhos se fixaram neles. O desafio de Myke carregava importância, remetendo aos tempos em que heróis duelavam nas lendas. Chegava a ser engraçado, Clare reconheceu. De certa forma, era o reconhecimento máximo do que ele buscara na última década, a chance de provar que era o herói que todos precisavam que fosse. Era o tipo de momento sobre o qual se compunham canções. O tipo de momento que deixaria Galwell orgulhoso.

Mas Galwell estava morto. Quem se importava se ele estava ou não orgulhoso? A vida de Clare não era determinada pelo que estranhos ou os mortos queriam dele. Era determinada por *ele*. Pelas pessoas que amava.

Clare fez menção de passar por Myke, não mais interessado num legado.

Myke o observou, confusão distorcendo os traços frenéticos do vilão.

— É isso que o maior herói de Mythria se tornou? — disparou ele. — Lute comigo ou se revele um covarde.

Clare continuou andando, a espada abaixada em concessão.

— Pode me chamar de covarde, se quiser — respondeu ele. — Não me importo com o que os outros, muito menos malfeitores como você, pensam de mim.

Ao passar por Myke, deixou que seu ombro trombasse com força no do outro homem.

Ele não era Galwell, o Grande. Era Clare Grandhart.

— Vocês viram isso! — gritou Lycroft. — Grandhart não é um herói! Ele se recusa a me enfrentar em batalha!

Clare deixou que ele gritasse. Sua única preocupação era Beatrice.

Por fim, chegou até ela. Sua vitória. Seu tudo. O fim de sua missão. Para Clare, o centro de Mythria estava enfraquecido no chão à frente dele. Enquanto sua reputação desmoronava, ele se ajoelhou ao lado dela.

— Ei, amor — sussurrou ele, a voz áspera. — Está pronta para ir para casa?

Beatrice fez que sim. Embora estivesse atordoada, ela não parecia ferida.

— Acho que... você é o melhor Grandhart aqui, Clare.

Ela riu, inebriada pelo uso excessivo da própria magia.

Clare sorriu, com o coração cheio.

— Isso é bom o bastante para mim.

Ele a pegou nos braços. Levantando-se, com a cabeça de Beatrice pousada com delicadeza em seu peito, ele viu Elowen sobre a plataforma, erguendo a Espada das Armas no ar, a arma resplandecia com uma luz perigosa. Com uma liberação gigantesca de magia, as almas raiaram dela como a luz do sol destruindo a escuridão. Enquanto Vandra se agachava numa postura defensiva, a explosão derrubou os homens da Ordem.

Elowen soltou a espada, boquiaberta. Não apenas boquiaberta: *vitoriosa.*

Clare usou a distração para se dirigir à porta de serviço, enquanto Vandra se endireitava. No salão consumido pelo caos, Vandra pegou a Espada das Almas e foi até a plataforma, até Todrick, erguendo a lâmina desencantada.

Onde cortou a cabeça do líder morto.

Ao chegar à porta de serviço, o último vislumbre que Clare teve do salão de festas foi do cabelo negro opaco de Van Thorn caindo sem cerimônia no chão.

A noite o recebeu do lado de fora. O frio era maravilhoso em contraste com o furor aquecido dentro da Dragão Noturno. No alto do céu subiam as luzes de Vale Vermelhão, sem nenhum sinal da destruição sob eles. Enquanto Clare colocava Beatrice no chão, os homens da Ordem fugiam pelas portas, evitando ser capturados, sabendo que a mácula da desonra os marcaria para sempre. Bem feito. Clare imaginava que Myke Lycroft estava entre eles, retornando à sua existência em exílio, a única vida que ele merecia.

A festa havia acabado. Vandra saiu, tropeçando com o braço em volta de Elowen. Na mão livre de Vandra ainda estava a Espada das Almas, fora do alcance da Ordem. Com os rostos exuberantes, as mulheres deram um beijo vitorioso. Clare não deixou de retribuir o assobio que Vandra lhes dera em sua suíte.

O barulho facilitou para Elowen e Vandra os encontrarem quando elas se soltaram. As duas se aproximaram.

— Ela está bem? — perguntou Elowen, olhando para Beatrice.

— Está bêbada de magia — respondeu Clare, com carinho. — Vai ficar bem.

Vandra fez a pergunta que Clare desconfiava estar na mente de todos.

— O que *aconteceu*?

No chão, Beatrice falou:

— Entrei em minhas lembranças. Mudei o… futuro.

Os olhos do grupo se arregalaram.

— É a embriaguez, ou você está falando sério? — quis saber Elowen com gravidade.

Beatrice fez biquinho.

— Você sabe que sou uma bêbada honesta, El — apontou ela, indignada, para a amiga. Com um esforço visível, voltou o olhar para Clare, e ela sorriu para ele com doçura.— Acho que sou, sim, uma peregrina do tempo.

Clare ficou todo derretido.

Mal podia esperar para dar um beijo nela. Ou apenas ficar abraçado, sabendo que ela estava em segurança. Ou fazer piadas com ela, dizendo: *Ei, lembra quando salvamos o reino? Duas vezes?* Ele não sabia por onde começaria.

Não sabia como terminaria.

Desde que partiram em sua missão, ele enfrentara os ladinos dentro dele. Medo, fúria, desejo. Naquele momento, porém, sabia que o maior deles era o amor. Pois nada superava o heroísmo como saber que ainda havia algo mais grandioso para ele naquele reino, algo que nenhum duelo, nenhuma vitória, nenhuma missão poderiam igualar. Clare não precisava ser grande. Precisava apenas ser bom o bastante para as pessoas que amava.

Eles triunfaram, e, mais importante, encontraram o caminho de volta uns para os outros. Ele e Beatrice, Elowen e Vandra. Eles escreveriam as próprias lendas em dias de amizade, noites de amor, vidas de lealdade.

O que poderia ser mais heroico do que isso?

Elowen se ajoelhou, abraçando Beatrice. Clare e Vandra trocaram olhares cúmplices.

— Onde está Hugh? — perguntou Beatrice, de repente. — Ainda precisamos levá-lo para casa a tempo do casamento.

Clare vacilou. Onde *estava* Hugh? Todos olharam ao redor, buscando a multidão que ainda saía do salão de festas. O olhar de Clare encontrou homens da Ordem, os Grandhart com todo tipo de fantasia, algumas pessoas mancando enquanto outras corriam, até alguém que parecia muito o ex-marido de Beatrice… mas não havia nem sinal de Hugh.

Até ele aparecer com a camisa toda ensanguentada, o cabelo perfeitamente desgrenhado, os bíceps marcando a túnica rasgada.

Ele parecia heroico pra caralho.

— Pessoal! Adivinhem só? — gritou ele. — Matei Myke! Ele me desafiou para um duelo e era muito pouco habilidoso!

Os quatro o encararam, surpresos. Por fim, Clare soltou uma risada.

— Venha aqui, sir Hugh — chamou com carinho, trazendo o futuro rei para um abraço coletivo. — Acho que você é oficialmente o novo herói de Mythria.

37

Beatrice

ada se comparava à mesa de doces.

Beatrice estava com Elowen, admirando a vasta variedade de doces produzidos para o casamento de Thessia. As amigas usavam vestidos reluzentes: o de Elowen, verde-floresta, era o mesmo que Beatrice lembrava dos casamentos que elas foram antes da primeira missão, e o dela, um rosa-claro cintilante. O castelo de Reina combinava com o requinte delas, desde as flores que decoravam cada canto e entrada até as guirlandas de seda refinadas penduradas nos corredores.

Beatrice examinou os doces suntuosos com indecisão. *Quando se é a rainha*, pensou, *suas núpcias exigem todos os doces imagináveis e mais alguns.* Os planejadores do evento real de Thessia organizaram competições para os melhores magos manualistas do reino os deslumbrarem com invenções deliciosas. Todos em Mythria haviam assistido às conjurações culinárias.

O resultado estava diante delas. Detalhadas esculturas imponentes dos castelos de Mythria feitas inteiramente de creme adoçado encantado em gelo que não derretia. Açúcar achatado em folhas finas como pergaminho, dobradas na forma de flores e outras esculturas. Globos de gelatina perolada com licores doces coloridos girando dentro deles. Havia até imitações de alianças de casamento com pedras feitas de doce.

Elowen pegou um pouco de creme gelado de morango, segundo o brilho rosado sugeria, direto da parede do castelo esculpido mais próximo.

— Eu acho — comentou ela, deslizando a colher pelos lábios — que cometi um erro em morar nas árvores por dez anos.

Quando Beatrice mordeu o doce redondo que havia escolhido, um licor de caramelo jorrou de seu centro macio. *Como será que colocaram o licor dentro sem umedecer o bolo?* Ela precisaria assistir às conjurações quando voltasse a seu quarto.

— Vou embora de Elgin para me mudar onde quer que haja uma confeitaria que venda *esses* doces — declarou ela.

Elowen deu uma risadinha. O que fez Beatrice sorrir como nenhum doce maravilhoso jamais poderia. A amiga vinha rindo mais desde que derrotaram a Ordem Fraternal em Vale Vermelhão e voltaram vitoriosos a Reina.

Ria com Vandra, ria com Clare; até mesmo com Beatrice em seus sacos de dormir da missão, estendidos no chão do quarto no castelo, onde Beatrice a convidara para imitarem as festas de "acampamento" que costumavam fazer quando eram crianças. Ficaram acordadas até o amanhecer, assistindo a seus capítulos favoritos de *Desejos da noite* e colocando a conversa em dia.

Elas encheram os pratos de bolos, cremes e cítricos e os levaram de volta à mesa, onde Vandra estava sentada, bebendo vinho.

Vandra, que levava a roupa formal muito a sério, estava com um macacão magenta feito sob medida para ela. A melhor estilista de Reina cortara cada linha com perfeição, dando a impressão de que Vandra estava vestindo adagas ruborizadas.

Ela puxou a namorada para seu colo, fazendo Elowen rir de novo.

— Vocês acabaram de perder o escriba real — informou Vandra. — Ele quer fazer algum tipo de conjuração de reconstituição dramática dos nossos atos heroicos.

Beatrice bufou.

— Que os Espíritos o ajudem — comentou ela, a mão pairando com indecisão sobre o prato. Ameixa coberta de chocolate com a casca pintada de prata ou o dragão esculpido em folhas de açúcar? — Eu é que não quero reviver nada daquilo!

— Deixem que ele entreviste Hugh — sugeriu Elowen. — Ele é o verdadeiro astro.

Vandra ergueu a mão, ajeitando o cabelo de Elowen atrás da orelha com delicadeza. Embora Elowen tivesse resistido de forma educada, mas firme, aos esforços das criadas da rainha para decorar seu rosto com blushes e pó de pedras preciosas, ela consentira a um realcezinho mágico no cabelo. Brilhava como os crepúsculos vespertinos de inverno.

— Sei não — respondeu Vandra com doçura. — Embora Hugh tenha a glória de derrotar Myke, nenhuma reconstituição estaria completa sem uma certa maga vital libertando todas as almas presas na Espada das Almas.

Elowen não se esquivou nem se escondeu da atenção. Ela se envaideceu.

— Fui bem magnífica — admitiu. — Elowen, a Excelente, talvez.

Vandra olhou nos olhos de Elowen.

— Elowen, a tudo para mim — ofereceu ela com a voz suave.

Beatrice sorriu. Querendo deixar que as mulheres aproveitassem o momento, pediu licença sob o pretexto de querer mais ameixas cobertas de chocolate, o que não era de todo falso.

Como o duelo vitorioso de sir Hugh, as histórias da façanha da magia vital de Elowen haviam crescido nos últimos dias a ponto de se tornarem lendárias. Beatrice não conseguia expressar em palavras o orgulho que sentia observando a amiga, que antes era tão temerosa, lidar bem com a fama e os fãs.

Ninguém, porém, falava da peregrinação no tempo de Beatrice.

Ela pedira que os amigos escondessem seu novo poder. Até onde Mythria sabia, o plano sempre tinha sido que Beatrice corresse na direção de Myke e arrancasse a espada dele.

Para ser sincera, ela sabia que o renome, sem mencionar os novos pedidos que receberia, não eram o verdadeiro motivo para o sigilo. Beatrice própria não sabia como se sentia em relação à nova magia. Como reescrever todas as lembranças de uma vida, sabendo que, em cada uma delas, parte da pessoa permaneceria oculta?

Um dia, ela saberia.

Mas ainda não.

Beatrice vagava pelo pátio transformado num festim repleto de flores quando os músicos começaram a tocar uma das novas canções que cativavam Mythria. "Rei dos Heróis" fora composta em homenagem a Hugh. Quando o cantor começou o primeiro verso, ela balançou a cabeça, acompanhando a melodia agradável.

Uma mão encontrou sua cintura.

— Pode me conceder essa dança?

A voz de Clare Grandhart não tinha nada de açucarada, mas era o som mais doce que ela já havia ouvido. Beatrice se virou, encontrando-o atrás dela, a túnica formal reluzindo com cristais pretos ao luar. Ele deixara o cabelo crescer na missão. Estava comprido o bastante para cair de maneira *muito* despojada sobre a testa.

Os últimos anos foram cheios de sofrimento. Com Clare à sua frente, Beatrice se entregou à alegria de algo simples de um jeito maravilhoso. Sorriu, colocando a mão na dele.

— Sabe os passos dessa? — perguntou ela, com um sorriso travesso, quando ele a conduziu à pista de dança.

O pátio estava cheio, o que não era nenhuma surpresa. O casamento era *o* evento da sociedade mythriana. Nobres que Beatrice reconhecia dos banquetes de Robert conversavam enquanto bebiam taças de espumante. Sir Noah Noble, o compositor, dançava acompanhado. Ao lado, ninguém menos do que Cris demonstrava uma dança impressionante, usando suas roupas de Grandhart e anéis de doce em cada mão. Como muitos imitadores do ex-ladino, ele oficializava casamentos em Vale Vermelhão. Ele havia encantado Hugh, que sugerira com entusiasmo à receptiva Thessia que o imitador conduzisse a cerimônia deles.

Clare deu um sorriso maroto.

— Houve um tempo em que eu era o solteiro mais cobiçado de Mythria — lembrou a ela. — Não conseguia deixar de dançar uma única música em qualquer evento social.

Sua escolha de palavras a distraiu da tentação de zombar a vaidade dele.

— Houve um tempo, no passado? — perguntou Beatrice.

Clare a girou na dança, da qual ele, de fato, conhecia cada passo. A pista era aberta para o céu noturno, as estrelas cintilando na escuridão como as joias que ele usava.

— Hugh assumiu a honra desde que derrotamos a Ordem — explicou ele. — No entanto, como está recém-casado, o reinado dele acabou.

— Ele é mesmo um herói e tanto — ponderou Beatrice. Seus olhos encontraram os de Clare. — Não incomoda você?

Sob o olhar atento dela, o sorriso de Clare se suavizou.

— Foi um alívio, na verdade. — Seus olhos se deslocaram para o centro do pátio, onde Thessia e Hugh dançavam, perdidos um no outro, ambos trajando roupas douradas e brancas deslumbrantes. — Livre das expectativas, comecei a lembrar quem sou.

Beatrice não disse nada. A noção a encheu de uma alegria indescritível. Ela conhecia o Clare que precedia a lenda, que não se considerava um herói. Era o homem mais grandioso e adorável que ela já havia conhecido.

— Mas… — continuou ele, hesitante, dando um passo para trás na dança.

Com o próximo passo, ele voltou a se aproximar dela. Seu olhar não saiu de Beatrice em nenhum momento.

Na pausa dele, ela ouviu… vergonha? Timidez, com certeza. Em Clare Grandhart, asas ou chifres a teriam surpreendido menos.

— O que foi? — perguntou ela.

— Bom, eu... — começou ele. — Para ser sincero, não sei se ainda estou solteiro.

Beatrice ergueu as sobrancelhas. Seu coração bateu mais forte. Sim, esperança era algo perigoso. Ela era Beatrice dos Quatro, porém. Era capaz de enfrentar o perigo.

— Está me fazendo uma pergunta, Grandhart? — provocou ela.

Ele estava, ou queria. Abriu a boca, endireitando os ombros. Ele parecia prestes a criar coragem...

Quando a chuva caiu do céu noturno.

As gotículas começaram pequenas, ficando mais fortes depressa. Em questão de minutos, a tempestade estava encharcando os convidados que fugiam da pista. Todos correram em busca de abrigo, menos Thessia e Hugh, que dançaram na chuva como se nada pudesse estragar sua felicidade.

— Pelos espectros — observou Beatrice. — Aquele casal não pode ter sossego?

Assim que as palavras saíram de seus lábios, a chuva parou.

Ou... não *parou*. As gotas de chuva se transformaram em pétalas de rosa rosadas e brancas, caindo com delicadeza sobre o pátio. Gritos de alívio e admiração se ergueram ao redor deles.

No encantamento deslumbrante, com a chuva floral decorando a noite com pétalas caindo, Beatrice se viu emocionada. A magia não precisava ferir ou revelar, nem mesmo salvar o reino. Magia poderia ser felicidade. Magia poderia ser bela.

Quando ela se voltou para Clare, com o coração transbordando, encontrou os olhos dele fixos no céu. Sentindo algo roçar seus dedos nos dele, ela ergueu suas mãos dadas.

Sob a luminescência suave da palma de Clare, *pétalas de rosa giravam.* Ela perdeu o fôlego.

— Você é um manualista! — exclamou Beatrice.

Clare voltou os olhos cintilantes para ela. Ele parecia estranhamente majestoso, pétalas brancas pousando em seus ombros como medalhões cor de creme.

— Um dom constrangedor para um ladino tão canalha — respondeu ele.

Beatrice riu e o puxou para perto, girando com a música enquanto cada passo levantava nuvens de pétalas com os pés.

— Eu não diria que é constrangedor — disse ela. — Transformar ameaças em flores poderia ser muito útil.

— Seria, *sim*, muito útil — afirmou Clare. — Imagine se eu transformasse a Espada das Almas em pétalas de rosa. Mas não, meu dom é, na prática, inútil. Posso transformar *apenas* água em pétalas de rosa. — Ele abanou a cabeça. — Não passa de um truquezinho — admitiu. — Serve só para perfumes ou banhos aromáticos.

Beatrice jogou a cabeça para trás e riu. Com o passo de dança seguinte, chegou pertinho de Clare, que observava sua reação, confuso.

— Eu *amo* banhos aromáticos — apontou ela. — Não sabia?

Ele piscou. Uma alegria iluminou seus olhos como todas as estrelas na noite cheia de rosas. Clare a segurou com firmeza, envolvendo-a a cada passo, continuando a dança como se nunca pretendesse soltá-la.

Quando a música mudou, porém, ele diminuiu o ritmo, relutante. Beatrice notou que sua resposta dera a ele uma coragem fervorosa e cuidadosa.

— Beatrice, o que eu estava dizendo antes... gostaria de conversar com você sobre nosso... quer dizer, minhas esperanças para nosso futuro — explicou ele. — Talvez hoje, em particular. Você... voltaria ao quarto comigo?

Ela o beijou com intensidade. Sob os aromas que ela adorava, de suor de dança e manhãs de sol, ela notou o leve toque de rosas. Seu rei floral fora da lei.

— Esta noite não posso — informou ela. — Há algo que devo fazer. Mas estava pensando em me mudar para sua casa. Você gosta de Farmount, não?

A testa dele se franziu. Não de desprazer, apenas surpresa.

— Como assim?

— Ah, perdão — continuou Beatrice. — Posso me mudar para sua casa? Ou você pode se mudar para minha cabana, não me importo. Só quero estar com você...

Clare selou os lábios nos dela, ladino e reverente. No beijo, conseguia sentir que ele sorria.

— Sim. Sim, Espectros, sim — aceitou ele com pressa. — Venha para Farmount. Eu... escolhi o apartamento, o bairro, com você em mente. Você vai adorar. É maravilhosamente animado. Nunca vai se entediar, e eu... — Ele vacilou, apenas por um momento, criando a mesma coragem. — Vou tentar fazer você feliz.

Era muito fácil com ele. Saber o que dizer, como se sentia.

— Você já faz — prometeu Beatrice.

Clare Grandhart abriu um sorriso, largo e livre.

— Espere — disse ele depois de um instante. — O que você precisa fazer esta noite?

Ela apertou a mão dele, onde rosas ainda dançavam.

— Por enquanto não posso contar — confessou ela. — Confia em mim?

Clare parecia encontrar a mesma facilidade para responder.

— Com todo o meu coração.

Beatrice se aproximou para dar um beijo delicado na bochecha dele.

— Por favor, avise Elowen e Vandra que precisei ir — pediu ela.

Quando Clare fez que sim, Beatrice soltou a mão dele e saiu da pista, passando pelos doces, para além do pátio.

Carregava consigo apenas a canção que tocava quando ela partiu, comemorando sua primeira missão e a devoção de Galwell a Mythria. Cantarolou o refrão dos músicos enquanto continuava a entrar no castelo e os sons do casamento ficavam para trás. Foi para seus aposentos, carregando consigo a melodia com uma melancolia doce.

Em seu quarto, não acendeu as tochas.

Em vez disso, Beatrice se jogou na cama. Como tinha feito centenas de outras noites na última década, ficou quietinha.

A camada cintilante do passado caiu sobre ela. Reparos substituíram as muralhas reconfortantes do castelo. No lugar da chuva de pétalas de rosa, relâmpagos escuros se agitavam com uma magia maligna.

Concentrando-se no dia em que os Quatro destruíram a Ordem pela primeira vez, ela entrou uma última vez na lembrança.

O lugar onde pouco antes ela dançara nos braços de seu amado estava preenchido por uma batalha sangrenta. Ela voltou a seu eu do passado, sobre os reparos. Sabia bem o que aconteceria ao se virar.

Todrick van Thorn saiu do castelo, fervoroso nas trevas, segurando a Espada das Almas, a arma encantada resplandecente de dor. Ele planejava usá-la para estender sua magia sobre o exército da rainha que cercava o palácio, o primeiro passo de seu plano grandioso.

Beatrice estava pronta para morrer na ponta da espada para detê-lo. Ele parou quando a notou. Um vestígio de humor passou por seus traços belos e terríveis.

— Você — disse Todrick.

Ela abriu os braços.

— Mais uma alma — prometeu ela. — Se conseguir reivindicar.

Os olhos dele brilharam como o relâmpago.

Quando viveu aquele dia pela primeira vez, Beatrice não sabia que Galwell subira nos reparos atrás dela. Mas, naquele exato momento, sabia. Todrick brandiria a Espada, e Galwell avançaria na frente do golpe, que se cravaria nele, rasgando músculo, quebrando osso. Ele morreria devagar, aos poucos. Dolorosamente.

Vivendo suas lembranças, Beatrice sentiu a mesma inevitabilidade devastadora. O peso do passado era forte.

Mas ela aprendeu; era mais forte.

Ela *entrou* no caos que se desdobrava. Esquivando-se do golpe da espada com o qual antes pretendia morrer, Beatrice pulou para o lado, para... o corpo sólido de Galwell, que se aproximava, empurrando-o para longe.

— Galwell, *agora*! — gritou ela.

O esforço de gritar palavras que ela nunca dissera quase a fez desmaiar. Cada segundo de mudança pesava sobre ela. Ela sentiu seu pulso enfraquecer, sua visão embaçar.

Não. Lutou para resistir. Só mais um pouco.

Em sua visão turva, ela observou Galwell, o espadachim de habilidade impecável, cravar sua espada com precisão no surpreendido Todrick. O golpe foi fatal.

Ela sabia o que viria em seguida. Myke Lycroft subiria a escada. Encontraria seu amigo morto. Choraria sobre a Espada das Almas, extinguindo seu poder. Uma explosão mágica devastaria os reparos. Embora eles e Lycroft escapassem com vida, o cadáver de Todrick e a espada cairiam nos penhascos fora de Reina.

Depois...

Depois, ela não sabia.

Pois Galwell, o Grande, *vivia*. Ele correu até Beatrice, deixando a espada cravada no inimigo morto. Seus olhos a examinaram em busca de ferimentos que não encontraria, pois a fraqueza dela não se devia a nenhum corte ou golpe. A magia dela lutava contra o passado, destruindo-a com o esforço.

Salvar a vida de Galwell e lhe dar os anos que ele nunca teve exigiria muito dela. *Demais.* Se ela continuasse ali, isso a mataria.

Era um preço que ela teria pagado, antes.

Com o companheirismo dos amigos que ela via como família e do homem mais grandioso e adorável que já conhecera, ela passou a entender que a vida de Galwell não valia mais do que a sua. Ela não aceitaria derrotas que sentia que merecia. Não se sacrificaria mais às trevas. Lutaria pela luz.

Ela não teria como mudar os últimos dez anos sem se esgotar. Portanto...

Quando Galwell se ajoelhou diante dela, ela o pegou pela mão.

E, com o último fulgor de magia dentro de si, ela o puxou do passado.

38

Elowen

Elowen se encontrava na Agulha de novo, sentada em seu lugar de sempre, perto dos fundos, saboreando uma gasosa de menta-vivaz.

Daquela vez, porém, ela não estava sozinha. Longe disso. Era tão tarde que já havia voltado a ser cedo, e a maioria dos convidados do casamento acompanhara Elowen, Vandra e Clare para uma diversão a altas horas. Havia pelo menos vinte pessoas em excesso dentro da taberna, todas usando os trajes vistosos do casamento, mas não era o tipo de superlotação que incomodava Elowen. Ou talvez ela só estivesse feliz demais para se importar com o fato de que não gostava de estar perto de tantas pessoas ao mesmo tempo. Ela precisaria discutir isso com Lettice durante sua próxima consulta. Por ora, ela reconhecia que não se entendia por completo e que era provável que nunca entendesse.

Vandra ocupava o lugar ao lado de Elowen, seus tornozelos estavam entrelaçados enquanto observavam a cena. Os convidados do casamento cantavam e dançavam, conduzidos por ninguém menos do que Clare Grandhart, que se encarregara em pessoa de encher a taberna de alegria.

— Você tinha razão — disse Vandra. — Este é o melhor lugar para observar as pessoas.

Elowen se aconchegou nela.

— Claro que eu tinha razão — confirmou ela. — Quando estive errada?

— *Nunca* — respondeu Vandra com humor.

— Correto. O que significa que também tenho razão sobre onde deveríamos residir — falou Elowen, colocando uma mão em cima da de Vandra. — Tem espaço suficiente para você morar comigo nas árvores. Morritt, o peregrino da mata, adoraria te receber. Seu entusiasmo por criaturas como ele seria uma mudança agradável para todos os envolvidos.

Vandra soltou sua risada mais rouca, adorando a atenção que isso atraiu para a conversa particular delas.

— Querida, é assim que você pretende me pedir para morar com você?

— Só se você disser sim — disse Elowen. — Senão, eu preferiria esquecer que essa conversa aconteceu.

Vandra brindou o copo no de Elowen.

— Considere apagada de minha memória!

Elowen corou. Será mesmo que superestimara a intensidade de seu relacionamento? Embora fosse relativamente novo em certos aspectos, também fazia mais de dez anos em outros. E Vandra era a única pessoa no reino que Elowen queria ver o máximo possível. Se elas não morassem juntas, Elowen temia que talvez sempre fosse ansiar por Vandra.

— Meu amor — disse Vandra, vendo a preocupação nos olhos de Elowen. — Estou brincando! Não existe nada que eu queira mais do que morar com você.

Elowen soltou um suspiro de alívio.

— Só não na floresta — acrescentou ela, beijando a testa de Elowen.

— Talvez você tenha esquecido, mas não tenho nenhum dinheiro — disse Elowen. — Aquela é minha única casa e a única que consigo bancar.

— Tenho total confiança de que Thessia está mais em dívida conosco do que nunca — respondeu Vandra. — E passei o último ano morando de graça nos alojamentos do palácio, economizando o máximo possível. Estamos bem preparadas para encontrar um lar que não seja seu nem meu, mas nosso.

— *Nosso* — repetiu Elowen, sorrindo. — Gosto dessa ideia. — Ela chegou mais perto, deixando que sua respiração fizesse cócegas no ouvido de Vandra. — Tem certeza de que não acha interessante o charme peculiar da floresta amaldiçoada?

— Tão interessante quanto você acharia morar num arranha-céu cristalino no coração de Vale Vermelhão — sussurrou Vandra em resposta. — Em nossa relação, sempre haverá a necessidade de fazer certas concessões. Podemos encontrar algo que seja interessante para as duas.

Elowen encostou a testa na de Vandra.

— Tem razão. Podemos sim.

— Além disso, quero levar você para conhecer meus pais em Devostos. Você pode participar de nossos jantares mensais. Estou devendo um, com essa história toda de salvar o reino.

— Eles podem não saber o que você faz, mas com certeza sabem quem sou — disse Elowen. — E sou uma péssima mentirosa, como você sabe. Como vou explicar como nos conhecemos?

— Pretendo contar a verdade — respondeu Vandra. — Sobre tudo. Busquei uma vida que os deixasse orgulhosos, e percebi que já tenho. Eles podem não entender tudo que fiz, mas isso não quer dizer que eu ainda precise esconder. Sou feliz com quem sou e, mais do que isso, estou radiante com quem amo. Estou pronta para que me conheçam. Por *inteiro*.

Elas ficaram em silêncio, fechando os olhos e deixando suas respirações se sincronizarem. Nunca deixaria de impressionar Elowen como ela conseguia se sentir assim perto de Vandra: cuidada, segura e *amada*. No final das contas, era tudo que ela queria de verdade. O restante se encaixaria.

Alguém tocou o ombro dela com um nível estranho de insistência.

— Desculpa interromper. Tenho algo muito importante para revelar.

Era Beatrice. Ela parecia despenteada e desgrenhada de uma forma que confundiu Elowen. Era quase como se Beatrice tivesse voltado de mais uma missão. Não eram muitos os que seriam capazes de reconhecer aquela aparência em outra pessoa, mas Elowen se sentia qualificada como ninguém e, portanto, aceitou a impressão de que Beatrice parecia mesmo ter acabado de enfrentar perigos mil.

Primeiro, Beatrice a abraçou. Foi um abraço ardente, apertado e avassalador. Elowen levantou para retribuir com toda a força possível. Era um abraço de laços que poderiam se fraturar, mas nunca se partir. Era um abraço de amor que ia além da amizade e entrava em território familiar. Graças ao heroísmo e à amizade de infância, elas estavam ligadas para sempre, e mesmo os anos que passaram sem aceitar a conexão eterna também viviam dentro daquele abraço.

Elowen começou a chorar pelo tempo que elas perderam e por todo o tempo que passariam compensando isso.

— Toda a minha infância, você me deu um lar, recursos, até uma família — começou Beatrice, ainda abraçando Elowen. — Eu me sentia em dívida com você a ponto de não saber lidar. Mas agora entendo que, quando se ama uma pessoa, dar algo a ela é um presente tanto para você como para ela. Nunca devi nada a você, e sei disso agora. Mas quero lhe dar um presente mesmo assim.

Pouco a pouco um silêncio caiu sobre a multidão da taberna. A energia no lugar mudou. Elowen sentiu choque e... reverência? As pessoas começaram a recuar, abrindo um caminho que levava diretamente até onde

Elowen e Beatrice estavam. Elowen viu isso acontecer com uma grande curiosidade, sem entender o que poderia inspirar o nível de admiração que havia dominado todo o salão. Examinou as expressões dos convidados do casamento, procurando pistas em seus rostos. Alguns deles até começaram a se curvar, o que só aumentou a confusão dela.

— *Elowen.*

Seu coração o sentiu antes que seus olhos o vissem, pois a voz dele preencheu o buraco que existia em seu peito nos últimos dez longos anos. Elowen cambaleou para trás. Suas mãos buscaram o assento que ela havia acabado de vagar, precisando de algo mais resistente do que as próprias pernas bambas para se manter em pé. O assento não a segurou. Galwell, sim. *Galwell.*

A mente repetia o nome dele, na esperança de que isso a ajudasse a entender a presença dele. Seu irmão estava diante dela, com a mesma aparência de quando ela o havia visto pela última vez, até o manto carmim sobre os ombros e a terra manchando a túnica. Os braços fortes dele a seguraram antes que Elowen reconhecesse que estava caindo. Ele a abraçou junto ao peito, e ela desabou, tomada por soluços que vinham de um lugar além de todas as emoções que já conhecera, tão primitivas que não conseguia identificá-las.

Enquanto dez anos de luto subiam à superfície, o irmão passava a mão em seu cabelo com carícias reconfortantes, da mesma forma que fazia quando ela era uma criança tentando subir em árvores e atravessar lagos como ele, ainda sem idade para entender que a capacidade atlética de Galwell era parte da magia manual dele. Quando Elowen caía de uma árvore, ou era arrastada pela correnteza da água, o irmão sempre voltava para ajudar, segurando-a firme enquanto a tranquilizava com a garantia de que um dia ela teria a mesma força que ele. Elowen acreditava na época que jamais seria tão forte quanto ele. Era impossível.

Ela sabia naquele exato momento, com os braços firmes dele ao seu redor, que a força dela sempre fora igual à dele. Ela tivera a força para suportar a perda dele e seguir a vida. E, com seu retorno, ela tinha a força para aceitar a nova realidade. Não precisava perguntar como isso era possível. Ela fora criada com novelas de sombras, afinal, onde ninguém importante continuava morto para sempre. E, no reino mágico de Mythria, com amigos tão poderosos quanto os dela, o mesmo se revelava verdade.

— Você — disse ela, virando para Beatrice, enquanto Galwell ainda a abraçava.

— Eu — confirmou Beatrice, chorando.

Beatrice encontrara uma forma de trazê-lo de volta com sua magia de peregrinação no tempo. Galwell, o Grande, vivia de novo. Ela o havia tirado do passado de algum modo, trazendo-o de seu último momento com vida para o presente.

Como entendera um pouco, Elowen conseguiu voltar a respirar. Ela tirou a cabeça do peito de Galwell e olhou nos olhos do irmão.

— Se veio até nós de dez anos no passado, tenho 30 anos de idade, e você tem 27. O que me torna mais velha do que você — zombou ela.

A multidão inteira riu, a brincadeira de Elowen relaxando os nós de incerteza no salão.

Galwell apenas sorriu, colocando uma mão na bochecha de Elowen.

— No entanto, para mim, ontem mesmo você ainda era minha irmãzinha. Vejo em seu rosto como tudo mudou.

Elowen bufou.

— Espectros, Galwell. Está dizendo que pareço velha? Agora entendo como Clare se sente quando se preocupa com as rugas, embora fiquem bem nele.

— Clare Grandhart tem rugas? — perguntou Galwell.

— E como tenho. — Clare saiu da multidão, lágrimas escorrendo pelo rosto. Ele deu um abraço tão forte em Galwell que quase tirou o fôlego de Elowen, que estava sentindo toda a confusão ofegante do irmão colidindo com seu profundo carinho pela recepção. — Você continua forte como sempre — observou Clare, apertando o bíceps de Galwell. — Passei dez longos anos tentando replicar isso, pensando em muitas ocasiões que havia chegado perto. Como fui tolo.

— Esqueceu que minha força é mágica? — questionou Galwell, sério.

— Meu irmão — disse Clare, os olhos voltando a marejar. — Não esqueci nada de você.

A sinceridade das palavras de Clare reacendeu as lágrimas de Elowen também. O pobre e doce Galwell não conseguia decidir quem precisava de mais atenção.

— Quis dizer apenas que você é mais sábia do que jamais vou ser e que consigo ver isso em seus olhos — explicou Galwell a Elowen, voltando ao ponto original como só ele conseguia. — Você passou por muita tristeza. — Ele olhou mais de perto. — Sou o motivo?

Era mais uma pergunta impossível. Galwell ocupava o papel mais proeminente não apenas na tristeza de Elowen, mas no coração da própria

Mythria, mas naquele instante ele caminhava de novo pelas ruas de Reina, onde estátuas foram construídas para lamentar a perda dele. Como seria possível começar a explicar isso?

— Você está de volta agora — disse Elowen, as lágrimas escorrendo sem parar. — Há muito que preciso contar para você. Faz dez longos anos que não nos falamos.

— Você deveria começar pelo casamento — interveio Vandra, apertando a mão no ombro de Elowen e estendendo a mão para Galwell. — Galwell Fiel, é incrível ver você de novo. Não sei se lembra de mim. Sou…

— Vandra! — falou Galwell, dando um abraço nela. — Como eu poderia esquecer uma pedra tão adorável em meu sapato?

— Verdade — concordou Vandra, seu sorriso ficando ainda mais radiante pelo reconhecimento. — Em sua mente, você me viu ontem. Fico feliz em comunicar que não sou mais sua adversária. Desculpa por tudo aquilo. Não foi pessoal. Tomara que eu esteja ainda melhor do que você se lembra.

— Você está excepcional, sim — confirmou Galwell. — É você que acabou de se casar?

Por mais que tentasse não esquecer de todos os detalhezinhos possíveis, fazia séculos que Elowen não pensava nas perguntas muito diretas que Galwell fazia, sem nenhum fingimento ou motivação por trás, apenas uma curiosidade honesta.

— Talvez algum dia em breve — respondeu Vandra, lançando um olhar para Elowen. — Mas não, não sou a noiva da vez.

— É Thessia — disse Elowen depressa.

Galwell levou a mão ao peito, e a multidão de curiosos, sem saber que Galwell nunca amara de verdade sua outrora futura noiva, prendeu o fôlego.

— Ela se casou com outro? — perguntou ele.

Sim, levaria um tempo para se acostumar ao estilo de perguntas dele.

— Um soldado de infantaria real que se tornou cavaleiro. Ele se chama Hugh — continuou Elowen. — É um bom homem.

Com isso, ela lançou um olhar penetrante a Galwell, e, Espectros, era surreal. Seu irmão mais velho, que havia se tornado o mais novo, entendeu. Entendeu que ninguém mais na taverna sabia sobre a falta de sentimentos românticos dele por Thessia. Entendeu que aquele casamento era uma boa união e motivo de muita celebração.

— Que maravilha, então — exclamou ele. Embora olhasse para Elowen enquanto falava, o comentário se dirigia mais para o restante da taverna, que havia passado dez anos sofrendo pelo amor perdido da rainha Thessia junto com ela. — Meus mais sinceros parabéns a nossa princesa.

— Rainha — corrigiu Elowen.

Galwell fez uma reverência, apesar de Thessia não estar na Agulha para receber o gesto.

— Nossa rainha, sim. Perdão. Há muito que preciso reaprender.

Elowen sorriu para o irmão. Seu irmão, vivo, em carne e osso. Quando o choque passaria? Talvez nunca.

— Não se preocupe — disse ela. — Vou ajudar você a se ajustar ao novo reino, pois é um reino novo para mim também. — Elowen chamou a taberneira e pediu: — Acho que está na hora de arranjarmos uma bebida para Galwell.

A multidão comemorou.

Elowen colocou o braço ao redor do irmão. Estava com a namorada do outro lado e a melhor amiga logo atrás. Quem sabia o que viria depois? Elowen, com certeza, não.

Sabia apenas que, o que quer que viesse, ela era forte, corajosa e amada o suficiente para enfrentar.

39

Clare

A carruagem parou. Clare se sentiu dividido. Não queria que aquela aventura acabasse.

Elowen e Vandra, adormecidas depois da noitada na taberna Agulha, estavam à frente dele. Embora Clare esperasse se sentir igualmente exausto, pois todos festejaram na noite anterior, nenhuma exaustão pesava sobre ele. Não quando a estrada mythriana verde pela qual andavam o lembrava o tempo todo do que os aguardava.

Ao lado dele: Galwell.

Com os olhos serenos, o herói antes perdido observava a paisagem, seu cabelo ruivo se erguia com o vento que passava pelas janelas abertas. Ele tinha acabado de voltar para Clare. Seria difícil dizer adeus tão cedo. Embora Clare não tivesse conhecido Galwell por muito tempo, grandes amigos não precisavam de muito para deixar impressões profundas em corações grandiosos.

Mas, do outro lado, estava a razão por que Clare estava ansioso para o fim da viagem. Beatrice. Sua vida juntos.

Galwell ergueu os olhos, sendo retirado de qualquer que fosse a contemplação que o dominava.

— Deixe-nos ajudar com a bagagem. — Ele meio ofereceu, meio comandou.

— Não temos muita — disse Clare.

— Vamos ajudar mesmo assim — respondeu Galwell, sem demora.

Era estranho como *não* era estranho estar de novo com Galwell. Sem falar que, mesmo sendo, naquele momento, o caçula entre eles, após ser levado de seu presente para dez anos no futuro, ainda tinha a mesma presença imponente. Ainda parecia alguém que Clare admiraria, mesmo que talvez não fosse mais tão necessário.

Eles saíram da carruagem, a estrada crepitando sob seus pés. O dia era deslumbrante, a paisagem, gloriosa. Galwell e Vandra tiraram as duas malinhas que Beatrice e Clare haviam acumulado em sua viagem e as ajeitaram nos cavalos com que viajariam para Farmount.

A encruzilhada onde seus caminhos se separavam não tinha nada de extraordinário, exceto pela maneira como tudo em Mythria era extraordinário. As colinas rajadas brilhavam num verde-esmeralda sob o sol. O céu sem nuvens se estendia sem fim, como a esperança.

Quando as malas estavam arrumadas, o grupo ficou num círculo, entreolhando-se, sabendo que as despedidas estavam próximas.

Elowen e Vandra acompanhariam Galwell de volta à aldeia natal dos irmãos para que ele pudesse ver os pais. Era um momento íntimo demais para Clare e Beatrice se meterem. Galwell merecia privacidade enquanto se ajustava a uma Mythria transformada. Galwell, como todos eles ao longo dos últimos dez anos, precisaria decidir quem era quando as batalhas estavam vencidas.

Além disso, Clare estava ansioso para mostrar sua casa a Beatrice.

— É estranho — falou Galwell primeiro, pois certas coisas nunca mudavam. — Sinto como se estivesse concluindo a missão para salvar Thessia. Mas, para vocês, é a conclusão de uma missão completamente diferente. Não sei como me despedir depois de compartilhar o que compartilhamos. — Seu olhar encontrou cada um deles. — Mas vocês sabem.

Beatrice sorriu com tristeza.

— Não exatamente — confessou ela. — Depois que você... morreu... não nos despedimos de verdade.

Galwell piscou.

— Como se separaram, então? Sei que sofreram, mas tinham uns aos outros, certo?

— O que Beatrice está tentando dizer com delicadeza — explicou Elowen — é que fomos terríveis. Todos nós discutimos e...

Vandra a interrompeu.

— Beatrice e Elowen brigaram feio em seu funeral, e Clare surtou e dormiu com outra pessoa. Falei tudo?

Clare fez uma careta, constrangido.

— É mais ou menos isso.

Ele não queria olhar o nobre amigo nos olhos. Embora se arrependesse de como a amizade dos Quatro tivesse se rompido, à época ficara quase grato que Galwell não pudesse vê-los. *O que ele diria?* Clare nunca pensou que confrontaria a resposta.

Portanto, quando Galwell apenas riu, Clare ergueu os olhos com surpresa. Galwell abanou a cabeça de leve.

Clare continuou, perplexo:

— Embora eu aspire à comédia na maior parte do tempo, aquele momento em particular não foi meu melhor desempenho humorístico.

— Não, claro que não — disse Galwell, mais sério. — É só um pouco engraçada a confusão que vocês fizeram meros momentos depois que fui... enterrado? Imagino que eu tenha sido enterrado. Devo visitar minha própria cova? — perguntou ele. — Será que ainda está lá?

— Galwell, descobri há literalmente poucos dias que conseguia peregrinar no tempo — apontou Beatrice. — Não tenho nenhuma resposta para você.

Galwell assentiu, aceitando a resposta, pelo menos naquele momento.

— Nós precisávamos de você, Galwell — disse Elowen, com a voz mais suave. — Sem você, ficamos perdidos.

Galwell se endireitou, um pouco daquela faísca heroica voltando mais uma vez a seus olhos.

— Não, vocês não precisavam de mim — respondeu ele, um calor sob a firmeza de sua voz. — Vocês salvaram Mythria sem mim. Vocês salvaram *uns aos outros* sem mim. Sofreram perdas incomensuráveis. Enfrentaram perigos inimagináveis. Apesar de tudo, voltaram uns para os outros. — Ele colocou as mãos nos ombros de Beatrice e Elowen. — Estou deveras orgulhoso. Na próxima vez que morrer, vai ser sabendo que vocês vão ficar bem.

No momento de silêncio, eles ficaram comovidos e seus olhos se encheram de lágrimas.

— Bom — disse Clare —, como o atual mais velho dos Quatro, quer dizer, dos Cinco... — ele acenou para Vandra — ... espero morrer primeiro.

Beatrice virou para ele.

— Ah, então porque é o mais velho, você tem privilégios especiais?

— Quando o assunto são nossas mortes, sim.

Vandra deu um passo à frente.

— É melhor encerrarmos antes que passemos o dia discutindo quem pode ir em qual ordem.

Galwell sorriu.

— É maravilhoso. Vocês todos cresceram.

Clare sabia que era bobagem que suas discussões infantilizadas inspirassem aquela observação. No entanto, sabia que Galwell tinha razão. À luz do dia tranquilo, lá estavam eles, não mais almas perdidas, solitárias, furiosas e instáveis. Eram fortes o suficiente para enfrentarem seus medos. Fortes o suficiente para perdoarem suas falhas. Fortes o suficiente para se amarem.

— Certo — falou Clare com alegria —, na próxima vez que nos reencontrarmos, o que vamos fazer?

— Topo qualquer coisa, desde que não envolva salvar o reino — observou Elowen.

— Nem acampar — acrescentou Beatrice.

— Ah, acampar não foi tão ruim. — Vandra sorriu travessa, seus olhos em Elowen.

— Um jantar, talvez — propôs Beatrice. — Na nossa casa em Farmount. Assim que puderem.

Elowen concordou. Galwell, porém, ficou olhando com curiosidade.

— Beatrice, você aprendeu a cozinhar melhor enquanto eu estava morto? — perguntou, sempre sincero.

Beatrice franziu a testa, e Clare gargalhou.

— Que tal pensarmos que — ofereceu Clare —, o que quer que seja, vai dar bom?

— Melhor assim — disse Beatrice, a voz mais suave.

Com abraços emocionados e tapinhas nas costas, Beatrice e Clare montaram em seus cavalos. Clare se viu imaginando o que os poetas escreveriam sobre dias como aquele, sem vilões para derrotar ou batalhas para combater, apenas os Cinco, para sempre unidos. Ele se esforçou para lembrar de cada detalhe, sabendo que nenhuma canção os imortalizaria para ele. *O dia se estendendo sobre as planícies... o vento sussurrando na grama...*

Acima deles, Clare ouviu o grasnado familiar de Wiglaf voando em círculos. Com seus amigos atrás dele, seu pássaro no céu, sua namorada ao lado, ele cavalgou na direção do poente, o coração leve.

Não era um adeus. Haveria mais jornadas da vida à frente. Corriqueiras, mas nem por isso menos épicas. Eles as enfrentariam como enfrentaram tudo.

Juntos.

Agradecimentos

Se você, caro leitor, chegou até estas palavras de agradecimentos e só agora descobriu que o pseudônimo de E. B. Asher é, na verdade, de três pessoas... surpresa! Daqui em diante, usaremos o pronome "nós" para nos referirmos aos autores.

Agradecemos ao Electric Eighteens de Los Angeles, nosso grupo de estreia, por nos unir quando nossos primeiros romances foram publicados em 2018. Sem eventos do grupo e cópias preliminares para trocar, nunca teríamos nos encontrado, a base da nossa amizade jamais teria sido formada, e este livro nunca teria sido escrito. Os Espectros sorriram para nós quando nos reuniram.

A nossas agentes, Taylor Haggerty e Katie Shea Boutillier, agradecemos por embarcarem na ideia ousada que apresentamos a vocês, embora não tivéssemos experiência prévia no gênero. Sua confiança e seu entusiasmo, além da invenção do termo "missão romântica", nos deram a chance de convidar os leitores para o nosso querido mundo de Mythria. Vocês são estrelas de novelas das sombras em nossos corações.

Somos sempre gratos à nossa editora, Sylvan Creekmore, por acolher esta história na família Avon e por não hesitar em trabalhar com três autores de uma vez. Editar este livro com você foi uma verdadeira alegria. Sua visão aguçada sobre a história, entendendo-a às vezes melhor do que nós, e seu apreço por todos os Grandhart foram estimulantes e incrivelmente significativos. Temos muita sorte por este livro ter chegado às mãos maravilhosas de Priyanka Krishnan. Obrigado por adotar esses personagens, nos adotar e nos tratar como se fôssemos seus. Sempre escolheríamos vocês duas como capitãs do nosso time de cavalobol.

Kate Forrester e Ploy Siripant, obrigado por uma capa que só poderia ter sido criada pela melhor magia manual. Vocês superaram nossas maiores fantasias. A Espada das Almas nunca foi tão sofisticada.

Foi um sonho trabalhar com a equipe da Avon. Na área de marketing e divulgação, muito obrigada a DJ DeSmyter, Kalie Barnes-Young e Samantha Larrabee, por levarem este livro às mãos dos leitores. Agradecemos à nossa editora de produção Jeanie Lee, à editora-assistente Madelyn Blaney, à preparadora Linda Sawicki e à revisora Sophia Lee. Se fosse real, pagaríamos uma rodada de infusão na Harpia & Corça para todos vocês.

Devemos nossa mais sincera gratidão aos muitos autores generosos que nos deram apoio, entusiasmo e críticas positivas para este livro. Emma Alban, Megan Bannen, Ted Elliot, India Holton, Suzanne Park, Jodi Picoult e Adrienne Young — cantaríamos canções sobre suas muitas glórias nas festas mythrianas.

Como sempre, somos muito gratos a nossos amigos e familiares. Vocês nos inspiram todos os dias. Obrigado por ouvirem nossas ideias sobre Mythria a cada etapa. Que seus banhos sejam cheios de óleos Vesper e seus pratos sempre repletos das mais doces panquecas de milho.

Por fim, a todos os leitores, livreiros e bibliotecários que pegaram este livro e ajudaram a divulgar a história, seremos eternamente gratos. Vocês são os verdadeiros heróis de Mythria.

Este livro foi impresso pela Vozes, em 2025, para
a HarperCollins Brasil. O papel do miolo é avena
$70g/m^2$, e o da capa é cartão supremo $250g/m^2$.